BEST 嚴選

奇幻基地出版

刺客後傳2

經典紀念版

The Tawny Man Trilogy 2

黃金弄臣・下冊

Golden Fool

羅蘋・荷布 著

麥全 譯

Robin Hobb

BEST嚴選

緣起

在繁花似錦的奇幻文學花園裡，你或許還在門外徘徊，不知該如何抉擇進入的途徑；也或許你已經置身其中，卻因種類繁多，或曾經讀過不合口味的作品，而卻步、遲疑。

BEST嚴選，正如其名，我們期許能透過奇幻基地對奇幻文學的瞭解，以及對讀者的理解，站在出版者與讀者的雙重角度，為您精選好作家與好作品。

他們是名家，您不可不讀：幻想文學裡的巨擘，領域裡的耀眼新星。

它們最暢銷，您怎可錯過：銷售量驚人的大作，排行榜上的常勝軍。

這些是經典，您務必一讀：百聞不如一見的作品，極具代表的佳作。

奇幻嚴選，嚴選奇幻。請相信我們的眼光，跟隨我們的腳步，文學的盛宴、幻想世界的冒險，就要展開。

excellent bestseller classic

讓想像飛翔

人活在眞實與想像之間。

眞實有具象的一切：工作、學習、親人、朋友……想像則無所不能：可能存在、也可能發生，但更可能永遠不實現、也不可能發生。想像塡補了眞實的不足，可能也引領了眞實的未來方向，更彌補了人類眞實的痛苦，形成一個可以寄託的空間。

奇幻文學是人類諸多想像的一部分，和許多的創作類型一樣，自成一個流派、各自吸引一群讀者，形成一個以想像爲主軸，與眞實相去甚遠的虛擬世界。

在西方，這個閱讀（創作）類型是成熟的，從中古的騎士、古堡、魔怪，到演化成科幻……等不同特性的分支類型。本身就有足夠的閱讀人口，不斷形成創作的動力。

有時候也會因爲某些事件、作品，一下子使奇幻文學成爲大眾關注的焦點，像《哈利波特》、《魔戒》等作品，不但擴張了奇幻文學的版圖，也給奇幻文學帶來新的生命。

在華文世界裡，沒有西方式的奇幻文學，或者說沒有出版機構，有計畫大規模地引進西方式的奇幻作品。但是我們逃不過穿透力強大的奇幻話題，《哈利波特》、《魔戒》都是例證。可是中國有他自己的奇幻傳統，從《鏡花緣》、《東周列國演義》、《西遊記》，到近代的武俠，其想像與虛擬的特質，其實是東西相互輝映的。

我們可以確定，奇幻文學已在中國社會萌芽，雖然人口可能不夠多，雖然讀者的理解可能像瞎子摸象一般，人人不同，人人只得其中一小部分，但做爲一個出版工作者，我們要說：是時候了！應該下定決心，在閱讀花園中，撒下奇幻的種子，並許願長期耕種、呵護。

「奇幻基地」出版團隊是在這樣的心情與承諾下成立的。以基地爲名，意義深遠。這是奇幻讀者永遠的家，這是意義之一，家是不會關門的，永遠等待奇幻讀者的遊子們，隨時回來，補充知識、停留、分享。當然也是所有奇幻作者、工作者的家，長期陪伴奇幻文學前進。

不擇類型、不論主流與支流、不論傳統或現代、不論西方或中國本土，這種寬容的出版涵蓋面，則是基地的第二項意義。讀者可以想像，未來奇幻基地的出版園地，繁花似錦、眾聲喧譁。

從原點出發，奇幻基地是城邦出版團隊的新許願，讓想像飛翔，在眞實之外，有一個讀者可以寄託的世界，有興趣的，大家一起來！

奇幻基地發行人　何飛鵬

For RUTH AND
HER LOYAL STRIPERS,
ALEXANDER AND
CRUSADES

謹獻給
茹絲與她的忠實夥伴，
亞歷山大
及
好朋友們

目錄

下冊

瞻遠家族家系表

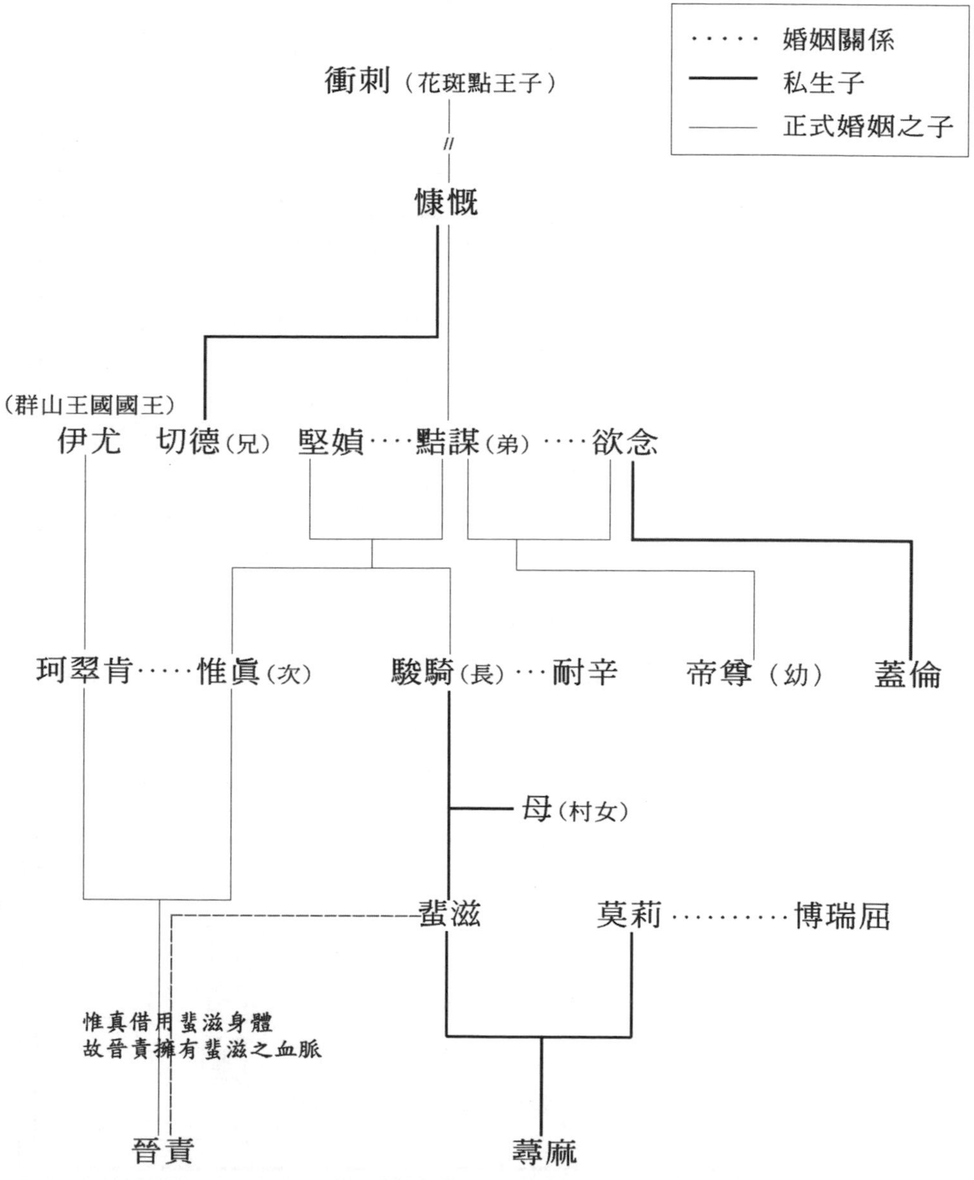

婚姻關係
私生子
正式婚姻之子
衡刺（花斑點王子）
慷慨
（群山王國國王）
伊尤
切德（兄）
堅媜
黠謀（弟）
欲念
珂翠肯
惟眞（次）
駿騎（長）
耐辛
帝尊（幼）
蓋倫
母（村女）
蜚滋
莫莉
博瑞屈
惟真借用蜚滋身體
故晉責擁有蜚滋之血脈
晉責
蕁麻

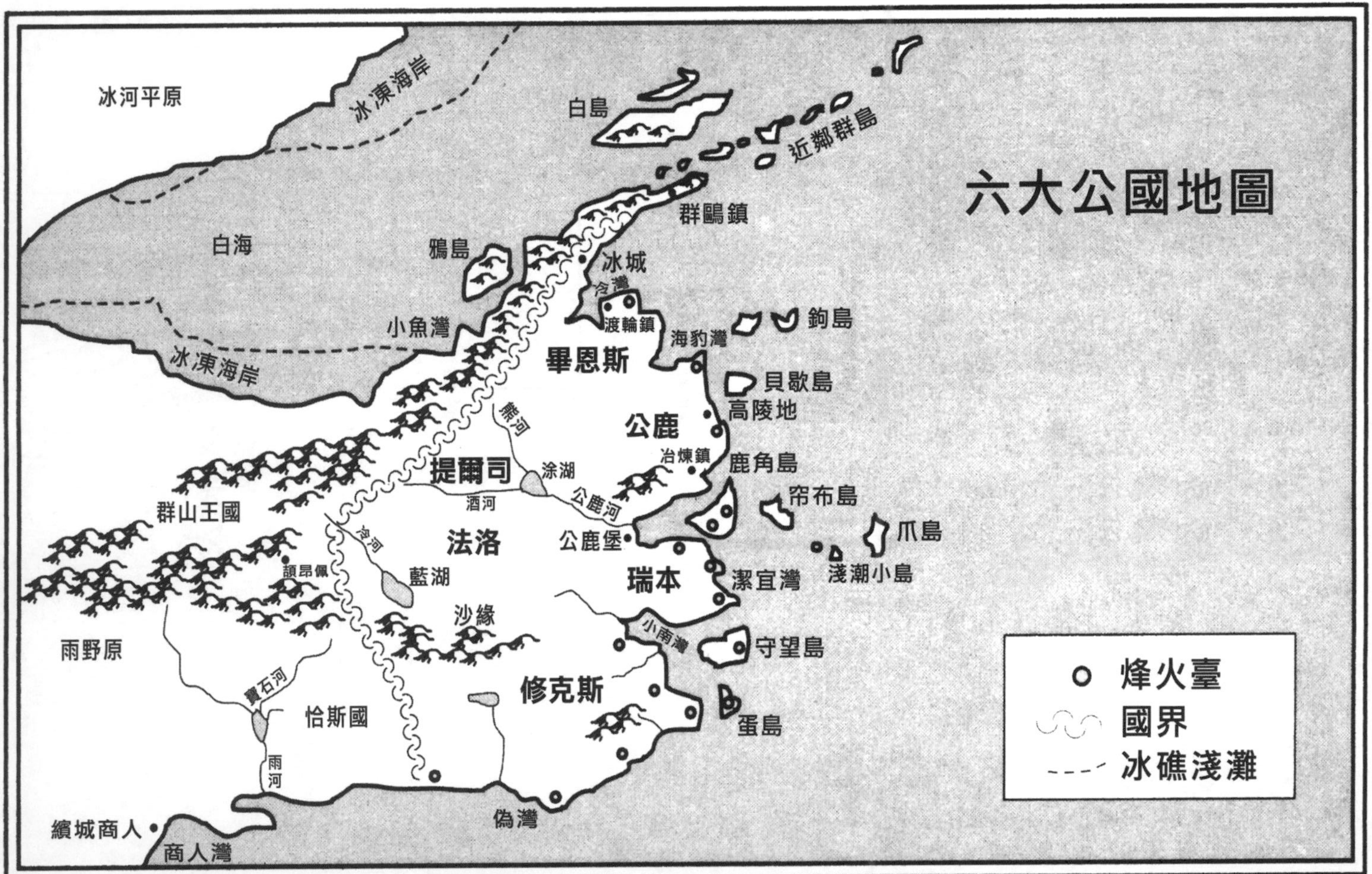

六大公國地圖
冰河平原
冰凍海岸
白島
近鄰群島
群鷗鎮
白海
鴉島
冰城
冷灣
小魚灣
渡輪鎮
海豹灣
鉤島
冰凍海岸
畢恩斯
貝歇島
高陵地
公鹿
熊河
冶煉鎮
鹿角島
提爾司
涂湖
帘布島
群山王國
酒河
公鹿河
爪島
法洛
冷河
公鹿堡
頡昂佩
藍湖
瑞本
潔宜灣
淺潮小島
沙緣
小南灣
守望島
雨野原
寶石河
修克斯
恰斯國
蛋島
雨河
偽灣
繽城商人
商人灣
烽火臺
國界
冰礁淺灘

14

卷軸

海上有個名叫「費度依島」的符文群島，島上住了個名叫歐萬的漁夫。歐萬妻子的母屋是以石塊與原木所建造，而由於這地區潮差很大，故位於離高潮線很遠之處。此地眞是個好地方；北方的沙灘上有蚌殼，而冰河外緣的草原又夠大，所以即使歐萬的妻子不是長女，仍能擁有那一大群羊之中的三隻羊。歐萬的妻子爲他生了兩子一女，而這三個孩子都幫著父親打魚。他們一家人衣食無虞，這對歐萬來說應該是夠了，但他卻老是覺得不足。

在天氣晴朗的時候，好眼力之人可以從費度依島上，看到藍天之下有條閃著藍色亮光的冰河，那裡便是艾斯雷弗嘉島。大家都知道，在冬日潮水低的時候，小舟可以冒險穿過艾斯雷弗嘉島的冰河外緣，直達島的中心；而且大家也都知道，艾斯雷弗嘉島的中心有一條黑龍，而長眠的黑龍乃是以數不盡的寶藏爲床。有人說，一個人只要膽子夠大，到得了艾斯雷弗嘉島中心，就可以要求凍眠於冰河之中的冰華給他一點好處；但有人說，唯有貪婪過頭且愚蠢透頂之人才會去找冰華。這是因爲，據老人所說，冰華並非有求必應，而是看一個人應得什麼，就給他什麼，而人們應得的往往不是黃金與好運。若要走這條路去拜訪冰華，動作一定得快，一等到潮水退到最低點，就立刻驅舟穿過水面與冰頂之間的縫隙；一到了那個寒冷的冰宮，還得用自己的脈搏算時間，因爲如果逗留太久，那麼潮水就會漲回來，把來人與小舟擠扁於冰縫之間。而這還不算是造訪艾斯雷弗嘉島之人所可能碰上的最大厄運，因爲講這個故事的人，不但鮮少有造訪過艾斯雷弗嘉島的，而且大多都是講話不老實的人。

這一點，歐萬清楚得很，因爲不僅是他母親，連他妻子的母親也如此對他說道：「去跟黑龍苦苦哀求是沒用的。你想想看，若有厚顏無恥的乞丐到我們門前來乞討，我們絕不會厚待他，如此推算，就算你去跟冰華苦苦哀求，也不會有什麼好下場。」就連歐萬的小兒子也知道這個道理，然而那孩子才六歲大而已。不過歐萬的大兒子已經十六歲，而且他的心與他的胯下都熱烈燃燒，因爲他看上了潔蓮娜，也就是林法家族的辛德蕾之女。潔蓮娜是個富有的新娘，她絕對不會安於選擇漁夫之子做爲伴侶。因此歐萬的大兒子每夜皆如蚊蚋一般地在歐萬耳邊唆使，喃喃地勸道，若是父子倆有勇氣造訪冰華，那麼他們會變得多麼富有。

——外島卷軸，名爲「冰華之穴」

第二天早上，外島人便趁著早晨的潮水出航了。我一點也不羨慕他們這一趟回家的航程：天氣既寒冷又多變，風高且浪大。然而外島人似乎絲毫不將惡劣的氣候放在眼裡，只把這當作是家常便飯。我聽人說，送行的行列很長，一路綿延到碼頭邊，而且艾莉安娜踏上要將她送回神符群島家鄉的船之前，還有正式的道別儀式。晉責彎下身吻了她；她則對晉責與王后屈膝爲禮；接著是阿肯．血刃的正式道別，與同行的外島特使一起登船；最後才是皮奧崔與瞻遠家之人道別，並陪著貴主登船。船駛離港口時，他們都站在船邊揮別。我想，前去湊熱鬧的人，發現最後一刻竟然未發生什麼轟轟烈烈的大場面，一定覺得很失望。其實那就像是風雨過後的寧靜；也許在昨晚迭經大變，並達成約定的衝擊之餘，艾莉安娜至今仍茫然暈眩，所以攪不出什麼最後的漩渦來。

我知道昨晚的正式宴會之後，王后、切德、黑水與血刃私下聚集商談；這會議是匆促之間安排出來的，而且一直開到深夜才結束。他們一定討論到王子與貴主任性固執的行爲，不過更重要的是，如今王子的屠龍之行，不過是他盛大造訪外島的其中一個行程而已。事後切德告訴我，那天晚上，屠龍之事只是輕輕帶過，重點其實是在安排王子與外島的「首領團」成員會面，以及王子造訪艾莉安娜家族之母屋的行程。外島人所謂的「首領團」，乃是各族頭目所組成的鬆散聯盟，而首領團的作用主要是締結貿易協定，並不涉及經營政府與治理人民的功能。與首領團會面較容易安排，至於造訪艾莉安娜的母屋，那就是另外一個問題了。切德告訴我，當皮奧崔平靜地推論道，王子造訪外島時，勢必要到艾莉安娜的母屋走一趟，看皮奧崔那神情，彷彿若能拒絕王子來訪，他早就推辭得一乾二淨，只是他無從拒絕罷了。王子與隨行人員將於春天時出發前往外島。我的第一個反應是，時間這麼緊迫，恐怕切德難以多派人收集情報了。

我並未旁聽夜晚那場倉卒的協商，也沒有參加貴主的送行儀式。切德滿肚子怒氣，因爲黃金大人至今仍以健康欠佳爲由，避開了所有公開場合。我倒樂得不去；畢竟前一天我才寒冷僵硬地在窺孔邊看了一晚，所以我可不會熱切期盼著隔天一大早要冒著大風雪到公鹿堡城來回走一趟。

外島人離開之後，各大公國的許多小領主也離開了宮廷；王子訂婚的歡慶場合已經過去，而他們已經有許多故事可以講給故鄉的人聽了。此刻的公鹿堡，就像是倒置的酒桶一樣空虛。馬廄與僕人的臥房區突然變得空曠了許多，而堡裡的生活也回到較為平靜的冬日步調。

令人失望的是，繽城商人還逗留著不走；這就意味著黃金大人會繼續盤據在房間中以免被人認出來，而且無論什麼時刻，我都可能會撞見前來拜訪黃金大人的潔珂。潔珂根本就不將什麼社交儀節放在眼裡；她是漁夫的女兒，從小放浪成性，至今仍保留著漁人瀟灑自在的習性。我好幾次在堡裡的不同場合中撞見潔珂，而她見了我總是咧嘴直笑，開心愉快地道聲日安。有一次，她碰巧與我同方向而行，便在我手臂上大力一拍，叫我不要成天到晚板著臉。我淡淡地答應了一聲，但是人還來不及走開，她便箝住我的手臂，將我拉到一旁。

她先四下張望，確定走廊前後沒有別人，才低聲地對我說道：「我看哪，跟你說這些話大概會使我惹禍上身，但是眼看著你們兩人這個樣子，我實在是忍不住啦。你竟然不知道『黃金大人的祕密』，我眞是不敢相信；再說——」她頓了一下，急迫且低聲地說道：「喂，你可睜開眼睛呀；愛情遠在天邊，近在眼前哪；千萬別蹉跎。你可得——」

潔珂還來不及說出口，我便忿忿地打斷她的話：「什麼『黃金大人的祕密』，說不定是您想錯了；若不是您想錯了，就是您在遮瑪里亞待太久了。」

她看到我沒給她好臉色看，只是哈哈一笑。「算啦。」她對我說道。「我這個人，你大可以信得過。『黃金大人』就很信任我，而且多年來從未改變。你相信我吧，我是你們兩人的好朋友，而且我要讓你知道，我跟你一樣，是守得住朋友祕密的人——如果朋友的祕密值得守住的話。」她轉過頭來，像是鳥兒盯著蟲子般地望著我，繼續說道：「但是有些祕密，卻乞求我們將之拆穿；好比說，祕而不宣的愛情便屬於這一類。琥珀對你一片眞情，卻總是悶在心裡不說，這眞是太傻了。對這個祕密視而不見，對你、對他都沒什麼好處。」她誠懇地望著我的眼睛，手仍抓著我的手腕。

「您說的是什麼祕密，我毫無頭緒。」我生硬地答道，但心裡則不安地納悶，弄臣對我知之甚深，他到底告訴潔珂多少有關於我的祕密？就在此時，兩名僕人出現在這條走廊盡頭，一邊開心地說長道短，一邊朝我們走來。

潔珂丟下我的手腕，爲我嘆了一口氣，並故作憐憫地搖了搖頭。「你當然毫無頭緒啦。」潔珂答道。「你這個人哪，連你眼前的桌上放了什麼菜都不知道。男人呀，有眼無珠。」她在我背上一拍，然後我們便分開了，而我也鬆了一口氣。

在那之後，我開始很想找個機會跟弄臣把話說清楚。我在心裡將我要跟他說的話，演練了一遍又一遍。但是令我大失所望的是，他完全將我排除在他的臥室之外，但是他卻歡迎潔珂到他臥室裡密談。倒不是說我曾經到他臥房前敲門求見。我在他面前，一直維持慍怒且沉默的態度；我氣憤地等著他開口問我，我到底是有什麼事情煩心。問題是，他一直不曾問我。他似乎沒把心思放在這裡；看來他既未注意到我沉默不語，也沒注意到我悶悶不樂。這世上，還有比等著別人來找你吵架更令人氣憤的事情嗎？我的心情變得更加沉鬱。那個名叫潔珂的女人認定弄臣其實是個名叫琥珀的女人；此事絲毫無助於紓解我的煩躁心情，只使得我們的處境變得更爲詭異。

我設法以其他的不解之謎來分散自己的注意力，但只是徒勞無功。月桂走了。我注意到入冬之後，她便不見蹤影。我小心謹慎地問起女獵人的下落，結果只得到聽說她回鄉去探望家人的傳言。在這個狀況之下，我看事情不可能這麼單純。我直接問切德，但切德卻只是跟我說，就算王后要派她的女獵人到外地去避避風頭，也不關我的事；接著我問切德，月桂到哪裡去避風頭了，然後便得到切德一頓白眼。

「如果你不知道她的下落，那麼你跟她便都少一分危險。」

「這麼說來，是不是有什麼危險是我該知道而未知的？」

他在回答之前先仔細地考慮一番，最後重重地嘆了一口氣。「我不知道。她要求私下覲見王后。她私下覲見王后時說了什麼，我不知道，因爲珂翠肯不願告訴我。她給了女獵人一些愚蠢的承諾，保證她絕對不會將女獵人與她相談的內容說出去。過後月桂就不見了。到底是王后遣她遠離，還是她懇請王后讓她離開，或者是她乾脆落荒而逃，這我就不知道了。我已經跟珂翠肯說，這麼重要的消息，不能不讓我知道，但是她毫不讓步。」

我想起我最後一次見到月桂的情景；我猜她之所以離去，爲的是要以自己之力與花斑幫相抗；至於她到底能做什麼，我也想不出來，不過我很擔心她就是了。「路德威和他的徒眾有沒有什麼消息？」

「消息是有，但沒有一件是確定的。不過俗話說，就算是謠言，聽了三遍，大概也八九不離十了；而市井之間倒是有不少謠言指出，路德威在重傷之後逐漸康復，而花斑幫仍歸他掌管。其中唯一稍微稱得上是好消息的，是有些人認爲花斑幫不應再由路德威帶領。我們只能希望他會碰上難關。」

不只切德，連我也熱切希望路德威碰上重重阻礙，雖然我心裡並不相信事實眞是如此。

除此之外，我的人生也沒什麼好提的。貴主離去那天早上，王子並未到精技塔報到。當時我倒不太在意；畢竟晉責前一天忙到很晚，而且隔天一大早，他又必須到碼頭邊送行。但是接下來這兩天，我也白等他一場；我總是在約定的時刻抵達精技塔，奮力地獨自翻譯一番經卷，然後才離去。晉責並未給我隻字片語的解釋。第二天早上我生了一場悶氣，並下定決心：我絕對不跟王子聯絡。我斷然地告訴自己，去叫王子來上課，於我的身分不合。我試著設身處地爲王子想一想；若是我發現惟眞竟然以精技指令要求我對他輸誠，那麼我會有什麼反應？當我發現精技師父蓋倫以精技指令迷惑我的心智，讓我無法察覺自己的精技潛能時，我的反應可是激烈得很。晉責身爲王子，他有權生我的氣，也有權鄙視我。而我就等他的憤怒與鄙夷都過去了再說。等他準備好，我會告訴他唯一的一套說詞——也就是眞相；我從來無意要拘束他遵守我的旨意，我唯一的目的只是想保護自己，以免自己死於他的手下。想到這裡，我嘆了一口氣，低下頭來，繼續努力翻譯。

那天晚上，我待在切德的塔樓裡。我從下午就一直待在這裡等阿憨。不用說，阿憨又爽約了。我跟切德說，那個弱智少年不肯自動自發地來跟我見面，我也拿他沒辦法。不過，我也沒閒著。除了我們一起斷斷續續地解讀出來的那幾個比較古老，又比較難讀通的經卷之外，切德又給了我兩個講到神符群島之龍的古老經卷。這兩個經卷所提的都是傳說，不過切德希望我能從中分析出這些傳說最早到底是因爲什麼樣的事實而起的。他已經派了幾個間諜去外島了，其中一人還與貴主同船。表面上看來，那人是爲了要去探望外島的親戚，所以才上船打工以抵船資；然而他眞正的使命，是去艾斯雷弗嘉島走一趟，就算去不成，至少也要多打聽有關於艾斯雷弗嘉島的消息，然後回報給切德。切德的打算是，晉責既然允諾要屠龍，那麼恐怕是不去不行，但是王子就算要去，也一定要有萬全的準備，以及齊全的同伴。切德在偶然與我在塔樓中碰面時說道：「說不定連我都得去。」我不以爲然地哼了一聲，但是我努力把自己的哼聲壓得很低；切德年紀這麼大了，怎麼受得了這種旅程的折磨？不過我還是以驚人的自制力，將這些話吞進肚子裡，因爲我知道我若是說了出來，他必定會反駁道：「不然要派誰去？」其實別說我不希望切德去艾斯雷弗嘉島，就連我自己也不太想去。話說回來，如果王子能不去，我也希望他別去。

我將關於冰華的卷軸推到旁邊，揉揉眼睛。這故事是很有趣，但是我心裡很懷疑，這故事眞的有助於王子準備他的屠龍之行嗎？根據我對石龍的了解，甚至再加上弄臣跟我講的繽城龍群之事，我認爲不太可能有什麼龍沉睡於外島的冰河裡。所謂的「長眠巨龍」云云，大概是因爲人們對地震和冰河的移動賦予太多想像。再說，我這輩子經歷過的龍也夠多了。卷軸翻譯得越多，我夜晚的睡眠便越受那個罩著面紗的繽城商人所擾。不過我至少可以冀望，我的煩惱除此之外無他。

接著我望向桌角那個倒扣的沉重陶盆。陶盆下蓋住了一隻死老鼠——唔，說得確實一點，其實只是一隻死老鼠的殘屍；這是我昨晚從黃鼠狼的嘴邊搶下來的。昨天晚上，我被慘痛的原智叫聲所吵醒。那叫聲跟尋常小動物死前發出的悶哼聲天差地別。在動物界中，生死乃是常事，而小動物的死亡，就像是一顆石子落入池塘，咚的一聲便淹沒了；而任何一個有原智的人，對於水面漫出來的死亡漣漪，都早已習以爲常。唯有與動物牽繫在一起的人，才會因爲小動物之死而發出如此絕望、憤怒且哀傷的悲鳴。

既然被吵醒，我也不期望自己能夠重新入眠；那一聲嘶喊，把我內心因爲失去夜眠的傷口再度撕開。我爬了起來，而且既然我說什麼都不願吵醒弄臣，所以乾脆走入密道，上塔樓去。半路上碰見叼著這隻老鼠的黃鼠狼；我這輩子從未見過這麼健康壯碩、毛色這麼有光澤的老鼠。經過一番追逐與拉扯，那黃鼠狼總算將這隻死老鼠讓給我了。我無從證明這隻死老鼠生前曾與人類牽繫在一起，但是我認爲這大有可能，所以才將這死屍留下來給切德瞧瞧。我早就知道公鹿堡裡有內賊；月桂曾收到一根用吊刑的繩結套住的月桂樹枝就是明證。如今研判起來，這隻老鼠與這隻老鼠的牽繫伴侶，不但已經滲透到王室居所之中，而且還對我們的密道知之甚詳。我眞希望今晚切德會到塔樓來。

我重新將注意力放在切德與我協力翻譯的這兩個經卷上。這兩個經卷比起冰華的經卷更加艱澀，不過做起來卻比較有成就感。切德根據這兩個經卷顯然都很陳舊，而且句法拼字屬於同一風格，而斷定這乃是同一作品，只是拆成上、下兩部；我則根據用字遣詞與插圖差別甚大，而深信這兩個經卷互不相涉。這兩個經卷都已褪色、碎裂，許多文字，甚至整個句子都模糊得不可辨；而且句法拼字都是古體，使我譯得一個頭兩個大。這兩個經卷旁，各有一份乾淨清楚、由切德與我合力逐行翻譯的譯文；現在看起來，切德的字跡已經很少，大部分的譯文都是我寫的了。我讀了一下切德最近翻譯的那個段落；標題名爲「精靈樹皮的用法」。我看了很納悶，於是去找出原文中相對的那個段落。原文還附了插圖，雖已褪色，但那說什麼都不可能是精靈樹皮。切德譯爲「精靈樹皮」的那個詞，因爲污漬所染，所以有一部分看得不大清楚；不過我瞇眼瞧了老半天之後，也不得不呼應切德，因爲那個詞最有可能的譯法，還是「精靈樹皮」。唔，這實在說不通。除非那個插圖配的不是那一段原文。然而果眞如此，那麼我之前翻譯的就全錯了。唉。

葡萄酒架驀然地轉開了。切德走進來，後面跟著端著酒食的阿憨。「晚安。」我一邊對他們招呼道，一邊小心地放下手邊的工作。

「晚安，湯姆。」切德對我招呼道。

「晚安，師傅。」阿憨嘴上雖順著切德的話招呼我，卻也同時以思緒對我喚道：*臭狗子。別叫我臭狗子。*「晚安，阿憨，我們不是約好下午要在這裡見面的嗎？」

那弱智少年把托盤放在桌上，開始抓癢。「忘了。」他聳了聳肩，不過他說話時，眼睛瞇了一下。我無奈地望了切德一眼。我已經盡力了；不過那老人乖戾的眼神明白地告訴我，他認爲我尚未盡全力。我得想個辦法支開阿憨，好跟切德講那隻死老鼠的事。

「阿憨？下次你帶柴火上來的時候，能不能多帶一把柴上來？入夜之後，這房間有時還滿冷的。」*臭狗子冷到了。*阿憨的思緒清楚地傳入我的腦海裡，雖然他只是愣站著，並且無精打采地望著我，彷彿根本聽不懂我的話。

「阿憨？今天晚上要兩把柴，懂嗎？」切德對阿憨說道；他講得很大聲，而且又慢又清楚。難道切德感覺不出阿憨很討厭這樣嗎？那人是頭腦簡單沒錯，但是他耳朵又沒聾。而且說眞的，他也不笨。

阿憨慢慢地點了點頭。「兩把柴。」

「你現在可以去拿柴了。」切德對阿憨說道。

「現在去。」阿憨應和道。他轉身走開時，用眼角瞄了我一眼。臭狗子。累死我。

切德將托盤挪到我對面的桌上；我一直等到阿憨走遠之後才開口道：「現在他雖不會用精技來攻擊我，卻不停地以精技私下羞辱我。他知道你聽不見他的思緒。我真不知道他怎麼會如此怨恨我；我又沒對他做什麼。」

切德滿不在乎地聳了聳肩。「這個嘛，反正你們兩個要趕快拋開成見，好好相處，而且你必須盡早開始教導阿憨。王子出發前往外島時，一定要帶個類似精技小組的團體同行；這精技小組即使不做別的，只是讓王子汲取力量也好。蜚滋，你必須對阿憨多下工夫，把他的心贏過來。我們需要他。」他察覺我沉默不語，不禁嘆了一口氣，他抬起頭來四下張望，並問道：「來點酒如何？」

我指了指我放在桌上的茶杯。「謝了，但是不用了；我晚上都在泡茶喝。」

「噢，很好嘛。」切德繞過桌子，走到我身邊，看看我的進度如何。「噢。冰華的經卷譯完了嗎？」

我搖了搖頭。「還沒呢。我想，大概無法在當中找到什麼有用的東西。那兩個經卷提及實際的龍時，都寫得非常隱晦；其內容十之八九都是在以地震來證明人若是行事不正，就會受到懲罰，而人們則由此領悟到一個道理，那就是做人做事絕對不可違背良心。」

「話雖如此，你還是該將那兩個經卷都讀透了再說。說不定其中有些隻字片語、言外之意之類的，還能派上用場。」

「在我看來是不大可能。切德，你看那島上真會有龍嗎？說不定艾莉安娜只是想要求王子去殺一條事實上根本不存在的龍，藉此來拖延這樁婚事呢。」

「我敢說艾斯雷弗嘉島的冰河裡一定有東西；在年代至為久遠的經卷中，提起冰河裡封住了什麼東西，而且有眼見為憑，只是連年降雪特多，再加上一、兩次雪崩，所以就再也不得見了。但是有一陣子，途經艾斯雷弗嘉島的旅人，都會不辭辛勞地走進冰天雪地之中，然後開始推測眼前困在冰河裡的是什麼生物。」

我往椅背上一靠。「噢，很好。說不定這樁任務，重點在於鏟子與冰鑿，而非王子與寶劍哪。」切德臉上閃過一絲笑意。「這個嘛，就算重點在於敲鑿冰雪，我想我也已經想出了萬無一失的妙計。只是我這辦法還必須修飾一下就是了。」

「這麼說來，上個月的海灘事件，是你弄出來的？」上個月再度傳出海灘大爆炸的傳聞；這次目睹經過的是好幾艘港外的船隻。爆炸發生於風雪肆虐的深夜；所有提起此事的人都大惑不解：畢竟誰也沒有見過閃電四射的奇景，更沒有人料到大風雪的夜晚竟看得到閃電。不過當時的確有轟然聲響，這是誰也無法否認的。而且事過之後，海邊的沙石移位，凹陷了個大洞。

「什麼海灘？」切德故作茫然地問道。

「算了。」我實在拿他沒辦法，再說我也鬆了一口氣。他要實驗爆炸的藥粉就去試吧，但我可不想捲入其中。

「非得算了不可，因為我們有別的事情要談，而這些事情可重要得多了。王子的精技課程進展如何？」

我瑟縮了一下。我還沒跟切德說王子連連缺課。我閃爍其詞地答道：「那個有鱗的繽城人還在，所以我也一直不願讓王子眞正練習精技。這一陣子，上課時我們只是一起研讀經卷而已——」然後我突然看出，隱瞞實情不跟切德說，實在沒什麼道理，而若是跟他撒謊，勢必會被他拆穿。「老實說，自從餞別宴之後，他就不來上課了。他發現我在他心裡下了精技指令之後非常氣憤，而且我猜到現在他的心情都尚未平復。」

聽了這個消息，切德皺起眉頭。「唔。我會採取適當手段去糾正那個年輕人。他再怎麼桀驁不馴，現在也該收心了。明天他一定會去上課。我會安排一下，讓他每天早上多跟你待一個小時，而且天天都準時報到。好了，再來就是阿憨。你一定得開始教他，蜚滋，至少也得讓他肯聽你的話。這事我交給你全權處理，不過我建議你，與其以處罰做為威脅，還不如賄賂他，這樣收效較快。好了，我們的下一件任務是：該開始尋找其他有精技潛能的人了，對此你有什麼建議？」

我坐著，交叉雙臂抱胸，努力抑制自己的怒氣。「這麼說來，你是找到精技師傅了？所以你找到了有精技潛能的人，就交給新的師傅去教囉？」

切德盯著我，眉頭糾結在一起。「我們有你呀。」

我搖了搖頭。「那不行的。我之所以肯教王子，是因為他苦苦哀求。而你又勉強我也試著教教阿憨。但我不是精技師傅。就算我對精技所知甚多，我也不願成為精技師傅。我真的沒辦法。你這是在要求我要做出一生的承諾；你這等於是在要求我日後必定要收個入門弟子，以便在我死後，將精技師傅的職責傳下去。但我怎麼可能收了一屋子學生、教他們精技，卻完全隱匿我自己的身分？我才不要那樣。」

切德瞪著我，因為我表面下的怒氣洶湧而驚訝得嘴巴微張，於是我更一股勁地說道：

「此外，我倒希望你讓我用自己的方式，來解決王子與我之間的過節。這樣會比較好。那畢竟是他與我之間的私人問題。至於我什麼時候能教阿憨？我看要等到海枯石爛了。」我簡潔地說道。「他討厭我。他這個人壞脾氣、態度差，又臭得難聞。還有，你是不是還沒注意到？他是低能兒呀。把瞻遠家的魔法託付給這樣的人，未免太過危險。就算他沒有這些缺點，但他就是一直反抗，根本不肯讓我教他。」我在心裡爲自己辯護道，這點倒沒有言過其實；每次我敷衍地嘗試跟阿憨講句話，他都不斷以精技來侮辱我，並且迅速地結束談話。「再說，他十分強大。如果我硬要他學，他說不定會氣憤到對我下手不留情。說句老實話，這個人，我還眞是怕他。」

如果我講這番話爲的是要激怒切德，那麼我算是失敗了。他慢慢地在我對面的位子上坐下來，舉起酒杯啜了一口。他沉默不語地望了我好一會兒，最後搖了搖頭。「多說無益，蜚滋。」切德輕輕說道。「眼前時間緊迫，我知道你認爲你不太可能一邊教王子，一邊爲王子創立一個精技小組，但是這畢竟是我們遲早得做的事情，而且我對你有信心，我深信你終究會帶出一個精技小組來。」

「早在王子接下屠龍的任務之前，你就深信王子需要有精技小組襄助；然而如今我還不確定是否眞的有龍可屠，更難相信在這個任務中，一個精技小組對王子的助力，會比一隊帶著鏟子的士兵來得大。」

「不過，王子遲早會需要精技小組。你還不如早日著手的好。」切德往後靠在椅背上，交叉雙臂抱胸。「至於如何找到有精技潛能的人，我倒有個主意。」

我默默地瞪著切德。他活潑愉快地將我拒絕擔任精技師傅的事情撇在一邊。而他接下來說的話，則使我火冒三丈。

「我只要問問阿憨就行了。他不費吹灰之力就能找到蕁麻。如果他有心幫我們找人，而且每多找到一個人，都能得到獎賞的話，他一定能找出幾個其他人來。」

「我眞的不想跟阿憨扯上關係。」我平靜地說道。

「那眞是太可惜了。」切德以同樣輕柔的聲調答道。「因爲恐怕這事不是你我作得了主的。我就直說了吧：這是王后下的命令。今早，王后跟我會面好幾個小時，主要是談王子屠龍的事。我認爲王子出門時，應該要有精技小組同行，而王后也有同感。然後王后問我說，我們有什麼候選人；我回答，我們有阿憨和蕁麻，因此王后希望他們兩人立刻開始精技課程。」

我繼續交握手臂抱胸，也繼續保持沉默。我嚇呆了，而且還不只是因爲蕁麻被捲入其中。就我所知，在群山王國，像是阿憨這樣的嬰兒，總是一出生就成了棄嬰；我原本據此而論定珂翠肯一定不願讓像阿憨這樣的人服侍她兒子——不，說句老實話，我原本期望的，就是珂翠肯會拒絕阿憨。但是王后又再度令我意外。

直到我確定自己能以穩定的聲調講話，這才問道：「王后下令叫蕁麻來公鹿堡了嗎？」

「還沒。這件事情，王后決定親手悉心處理。如果王后僅只是請求，博瑞屈可能會再度拒絕，這我們都知道的；而如果王后下令，這個嘛，那麼博瑞屈會怎麼反應，就沒人曉得了。但王后當然希望博瑞屈和那孩子都能欣然同意；這一來，信上的措辭就必須好好拿捏，可是目前繽城使節團的事情，把她所有的閒餘時間都占滿了。等到繽城人離開之後，王后會邀請博瑞屈和蕁麻到堡裡來作客，並且將這個需要解釋給他們聽。到時候，說不定莫莉也會一起來。」切德斟酌著補上一句：「當然了，除非你願意代替王后，先去勸勸他們，那麼蕁麻說不定可以早點開始上課。」

我吸了一口氣。「不。我不會去找他們。而且珂翠肯也用不著浪費時間，爲著要如何讓他們欣然接受而傷腦筋。因爲我說什麼都不會教蕁麻精技。」

「我早想到你可能是這個想法。不過不管你怎麼想都無濟於事，因爲王后下令要蕁麻學精技。我們除了遵行之外，沒有別的選擇。」

我從椅子上慢慢往下滑，心中又氣又無奈。原來如此。王后下令要我女兒成爲犧牲品，以應瞻遠繼承人之需。由於瞻遠王室有所需要，因此我女兒那平靜的生活、她那安全的家，通通都變得輕如鴻毛。這個爲難的處境，我以前經歷過。我曾經深信，我除了遵行之外別無選擇。但那是年少的蜚滋。現在不同了。

我花了一點時間考慮現況。珂翠肯，我的好友，惟眞之妻，也就是我的叔母，因爲婚姻而成爲瞻遠家人。我在幼時、少年時、青年時所立下的誓約，約束我必須效忠瞻遠家之人，遵守他們的命令，即使犧牲自己的生命亦在所不辭。在切德眼中，我的職責似乎再清楚也不過。但誓言是什麼？誓言就是把話大聲講出來，並且發自內心守住諾言。對某些人而言，誓言也不過就是如此而已，所以環境變了、人心變了之後，大可將那些諾言拋在腦後。誓言守貞，卻四處與別人勾搭，甚至乾脆遺棄伴侶的男男女女，在所多有。誓言效忠領主的士兵，只要過了一個寒冷且少食的冬天，便會棄主遠去。誓言維護某個高目的的貴族，若發現背棄諾言於自己更有利，便馬上見風轉舵。既然如此，我還必須受誓言的約束，非得遵守王后的命令不可嗎？想著想著，我的手便摸到別在襯衫裡面的狐狸別針了。

我之所以不願遵守王后的命令，有百千條理由，而且條條都與蕁麻無關。我以前也跟切德說過，精技魔法這東西，最好是任其消滅。然而我卻禁不起晉責的懇求而教他。看了這些精技經卷之後，更使我覺得心裡不安，覺得當初不該草率地答應。這些不知名的精技卷軸，所提到的精技範疇之大，大到超乎惟眞的大膽想像之外。更糟的是，我讀得越多，越覺得我們手邊的這些卷軸絕不是精技書庫，頂多只能算是精技書庫的殘餘罷了。這些卷軸裡，有談授課導師的職責，也有描述最精妙絕頂的精技用途；然而除此之外，應該還有別的卷軸，談談精技入門，談談精技人如何逐步增強實力以達到顛峰等，但是這些卷軸都付之闕如。這些卷軸位在何處，恐怕只有埃爾神知道。我所得見的點滴知識使我深信，精技能力幾乎可與天神的神力不相上下。有了精技能力，既可傷人，也可療傷；既可使人失明，也可使人重建光明；既可使人信心大增，也可使人懷憂喪志。我認為我這個人不夠睿智，不足以擁有如此的權威，更無力決定誰該繼承這個權威。切德則是經卷讀得越多，便越急於啓發這個因為他出身不正而無緣學習的能力。我常常因為切德將精技在表面上的種種好處照單全收而大為吃驚。他堅持單獨修行，也令我十分驚訝。而他最近全然不提，則使我希望他在這方面毫無進展。

不過我再怎麼奢望，也不敢奢望他會將決定權交到我手上。我可以拒絕，我可以逃之夭夭，但即使少了我，他照樣會追求精技魔法。他熱切渴求精技，而且他的意志堅定，毫不動搖。就算沒有我，他也會設法自學；不但自學，還會努力指導晉責和阿憨。還有蕁麻，這是我剛剛才領悟到的。切德認為他在精技方面精進乃是名正言順。他是瞻遠家的人，所以他當然應該精於瞻遠家的魔法；若不是因為他乃是私生子出身，當年他早就接受測驗，而且說不定早就有所成了。然而，我女兒也是私生子。

我突然伸出手指，在我多年以來的痛處上壓下去。瞻遠家的魔法啊。人們咸認精技就是「瞻遠家的魔法」。所以按理來說，瞻遠家之人會使用精技魔法，乃是「理所當然」；而根據這個邏輯，又衍生出一個概念，那就是瞻遠家的人，具有在世界上應用精技魔法所需的智慧。切德因為出身不正，所以人們認為他沒資格學習精技魔法，並且冷酷地阻止他接受精技教育。也許切德本來就沒有精技天賦；就算他有，說不定也因為多年來未加培養而凋萎了；但光是因為出身就被剝奪學習精技的機會，實在太不公平。即使事隔多年，如今切德都年事已高，他仍因此而恨得咬牙切齒。我敢說，他之所以立志要恢復精技的榮光，背後一定跟他當年的志向不得伸張有關。他是不是認為我在剝奪蕁麻的機會，就像當年人們讓他無緣學習精技一樣？我望著切德。在我少年時，若不是惟真、切德和耐辛夫人為我說情，如今的我，下場大概也跟切德一樣。

「你很安靜。」切德輕聲說道。

「我在想事情。」我答道。

他皺起眉頭。「蜚滋，又不是王后在懇求你答應，所以你沒什麼好想的。這是王后的命令，既然王后下了令，就必須遵從。」

又不是王后在懇求我答應，所以沒什麼好想的？我年少時，心裡的確想得不多；我會乾脆地擔起自己的職責。但那時我還年輕。如今我是個成年人了，我心裡考慮的，並非這到底是我非挑起不可的職責，或者這是否在我的職責之外，而是對錯的問題。想到這裡，我後退了一大步。將精技教給下一代，讓精技繼續在世界上延續下去，這樣對不對？乾脆讓精技知識凋萎，從此以後便失傳了，這樣對不對？為避免總有些人學習精技的機會將受到剝奪，所以乾脆讓所有人都沒機會學習，這樣對不對？這個嚴密保護、絕不外傳的精技魔法，到底是無盡的財富寶藏，或者它其實就像是射箭射得準，或是把歌曲的每一個音都唱準的尋常天分那樣，有的人有，有的人沒有，如此而已？

無數的問題湧出來，淹沒了我的思緒；而我的心中更嘶喊出一個大問題：真的無法讓蕁麻置身於這一切之外嗎？因為我真的無法承受這個後果。一旦蕁麻的身世，以及我大難不死的祕密突然揭露，使得對這些祕密最沒有招架之力的人也恍然大悟，那麼我過去所犧牲的一切，便等於化為烏有了。我可以拒絕教授精技，但光是拒絕教授精技，並不足以保障蕁麻的寧靜生活。我可以將蕁麻從家裡誘出來，帶著她遠走高飛；但是我一直最怕干擾他們的生活，而此舉必定會將他們的生活破壞殆盡。

水壺嬸教我石子棋之後，我突然領悟到一個道理——當時狼跟我在一起——於是我不再將線條縱橫交錯棋盤上的一粒粒小石子，看作是固定不動的局面，而是將棋局看作是無限延展的可能性，而那一粒粒小石子不過是眾多可能性之中的一個階段，如此而已。要是我拒絕了，那麼我一定會在切德的棋局中落敗，但若是我答應了呢？

你總是選擇讓你自己受到身分的羈絆，如今你應該讓你自己從身分的羈絆中解脫出來。

這思緒不請自來地從我腦海中冒出來時，我不禁屏住了呼吸。夜眼？我四處追索，然而這思緒像一陣風，其來源不可求而得知。那思緒究竟是另一個人以精技對我傳訊，還是那思緒根本就萌生於我內心深處，我說不上來。但無論來源爲何，這話說得實在眞切。我審愼地處理這個思緒，唯恐自己因此而受傷。我的確一直受到自己身分的羈絆。我是瞻遠家的人。然而我卻頓時超然地解脫了。

「我要有個承諾。」我慢慢地說道。

切德也察覺到我內心已起了劇變。他小心地放下酒杯，問道：「你要有個承諾？」

「黠謀國王與我之間，總是這樣子的，有來就有往。我變成他的人，而他則以供應我不虞匱乏、讓我接受教育做爲交換條件。直到我成年之後，我才完全領悟到，黠謀國王給我的一切有多好。所以，如今我也要有個承諾。」

切德的眉頭糾結起來。「你缺什麼嗎？唔，我知道你目前的房間有諸多不如意之處，但是我早跟你說過了，這個大房間你愛怎麼布置就怎麼布置。你目前的坐騎看似不錯，不過如果你想換匹更好的馬，我可以安排讓——」

「蕁麻。」我平靜地說道。

「你希望讓蕁麻的生活有個照應？這是最容易不過的了，我們只要將蕁麻帶到堡裡來，讓她受教育，讓她有機會結交好地位的年輕男子，而且——」

「不。我不是希望讓蕁麻的生活有個照應，而是希望她的生活完全不受干擾。」

他慢慢地搖了搖頭。「蜚滋啊，蜚滋。你明知道我沒辦法給你這個承諾。王后下了命令，要蕁麻到公鹿堡來受教育的。」

「我也不求你給我個承諾，我要的是王后給我個承諾。如果我同意成爲王后的精技師傅，那麼王后就必須答應讓我以我自己的方式教學生——也就是說，我會祕密上課，不爲人知。而且王后必須承諾讓我女兒過平靜的生活。而且是永遠不得干擾。」

切德臉上露出非常極端的表情：他眼裡因爲我肯接下精技師傅的重擔而希望大增，但我所開出的價碼又使他畏縮。「你要求王后給你個承諾？你會不會太狂妄了？王后能讓你這樣頤指氣使嗎？」

我咬緊牙關。「也許吧。但是話說回來，長久以來，瞻遠家族一直都對我過於頤指氣使，不是嗎？」

切德深深吸了一口氣。若非他的願望有可能成眞，他絕對嚥不下這口怒氣，這我清楚得很。他開口時，語氣既冰冷又正式。「容我將您的提議稟報給王后殿下，並將王后的答覆傳達給您。」

「麻煩了。」我以低沉且合乎禮節的聲音答道。

他也不多說一句話，便僵硬地起身離去。在那一片沉默之中，我突然領悟到，切德之所以勃然大怒，必有其深刻的理由。我很意外，而且過了一會兒，我才想通其中的道理：我跟切德不一樣，我既不自視爲瞻遠人，又不當刺客；至於我是不是因此而變得比切德更高一等，這我倒說不上來。我恨不得讓切德就此走掉算了，但我知道我們還有別的事情需要討論。

「切德。趁你還沒走，我還有件事情要告訴你。依我看來，我們的密道裡有了間諜，還好現在解決了。」

他將自己的怒火擱置在一旁，硬生生地讓自己恢復平常。他轉過身來時，我掀開陶盆，露出盆下的老鼠。「昨天晚上，黃鼠狼弄死了這隻老鼠。當時我感覺到有人爲這老鼠之死而感到悲痛；據我推測，這老鼠大概是堡裡某人的牽繫動物，而且這個人，說不定就是王子訂婚典禮的前一天晚上，攔路擋住我去路的花斑子。」

切德臉上因為覺得噁心而絞扭在一起，但他還是彎身打量那隻死老鼠，還伸手戳了一下。「有沒有什麼辦法，可以找出這老鼠跟誰牽繫在一起？」

我搖了搖頭。「這種事情是無法確知的。不過此事絕對會使那人難過到極點；我猜那人至少也要一天左右才能恢復。所以，如果有人特別在這一、兩天避開社交場合，那麼你可能得去探視看看他們是得了什麼病。」

「這我會調查。這麼說來，你認為這個間諜是個貴族？」

「麻煩就在這裡。這個間諜可男可女，既可能是貴族，也可能是僕人或吟遊歌者；這人說不定是在堡裡住了一輩子的人，但也可能是自從訂婚慶典以來才住進堡裡來的人。」

「你有沒有特別懷疑誰？」

我皺眉想了一會。「我們可能必須將貝馨嘉那個圈子的人看緊一點。不過這理由無他，只是因為我們知道那個圈子的人不乏原智者，而且也很同情其他有原智的人，如此而已。」

「那個圈子沒幾個人嘛。儒雅．貝馨嘉人在堡裡，他有個男僕、有個侍童；嗯，好像還有個幫他照料坐騎的馬伕。我會去問問這幾個人的狀況。」

「泰半的貴族都返回自己的莊園去了，而儒雅．貝馨嘉竟然還留在堡裡，眞是耐人尋味啊。你看我們有可能謹愼地探問一下箇中原因嗎？」

「他已經成為王子的密友，留在此處鞏固他與王子的情誼，當然是對他的家族利益最有利。不過我會悄悄打聽一下長風堡的近況；我在那裡安插了人，這你是知道的。」

我嚴肅地點了點頭。

「我安插在長風堡的人曾經回報，這一個月來，貝馨嘉府每下愈況。老僕人一個個走了，而新僕人態度差，又沒規矩。她還提到一宗怪事：有幾個新來的廚房幫手竟到酒窖偷酒喝，這事後來被廚子發現，然而廚子最氣不過的是，他們不但喝得醉醺醺，而且他們如此胡來，已經不是一、兩天的事情了；但是貝馨嘉夫人卻不辭退這幫人，廚子憤而辭職，然而那廚子已經在貝府做了好多年。除此之外，貝府招待的客人也與以前大不相同。以前到貝府作客的，都是士紳之類，但近來貝府招待了好幾個獵人團，而在我的人眼裡，這些獵人不但沒什麼水準，甚至可說相當粗野。」

「你看這是怎麼回事？」

「說不定貝馨嘉夫人是在結交新勢力；而這些新朋友，說好聽一點是原智者，說白一點，那就是花斑子了。不過，要不要與這些人結交，貝馨嘉夫人未必能作主。我的人說了，貝馨嘉夫人獨自待在私室裡的時間越來越長，就連邀請『賓客』用餐時都不出來了。」

「我們有沒有攔截到貝馨嘉母子之間的往來信函？」

切德搖了搖頭。「近兩個月來都沒消息。他們母子倆之間似乎不通音訊了。」

我也搖了搖頭。「眞是越聽越詭異。這其中必有詐。我們應該將儒雅盯得更緊一點才行。」我嘆了一口氣。「自從堡裡出現那根綁著吊刑繩結的月桂樹枝以來，一切平靜無事；而這老鼠乃是我們首度握有花斑子活動的證據。我原本還期望花斑幫的騷動已經平息下來了。」

切德深吸了一口氣，緩緩地吐出來。他走回桌邊，坐了下來。「其實不然。除此之外，還有別的徵象。」他平靜地說道。「而且那些徵象，跟這隻老鼠一樣，都不是確切明顯的實據。」

這對我來說是個新消息。「哦？」

切德清了清喉嚨。「王后盡了最大努力，禁止公鹿公國境內的人處決原智者——至少，公開處決的事情已經絕跡了。不過，據我猜測，小村小鎮上可能仍有原智者遇害，只是我們無從得知罷了；要不然，就是他們以別的罪名爲掩護，悄悄地對原智者下手。然而公開處決雖不再有，謀殺案卻時有所聞。這些人之所以遇害，到底是一般人對原智者下手呢，還是花斑幫爲脅迫原智者服從聽令而使出的手段？這就不知道了，只知道不時有人遇害。」

「這我們之前談過。誠如你當時所言，珂翠肯王后對此無能爲力。」我淡淡地說道。

切德悶哼了一聲。「如果你能說服王后，讓她深信她對此無能爲力，那我還眞是求之不得。王后因爲這些案子而苦惱不已啊，蜚滋；而且這箇中原因，還不只是因爲她兒子有原智而已。」

我點了個頭，感謝王后對我的關切。「那麼公鹿公國以外的地方呢？」我平靜地問道。

「那就比較困難了。諸大公一向把權力與正義視爲他們個人的『私事』，容不得王室對此多加關切。若下令要法洛公國，或者提爾司公國徹底禁止處決原智者，就跟要求修克斯公國就此停下對於恰斯國邊界的一切騷擾行動一樣的困難。」

「自古以來，修克斯公國便不斷在邊境上與恰斯國彼此較勁。」

「自古以來，法洛公國與提爾司公國便不斷處決原智者。」

「那倒不盡然。」我往椅背上一靠；我有幸能自由取閱切德收藏的典籍與公鹿堡的書庫。「在花斑點王子之前，人們對原智魔法的看法，與鄉野術法一般無二。不認爲它是強大的魔法，只是有些人擁有此項能力就是了；然而一個人就算有原智，也不會因此而顯得邪惡或是可惡。」

「唔。」切德讓步道。「是這樣沒錯。但今人的態度根深蒂固，難以動搖。雖然耐辛夫人身在法洛公國，且已盡了全力。她若是無法事先預防地方人士處決原智者，那麼事後她必定孜孜不倦地追查相關人等，並嚴格懲罰。誰也不能指責她沒有盡力。」

他咬了咬上唇。「上個星期，王后收到一封匿名信。」

「這件事我怎麼不知道？」我立刻追問道。

「憑什麼該讓你知道？」切德反問道；他看到我眉頭皺結，於是用和緩的口氣說道：「問題是，沒什麼好說的。信上既未提出條件，也沒提出威脅，只是列出了近六個月來，在六大公國境內，因爲具有原智而被處決之人的名字。」他嘆了一口氣。「名單還眞長。四十七個名字啊。」他歪著頭看我。「信上並未以有花斑點的馬做爲落款，所以我們認爲這信雖是出於原智者，但這些原智者必與花斑幫不同派系。」

我想了一會兒。「我想，現在原智者知道他們有通達王后的管道了。他們大概是想讓王后得知近來發生的事情，然後看看王后會怎麼處理。若是忽略不管，那就大錯特錯了，切德。」

他朝我點了點頭，勉強同意我的看法。「我也是這麼想。王后說，這表示我們已進一步贏得了原智者的信任。除非原智者期望王后做點事情，否則他們不需要把這名單送交給王后。我們正在設法找出這些遭受處決之人的親屬；接下來，王后會正式通知各大公，要求殺人者必須支付與血等重的金子給他們的家屬，以抵償血債。」

「死者的家屬可能不容易找。人們總是不太願意承認他們跟任何原智者有親屬關係。」

切德又點了點頭。「不過我們還是找到了一些家屬。若往後收到抵償血債的金子，便交給王后的財務總管保管；若是找不到家屬的，王后會下令張貼告示，昭告與死者有親屬關係之人，可以到公鹿堡來領取賠償。」

我想了一下。「大部分人大概根本不敢來。再說，冷冰冰的金子也換不回活人。而有些貴族可能會認爲，若能將領地內的原智者清除掉，就算是捐點金子也値得；就像你找專人來除鼠，自然要付點費用一樣。」

切德低下頭，揉揉太陽穴。當他抬起頭來看我的時候，臉色顯得十分困乏。「我們盡力去做了，蜚滋。你有沒有什麼更好的建議？」

我想了一會兒。「其實我也想不出什麼更好的辦法。不過我倒想看看他們送來的信函，包括列了名單的這個卷軸，和之前的信函；尤其是王子被誘走之前收到的那個卷軸。」

「你想看，就去看吧。」

切德的口氣有些奇怪；我聽了這話，後頸的寒毛直豎。我小心翼翼地說道：「我以前就說我想看看這些信函，也不只提了一、兩次了。我是眞的想看他們的來函，切德，什麼時候能讓我瞧瞧？」

他的眉毛壓在眼睛上，狠狠地瞪了我一眼。然後他站了起來，踏著沉重且緩慢的步伐，走到他的卷軸架邊。「依我看，總有一天，我這些祕密，通通得移交給你。」切德不情不願地說道。接著他不曉得做了什麼動作，打開了機關，於是卷軸架頂上的裝飾性飾板便摺了下來；他伸手探入，過了好一會兒，抽出了三個卷軸。這三個都是小卷軸，捲成圓管狀，放在手裡時，拳頭一握，卷軸便看不見了。我已經站了起來，但是我尙未看到裡面放了什麼其他東西，切德便又將飾板放下。

「你剛剛是怎麼開的？」我追問道。

他的笑容小得不能再小。「我剛才是說『總有一天』，可不是說『今天』。」這儼然又是我舊日導師的口氣了。他似乎已經將剛才惱怒我的事情拋在一旁。他朝我走來，將放在攤平手掌上的那三個卷軸交給我。

「沒交給你看，是因爲珂翠肯與我有所顧慮。希望你會認爲我們的顧慮確有其道理。」

我接過卷軸，但我還來不及打開其中一個，整個卷軸架便忽然轉到一邊，阿憨走了進來。我以純熟到近乎本能的技巧，一氣呵成地將那三個卷軸送進袖管裡。「現在我得走了，蜚滋駿騎。」接著他轉向阿憨，說道：「阿憨，你本來是跟湯姆約好了下午碰面；現在既然你們兩個都在這裡，我希望你們就在這兒待一陣子。你們兩個要好好做朋友。」最後那老刺客又嚴厲地朝我看了一眼，說道：「我敢說等一下你們兩個一定會聊得很愉快。好了，二位晚安。」

切德說完話，在阿憨都還沒將卷軸架闔上時便匆匆地走了；他是不是因爲可以躲開而鬆了一口氣？那弱智的僕人一邊肩上掛著個帆布袋，帆布袋裡放了兩把柴。他四下看看，也許連他也因爲切德這麼快就走了而感到很驚訝。「柴。」他對我說道，砰的將肩上的重負落在地上，整理一下，轉身便要離開。

「阿憨。」我叫住他。切德說得沒錯，我是至少應該要教阿憨遵從我的指令。「你知道柴不該亂放，應該要堆到火爐邊的架子裡。」

阿憨一邊活動肩膀、摩摩粗短的手掌，一邊怒目瞪我；然後他扯著帆布袋，也不提起，便直接將那兩把柴拖到火爐邊，一路上柴枝散落，又掉了一地樹皮屑和塵土；但我什麼也沒說。接著他蹲在火爐邊，以發狠的蠻勁乒乒乓乓地堆柴；他一邊忙著堆柴，一邊不忘時時轉過頭來打量我的動靜，但我也說不出他那神情到底是出於敵意，還是出於恐懼。我爲自己倒了一杯葡萄酒，盡量不去理會他。天天這樣跟阿憨相處不是辦法，總得想個方法才行。我根本連與他同處一室都覺得惶惶不安，更別說若是替他上課會有多麼恐怖了。說句老實話，我覺得阿憨那畸形的身體與遲鈍的智力有些令人作嘔。

然而當年蓋倫對我的感覺也是如此。而且我之所以不想教阿憨，與蓋倫之所以不想教我，又有什麼差別？

這個思緒撞上了我心中從未完全痊癒的舊瘀傷。我望著阿憨忿忿地使勁堆柴，心裡頓時感到羞恥。阿憨之所以成爲瞻遠王室的工具，並非出於他的自願，這處境與當年的我一模一樣；這個重責大任莫名其妙地落在他身上，也與當年的我無二；況且，他長得畸形、智力有所局限，也是身不由己。我心裡起了個念頭：從頭到尾可能都沒人問過他的意見，然而我突然覺得這個問題非常重要。而且要爲王子創立精技小組的事情，可能會因爲我問了這個問題而邁入新的境界。

「阿憨。」我叫道。他悶哼了一聲。我未再多言，而是等到他暫時止住自己對柴火所發的脾氣，轉過身來面對我之後，我才開口。也許這並不是問他話的好時機吧；但是我轉念一想，阿憨與我之間，從來也不曾出現可以談上兩句話的時機。等到他的小眼睛盯著我，而且也開始將注意力放在我身上之後，我才繼續問道：「阿憨，你願不願意讓我教你精技？」

「什麼？」他露出疑心的神色，彷彿認定我一定是想要將他當作笑柄以取笑他。

我吸了一口氣。「你很有天賦。」阿憨的眉頭皺得更緊了。我澄清道：「有件事情，只有你做得來，別人都做不來。有時候你利用你這個天賦，叫別人『別看見你』；有時候你利用這個天賦來叫我難聽的綽號，而且切德根本就蒙在鼓裡——好比說『臭狗子』。」聽到這裡，阿憨露出了不懷好意的笑容。但我不予理會。「你願不願意讓我教你把這個天賦用在其他地方？你願不願意善用這個天賦，以服侍王子殿下？」

他連想都不想便答道：「不要。」他轉過身去，繼續乒乒乓乓地堆柴。

他回答得這麼快，使我有點意外。「爲什麼不願意？」

他猛然地站起來，不客氣地瞪著我。「我的工作已經夠——多——了——」他意有所指地將目光移到柴堆上。*臭狗子。*

別那樣叫我。「這個嘛。我們每個人都有工作在身，而且非做不可。人生就是這樣啊。」

他既不以精技回答，也不以言語回答，只是繼續大力堆柴。我深吸了一口氣，決心要對此有所反應。我心裡盤算著，到底要怎麼做，才能使阿憨的態度稍微和善一些。因爲我突然很想教他，我想從阿憨開始，做爲我對王后有所承諾的象徵。照切德的建議，以賄賂收買阿憨來學習精技，是否可行？我若誘得動他學習精技，是不是就能保我女兒安全無虞呢？「阿憨。」我問道。「你想要什麼東西？」

聽到這句話，阿憨停下了手邊的動作。他轉過頭來望著我，眉頭糾結在一起。「什麼？」

「你想要什麼東西？怎麼做才讓你開心？你有沒有什麼很想要的東西？」

「我想要什麼東西？」他瞇著眼睛看我，彷彿只要看得清楚一點，他就更能懂得我話裡的意思。

「你的意思是說，有東西給我？只給我一個人，不用跟別人分？」

他每問一句，我就點點頭。阿憨慢慢地站了起來，搔了搔後頸；在他努力思考之際，他的嘴唇噘了起來，舌頭也掛在嘴外。「我想要……我想要擾弟圍的那條紅圍巾。」阿憨說了這句話之後，便停下來，垂頭喪氣地瞪著我；我猜他是認定我會叫他別癡心妄想。但是我連擾弟是誰都不知道。

「紅圍巾。我可以幫你找一條紅圍巾，這沒問題。還有呢？」

阿憨瞪著我，瞪了好幾分鐘。「還有，粉紅色的糖霜蛋糕，只給我一個人吃。不要燒焦的。還要一整把葡萄乾。」他停了下來，挑釁地望著我。

「還有呢？」我問道。阿憨提的這些要求都不困難。

他仔細打量著我，同時走近了幾步；他以爲我在愚弄他。我以最輕柔的聲音問道：「如果此刻這些東西你都有了，你還想要什麼別的？」

「如果……葡萄乾跟蛋糕都有？」

「如果葡萄乾跟蛋糕都有，而且還有紅圍巾的話，那你還想要什麼別的？」

他嘴巴蠕動著，小眼睛瞇了起來。依我看來，他大概沒想過除了這些東西之外，他還能擁有什麼更好的。我若想讓賄賂的計策奏效，可得把他的胃口訓練得大一點才行。此外，這人苦苦渴求而不可得的，竟然都是這些極其簡單的小玩意，使我心裡萬般不捨。他既不求多一點薪俸，也不求可以擁有多一點自己的休息時間，只求三、兩樣不足爲道的東西，好讓辛苦的人生容易忍受一些。

「我想要……像你那種小刀。還要一根羽毛，頂端有一隻眼睛的那種。還要一枝笛子。紅笛子。我以前有枝紅笛子——我媽給的，紅笛子，配綠帶子。」他在思考之際，眉頭皺得更緊了。「可是他們把我的笛子搶走，還把笛子弄壞。」接下來他沉默了好一會兒，一邊回想往事，一邊粗嗄地呼吸。我不禁納悶道，這不曉得是什麼時候發生的事情。爲了努力回想往事，他那對小眼睛瞇得都快閉起來了。我原本以爲阿憨笨得記不住童年的回憶，但此時我迅速地調整我對他的印象；他的心智的確不如我或切德這麼靈敏，但他還是有他的記性。接著阿憨眨了眨眼，並侷促地吸了一口氣，然後哽咽地哭訴起來——他講話本來就口齒不清，此時更是幾不可辨——「他們根本不想吹笛子。我說：『給你們吹，沒關係，但是吹完要還給我。』但是他們根本不吹，就把笛子折斷了。還恥笑我。是我的紅笛子耶，我媽給我的耶。」

那矮胖的小個子男子因爲失去笛子而吐著舌頭、痛哭失聲的模樣，也許的確有令人忍俊不住之處；我認識的人之中，有許多人看到這個場面可能就爆笑出來了；至於我，我則努力屏住呼吸。他整個人就像是烈焰放出熱度般地輻射出痛苦的感受；我小時候的心情也與阿憨無二：我在走廊上碰到帝尊，他就會順手用力推我一把；當我靜靜地坐在小廳堂的角落裡玩遊戲，帝尊就會走過來踩壞我的玩具。阿憨打動了我的心；我原本認定自己與他相去太大，所以你是你、我是我，彼此互不牽涉，然而這個界線卻逐漸模糊了起來。畢竟阿憨腦袋不靈光、人又胖、身材古怪難看，而且態度又粗魯，衣衫襤褸、其臭無比，除此之外，還與人不合。他與這整個城堡的富裕與歡樂格格不入，就像當年待在堡裡、沒沒無聞的我一樣。即使如今阿憨有了成年人的年歲，也無關緊要了；此時我眼前的他，彷彿就是當年的我——然而當年的我，只覺得自己永遠無法成人，而且正因爲自己脆弱無助，所以永遠沒辦法告訴自己，如此巨大的傷痛終將過去，無須介意。然而阿憨的心靈卻永遠脆弱無助。

我原本的用意是要賄賂阿憨。我本想問出他想要什麼東西，然後用他想要的東西當作交換條件，以便達成我自己的心願。倒不是要無情地利用他，只是要用這些東西，來換取他遵從我的意願。只是說起來，這個作法，其實與當年我祖父買通我的手段，也相去不遠了。黠謀國王送我一只別針，又保證我可以接受教育；他從未對我動之以情，雖然我深信到了最後，黠謀國王也逐漸地關心起我來，就像我關心他那樣。然而我一直期望，當年他送我別針，又保證我可以受教育，乃是因爲彼此的情分而起，而非以利益交換爲始，到最後才衍生出情分；而且我懷疑，到了最後，他也跟我一樣，希望這一切乃是因爲恩義情分而起，只是一切皆已成枉然。

然後，我還沒意會到自己的思緒，便聽到自己朗聲說道：「噢，阿憨。我們實在沒有好好照顧你，是不是？不過我們往後會好好照顧你，這點我可以向你保證。等我們把你照顧得好一些，我才會再度問你想不想跟我學件事情。」

15
爭吵

在外島，有三處值得遊客一訪。第一處是沛利爾斯島的「冰墳」。冰墳是數百年來外島人埋葬偉大戰士之處。根據外島習俗，女子死後總是埋葬在自己家族的土地上；外島的土地大多貧瘠，而在當地人的觀念中，讓血肉屍骨化在貧瘠的土壤之中，乃是一個人對家族的最後貢獻。男人就不同了，傳統上，男子皆是海葬，唯有至爲傑出的英雄，才能葬在沛利爾斯島上的冰雪地裡。每一座墳墓上都立著冰雕，以資留念。雖然沛利爾斯島的人不時會清理修整冰雕，但年代最久遠的冰雕，早已被惡劣的氣候侵蝕得不復辨認其形。由於冰雕不免被吹薄打垮，所以人們爲了長久之計，都將冰雕做得很大，甚至大到實體的十、百倍。冰雕的主題多爲英雄所屬的氏族象徵，所以來到此地的遊客，會看到仰之彌高的大熊、龐大聳然的海豹、咄咄逼人的水獺，以及大如牛車的魚。

第二個值得一遊的地方，是「風之洞」；外島的先知便居住於此。有人說，先知必爲妙齡女子，而即使寒風吹襲，仍裸身而行；有人說，先知必爲醜老太婆，年紀已經大到無法想像，而且總是穿著厚重的鳥皮裝；還有人說，先知並非代代相傳，而是自古至今皆爲同一人。不過，先知可不會出門迎接來到此地的每一位遊客；本人也的確不曾看到先知的蹤影。洞口周圍廣達數畝的土地上，盡是民眾供奉給先知的供品；根據謠傳，就算是彎身摸一下供品，也會招致死亡的厄運。

第三個值得遊客遊覽之處，是冰雪長年不化的艾斯雷弗嘉島。雖然外島的許多島上都有冰河盤據，但是艾斯雷弗嘉島與其他島嶼大不相同：艾島本身就是條大冰河。要登陸該島只有一條路，那就是趁著低潮時，從島東露出的一條黑岩灘上岸；上岸之後，遊客必須藉著繩索與斧頭之助，從冰河側面的冰壁爬上去。遊客可在洛吉翁島僱到經驗老到的嚮導；這種嚮導很昂貴，但是有了嚮導，將可大大降低攀爬冰壁的危險。通往「冰山巨怪」的路途極爲艱難崎嶇；看來結實的雪地，其實可能只是雪花吹過冰隙之後所形成無法著力的硬殼。然而，儘管酷寒、艱辛且危險，但是冒險前來目睹困在冰雪裡的冰山巨怪，還是值得的。到達目的地之後，遊客請稍安勿躁，因爲嚮導們清理近來累積在冰窗上的積雪，必定要花上一段時間；冰雪清了之後，遊客便能盡興瀏覽了。雖然只能看到冰山巨怪的背、肩和雙翼，視線又模糊不清，但是冰山巨怪的確身形巨大，這點無庸置疑。隨著年年冰雪越積越厚，這個奇妙的景象終究也會埋藏於冰雪之下，往後就只能求諸於人們的記憶了。

——克倫・海寇維爾所著之《北國之行》

直至阿憨離開了一個小時，我仍坐著凝視新添了柴的火爐。與他談話之後，我的心情變得很沉重。阿憨只是與人不同，然而無法容忍這一點的人，卻因此而殘忍地對待他，使他承受了如此沉重的悲傷。

一枝笛子。紅笛子。唔，我一定想辦法幫他弄枝紅笛子來，不管他會不會因此而比較想學精技。

我又多坐了一會兒，心裡想著，當切德向王后稟報我的交換條件時，不知道她會怎麼說？我現在覺得有些後悔；我所後悔的，倒不是自己決定要跟王后談條件，而是我怎麼沒跟切德說我想要親自向王后提出要求。派那老人家代替我跟王后說，不免顯得膽怯，彷彿我連站在王后面前都不敢。現在才想到這一點，眞是爲時已晚。

仔細思慮了一陣子之後，我才想到我塞在袖管裡的那些小卷軸。我將小卷軸一個接一個地推出來。這幾封信都是寫在樹皮紙上；樹皮紙時間一久，就變脆變硬，難以展開。我小心翼翼地展開一個卷軸，放在桌上壓平，而我必須拿四、五根蠟燭來，才勉強能辨出那抖扭且模糊的字跡爲何。我打開的第一個卷軸是切德從未提過的；這卷軸上只寫著：「公鹿堡的格厲．連洪，與其妻潔恩皆有原智；格厲養了獵犬，而潔恩養了㹴犬。」落款則是草草畫就的花斑點馬。從信上完全看不出這信是什麼時候送出來的。我心裡納悶，這封信函到底是直接送給王后，還是切德只是要拿個範本給我看看，讓我知道花斑幫如何將不肯與花斑幫同盟的原血者身分暴露出來。這得問問切德才知道了。

我展開的第二個卷軸，是今日稍早時切德跟我提過的。這卷軸是這三份信函裡最新的，所以很容易展開。卷軸上只簡單地寫道：「王后說，人就算有原智，亦不能因此而入罪。既然如此，那麼這些人是因何而受死？」接下來便是一大串名字。我一一看過去，並發現其中至少有兩家人。我咬緊牙關，希望死去的這兩家人裡面沒有孩童；然而，難道成人或老人就比較能坦然接受冤死與折磨嗎？這我也說不上來。這名單上，只有一個名字是我認得，然而我還是告訴自己，即使同名，也無從得知這是否就是我認識的那名女子。我曾在鴉頸鎮附近，認識一個叫做蕾莉．坎恩的女子，這該不是名單上的那個「蕾莉狄莎．坎恩」的小名吧？我曾經在黑洛夫家裡見過她好幾次。我懷疑荷莉，也就是洛夫的妻子，一直想撮合蕾莉跟我，但是從頭到尾，她對我不過只是冷淡不失禮，如此而已。這人大概不是那個蕾莉吧，我如此騙我自己，同時努力遏止自己想像火焰燒到她那一頭棕色捲髮時的景象。這卷軸上沒有落款，也沒有簽名或是徽章。

最後那個卷軸捲得很緊，幾乎打不開。這個卷軸大概是最舊的。我用力掰開，結果它便裂開了：先裂成兩片，然後裂成三片，最後裂成五片。我很懊悔自己把好好的文件弄成這樣，但是若要展讀的話，除了用力掰開，沒有別的辦法。要是這卷軸再收藏久一點，那麼掰開時可能會裂爲碎片，再也無法閱讀。

我讀過之後，只覺得切德可能既不希望，也不想讓我看到這卷軸。

這就是他們在王子失蹤之前收到的那個卷軸；切德就是因爲收到這個消息，才派人快馬加鞭地衝到我家門前，緊急召我立刻返回公鹿堡。他已經向我提過這個沒有落款的匿名要脅信上寫了什麼，現在我則是親自展讀。信上寫道：「乖乖照辦，就不必鬧得衆人皆知。膽敢不從，我們就採取行動。」

但是這兩句話之前的那一大段，切德卻避而不提。墨漬時而滲入樹皮紙內，加上紙張捲曲，所以更難辨識。我鍥而不捨地將碎片拼在一起。讀過之後，我往椅背上一靠，緊張得忘記如何呼吸。

「原智小雜種仍然活著。這點不但你們知道，我們也知道。原智小雜種仍然在世，而你們庇護他不受傷害，因爲他對你們還有用處。你們處處保護他，但卻任由清白的男男女女純粹因爲自己的原血血統而喪命。然而這些男男女女，是我們的妻子、我們的丈夫，或是我們的兒女、手足。也許有朝一日，我們讓你們嘗到失去親人是什麼滋味時，你們才會出手制止對原血者的大屠殺吧；請問這一刀要傷得多深，你們才會跟我們一樣悲痛？吟遊歌者沒唱到的史實可多了，而且我們清楚得很。原智仍在瞻遠家族的血脈中鼓動不息。乖乖照辦，就不必鬧得衆人皆知。膽敢不從，我們就採取行動。」信上沒有落款。

良久，我才回神過來。我反覆細想切德所言所行，以及他爲什麼一直刻意不讓我知道我的性命受到重大威脅。王子失蹤的那一刻，切德了解到這威脅不僅是虛言，他便派人召我前來。他從一開始便讓我深信，他們在王子失蹤之前便收到花斑幫送來的黑函，威脅要對王子不利；當然，用這個角度來解讀這個卷軸，亦無不可，然而這封信其實更堂而皇之地威脅到我。切德召我回來，到底是爲了要保護我，還是爲了要保護瞻遠王室免受醜聞所擾？我暫且將切德的事情擱在一旁，再度傾身研究寫在樹皮紙上的褪色墨漬。這封信出自於何人之手？花斑幫之人似乎樂於在落款處畫上花斑點馬的紋章，而這封信卻沒有署名，跟那封載明死者姓名的信函一樣。我將三個卷軸並列出來做比較：沒有落款的這兩封信，有些地方字跡頗爲相似，可見這兩封信有可能出於同一人之手；畫了花斑點馬的那一封信，語氣唐突，字體較大，矯飾的勾捺點撇較多，這信應該是不同人所寫的；然而即使能推究出這個結論，亦無法證明什麼。這三封信所用的紙都一樣；這一點沒有什麼好意外的：上好的紙張價格高昂，但是任誰都能從樺樹樹幹上剝下樹皮爲紙。所以我們不能就此推斷這三信出於同一來源，或這三信出於兩個來源。我比較了這三個卷軸的意義。是不是在王子被擄走之前，原智者便爲了要制止民眾殺害他們，而分爲兩個派系？還是說，這只是因爲我熱切渴望有人出來制止民眾對原智者的暴行，所以才有這個一廂情願的想法？黑洛夫跟他那些朋友懷疑我的身分，並進而推斷原智小雜種並未死在帝尊的地牢裡，這就已經夠糟了；我可不想讓花斑幫知道蜚滋駿騎至今仍在人世。

我再度瀏覽那一長串死者的姓名。另外還有個名字似乎很耳熟：住在沼澤地的奈特。我待在黑洛夫那裡的時候，曾與一個叫做奈特的人見過一面，而這說不定就是同一個人；但我也無法確定。我的指頭輕輕敲著桌面，心裡則想著自己敢不敢到鴉頸鎮那一帶的原智者聚落去走一趟。去那裡做什麼？去問他們有沒有派人送一封威脅要對我不利的黑函給王后？這個策略不大適當。他們可能只是虛張聲勢而已。

我若眞的去了，不就證實了我至今的確仍然健在的傳言嗎？對他們而言，至少我也是個頗有價值的人質，而且不管死活，都會使瞻遠家族蒙羞。不行。現在時局如此緊繃，說什麼也不能挑起任何衝突。說來說去，也許還是切德所做的安排最爲恰當：他要我離開久居之地，但表面上則表現得這威脅信函有名無實，不必多慮。我本來十分氣惱他，但現在心情逐漸平靜下來。不過，我還是必須篤定地告訴他，他實在不該隱瞞事實不告訴我。他在害怕什麼呢？他是怕我不肯回公鹿堡協助尋找王子，反而棄國而去，在異地展開新的人生嗎？難道他以爲我是那種人？

我搖了搖頭。是該跟切德把話攤開來講的時候了。他必須接受一個事實，那就是如今我已經是個成人，我有權掌控自己的人生，也有能力爲自己做決定。珂翠肯也是一樣；我會要求切德幫我安排跟珂翠肯會面，以便我親口向她表明我對女兒的擔憂，並要求她保證蕁麻的人生不至於受到干擾。還有弄臣。最好還是趕快將弄臣與我之間的不快解決了吧。當晚我離開切德的塔樓，走入長長的密道回到房間時，心裡想的就是這些念頭。

我睡得不好。蕁麻像是撲火的飛蛾般，不停地襲擊我的夢境。我睡是睡了，但是一個人以背抵住遭人圍攻的門口，能睡得多好，可想而知。我感覺得到她的動靜。一開始，她意志堅決，再來變得憤怒不平；快到黎明時，她的攻勢轉爲絕望且不擇手段，此時最難抵禦的，是她那淒涼的懇求：「求求你，求求你。」她不停地說道。但是她以精技發出的懇求只是如微風一般地拂過我的感知。

我醒來時頭痛欲裂，所有感官都失靈了；我房裡暈黃的燭光顯得太亮，而且不管什麼聲音，聽起來都太吵。我一逕地將蕁麻擋在門外，自己心裡也很愧疚，然而這個束縛著我的愧疚感，並無助於消解頭痛。像這樣的早晨，是非得來一點精靈樹皮不可的，而且不管切德批不批准，我是非喝不可。我站起來，洗臉、換上衣服；光是冷水潑在臉上的衝擊，以及彎身穿鞋的這種必要舉動，都使我痛得彷彿有人一再將我的頭摜在地上。

我離開了黃金大人的房間，慢慢踱到廚房。我下樓時碰到黃金大人的侍童；我告訴阿俠我會幫黃金大人端早餐上去。阿俠開心地咧嘴直笑，又一再地道謝，使我頓時想起，我也曾是個像他那樣的少年，隨時都想得出十來個主意，一點也不煩惱這一個小時的空檔將無事可做。想到這裡，就覺得自己老了。阿俠誠心誠意地謝我，倒使我感到羞赧：我只是想單獨在我們房間裡用餐，如此而已，至於去幫黃金大人端早餐，不過是個僞裝。

廚房的鍋盤撞擊聲、吼叫聲與熱氣，均無助於紓解我的頭痛；我在托盤裡裝了餐點，又格外多倒了些熱水，便朝樓梯而去。但我才踏上第二階，便被一名喘氣奔來的女子攔住了。「你忘了黃金大人的花。」那女子對我說道。

「可是現在是冬天呀。」我一邊不情不願地停步，一邊發牢騷道：「這時節哪裡會有花。」

「但無論如何。」她一邊回答，一邊露出和煦討好的笑容，回復成女僕的態度。「黃金大人一定是要有花的嘛。」聽到弄臣有這個古怪的堅持，我不禁搖了搖頭。她將一個袖珍花束放在托盤上；說是花束，其實是在幾根漆黑細樹枝的玲瓏枝芽上繫上純白的緞帶，再以白、黑兩條緞帶綁住花束，打上蝴蝶結。我隨便謝過，算是盡了本分，不過她篤定地告訴我，幫黃金大人準備花束乃是她的樂趣，然後才去忙她的工作。

令我驚訝的是，當我端著托盤回到我們房間的時候，弄臣已經起來，正坐在火爐前的椅子上。他穿著黃金大人的奢華晨褸，頭髮蓬亂地散在肩頭上，而且也沒裝出貴族的氣勢。我一下子不知如何是好；我原本打算將自己那一份端回房間，然後敲敲他臥室的門，讓他知道早餐已經擱在桌上。嗯，至少潔珂不在我們房裡；說不定我今天終於能跟弄臣私下一談了。我進門時，他慢慢地轉過頭來，無精打采地說道：「是你啊。」從他那神色看來，彷彿他昨晚熬夜。

「是。」我簡短地答道，重重地將托盤落在桌上，走回去關上門。接著我走回自己房間，拿出我逐漸從廚房竊取而來的餐盤，開始將我們兩人的早餐一一端到桌上。如今有了機會跟弄臣當面把話說清楚，但我一下子不知道該從何開始。我恨不得將心中的積鬱一吐為快，但我嘴裡講出來的話卻是：「我需要一枝紅笛子，而且要用綠色的繫繩；這笛子能麻煩你做嗎？」

他站了起來，臉上露出愉悅卻又困惑的表情。他慢慢地踱到桌邊。「應該可以吧。你急著要嗎？」

「越快越好。」即使是我自己聽起來都覺得口氣太過冷酷。彷彿請他幫個忙，我就會受傷似的。「這笛子不是我要的。是要送給阿憨的。他以前有一枝紅笛子，但是被人搶走、弄壞了，而他因此而十分難過，怎麼也忘不了失去笛子的痛苦。」

「阿憨哪。」他應道。「他有點怪怪的，是不是？」

「大概吧。」我生硬地接口。他似乎沒注意到我語多保留。

「每次我碰到他，他都瞪著我一直看；可是就算我只是隨便瞄他一眼，他便怕得落荒而逃。」

我不在乎地聳聳肩。「從僕人的角度而言，黃金大人並不是堡裡最親切和善的貴族。」

他吸了一小口氣，接著把氣吐出來。「的確如此。這是必要的偽裝，但是看到阿憨那樣的反應，我還是心痛。那麼，就是綁綠繫繩的紅笛子，越快越好囉。」弄臣允諾道。

「多謝。」我乾脆地答道。他這一番話使我再度想起，黃金大人也不過是他所扮演的角色罷了。聽到這裡，我已經後悔自己剛才求他幫忙。請對方幫忙絕對是個開啓爭論最糟的方法。弄臣納悶地望著我，但是我看也不看他。我拿著杯子走回自己的房間，往杯裡倒了一些精靈樹皮，才走回客廳。我回到餐桌邊時，弄臣將小花束捏在手指間轉著，臉上則露出不解的神情。我拿起熱水罐，將熱水加在我的精靈樹皮茶裡；弄臣看著我泡茶，眼裡與臉上的笑容也消退了。

「你在做什麼？」他輕聲問道。

我嘟囔了一聲，輕快地說道：「頭痛。蕁麻鬧了我一整晚。如今是越來越難把她擋在外面了。」我舉起杯子，徐徐晃動；精靈樹皮泡漲了之後，慢慢地化出墨黑的汁液。茶湯漸濃；我啜了一口。苦極了，但是要命的頭痛幾乎一下子便舒緩下來。

「這茶該喝嗎？」弄臣針鋒相對地問道。

「要是我覺得不該喝，那我就不會喝了。」我愉快地指出。

「可是切德——」

「切德不會精技，他哪會知道精技頭痛有多厲害，更不知道精技頭痛該怎麼緩解。」我心底意外地湧出一陣煩躁感，所以講話的口氣比我預期中的更尖銳。這個時候，我才知道我還在氣切德故意瞞著我，不讓我看到黑函的全文。他還是那副老樣子，總想控制我的人生。說也奇怪，我以為自己已經將這情緒拋到腦後，誰知道它仍在我心底翻騰。我又喝了一口茶。精靈樹皮茶就是這樣，一方面將煩躁感加溫，另一方面卻使人心情更低沉；這二者的組合其糟無比，但總比頭痛欲裂地撐一整天來得好。

弄臣像僵死了般坐了好一陣子。然後，他提起茶壺，優雅地將茶水注入杯中，而他的眼神雖然從頭到尾不離茶壺，嘴裡卻對我問道：「精靈樹皮茶難道不會妨礙你替晉責王子上精技課？」

「王子本身就是個障礙，因為他已經好幾天不來上課了。我有喝也好，沒喝也罷，學生若不來，課就沒辦法上。」我這才發現自己對這件事有多麼失望，而且再度感到小小的意外。不知怎地，光是與老友同坐一桌，光是想到我一心要出言頂撞他，就使得這些古怪且痛苦的眞相一一爆炸開來——彷彿這一切的錯，都要怪他過去這一個星期以來遠遠地躲避我，同時還讓他的朋友錯以為我們之間有曖昧關係。

弄臣往椅背上一靠，那茶杯優雅地懸在他修長的指頭上。他的眼神越過茶杯朝我望過來。「唔。看起來，這種事情，你得去跟王子提才對。」

「沒錯。但是另有一件事情，我非得跟你提不可。」我聽到自己以猛烈的指責口吻說了這一番話，但我就是控制不住自己。

接著是一陣長長的沉默。期間，弄臣咬住嘴唇，彷彿硬將話吞入肚裡。然後他啜了一口茶，抬起頭來與我四目相對，我這才意外地發現，他的臉色竟然疲倦困乏。「是嗎？」他勉強地說道。

我心裡有一股力量叫我住嘴不說，但是我硬逼自己說道：「沒錯，這事非問你不可。我要知道，你到底跟那個叫做潔珂的女人講了什麼話，竟讓她以爲我……以爲我們，那個——」我停頓下來，那個字眼我實在說不出口。我不敢說出自己的思緒，彷彿只要講出來了，這件事便會多添幾分眞實性。

弄臣的臉上閃過一抹怪異的神情。他搖了搖頭。「我什麼也沒跟她說，蜚滋。那個『叫做潔珂的女人』什麼話都編得出來。像她那樣的人，你永遠無須跟她說謊；只要留話不說，她就自己編起故事來了，而且有的故事還離譜得很，這你是見識過的。這人在某些方面還滿像椋音的。」

我現在最不需要聽到的，就是椋音的名字。不只潔珂，連椋音都深信我與弄臣之間有著超乎友誼的關係。現在我看出來了，弄臣不但故意誤導潔珂，還以同樣的手法，或是不予否認，或是講些引人遐想的言語，以鼓勵椋音儘管往錯誤的方向去想。看著她被騙得團團轉，有一段時間，我只是覺得有點不自在，但還是覺得很好笑；但此時我只覺得，弄臣故意誤導椋音，使她認定我們二人之間有曖昧關係，這種弄虛作假的手法，實在令人心寒。

他將手上的杯子放到桌上。「我本以爲我已經好些了，但其實不然。」他以黃金大人那種目中無人的高傲口氣說道。「我要回房休息。今日不見客，湯姆・獾毛。」他開始站起來。

「坐下。」我說道。「我們得談一談。」

他依然站著。「沒什麼好談的。」

「一定要談。」

「就是不談。」他的眼神望向我身後遠處，遠到我無法得見之處。他昂起下巴。

我站了起來。「我非知道不可，弄臣。你有時候會凝視著我，又說一些奇怪的話，當然你是在說笑，但是……你讓椋音和潔珂都深信我們兩個是情人。」我粗暴地說出這個字眼，彷彿這個字眼粗鄙至極。「你讓潔珂認定你是女人，而且你深愛著我；也許你覺得這沒什麼大不了，但是別人的錯誤印象，我可無法像你那麼輕鬆以待。你對於共枕的伴侶有什麼偏好，堡裡一直傳言不斷，這就夠我困擾了。就連晉責王子都當面問過我。我知道儒雅．貝馨嘉對你疑心重重。我很討厭這樣，堡裡的人表面上望著我們二人，心底卻揣想著你晚上時會對你的僕人做出什麼事情來，這種情形讓我厭惡至極。」

聽了我這番狠話，弄臣瑟縮了一下，整個人東搖西晃的，就像被斧頭砍伐而將倒未倒的小樹。當他說話的時候，聲音似有若無。「你我之間實情如何，我倆心知肚明，蜚滋。別人怎麼想，那是別人的問題，不是我們的問題。」他慢慢地轉向我，以這幾句話來結束談話。

我差一點就讓他走了。這種事情，我一向以弄臣的決定爲準，這是我長久以來的老習慣了。但是我突然覺得堡裡的人聊什麼閒話很重要，說不定幸運會碰巧在公鹿堡城的小酒館裡，聽到別人惡意地取笑此事。「我非知道不可！」我突然對他大吼。「這事關係重大，而且我非得一次搞清楚不可。你到底是什麼人？你到底是什麼身分？我見過你身爲弄臣，也見過你身爲黃金大人，我還聽過你以女人的聲音跟潔珂講話。琥珀，對不對？我老實承認，這點我怎麼也想不透。爲什麼你會以女人的身分住在繽城？爲什麼你任由潔珂相信你是女人，而且還深愛著我？」

他並未望著我的眼睛。我本以爲他要任由我問，並且不予回答，因爲他以前也常常如此。但是他吸了一口氣，輕聲說道：「我之所以成爲琥珀，是因爲琥珀這個身分最適合我在繽城的目的與需要。我以異國女子的身分行走於繽城人之間，我毫無權力，而且對他們毫無威脅；在這個表象之下，不管是奴隸還是商人，也不管是男人還是女人，所有人都能輕鬆自若地與我交談。那個身分與我的需要吻合，蜚滋。就好像現在黃金大人的身分與我的需要吻合，是一樣的道理。」

他這話直接刺中我的內心深處。我冷淡地說出他傷我最深之處：「這麼說來，弄臣也只是個角色囉？你之所以成爲弄臣，只是因爲這個角色『與你的需要吻合』？你到底是什麼目的？你想成爲年老體衰的國王親信？還是要與皇室私生子結交？你是爲了要接近我們，才成爲我們最需要的人嗎？」

他並未看著我，但是我盯著他動也不動的側臉時，他闔上了眼睛。「那是當然。你愛怎麼想，就怎麼想吧。」

聽到這話，我更加怒不可抑。「我懂了。原來那一切都是虛假的。這麼說來，從頭到尾，我都是錯以爲自己認識你，對不對？」話畢，我在自己的怒氣與冷言之間掙扎了一會兒，也不期望他會回答。

然後弄臣開口了。「不，你的確認識我；我這輩子所遇過的人之中，就屬你認識我最深。」此時他垂眼望著地上，在他的周遭有一股靜止的氛圍。

「果眞如此，那麼你必須老實跟我講清楚。到底實情是什麼，弄臣？你別開玩笑，也別拿你哄別人的話來搪塞。你說，你到底是誰？你到底是什麼身分？你對我到底是什麼感覺？」

他終於轉過頭來望著我；他那眼神，像是被我痛揍了一拳。然而當我繼續盯著他，要求他給我一個答案的時候，我只看到他的怒氣開始滋長蔓延。他突然站挺起來，輕蔑地哼了一聲，彷彿不敢相信我會問出這種問題；接著他搖了搖頭，深深地吸了一口氣，一大串話便像連珠炮一般滔滔不絕地從他嘴裡湧出：「你明知道我是誰；我連我的眞名都告訴你了。至於我是什麼身分，你也清楚得很。你要求我以言語來界定我自己，這等於是尋求虛假的慰藉。言語無法包含或界定一個人，然而，人心卻可以做到，如果人心願意眞誠地去體會。但據我看來，你的心恐怕無法做到。當今之世，唯有你對我的全貌窺見甚多，而且其他人皆遠遠不及你，然而你卻一口咬定，你所窺見的一切全貌不可能是我。你到底要我把自己的哪一個部分斬除？而我爲什麼又得爲了取悅於你，而將自己斷骨截肢？我可是說什麼都不會要求你爲了我而扭曲扼殺自己。說到這裡，你就坦白承認眞相吧。你明知道我對你有什麼感覺；我對你有什麼感覺，你早就知道，而且知道很多年了；況且四下除了你我之外，再無旁人，所以我們也無須假裝你一無所知。你明知道我愛你。我一直都愛著你，而且也會永遠愛你。」他一個字、一個字清清楚楚地講出來，彷彿這是無可避免的結果；而他的聲調中，聽不出有一絲一毫的恥辱或勝利感。說完之後，他開始等待；像這樣的言語，勢必要求得到回應。

我深吸了一口氣，努力控制精靈樹皮所帶來的陰鬱情緒。我誠實且坦率地說道：「而你也明知道我愛著你，弄臣；一個人對最親近的朋友愛得有多深，我對你的愛就有多深。對此，我毫不引以爲恥。但若是讓潔珂、椋音，或是其他人以爲我倆之間有著超友誼的關係，以爲你想要與我共枕而眠，那就是——」我停下來，等他應和我的想法；但我卻苦等不到他的應和。他非但不應和我的想法，反而睜大了他那琥珀色的眼睛凝視著我。那個眼神絕對錯不了。

「我愛你。」他平靜地說道。「我愛就是愛，不設任何界線。什麼界線都沒有。你懂我的意思嗎？」

「我懂，只怕我是懂得太深切了！」我答道，而且我的聲音在顫抖。我深吸了一口氣，再緩緩地吐出去。「我永遠都不會……你懂我的意思嗎？我永遠也不會渴求與你共枕而眠。永遠都不會。」

他的眼神再次轉開，雙頰浮上淡淡的紅暈，但那不是因爲羞赧，而是因爲某種比羞赧更深刻的情愫。他嚴格地控制著自己的聲音，平靜地說道：「而這件事情，你我也心知肚明，而且心知肚明很多年了。這件事情永遠也用不著開口明講，但如今，在我餘生中，都必須將你那句話放在心上了。」他轉過頭來望著我，但是他似乎視而不見。「我們原本可以終其一生都不要談及此事。如今你把話說出口，注定了你我終生都將引以爲憾。」

他轉過身，慢慢地朝他的臥室走去；他的步履沉重，彷彿他眞的病了。然後他停下腳步，回頭望著我。他的眼裡燃燒著怒火；我非常意外，因爲我從未料到他會對我如此氣憤。「難不成你還以爲，我會強求你與我分享你並不渴求的事？果眞如此，你會不齒到什麼地步，我清楚得很；若是強求於你，我倆除此之外的一切情誼，必定會抹殺殆盡、無可挽回，這點我再清楚也不過。就是因爲這個原因，所以我總是避免與你談及此事，但如今你卻逼使我倆之間的友誼必須攤牌。這太惡劣了，蜚滋。惡劣，而且沒有必要。」

他再度像是遭到重擊之後感到暈眩茫然的人，走走停停地走了一、兩步。接著他突然停了下來，猶豫地將晨褸口袋裡那把黑白相間的袖珍花束拿出來。「這麼說來，這不是你送的了，對不對？」他問道，聲音一下子變得有氣無力，也沒有直視我。

「當然不是。」

「那這是誰送的？」他以顫抖的聲音問道。

我不在乎地聳聳肩；他竟在這麼嚴肅的討論之中，天外飛來這個奇怪的問題，眞令人氣惱。「照顧花草的那個女人呀。她每天早上都在你的托盤放一個花束。」

他深吸了一口氣，閉上眼睛，過了一會兒才說道：「當然了。花不是你送的；打從一開始，你就沒送過我一束花。那到底是誰呢？」他停頓了好一會兒。我突然擔心他會昏倒；因爲他眼睛緊閉，臉繃得緊緊。最後他輕聲說道：「當然了，如果還有別人能看穿我的表象，也不足爲奇；而且若是眞有其人，那麼一定是她。」弄臣睜開了眼睛。「照顧花草的女人。她的年紀與你不相上下；臉上與手臂上有雀斑，頭髮是清淡的乾草色。」

我回想那女人的模樣。「雀斑是有。頭髮是淡棕色，不是金色。」

他再度緊閉眼睛。「這麼說來，她的髮色一定是因爲年紀漸增而變深了；嘉蕾莎從你小時候起，就開始照顧花園的花草了。」

我點了點頭。「我記得那個人，雖然我現在已經忘記她的名字。你說得沒錯。所以呢？」

他乾笑兩聲，但笑聲幾近苦澀。「所以呢？所以說，衆生都因爲愛情與希望而眼盲啊。我本以爲這花是你送的，蜚滋。好個癡迷的念頭啊。然而這花卻不來自於你，而是來自於一個多年之前，曾經迷戀過國王的弄臣之人。我想，那應該是迷戀吧。只可惜她跟我一樣，我們的愛都無法得到回報。然而儘管世事滄桑，她仍心地堅貞，所以才認出了我來；就因爲她的心地堅貞，所以她才守住我的祕密，卻又私下暗暗點我。」他又拿起那個袖珍花束。「黑與白。這是我冬天的顏色啊，蜚滋，當我還是國王的弄臣時。嘉蕾莎知道我是誰，而且至今她仍對我有幾分好感。」

「以前你以爲花是我送的？」我實在難以置信；他怎麼會生出這種莫名其妙的念頭？

他突然轉開頭，避開我的眼神，而我也發現到我講的那幾個字與我講話的聲調使他備感羞辱。他低著頭，慢慢踱向他的臥室。他一句話也不回，而我則突然對他寄予無限的同情。我愛著他，然而這是友誼之愛；我對於他那不自然的慾望有什麼感覺，不待多言，而且我也無法改變自己，但我更不願看到他羞愧難忍或是痛徹心扉。所以我莽撞地開口時，當然更使他的心情雪上加霜。「弄臣，既然嘉蕾莎對你愛慕有加，你何不讓你的感情有個歸處？說起來，她是個頗有魅力的女人；說不定，如果你欣然接受她的情意——」

他突然轉過身來面對我；他眼裡怒火延燒，將他的眼睛燒成燦爛的金黃；在他苛刻地質問時，臉頰則因爲激動而染得更紅了。「然後呢？然後怎麼樣？然後我就會變得跟你一樣，只要是什麼人，只要可以到手，都可以塡飽情慾？這種事情才眞教人不齒。我與你我都認識的某人不同：我永遠也不會爲了饜足自己的情慾，而利用嘉蕾莎或是任何其他人。」他最後這一句話是衝著我講的。話一說完，他朝臥室走了兩步，然後又再度轉過身來正對著我，同時臉上漾開了一抹極其恐怖、苦澀無比的笑容。「等等。我懂了。你以爲我從未體驗過情慾的甜蜜；你以爲我一直都『要把自己留給你』。」他不屑地嗤了一聲。「你別自往臉上貼金了，蜚滋駿騎。你才不値得我等哩。」

我覺得好像被弄臣痛揍了一拳，但是我沒倒下，他卻突然翻了白眼，軟弱無力地倒在地上。有一段時間，我憤怒與害怕交加，所以整個人都怔住了。我們互相重擊對方最脆弱的弱點；這是只有好朋友才做得出來的事情。我心裡有個聲音，惡毒地命令我就讓他倒在那裡，不去管他，因爲我什麼也不欠他；但是我隨即便跪倒在他身邊。他的眼睛幾乎緊閉，那細細的眼縫中只露出眼白；他喘得很急，彷彿他方才疾奔了一陣。「弄臣？」我說道，由於自尊心作祟，所以我的語氣顯得格外不耐煩。「你又哪裡不對勁了？」我猶豫地伸手摸他的臉。

他臉上有些熱度。

原來他這幾天並不是裝病。我知道弄臣的皮膚通常摸起來涼涼的，比尋常人涼得多，所以對他而言，這個輕微的溫熱，就算是發高燒了。他偶爾會變得很古怪，人會發燒、變得很虛弱；我心裡暗暗希望，這只不過是尋常的舊事重演而已。我的經驗是，每逢這種時刻，弄臣就會脫一層皮，露出底下顏色較深的新皮膚，而且要一、兩天才會恢復。也許弄臣之所以暈倒，只是因爲身體虛弱，如此而已。然而雖然我才剛伸手到他身下，將他抱了起來，心裡卻已經怕得要命，唯恐這眞是嚴重的大病。我怎麼會挑這個時機跟他起衝突？這個時機眞是壞到了極點。他在發高燒，而我又因爲喝了精靈樹皮茶而心情陰鬱，難怪我們越談越離譜。

我一腳踢開弄臣臥室的門，將他抱回他的房間。他房裡的空氣沉悶凝滯，床單很亂，彷彿整夜都睡不安穩。我是怎樣沒心腸的蠢蛋，竟沒想到他會不會是眞的生病了？我將弄臣毫無生氣的身體放在床上，再將枕頭拍鬆，笨拙地塞在他頭下，盡量幫他拉好被子。接下來該怎麼辦？我知道最好是別去找療者；弄臣在公鹿堡待了那麼多年，可是他從來就不准任何療者碰到他的身體。博瑞屈還是公鹿堡的馬廄總管時，弄臣偶爾會去找他拿點藥品什麼的，但如今我說什麼也不能去找博瑞屈。我輕輕地拍拍弄臣的臉頰，但是他毫無甦醒的跡象。

我走到窗戶邊，將厚重的窗幃拉到兩旁，又鬆開護窗板的卡榫，將護窗板拉開，讓乾淨、寒冷的冬日空氣流進來。我找到黃金大人的手帕，於是到窗台邊挖了一把雪，放在手帕裡；我將手帕摺好、壓平，帶回床邊。我在床緣坐下，輕輕地將手帕按在弄臣的額頭上。他略有動靜了；我改而將手帕按在他的頸側，此時他突然甦醒，而且機敏得令人驚訝。「別碰我！」弄臣一邊咆哮，一邊大力將我的手推開。

他如此拒絕我的一片好意，使得我的焦慮化爲憤慨。「隨便你。」我迅速抽手回來，並啪的一聲將包著雪的手帕摜在床邊的桌子上。

「請你走吧。」他答道，他的口氣使這幾個空虛的字眼稍稍染上一點好意。

於是我就走了。

我在激動之餘，將客廳也整理了一下，又乒乒乓乓地將餐盤疊回托盤上。我們兩個什麼也沒吃。沒吃就沒吃吧；反正我現在已經食欲全無。我將托盤端回廚房，將餐點倒掉，提了水和柴回我們房間。進門之後，我發現黃金大人的臥室門已經關緊；就連我站在門口，也能聽到房裡的護窗板重新關緊、上拴的聲音。我大聲地在他門上敲了敲，並說道：「黃金大人，我來幫您的房間添柴加水。」

他沒回答，所以我就添了客廳火爐的柴，並將我房裡的舊水換掉，然後將其餘的水和柴留在他房間門口。我內心怒火與痛苦交織；而我氣的對象，主要是我自己。我怎麼沒看出他是眞的生病了？他再三拒絕，爲什麼我還堅持要談下去？最重要的是，爲什麼我不相信我內心對於彼此友誼的直覺，反而將不知內情者的閒言閒語當作一回事？而啃噬著我的痛苦，則是因爲我深深體會到切德對我一說再說的那句話。他常說，並不是任何事情，都是說一聲抱歉就可以彌補得了的。我唯恐自己無能彌補今日闖下的大禍：正如弄臣所言，今日一談，我們終生都將引以爲憾。我不敢期望時光會將我那尖酸刻薄的言語磨鈍，最後盡去鋒芒；畢竟他的話仍像鋒利的剃刀一般地刺傷我的心。

由於心情沉重，所以接下來那三、四天的記憶一片朦朧。那幾天，我一次也沒見過弄臣。他還是會讓那個年少的侍童到他臥室裡去，但是就我所知，他並未踏出房門一步。在繽城使節團離去之前，潔珂顯然至少又見了他一次，因爲潔珂在樓梯上將我攔下來，然後用冷冰冰，但還不至於失禮的口氣對我說道，黃金大人已經完全釐清了她原本對我們主僕關係的錯誤印象；又說，若是她的猜測竟引起我煩擾，還請我多見諒。然後，她從牙縫裡擠出一句話，說她從未見過像我這麼蠢笨且殘酷的人。她丟下這句話就走了。隔天，繽城使節團便揚帆返航。關於結盟一事，王后與諸大公並未給繽城使節團任何肯定的答案，只是接受了他們帶來的十二隻繽城信鴿，也請他們將十二隻公鹿堡信鴿帶回繽城。雙方的協商將會持續進行。

繽城使節團才剛走，當晚入夜之後，堡裡便因為王后突然帶了一隊侍衛疾行而出而起了一陣騷動。切德告訴我，就連他都覺得王后的反應過於激烈；聽他這麼說，顯然諸大公更覺得王后太過激動。王后出門，為的是要制止處決原智者的暴行，而目的地則是在公鹿公國境內，接近瑞本公國的邊境上一個名為「畢德威村」的小地方；而王后之所以連夜趕路，顯然是因為她接到了間諜的密報，指出隔天早晨，畢德威村人要將一名女子吊死，放火燒掉。當時氣候冷得馬噴出來的氣都成了煙，但一行人仍點著火把匆忙而去；而穿著白狐皮束腰外衣、披著紫色斗篷的王后，便在侍衛的簇擁下出城。我站在窗邊望著他們離去，心裡恨不得自己能夠跟追隨珂翠肯。但是我身為黃金大人之僕的身分往往羈絆著我，使我不得不待在我最不想待的地方。

他們隔天傍晚就回來了，而且有一名渾身是傷、搖搖晃晃地坐在馬鞍上的女子與他們同行。一望即知，他們一定是在千鈞一髮之際救到了人，硬將吊刑的繩套從她脖子上扯下來。面對著全副武裝的騎兵，動用私刑的民眾並不敢多反抗。珂翠肯震怒不已，親自對村裡的長者嚴厲地訓斥了好幾個小時。她下令要全村每一戶人家的每一個人，都到村裡的小廣場上集合；接著她親自站在村人面前，朗讀王室的禁令，嚴禁人們純粹因為一個人有原智便予以處決；宣示禁令之後，村裡的人無論長幼，就算是孩童，只要能握得住筆，都必須在公告上簽名，表示他們的確在場，也聽過內文，並發誓一定遵從。由於這個小村子沒有集會的大堂，所以珂翠肯特別下令，這張眾人簽字的公告必須永遠張貼在村裡唯一一家小酒館的火爐上方；她並且向村人強調，公路守衛一定會時常來此檢查，確認布告仍貼在原處且完好如初；同時珂翠肯也警告村人，凡是簽了名者，往後若膽敢再威脅無辜原智者的性命，那麼，不但全數財產都要沒收，本人還會被驅逐出境——不是驅逐到公鹿公國以外，而是流放到六大公國之外。

王后回來之後，那名受害女子便被人帶往守衛的醫療室療傷。她村子裡的人對她實在不客氣。那女子剛到村裡不久，認識的人不多；她去畢德威村看她的表親，然而她的表親卻到村裡的長老面前密報她在跟鴿子講話。村子裡有人傳言說此事跟爭遺產有關，這使我不得不懷疑這女子是真有原智，或者這不過是遺產之爭，而她僅只是威脅到她表親繼承莊園的權利而已。這女子一康復到可以旅行之後，珂翠肯便為她準備了錢糧與馬匹，有人說，王后還送了她一紙地契，地契所屬的莊園離她表親的村子很遠；總而言之，在那女子能夠上路之後，便立刻離開公鹿公國，遠走他鄉。

這件事情演變成接下來一連串爭議的起火點。有人說，王后逾越了界線，畢德威村其實坐落於公鹿公國與瑞本公國的交界上，所以王后要採取行動之前，至少也要跟瑞本大公商量一下。瑞本大公似乎將王后親自介入此事，當作是對他個人的批評與冒犯；雖然他沒有將這幾個字說出口，但是眾人都在議論，我們這位群山來的王后，是不是太急於跟諸如外島人和繽城人之類的外國人建立關係，以至於她已顧不得對各大公國的大公應有的尊重了？王后是不是認定各大公國之首無法處理自己的國內事務？之後謠言與抱怨越來越離譜：王子都已經擁有一半的群山血統，王后怎麼還覺得六大公國的新娘不足與王子匹配？還傳出更陰險的閒話，說王子明白地表現出他對小優小姐的喜愛，最後卻被他的母后硬生生阻止了，這等於是讓歐姆西公爵丟盡了顏面；連年輕的王子都看得出，近在身邊就可以找到比外島貴主更尊貴的新娘，王后為什麼還要跟那個出言不遜的小女孩周旋？

由於這些牢騷都只是私下流傳，所以珂翠肯王后也很難做出回應；不過，珂翠肯也很明白，這些謠言不能完全忽略，否則瑞本大公與修克斯大公會更加不滿，甚至將這種情緒傳染給其他大公。她的解決之道，是下令諸大公派出代表前來開會，而會議的目的，則是如何終止原智者遭到處決的情事。不出我所料，這會議做出了三個建議：第一，將原智者的姓名作表列冊，以確保他們不會冤枉地遭人處死；第二，將原智者集中於特定村落，並鼓勵原智者只在劃定的區域內活動，以保障自己的安全；而第三更是寬宏大量地建議，原智者應該遷往恰斯國或繽城，因爲外人無疑一定比六大公國之人更歡迎原智者。

這些建議是什麼居心，我心裡有數。就連最遲鈍的人也知道，登錄原智者姓名、將原智者集中於六大公國境內特定區域之類措施，很可能會變成大規模屠殺的前奏曲；至於「遷往」恰斯國或繽城云云，其實與流放無異。王后則尖銳地告訴與會的代表，這些解決辦法太缺乏創意，請衆代表再多多思索。就在這個時候，有個從提爾司公國來的青年，意外地幫了王后一個大忙。那青年戲謔地說道：「其實處決原智者的事情，對於大多數之人都毫無妨礙；說句老實話，原智者會遭人處決，是因爲施展『野獸魔法』的人自作孽，所以才惹禍上身。既然這只會妨礙到原智者，那麼也許您應該去問問原智者，看看他們有什麼解決辦法才對。」

王后迅速地抓住這個機會。她開口之後，那青年臉上的得意笑容消失，其他人吃吃的笑聲也轉而退去。「好了，總算有了個既有創意，又頗有可取之處的好建議。既然各位代表都這麼說了，那麼我依言而行吧。」大概只有切德與我二人知道，其實珂翠肯早就想跟原智者請益了。她以王室的名義發出通告，並諭令信差將通告張貼於六大公國各地的大城小鎮，而且往後永遠不得揭除。通告上說，王后邀請原智者，或稱爲原血者之人，推派代表與王后會談，以便討論如何制止原智者，或稱原血者之衆人遭到不法處決與謀殺的情事。通篇文字都是王后所授意的，雖然切德苦苦哀求她仔細考慮，不要用這麼重的字眼。許多貴族對於王后間接指控他們沒有老實處理自己領地上的謀殺案件，都氣得火冒三丈。不過我對珂翠肯採取的立場是擊節讚賞，而且我相信其他原智者一定也與我有同感，雖說我認爲原智者大概是永遠也派不出代表團前來爲自己請命了——畢竟，他們何必冒著生命危險，暴露自己的身分前來會談呢？

我在頂撞弄臣，並釀成大禍之後，至少衍生了一點智慧，領悟到自己在跟切德、王后與王子應對的時候，應該要考慮得更周全些。我將卷軸碎片鋪在切德一定會看到的地方，也就是我們的工作台上；我碰巧在塔樓裡遇見他，使我有機會詢問——而且是很平靜地問——他一直不讓我看到這封信函，到底是什麼理由？那老刺客的答覆倒使我很意外。「這封信過於針對你個人，所以在當時的情況下，不宜讓你看到。那時候我需要你幫忙找出王子的下落，並將王子平安地送回堡裡來；可是倘若你當時就讀了此信，那麼你必定無心理會王子的行蹤，反倒會將全部的心思，用來思索這封信是誰所寫，雖說我們無法確認這信與王子的失蹤必定有所關聯。當時我需要的是你冷靜的腦袋，蜚滋；然而我難免會想到你以前的脾氣太差，又屢屢因為動不動就大動肝火而做出狂野的舉動。所以我扣下了信，以免你因它而分心，反而疏忽了我們最重要的任務。」

這一番說辭並未使我完全平息，但是倒讓我體會到，切德的確常常會引導我以大大不同的角度來看待問題。依我看來，我平靜地接受他的講法，倒使他意外得不知所措；近來我老是跟人過不去，他大概以為我必定是要藉此跟他大吵一架吧。我沒有提出要求，切德便近乎羞赧地向我保證，現在他知道我性格已經很成熟了，所以他扣住信函是不對的。

「那如果現在我把心思放在這信函上呢？」我平靜地問道。

「若能知道這信是誰送的，倒不失為有用的情報。」切德坦承道。「不過，若是要冒著失去精技師傅，或是使精技師傅分心的風險才能得知，那麼這代價就未免過於高昂了。其實我並未放鬆；我一直都在追蹤各種線索，以便查出信件來源，只是這些線索都消逝在迷霧之中。那隻老鼠的事情我也沒忘記，只是我再怎麼探查，也沒找出原智間諜的線索。我們一直在監視儒雅，只是查不出什麼結果來，這你是知道的。」他嘆了一口氣。「我求你，蜚滋，把追查信件的事情交給我去辦，至於你，就把心思放在你對我們最重要的地方吧。」

「這麼說來，你已經跟王后談過，而且她同意我提的條件。」

切德眼神一變；柔綠的眼睛，突然變成銅綠色。「不，我還沒提。我原本希望你會重新考慮。」

「說眞的，我的確重新考慮過了。」我說道，並克制自己別以切德臉上的震驚表情爲樂。然後，我在他推論我必定是打算就此放棄，不跟王后談條件之前，趕緊補充道：「我已經決定了，這件事我必須親自跟她談。」

「這個嘛。」切德思索著自己該講什麼話。「這點我十分同意。我待會兒就跟她提，請她今天就騰個時間與你一談。」然後我們就各自行事了；雖然我們彼此意見不同，但是並未爭吵。切德臨走之前，用古怪的眼神看了我一眼，彷彿想不透我這個人。這使我對自己的表現十分滿意；唉，要是我早早學到這個教訓就好了。

因此，當切德通知我去跟王后會面的時候，我再度抱著平靜的態度前去會見珂翠肯。她設了張有葡萄酒也有糕點的小桌招待我。我在進門之前就訓誡自己要沉著鎭定；也許就是因爲如此，我才看出她非常疲倦。

我進門的時候，王后殿下挺直地坐著，但是我看得出，這靜止不動的姿態其實是她的盔甲。她跟切德一樣，也認定我一定會勃然大怒。她的防衛心那麼重，幾乎使我氣得就要衝口說出她對我的脾氣顯然有一定成見，這態度未免太傷感情；但我並未說出這樣的話，反而深吸了一口氣，以便驅散備受冒犯的感覺。接著我強迫自己平靜地向她行禮，等著她招呼我就坐，甚至還講了幾句天氣晴朗、她氣色不錯之類的客套話，最後才點出我眞正掛心的正題。然而，即使如此，我仍注意到她眼尾稍微瞇了一下，這明白道出了她已經武裝完畢，隨時準備應付我的激烈攻擊。到底是從什麼時候開始，這些認識我最深之人，都認定我是這種不講道理、脾氣火爆的野蠻人？我緊緊勒住自己，不准自己去考慮這該怪誰。我對於眾人的防備絕口不提，反而望著珂翠肯的眼睛，平靜地問道：「蕁麻的事情，我們要怎麼處理？」

珂翠肯藍綠色的眼珠子頓時放大，彷彿她受到了驚嚇。她往後靠在椅背上，凝視著我好一會兒。

「切德是怎麼跟你說的？」她反問道。

我雖緊繃，卻忍不住咧嘴笑了出來；在這時刻，我對女兒的一切憂慮都消逝得無影無蹤。我聽到自己答道：「切德曾經跟我說過，以問題來回答問題的女人，你要特別當心。」

有好一會兒，我還以為這句俏皮話已經逾越了我們兩人之間應有的界線。但她臉上慢慢浮出一抹微笑，與我呼應；隨著笑容初升，她也無力地將她對我的防備擱置下來。我突然領略到，儘管表面上看來王后顯得平靜自持，但是私底下，她卻疲憊煩憂。她要擔心的事情太多了；王子與反覆無常的貴主結下婚約、王子答應了那個荒誕的「屠龍」任務、原智者的問題、花斑幫掀起的政治風波、國內的貴族議論生非，還有繽城的戰爭與龍的事情，在在都需要她費心處理。突如其來的狂風會重新燃起將熄的熱炭；同樣地，她那憂慮的表情，也喚醒了我心深處的遙遠回音，頓時間，惟真對這女子的愛意都甦醒了。過去惟真與我之間以精技牽繫，所以我偶爾能體會到他對珂翠肯的眞情意；但話雖如此，我竟然會感知到惟眞對她的愛意所引起的遙遠漣漪，這也頗為奇怪。由於惟眞的緣故——同時也因為我自己很喜歡珂翠肯，所以我突然對她非常關切起來。看到她往後靠在椅背上，顯然因為我無意與她起衝突而寬心不少，我感到無地自容。我只顧著自己的煩惱，卻常常忘了別人的負擔其實也一樣沉重。

珂翠肯將憋著的氣吐了出去。「蜚滋，我很高興你來找我談蕁麻的事。切德是明智的顧問，又對瞻遠王室忠貞不二；他精神好的時候，處理國事明快清楚，而且他有很多管道可以聽到人民的心聲；他的意見既睿智又實在。但他每次提起蕁麻的時候，總是以瞻遠王室顧問的身分來看待此事。」她傾身向前，將她柔細的手搭在我粗糙的手上。「但我寧可以朋友的身分，直接與蕁麻的父親一談。」

看來此時我應該繼續緘默，等她講下去。

王后繼續搭著我的手，乾脆地說道：「蜚滋，蕁麻應該要接受精技訓練。其實你心底也知道這是大勢所趨。這是爲了蕁麻好，因爲一個人若有精技天賦而未經訓練，可能會招致危險——沒錯，我在決定要如何處理晉責的天賦之時，也讀了一些卷軸；但是此外還有一個原因，那就是蕁麻的身分特殊：她乃是瞻遠王室可能的繼位人選。」

此語一出，使我震驚到忘記如何呼吸。我本想與珂翠肯辯論教導蕁麻精技有失明智，不去提及她因爲身分所受到的重大威脅。我狼狽至極，一時也不知道要回答什麼，不過這也好，因爲王后的話還沒講完。

「我們無法改變自己的身分。我永遠都是惟眞的王后；而你永遠都是駿騎的兒子，雖然出身不正，但仍是個不折不扣的瞻遠族人。威儀嘛，你是知道的，自從惟眞藉由威儀來找我之後，他的神智便再也無法完全復元；我敢說，其實吾王無意危害他的表弟，只是木已成舟，無可挽回了。我們無法改變自己的身分，而威儀雖頂著瞻遠的姓氏，但是早在他仍神智健在時，就已經垂垂老矣了；因此，萬一惟眞的血脈無以爲繼，我們也無法認眞考慮以威儀做爲王位的繼任人選。」

我無法跳脫珂翠肯縝密的邏輯；所以雖然我看得出她這些環環相扣的思緒終究會導出什麼結論，但我卻不得不點頭應和她。

「然而，後備的繼任人選是絕對不可少的；一來，若是發生了什麼萬一，王國才仍然有人主政。」她的眼神飄向遙遠的地方。「此時你的女兒雖然隱而不見，但她仍是第二順位的繼任人選。蕁麻的身分本來就是如此，不是你我所能改變的；無論你我再怎麼期望，她的瞻遠血統也不會減少。國家若是到了需要她的時候……蜚滋駿騎・瞻遠，那麼你的女兒就必須爲人民效命。就是因爲這樣，所以多年之前，我們才特別將蕁麻的出生紀錄建檔。我知道你當年就反對我們在頡昂佩寫下正式紀錄，而且到現在仍不贊同；但是蕁麻從一開始就是受到正式承認的瞻遠家族之人，並且由你以身爲父親的身分，由我以身爲王后的身分，還有一名曾聽你道出始末的吟遊歌者一起證實她眞正的身世。這份文件事關重大，所以正式檔案如今仍妥善保存著。就算你、我、切德和椋音・鳥囀同時喪生，我們的檔案庫裡仍可找到紀錄，上面還有附錄載明她現居何處。這是必須的，蜚滋。我們無法改變蕁麻的血統，也無法讓她的人生重新來過；難道，你眞的希望蕁麻非你所出，希望你沒有她這個女兒？不會吧。人若是有了這樣的願望，那可就冒犯天地了。」

這是我今天第二次被人當頭棒喝。我突然領略到別人是用什麼角度來看待我認爲理所當然的事情。王后這一番深思熟慮的大道理，把我心裡所有的怒火都澆熄了。珂翠肯看得出，蕁麻在王位繼承的排行上高居第二位；對她而言，這可不是她與我想要如何處置就可以隨意處置的事情。蕁麻的身世已是定局，非人力所能修飾竄改。對於珂翠肯而言，蕁麻的事情沒什麼商量的餘地，因爲蕁麻的人生職責，乃是她一出生就注定的，所以即使珂翠肯以王后之尊，也無力改變。

我吸了一口氣，但是珂翠肯舉起一根指頭，請我讓她把話講完。「我知道你一想到自己的女兒要變成犧牲獻祭，心裡就惶惶不安；但其實我也跟你一樣，希望事情永遠不會走到那個地步。你想想看，對我而言，蕁麻若是成爲犧牲獻祭，便意味著我唯一的兒子不是死了，就是活著卻不足以承擔重任。所以，別說你苦苦求我永遠別將王位的重擔壓在蕁麻的肩膀上了，就我身爲母親的角度而言，那也是我最不願意見到的結果。然而，就算你我都寧可她永遠不必繼任，我們仍必須做好齊全的準備，以便倘若眞有萬一，她也能隨時爲人民盡力。蕁麻應該要接受教育，然而我們不但應該安排她學習精技，也應該安排她學習各國語文、六大公國歷史與地理，以及與王室相關的一切禮儀與傳統。蕁麻這麼大了，卻一直都沒機會修習這些課程，你我都算是失職；而她至今仍對自己的血統一無所知，更顯得你我嚴重失職，責無旁貸。你想一想，倘若有一天，蕁麻不得不為人民效命，那時她難道會感謝你我自始至終都將她蒙在鼓裡？」

此語一出，對於我原本自以為是的想法，又是一項重大打擊。我心中的世界突然扭曲變形，而我開始質疑自己為蕁麻所做的一切到底是對還是錯。一想到真實的事況會如何演變，我便軟弱無力；我大聲地說出我的答案：「到時候她大概會因為我瞞著她的身世，而對我怨恨不已。然而，事情都到了這個地步，我就是想改也來不及了，因為我現在一插手，只怕不但於事無補，還造成更多傷害。」我軟癱在椅子裡。「珂翠肯，妳一定覺得我太過失職，但我還是要懇求妳。求妳讓蕁麻繼續過她現在的生活吧；如果妳肯答應，那麼我向妳保證，我會極盡全力、欣然樂意地確保蕁麻永遠也不必成為犧牲獻祭。」我吞了一口口水，承擔下這個全新的諾言。然而，我又再度站在王權之前獻出自己的生命，不過這一次，我不再懵懂，而是個成熟的大人。「我將欣然地為晉責創立精技小組，並擔負精技師傅之責。」

王后牢牢地盯著我，過了一會兒，她問道：「這怎麼能算是新提議呢，蜚滋？還是說，這是你對我的新要求？」

珂翠肯的話裡有指責之意，而我也低下頭來，虛心接受。「也許應該說是，現在的我，是真的樂意接下這個重任了。」

「既然如此，那你可願意接受我以王后身分所做的承諾？你要聽清楚，不要日後三番兩次地要求我跟你再三確認：我會讓你女兒，蕁麻．瞻遠，繼續過她現在的生活，由博瑞屈撫養，前提是她要一切全無虞。這就是我給你的諾言，這樣你說可好？」

珂翠肯又責備我了。難道是我之前一再堅持蕁麻的生活不得受到干擾，因而使她感到痛心？也許吧。「這樣很好。」我平靜地說道。

「那好。」珂翠肯說道，於是我們兩人之間的緊繃氣氛慢慢地紓解開來。我們默默地在桌邊坐了很久，彷彿沉默就等於再度肯定了我們彼此之間的約定；然後珂翠肯一語不發地幫我倒了酒，又切了塊香料蛋糕送到我面前。我們一邊吃喝，一邊閒聊，不過談的都是不相干的事情。我並未向她提起晉責不肯來上課的事情；那必須靠我自己去解決。再想想辦法吧。

我起身離開的時候，珂翠肯抬起頭來，笑著對我說道：「蜚滋駿騎，我竟難得才能有機會跟你聊上兩句，這眞是不像話。說起來眞是無奈，我們不得不維持這表面上的僞裝，可是這僞裝又使得你我無緣相見。我很想念你呢，吾友。」

之後我就離開了，然而她這番有如祝福的眞心話，卻一直留在我心中。

16

爲父之道

商船船長若是能夠成功地與遮瑪里亞維持良好的合作關係，那麼必定可以將船上的所有艙房都塞滿遠從遙遠異國港口而來的珍奇貨物。船長所得到的報償，就是他能在較無風險的狀況下拿到珍奇的貨源，這對時時必須與風險對抗的遠洋商船和船員而言，可說是再好不過。當然，船長必須付點錢以支付那些免去的擔心與操煩；然而這就是這一行的行規，而明智的船長一定會奉行不渝。

香料群島的商人習於往返的港口中，最北邊者即爲遮瑪里亞；除此之外，遮瑪里亞也是「大帆商隊」巡行的路線中，在我們這邊海岸停靠的唯一港口。大帆商隊是成群結隊的商船船隊，每隔三年才到遮瑪里亞一趟（大帆商隊的人不稱「遮瑪里亞」，而是粗魯地將此地稱之爲「西港」）。橫越大洋的航程極其危險，這從船隊的風帆破破爛爛、船員疲憊不堪的模樣便可窺見一二。大帆商隊帶來的貨既罕見又昂貴；舉例而言，「紅香」和「薩根」這兩種香料，除了靠大帆商隊進口之外，再也沒有別的貨源。由於紅香與薩根總是整批由遮瑪里亞的大君買下，會再度回流到市場上的絕無僅有，所以我們可以乾脆將這兩種香料，當作是尋常商船無法到手的商品；但是睿智且精明的商人們，若算準時間抵達遮瑪里亞，趕上大帆商隊來訪的時間，那麼說不定會有幸購得大帆商隊帶來的其他貨品。

——班羅普船長所著之《商船海員必讀》

時光匆匆又過了幾日。黃金大人從他的臥室裡出來，以一如以往的光鮮打扮與世故態度，向整個公鹿堡宣布他已經完全康復。如今他依照遮瑪里亞的習俗，每天早上都仔細地化了妝，因而顯得更加虛浮矯飾；有時，他連在白天時也畫上鱗片妝。我懷疑他之所以如此，是爲了要轉移衆人的注意力，以免他人發現他的膚色變深；若是如此，那麼他的計策可謂大大成功，因爲根本就無人提起他膚色與以往不同。衆人熱切地歡迎重返社交圈的黃金大人，黃金大人受衆人喜愛的程度絲毫不減。

我也再度擔負起身爲黃金大人之僕的職責。他不時會在下午時刻設下賭局，或是僱請吟遊歌者唱歌，在他的房間裡招待來賓，而年輕的貴族，無論男女，無不期盼自己能夠獲邀。碰到這種場合，有時我會待在自己的小房間裡等他召喚，或者有時他會乾脆將我斥退。他與其他貴族驅馬出遊時，我仍隨行在後，而他參加盛大宴會時，我也仍站在他的椅子後面；不過如今這種場合已經很少了。由於外島與繽城來的貴賓都已離去，許多貴族也已返回自己的領地，公鹿堡的人口銳減爲尋常的規模；於是賭博、木偶戲與其他的娛樂節目日漸稀少，夜晚變得更長也更寧靜。若是在晚上時騰出一小時的空閒，我往往會信步走到大廳去；大廳的衆多火爐邊，再度聚集了上課唸書的孩童、織布紡紗的婦女，以及製作箭鏃的男子；這些男男女女手裡忙著紗線武器，嘴上則絮絮地聊起閒話或故事，而且如果我願意，還可以假裝這一切與我小時候所看到的公鹿堡無二。

至於弄臣，我則無法從他身上看出一點昔日的蹤影。全公鹿堡都相信他是主，我是僕，而黃金大人也從未明言或暗示我們之間有絲毫超出主僕以外的關係。他跟我講話時，從頭到尾都維持著黃金大人的身分與態度；而如果我慷慨贈予他一點超出主僕關係之外的善意，他則乾脆視而不見。

我實在沒有料到自己被弄臣孤立之後，內心會裂開如此巨大的傷口，而且傷口逐漸擴大。有天我跟老溫對招練劍，練完之後回房，發現床上有個小布包；打開一看，裡面是枝綁綠繫繩的紅笛子，上面有個小紙條，弄臣親筆寫著：「給阿憨」。我滿懷希望，以爲這表示他要跟我和好，然而當我鼓起勇氣向黃金大人道謝的時候，正在專心看植物標本集的他朝我瞄了一眼，臉上滿是不耐與煩躁。「我眞不知道你在謝什麼，湯姆・獾毛。我可沒送你禮物，更沒給你紅笛子；眞是胡言亂語。你若有什麼奇怪的妄想，自己想辦法解決，我正在看書呢。」

於是我便告退了，因爲我體會到，他做這枝笛子並不是爲了我，而是眞心誠意地要送阿憨一個禮物，因爲被人忽略、遭人恥笑是什麼滋味，他比誰都清楚。的確，他根本不是爲了我才做的。想到這裡，我消沉的心情變得更加低落。

更糟的是，我滿腔的苦澀無處可投訴，除非我願意將我的愚行一五一十地告訴切德。最後我默默地把苦水往肚裡呑，並且盡量舉止如常，以免被人看穿。

弄臣給我笛子之後，我決定把我那兩個恣行其是的學生拉回來。繽城商人已經走了，瑟丹・維司奇也隨他們離去。是該實踐我對王后的諾言了。

我先去切德之塔，再費勁地從該處拾階而上，前往精技塔。上課時間已到，晉責卻一如往常地缺席；於是我打開護窗板，迎向寒冷且黑暗的冬日早晨。我坐在惟眞的椅子裡，孤寂地望著黑暗。我知道切德已經叫晉責一定要來上課，甚至還調整了王子的正式行程，好讓他得以與我多相處一會兒；但晉責還是一如往常。自從他發現我對他下了精技指令，並中斷它之後，他就再也不來上課了。想當年惟眞教我的時候，他是絕對不能容許我這樣的行爲，比起惟真，我已經多讓晉責浪費更多時間了。我若是放任他的行爲，那麼王子是絕對不會乖乖來上課的。我做了好幾個深呼吸，閉上眼睛，將精技集中爲針尖大小。

晉責，你現在就上來。

但我卻感受不到任何回應；若不是他沒答覆，就是他根本就置之不理。我開始進一步探尋他，但這少年卻難以捉摸；我的結論是，他一定是刻意封鎖我，以精技高牆將我阻擋在外。我靠到他的精技牆上，這才領悟到原來他在睡覺。接著我測試一下他的精技牆強度，並了解到如果我有心，一下子就可以打破他的精技牆。我吸了一口氣，蓄積力量，準備一舉打破；但接著我突如其來地換了個策略。我不施蠻勁，反而以若有似無的力道倚在他的精技牆上。我察覺自己的嘴角彎成一抹微笑。蕁麻的手法，我一邊想道，一邊滑過他精技牆的縫隙，進入他熟睡的心中。

我不知道他是不是在做夢，但就算是，我也察覺不出他的夢境。我只感覺到自己身處於他那彷彿寧靜池塘般毫無知覺的心靈之中。然後我撲通一聲跳入池塘裡。*晉責。*

他感覺到我，抽動了一下。他的第一個反應是大怒。*出去！*他想要將我丟出去，然而我已經在他的防線裡面了。我泰然抵抗；雖不進一步攻擊，卻也站穩腳跟，不肯就此被他趕出去。而晉責就像我們第一次扭打時一樣，憤怒地撲上來，盲目地亂打亂摔。我任由他鬧，等他疲憊困乏之時，我才開口道：

晉責，請到精技塔來。

你騙了我。我恨你。

我並未撒謊。那件事純屬意外；我曾試著要將那精技指定解除掉，而且我原本深信我已經將之完全解除了。然後，你我竟在時機最不湊巧的那一刻，同時發現我還未解除那精技指令。

你一直在控制我，從我們認識開始，你就將你的意志強加在我身上。我之所以喜歡你，大概也是你強迫的。

晉責，你自己好好回想一下，就會發現事實並非如此。但是我不要再這樣跟你討論這件事情了。請你現在到精技塔來。

我才不去。

我還是會等你。

說完話，我便抽身而出，離開他的心靈。

我動也不動地坐了好一會兒，讓自己恢復力氣，並凝聚心神。我的頭陣陣抽痛，但現在我已經無暇顧及頭痛。接著我再度伸展出去。

要找阿憨就容易多了。阿憨的心靈時時流瀉出音樂；他的音樂只有曲調，沒有歌聲，一聽就知道是他，絕對錯不了。我任由他的音樂毫無阻礙地流進我心中，這才發現，他音樂的古怪之處還不止於此，因爲那音樂既非笛聲，也不是琴聲所組成。我被阿憨的音樂迷住了。就這個層次而言，他所用的「音符」，竟是以日常生活中隨處可聞的噪音所組成的樂曲：馬蹄點地的聲音、盤子放在桌上的聲音、大風掃過煙囪口的聲音、銅板掉落在石板路上的叮噹響。我沉浸得更深了些，並發現較深的層次上，與其說這是樂曲，倒不如說這是個模式；這些聲響的旋律，是以不同的音高作爲區別，然而音高如何起伏、旋律如何重複，乃有一定模式。聽阿憨的樂曲，就像是湊近看一幅織錦畫：遠看時，圖案分明地呈現在眼前，湊近一看，才看得出圖案的質地，再更仔細地研究，才看得出繡線一針一針的針法，以及每一條繡線不同的色澤與肌理。

我艱難地擺脫掉阿憨的樂曲。我不禁懷疑，像他那樣簡單的心靈，如何能構思出這麼細膩繁複的音樂？但是下一刻，我便對他有更深一層的了解。這個細膩繁複如織錦畫一般的音樂乃是阿憨的思緒，以及他理解這個世界的架構；他心裡所注意的，無非是如何將自己聽到的每一個聲響，適切合宜地化入這龐大的聲響體系之中。這也難怪他對於切德和我所注意的那些凡俗小事，既無心多想也無心注意了。以我自己來說，難道我就曾經特別注意過水的滴答聲，或是刀鋒在磨刀石上來回摩擦的聲音嗎？

我回過神，重新又察覺到自己坐在惟眞的椅子裡。感覺上，我的心像是海綿，因爲浸在如水一般的音樂之中而變得沉重不堪。我必須先將阿憨的音樂瀝乾、抖淨，才能想起自己的思緒與意向。過了一會兒，我做了幾個深呼吸，寧定思緒，然後伸展出去。

這一次我只輕輕拂過阿憨樂曲的表層。我在外圍猶豫了好一會兒，因爲我想不出如何才能讓他感應到我，卻又不至於讓他受到驚嚇。最後我極其輕柔地喚道：阿憨？

我感覺到他又怕又氣，其衝擊之大，彷彿他的肚子被人打了一拳。我此舉無異於伸指朝沉睡的貓身上一戳；阿憨倏地便逃跑了，但他逃跑之前還不忘向我揮爪。我在驚嚇之餘，趕緊睜開雙眼，望向塔外翻捲而來的海浪；但即使如此，我仍然很難將我的心靈重新植定於自己的身體裡，也很難說服自己這身體的確是我心靈所屬之地。噁心的感覺不斷襲來。我鬱悶地想道，唔，這第一次接觸可眞是順利呀。我消沉地坐了好一會兒。晉責不肯來，而不管我怎麼試，阿憨都拒我於千里之外。接連兩次失敗之後，我又想起，自從我叫幸運自己去跟師傅修好之後，就再也沒聽到他的消息了。我驚訝自己竟有此本事，讓我最鍾愛的人，個個與我結下化也化不開的冤仇。

再試一次就好，我對自己說道。再試一次，然後我就回我那黑漆漆的小房間裡，並向黃金大人宣布，他這個低下的僕人今天要請一天假。我要去公鹿堡城，想個辦法跟幸運講兩句話。我拿起那枝紅笛子，仔細地端詳。弄臣這次可眞是大顯身手；我從未看過這麼精緻的笛子，笛身上還刻了許多小鳥兒。

我將笛子舉到唇邊，試了幾個音。小時候，耐辛費盡心思要教我演奏各種樂器，但我總無法學得來。不過童謠的曲調簡單，我還能勉強吹奏出來；我試了幾次，想要將粗糙的音調吹得平順一點，結果是徒勞無功。然後我往後靠在椅背上，一邊吹奏，一邊對阿憨技傳，而且我只傳笛音，不傳思緒，也不暗示是我在吹奏。我的旋律打進了他的曲調之中，一時之間，我們兩人的音樂頗不協調地各自響著；過了一會兒，他開始注意起我的曲調，而他自己的音符則漸漸淡去。

那是什麼？

阿憨倒不是在問我，他只是在探索那聲音從何而來，如此而已。我傳送給他的思緒細微如絲，傳送之際，嘴邊仍不停吹奏。是枝紅笛子，綁綠色的繫繩。只要你肯來拿，這笛子就送給你。

阿憨頗為提防地想了好一陣子。在哪裡？

我仔細地考慮了一下：精技塔之下有執勤的守衛，守衛絕不會放他進來，所以我不能叫他直接走大門。而堡裡的密道雖然必須保密，但是至少切德已經讓阿憨略知一二。當然，在透露密道的走法讓他知道之前，我應該先跟切德商量才是，不過眼前就是個大好機會，豈容錯過？我很想知道，我能不能透過心靈的連繫，引導他一路從密道走到這裡來；我不但可以藉此測試目前阿憨與我之間彼此技傳的極限，同時也可以藉此測量他的智力與能耐。現在可不能猶豫太久，於是我指示道：你就這麼走。接著將切德那個塔頂房間的影像傳給阿憨，另外也將切德之塔到精技塔這一路上的密道所有轉折都一一傳給他看；我並未一股腦兒地將這些影像傳過去，但是我也沒有刻意放慢速度。最後我對他表示：如果迷了路，你告訴我一聲，我就會幫你。

之後我便輕柔地剪斷了我倆之間的牽繫。我往後靠在椅背上，端詳著手裡的紅笛子，希望這個餌能奏效。我將紅笛子放在桌上，然後將那個以女子雕像為墜子的項鍊放在笛子旁。王子與我曾藉由精技石杜通往神祕的沙灘，而這項鍊便是王子在沙灘上撿到的；因著我自己也不明白的原因，今早我特地把項鍊從切德的塔樓帶到這裡，準備還給王子。我想起我自己在同一片沙灘上撿到的那些羽毛，心裡突然一抽。我一直未曾告訴弄臣我撿到羽毛的事情，我總覺得時機不合適；如今我們彼此鬧得這麼僵，恐怕往後也別想跟他提了。我按捺下這個思緒，我必須將心思擺在眼前的事情上才行。

我伸手揩掉額頭上的汗水，站起身時，發現腳有些發顫。我已經太久不曾大量施展精技，導致現在的頭痛比之前厲害得多，讓我的頭顱幾乎要爆炸。要是此時我手邊有茶壺、杯子、熱水和精靈樹皮，那麼我大概會牛飲一番；然而此時身邊沒有這些材料，只能將就地爲自己倒杯白蘭地，並在窗邊倚一會兒。

我聽到腳步聲從門外的樓梯拾級而上時，還以爲是守衛前來察看，於是趕緊拿了酒瓶和酒杯，退到房裡的幽暗角落中，動也不動地站著。接著我聽到鑰匙轉動門鎖以及開門的聲音，然後晉責就進來了。他關上門，四下環顧著這個看似空無一人的房間，臉上表情惱怒至極；他走到桌邊，再度張望。我這才慢慢地領悟到一個道理：王子即使與我同處一室，也無法感應到我人就在這裡，這是不是表示，每個人的原智魔法其實有高低之分，這就跟每個人的精技天賦有高低之分是一樣的道理？但我先將這念頭擱在一旁，以後再細想。

「我在這裡。」我一開口，晉責便嚇得跳了起來；他這才察覺到從陰影中走出來，手裡拿著酒瓶與酒杯的我。他對我怒目而視，我則慢慢走到桌邊，放下酒杯。「早安，王子殿下。」

他以堅定且極其不屑的口氣對我說道：「湯姆・獾毛，你被解僱了。我再也不想上你的課，我會跟母親稟報，請她將你遣離公鹿堡。」

我平靜地答道：「請便，王子殿下；你若是去跟王后提，不只你覺得輕鬆，而我也落得輕鬆。」

「這與輕不輕鬆無關。重點在於欺君叛國。我乃是名正言順的王子，你竟敢用精技來對付我！我有權將你驅逐出境，甚至還可以將你判處死刑。」

「你當然有權這麼做，王子殿下；不過除此之外，你也可以問問我有何解釋。」

「不管你有何藉口，都無法脫罪。」

「我並未請你問我有什麼藉口。我剛才是請你問我有何解釋。」

講到這裡，我們的對話就停滯了。我拒絕垂下眼神表示服順，反而堅定地與他四目相對。我已經下了決心：他必定要彬彬有禮地請我解釋，不然他就別期望我再吐出一個字。但是他的決心似乎與我同樣堅定，而他的決心乃是要繼續以他那君王般的眼神威嚇地瞪著我，直到我肯低頭跟他道歉為止。

最後是我略佔上風。

「你早該解釋了。」

「也許吧。」我稍讓一步，繼續等他接口。

「你解釋一下，湯姆．獾毛。」

如果他用個「請」字，可能會更好一點，不過我察覺到他最多只肯退讓到這個程度。少年的驕傲可是很脆弱的。

我走過去，在我自己的酒杯裡添滿了酒，然後舉起酒瓶，以疑問的眼神望著他；但是他斷然地搖頭，拒絕與我這樣的人一起喝酒。我嘆了一口氣。「你被人擄走的時候，我們為了逃亡而進入直立的石頭，然後通往一處沙灘；那之後發生的事情，你還記得多少？」

他的臉色一下子迷茫起來，他小心翼翼地說道：「我……」他差一點就撒謊了。但是——「我只記得片斷。當時的情景像夢境一樣，過後就消退了，但有時，當時的點點滴滴會重新在我心頭浮現，既鮮明又清楚。我知道你是用精技魔法將我們兩人帶到沙灘上；而不知爲何，我到了那裡，就變得虛弱且神智恍惚了。我猜你就是趁那時候，用你的力量對我下了咒語。」

我嘆了一口氣。眞沒想到問題的癥結竟比我原本預料的更爲棘手。「你還記得嗎，我們待在火邊的時候，你撲向我？不但撲向我，還一心要置我於死地？」

他避開我的眼神，彷彿很驚訝自己還記得這事似的點了點頭。「可是那根本就不是我要殺你，這你明明知道！那時候，佩娜汀就極力要控制我的身體了。況且那時我還不認識你，我以爲你是我的敵人！」

「當時我也不認識你呀，至少，不像我們現在認識這麼深。然而當時我倆之間便已經以精技牽繫了，因爲在那之前，我曾經追尋你散佚的靈魂，將你的靈魂歸還到你的身體裡。」我遲疑了一下，最後決定不提我碰到那個偉大的存在，也就是那個幫助我們兩人復返自己身體的偉大神靈。別說是晉責，就連我都覺得當時的記憶迷迷茫茫；既然連我自己都無法解釋，那還是別提起比較好。我吸了一口氣。「我不但知道佩娜汀跟你在一起，還知道她爲了要殺我而不擇手段，即使你會因此而受傷也在所不惜。當時我眞是嚇壞了。我在氣憤之餘——同時也是因爲我怕自己被你殺死——所以以精技命令你：『晉責，別反抗我。』當時我意外地以比我預期的更強勁的力道，將這個精技指令印在你心頭上。對你下精技指令從來就不是我的本意，那純粹是個意外。事後我很後悔，也曾經設法彌補。」我無奈地笑了笑。「我本以爲我已經將那個精技指令解除了，直到餞別宴上，你愚蠢地宣布說你要接受挑戰，而我極力想要阻止時，才發現事與願違；直到那時，我才明白那精技指令還有殘餘，然而你就在那時將之中斷了。」

「是啊，我把它中斷了。」他志得意滿地說道，接著他再度怒視著我。「但既然我明知道自己接受過精技指令，又知道你曾經對我下過精技指令，那我往後如何能再相信你？」

我還在考慮要怎麼回答，但就在此時，阿憨推開了壁爐側面飾板的門。那暗門狹窄，我要通過已是不易，像阿憨這樣體態渾圓的人更難擠過。此時他滿頭滿身都纏著蜘蛛網，還蒙著一層灰塵。他站在那裡，眨著他那睡眼惺忪的眼睛，望著驚訝萬分的王子與我；他的下巴往前推，舌頭垂在嘴外，然後他開口道：「我來拿紅笛子。」

「那麼，這笛子就送給你了。」我說道。我拉著綠繫繩，拿起笛子，將笛子遞給阿憨，接著我溫和地補了一句：「還有，你的精技用得非常好，阿憨，你依著我技傳給你的路線，就一路找到這裡來了。」

阿憨懷疑地拖著腳步，慢慢走過來。據我猜測，晉責王子若不站在王座邊，也沒穿著象徵尊榮的曳地長袍，阿憨大概就認不出他是王子了。此時阿憨瞪著我——而且順便一併怒視晉責——一邊說道：「你害我走了好遠。」他一把將笛子搶過去，將之湊近臉，瞇著小眼睛細看，之後他皺著眉頭說道：「這不是我的笛子。」

「現在是你的啦。」我對他說道。「這笛子是新的，特別為你做的。笛子上有小鳥呢，你看到沒有？」

他將笛子翻來覆去地打量一番，然後不情不願地承認道：「我喜歡小鳥。」他將笛子緊抓在胸前，提步就要離去。

王子以失望到近乎不屑的眼神瞪著阿憨。我知道群山之人對阿憨這樣的嬰兒另有其應對態度；若是在群山，像阿憨這樣的孩子會被人迅速——甚至可說是慈悲地——置於死地，就像博瑞屈會把身體殘缺的小狗淹死那樣。但是珂翠肯王后已經下令要我訓練阿憨，在這個情況下，晉責的群山價值觀會使他敵視阿憨嗎？我希望王子不會拒絕讓阿憨成爲精技小組的一員。爲了挽回阿憨，不讓他這樣就走，我趕快對他說道：「阿憨，有了新笛子，難道你連試都不試一下？」

「不要。」阿憨已經朝暗門走去。

「你何不試試你平常技傳給自己的那首曲調？就是那個啦——達——達——達——達——」我還在模仿著那首如今我已經聽熟了的音樂，阿憨卻一轉身，正對著我，而他的小眼睛裡閃爍著憤怒的火花。

「那是我的！」他怒吼道。「那是我的歌！是我媽的歌！」他朝我走來，眼裡燃燒著要取我性命的怒火。他舉起笛子，彷彿那笛子是一把可以刺進我心臟的刀子。

「對不起，阿憨，我不知道那是你私人的歌。」但是我陡然領悟到，我早該想到的。我趕快退讓了兩步。阿憨身體肥胖，四肢短小，肚腹突出；我當然知道我們兩人若對打起來，我一定可以制住他，但我也知道，若眞要打鬥，我必然會傷到他，因爲這是唯一可以制住他的方法。但我可不希望事情演變到那個地步，我需要的是他的善意啊。我衝到桌子後面去躲著。

「我的歌耶！」阿憨再度說道。「狗大便臭狗子偷人家的歌！」

王子不由得笑了出來。據我猜測，他看到這個駑鈍的男子爲了一首歌而要攻擊我的奇景，大概覺得可怕又好笑吧。但突然，晉責眉頭深鎖。就在我爲了盡量與阿憨保持一定距離而繞著桌子跑，以便爭取一點時間想辦法化解之際，王子突然叫道：「我知道那首歌！」他哼了一小段，使得阿憨益加發怒。接著王子難以置信地叫道：「我每次開始施展精技時，總是先聽到這個音樂；原來那就是你？」

「那是我的歌！」阿憨再三強調。「我媽的歌！你不可以聽，只有我可以聽！」他本來在追我，此時突然轉了個方向，瘋狂地朝王子的方向衝了過去，他順手抄起白蘭地酒瓶，把它拿在手上，像隻大棍棒般地揮舞，也不管酒汁溢出流到他手臂上。王子驚訝得睜大眼，但是他那愚蠢的驕傲感，使他絲毫不肯退讓，反而站穩腳跟，按照我教他的作法蹲伏下來，擺出打鬥的架式，接著更伸手摸向腰邊的刀子。阿憨一見此狀，便一邊欺近王子，一邊使勁地散發出擾亂敵人的煙霧：你看不見我，你看不見我，你看不見我。而晉責則努力抵抗阿憨的精技訊息，除此之外，我還感覺到他在積蓄力道，以便衝破阿憨的煙霧。

「不行！」我在情急之餘大吼道。「別傷害對方！」

我這聲號令中，閃爍著銳利的精技魔法。我看見他們兩人的身體畏縮了一下，並同時轉過身來正對著我，舉高手臂，彷彿這樣做可以抵擋住這個魔法。我幾乎可以看到一波精技從他們身上反彈回來，但一時之間，他們兩人都因此而昏眩迷亂；而由於他們出於本能地將我的精技指令震回，也讓我因此而頭暈，不過我恢復得比他們快。王子搖搖晃晃地退了一步，而阿憨則放下酒瓶，舉起肥嘟嘟的雙手遮住自己的眼睛。我對自己所做之事大為惶恐，於是趁著他們仍呆站著，一時還柔順溫馴時趕快補了一句：「夠了。你們兩個以後絕對不能再打起來。除非你們不想學精技。」我竟能保持自己的聲音不至於顫抖，連我都很佩服自己。

晉責搖了搖頭，以暈眩茫然的聲音叫道：「你又來了！你竟敢用精技來對付我！」

「我就敢。」我坦承道，接著質問：「不然你要我怎麼辦？眼看著你們兩人不顧理智地互相擊毀對方嗎？晉責，你有沒有見過你的表親威儀？那個流著口水、走起路來蹣跚搖晃的老人家？威儀之所以會出事乃純屬意外；然而從古至今，因為像你們兩個剛才那樣彼此攻擊而使對方傷殘的精技人，所在多有；而且其中既有人因為被精技所傷而送命，也有人因為使用精技傷人而送命。」

晉責倚在桌邊，阿憨則慢慢地垂下手，他方才一定是咬到舌頭，因為此時他的舌頭染了血。晉責對阿憨與我說道：「我是你們的王子。你們都宣誓要效忠我。然而你們卻竟敢攻擊我？」

我吸了一口氣，不情不願地踏上前一步，承接起切德交付予我的重任。「在這裡，你不是王子。」我平靜地說道。「我是宣誓要效忠瞻遠家族沒錯；我也的確盡了全力效忠王室，然而你要搞清楚，我效忠王室的最佳途徑莫過於此。在這個房間裡，你不是王子，而是我的學生，而且，就像兵器師傅用鈍劍在你身上砍些瘀傷是爲了把你教好一樣，若有需要，我也會不吝強力介入。」接著我轉過身面對阿憨，此時他正乖戾憤恨地噘嘴望著晉責與我。「在這個房間裡，阿憨不是僕人；在這個房間裡，阿憨是學生。」我輪流望著他們二人，擺出師傅的威嚴，緊緊地羈束他們兩人。「在這裡，你們兩人一律平等；你們兩個一樣，都是學生。我會尊重你們的學生身分，但僅此而已；而且我會要求你們彼此尊重。而在這個房間裡，在上課的時間內，我的權威至高無上。」我再度輪流望著他們。「你們都了解了嗎？」

王子露出頑固不屈的模樣，而阿憨則顯得疑心重重。「不是僕人？」阿憨慢慢地問道。

「如果你肯在這兒上課，你就不是僕人。你若肯好好地跟著我學習，那麼總有一天，你將能幫助王子。」

他皺起眉頭，努力地想通這其中的道理。「幫助王子，爲他工作。這等於是僕人。工作變更多，累死阿憨。」當他認爲識破了我的詭計時，小眼睛裡閃爍著惡意。

我又搖了搖頭。「不對。幫助王子，變成王子的精技同道；變成王子的朋友。」

「噢，拜託。」王子輕蔑地抱怨道。

「不是僕人。」阿憨確認道；這個想法顯然令他很高興。這使我對阿憨有了更深一層的認識。我本來以爲他的腦筋遲鈍到不會在乎自己是什麼地位；然而如果有選擇，很明顯地，他不想當僕人。

「對。不過如果你沒有每天到這裡來，也沒有好好地學習，那麼你就不是學生了；於是阿憨又變回僕人，要搬柴、要提水。」

阿憨將空酒瓶擱在桌上，匆忙地將笛子的繫繩套在自己的脖子上。「笛子我要定了。」阿憨堅持道，彷彿在這討價還價之中，笛子乃是重要的價碼。

「不管阿憨變成僕人或學生，笛子都是你的。」我對他說道。說明了笛子的歸向之後，他對現況的了解似乎又倒退了幾步；他一邊努力考慮，一邊將舌頭伸得更長。

「你不是認眞的吧。」王子低聲地問道。「那東西怎麼能成爲我的精技小組的一員？」

一時間，我既憐憫晉責，同時也對於他竟對阿憨如此不屑而大爲氣惱。我直率地說道：「阿憨是切德與我到目前爲止所能找到的最佳人選——當然，除非你曾碰見過其他與生俱來精技天賦便如此高強之人？」

他默默地站著，最後勉強地搖了搖頭。我心裡暗暗覺得有趣。剛才我宣布他們二人一律平等時，晉責的失望還比不上他發現阿憨將變成與他平起平坐的同學時沉重。我決定好好把握他一時失神的大好時機。「很好。那我們就這麼說定了。而且我看你們這個早上也學得夠多了。我們明天早上再繼續上課，現在你們兩個可以退下了。」

阿憨高興得很，簡直等不及要走；他手裡抓著笛子，大步地往暗門奔逃而去。暗門一關上，王子便低聲問我：「你爲什麼要這樣整我？」

「我沒整你。我宣誓要效忠瞻遠王室，而且要盡我的全力做到，如此而已。至於你，晉責，你現在可以退下了。」

我希望他會立刻轉身離去，但是他卻站著不走。不過就在此時，門上響起了猛烈的敲門聲，使我們兩人都嚇了一大跳。我朝他瞄了一眼，然後王子便大聲問道：「什麼事？」

年幼侍童的聲音透過厚重的木門傳了進來。「切德顧問有信給您，晉責王子，大人。切德顧問要我請您原諒，但他也要求我讓您知道，這消息非常緊急。」

「等一下。」

我藏身到房間角落裡，而王子則走到門邊，打開門閂，將門拉開一小縫，然後將那個小且彌封起來的卷軸接過來。我眼裡望著晉責，心裡則懊惱地想起，精技師傅蓋倫縱然有萬般不是，但是在某些方面，他的確有其高強之處：蓋倫的學生絕對不敢互相攻擊，更遑論公然質疑師傅的權威。學生一開始上課，蓋倫便無情地抹滅學生的自尊，直至每個人的自尊都所剩無幾的平等境界；當然，我是個例外，因爲每個人都知道，蓋倫認爲我的身分比別人更低下。我對蓋倫的行徑不齒到了極點，但是我在面對自己的學生時，即使我拒絕採取蓋倫那種嚴苛的方式，但我仍必須稍微仿效他的態度。我心裡想著，「紀律」跟「懲罰」大不相同，接著我體會到，這句好像是博瑞屈的老話。

此時王子已經關上了門，並挑開了封住卷軸的紅蠟。他打開卷軸之後，發現裡面還包著一份彌封好的卷軸。「我看這一定是給你的。」晉責頗不自在地說道。切德在第二層卷軸的外面，以我絕對認不出來的字體寫了兩個字：「老師」。而我一看到彌封的紅蠟上，印出了我自己衝刺公鹿的徽章，便將卷軸從王子手裡接過。

「的確如此。」我簡短地說道。轉過身去背對著王子，挑開了封蠟，展開卷軸，發現裡面只有一句話；然後我在王子的注視下，將卷軸投入火中。

「上面寫什麼？」王子質問道。

「一個召喚。」我答道。「我得走了。不過我希望明天早上你準時前來，並做好學習的準備。日安了，王子。」

他驚訝且無言以對地望著我擠身通過爐台側面的飾板，並將之關緊，然後關上那狹窄的暗門。一進了狹窄的密道之後，我便盡量快走。我暗暗地咒罵這密道天花板太低，轉彎處窄到我必須用擠的才過得去，而且此時我巴不得一直線地快跑，但是這通道卻如迷宮般難行。

等我跑到王后私室外的窺孔時，已經口乾舌燥，喘得像隻獵犬。我做了幾個深呼吸，逼迫自己站穩不動，直到我的呼吸再度變得平穩安靜，才將自己拋進凳子裡，眼睛湊到那小小的窺孔前。我已經遲了。切德與王后都已在場；王后端坐著，而顧問則站在她身邊。切德與王后背對著我，而他們面前站了個年紀約莫十歲，個子高高瘦瘦的男孩。那男孩黑色的捲髮已經溼透，貼在頭顱上，而帶泥的雪水則從他的斗篷下緣淅瀝地滴下來；他穿著沒有靴筒的鞋子——那種鞋子根本不符合冬天旅行所需；他的褲管與腳上黏著雪塊，到現在都還沒完全溶化；總而言之，不管他是從什麼地方來的，他一定是走了一整夜。他的黑眼睛非常深邃，定定地迎向王后的眼神。「我了解了。」王后平靜地說道。

王后的回答似乎使那男孩大起膽子來。可惜那孩子之前所說的話，我都錯過了；要是我早點到就好了。「是的，夫人。」那男孩應和道。「因此，我一聽說您不會任由原智者受到大眾的歧視，我就來見您了。也許如果我待在公鹿堡的話，就可以正視我自己的天賦，不會因此而挨一頓打。我向您保證，我絕不會將原智用於低下卑鄙的事情上。我將立誓效忠瞻遠王室，盡一切所能，無論您要求我做什麼都一樣。」他抬起眼睛來迎向王后；他並非大膽地瞪視，而是眞誠、直接地望著王后，因為他確定自己一定選對了路。我注視著博瑞屈的兒子，並看到那孩子的顴骨與睫毛有著莫莉的影子。

「那麼，你父親贊成嗎？」切德毫不動搖，但相當溫和地問道。

那男孩望向旁邊。當他開口時，語氣比方才柔和了些。「我父親並不知情，大人。我發現自己再也忍無可忍之後就離開了家裡。反正家裡也沒人會想念我。您見過我家裡的樣子；我父親還有好幾個兒子，而且除了我之外，個個都是沒有原智的好兒子。」

「即使如此，你父親也未必就不想念你，小敏。」

那孩子首度露出不耐煩的模樣。「我是迅風，不是小敏。敏捷跟我是雙胞胎，但是敏捷沒有原智。您看吧，這是我父親之所以不會想念我的另外一個理由：他已經有另外一個我，而且另外那個我完好無瑕。」

他講完話之後，珂翠肯與切德都驚訝得說不出話來。至於爲什麼他們會這麼驚訝，我敢說迅風一定猜想不到。接著珂翠肯開口掩飾尷尬：

「我很早就認識博瑞屈了。不管他變了多少，有件事我倒是非常確定：無論你有沒有原智，他都會想念你。」

切德也補充道：「我上回跟博瑞屈聊天時，他可是對每一個孩子都既疼愛又驕傲呢。」

一時間，我以爲那孩子要崩潰了。然而他深吸了一口氣，平鋪直述地說道：「噢，是呀，但那是從前。」切德一定是白了那孩子一眼，因爲那孩子接著又努力解釋道：「他之所以那樣說，是因爲當時我的污點還沒顯現出來，他還不知道我有原智。」

接著王后與切德低聲商量了一會兒；過後，王后輕聲說道：「那麼，迅風，博瑞屈之子，且聽我言。我很願意讓你待在堡裡，不過我看最好是得到令尊同意之後再說。你的行蹤一定必須報予你父親知道，如果一直讓你父母親擔心你會不會發生意外，那就太不公平了。」

王后話還沒講完，房外走廊上便傳來叫嚷聲；接著門上先是響起輕輕的叩門聲，但等不及房裡的人應門，就更重更急地又敲了一下。珂翠肯對她身邊的侍童點了個頭，那孩子便去開門。門打開時，一名侍衛站在門口，正準備要通報消息；而站在那侍衛身後的，便是身材高大，板著臉、皺著眉頭的博瑞屈——儘管過了這麼多年，但是見到博瑞屈的怒容，我仍不禁畏縮起來。博瑞屈打量了房間裡的情況，然後顯然不把那侍衛當一回事地隔著他叫道：「切德，麻煩借一步說話。」

但是答話的不是切德，而是珂翠肯。「博瑞屈，請進。侍童，你可以退下了，出去時請關上門。不必了，先納侍衛，我向你保證，這裡一切安好。現在你可以退下了。請關上門。」

博瑞屈雖然怒氣沖沖地走進房間，但是珂翠肯接待他所用的平靜且有禮的言語和從容的態度，使他軟化了大半。博瑞屈有一邊膝蓋不太能彎曲，所以走起路來有些跛。

他走到珂翠肯身前，單膝跪下，雖然珂翠肯喚住了他：「噢，博瑞屈，你我之間不需如此客套。請你快起來。」

博瑞屈必須費很大的勁才能將他整個人撐直起來。他抬起頭來望著珂翠肯，看見他的臉，使我泫然欲泣：他的黑眼珠上，已經蒙上了一層淡淡的白翳。「王后殿下，切德大人。」博瑞屈正式地問候他們；然後，彷彿已經與他們兩人講完話，再也無話可說似的，他轉過頭對迅風說道：「孩子，回家了。現在就走。」當他發現那孩子膽敢觀望王后的反應時，便大聲咆哮道：「我剛說了，回家！你忘了你父親是誰了嗎？」

「沒有，我沒忘。但是……你是怎麼找到我的？」迅風失望地追問道。

博瑞屈不屑地哼了一聲。「那再容易也不過。你跟提烏那鎮的鐵匠詢問通往公鹿堡的路是哪一條。如今我冒著風雪大老遠地騎來找你，而你也給這些人帶來足夠的煩擾了，所以我現在就帶你回家。」

此時我還眞有點佩服迅風，因爲博瑞屈的怒火不斷上升，而他仍站穩腳跟，堅決地與父親對抗。「我已經請王后收容我了。如果王后首肯的話，我寧可留下來。」

「你在講什麼瘋話？你才用不著別人收容。你母親爲你擔心得吃不下、睡不著，而你姊姊已經爲你哭兩晚了。你現在就跟我回家，乖乖地待在你的地方做你的工作，不准抱怨。」

「是。」迅風答道；但他這話並不表示他肯就此回家，只是示意他已經聽到博瑞屈說的話，如此而已。迅風默默地抬起頭，以他那烏黑的眼睛朝王后望去。這情景真是奇怪：與迅風相較，博瑞屈只是年歲較長、白髮較多，而兩人的眼神竟都一樣頑固。

「容我建議——」切德開口道，但是珂翠肯打斷了他的話。「迅風，我知道這一趟路遠，你又沒什麼休息，現在你一定溼冷又疲倦。你去找門口的侍衛，請他帶你去廚房弄點吃的，然後讓你站在火爐前，把人烤暖、烤乾。我想跟你父親說說話。」

那少年遲疑了一下，於是博瑞屈的額頭皺得更深。「乖乖照做，孩子！」他厲聲對迅風說道。「這可是王后殿下。就算你毫無孝心，不惜違逆父親的旨意，但至少我從小就教你要忠於王室！還不趕快行禮，然後照王后的話去做！」

我看得出那孩子的夢想破滅了；他僵硬但恰當地行了禮，走了出去。但即使如此，他也並非匆忙離去，而是充滿尊嚴地大踏步走出去，彷彿要從容赴死。待迅風出去，門也關上之後，博瑞屈立刻轉過頭來對珂翠肯說道：「讓您受這樣的打擾，還請王后殿下見諒。他平時還滿乖的，只是……他這個年紀的孩子特別彆扭。」

「他倒一點也沒打擾，而且老實說，如果非要讓他打擾一下，才能請得動你到公鹿堡來走一趟，那麼我倒樂意讓他打擾一番呢。你坐下來好嗎，博瑞屈？」珂翠肯指著她身前那一排空椅子，要他找個位子坐下來。

博瑞屈仍僵硬地站著。「多謝賜座，但是我恐怕不能耽擱了，夫人；我跟妻子講好的，只要我一找到孩子，就會盡快帶著人回到她身邊——」

「難道一定要我下令，才能讓你坐下來？我說老朋友，這不是太頑固啦？我敢說，你那位好妻子一定不會計較你稍作休息的。」

博瑞屈不發一語；接著他像是被人命令而不得不坐下來的狗兒似的，揀了張椅子坐下。再一次，他等待著。

過了一會兒，王后再度柔聲說道：「隔了這麼多年不見，如今我們三人卻因為這尷尬的因緣而重聚在一起。不過，就算是尷尬，能夠與你重新相見，我總是滿心歡喜；更何況，我還看到你有個頗有乃父之風，其驕傲的精神毫不稍減的兒子，所以更為你高興。」

換作是別的男人，大概會因為珂翠肯這一番對於為父者的讚譽而樂得飄飄然，但是博瑞屈只是垂下眼，苛刻地補上一句：「恐怕這孩子除了驕傲之外，還遺傳到他父親的許多缺陷，夫人。」

珂翠肯也不浪費言語或時間，便立刻接口道：「你意指原智，對不對？」

博瑞屈聽了，抽動了一下，彷彿珂翠肯以這兩個字咒罵他。

「迅風已經告訴我們了，博瑞屈。我倒不覺得原智有什麼見不得人的。他跟我說，他之所以來找我，是因為我禁止人們處決原智者；他希望我讓他留下來為我服務。說句老實話，我樂於找個像他這麼堅決的年輕人來當我的侍童；不過我跟他說，他一定要先得到父親的同意才行。」

博瑞屈搖頭婉拒。「這我不能同意，夫人。迅風年紀太小，還不是放他出外與陌生人共同生活的時機。要是他一下子爬得這麼快、這麼高，那麼他可能會得意忘形。他還得在我身邊待個幾年，直到他能控制住孩子氣的衝動才行。」

「也就是說，等到你把他的原智都抹滅了再說。」切德插話進來。

博瑞屈考慮了一會兒，皺起眉頭。「依我的經驗，我相信原智是無法抹滅的。多年以來，我一直努力要將之完全抹除，然而至今卻仍殘存不化。不過，就算原智無法抹滅，但是我們至少可以學著否決它，這跟人必須學著去拒絕其他惡習，是一樣的道理。」

「你眞的這麼肯定原智的確是惡習，而且應該摒棄鄙夷？」珂翠肯的聲音很溫柔。「要不是你有原智，我早在多年前就死在帝尊的手裡；要不是你有原智，蜚滋也早就死在帝尊的大牢裡了。」

博瑞屈短促地吸了一口氣，但那口氣似乎梗在他的喉嚨裡，於是他像是掙扎著要控制住自己的心情般又吸了一口氣。他抬起頭來，眼睛眨呀眨地，而我看見他睫毛上那強忍住以免流下來的淚珠，只覺得自己的心一陣絞痛。「您既然都提到了他的名字。」博瑞屈嘶啞地說道。「那您怎麼還看不出，我就是因爲他，才認定原智乃是萬惡之首？要不是因爲原智，蜚滋原本可以把精技學得很好；要不是因爲原智，他根本就不會被人丟進帝尊的大牢裡；要不是因爲原智，他說不定到現在都還活得好好的。就是因爲原智，他才不得不死，而且連死時都不成人樣，反倒像是野獸啊！」他顫抖地抽了一口氣。他的聲音粗嗄，但是他努力坐挺，並控制住自己的情緒，以免崩潰。「我活著的每一天，都不得不面對自己的失敗。我的王子，我是說駿騎王子，將他的獨子託付給我，而他給我的唯一命令，就是要我好好將他的獨子養大成人。但是我辜負了駿騎王子，更辜負了蜚滋，也辜負了我自己。這是爲什麼？因爲當那孩子正需要多加管束的時候，我卻硬不下心來嚴加管教；要不是我心軟，蜚滋也不會陷入那墮落的邪惡魔法中。雖是我一時心軟，但是蜚滋卻因此而付出了自己的生命做爲代價。他不但孤零零地死去，還死狀甚慘，而且與野獸無二。

「吾后，我愛蜚滋；我之所以愛他，一開始是因爲他是我朋友之子，後來是因爲我們彼此成了朋友。我對我那個兒子的愛有多深，我對蜚滋的愛就有多深；然而也正因如此，所以我絕對不會再讓別的孩子墜入那低賤的魔法中。絕不。」一直到他說最後幾個字的時候，那深沉的聲音才開始顫抖起來；他的手一張一握，最後捏成拳頭，放在身側。他以蒙著白翳的眼睛盯著珂翠肯和切德。

「博瑞屈，老友。」切德嗄啞地問道。「許久以前，你送消息給我，說蜚滋已經死了。當時我看到這個消息就很懷疑，而且如今我仍然存疑。他眞的死了嗎？你怎麼那麼確定？你還記得嗎，蜚滋跟我們兩人說他打算南行，他打算去恰斯國，以及比恰斯國更遠的地方。也許他眞的成行而且——」

「不。他並未成行。」博瑞屈的雙手慢慢伸向喉嚨間，翻出領子，從衣服的裡層抽出一只閃亮的小別針。我內心劇烈翻騰，眼淚也汨汨地湧出來。博瑞屈用長繭的大手托著那別針，讓他們二人都能看個清楚。「你們認得出來吧？這就是黠謀國王給蜚滋的那枚別針；當年國王就是以這只別針將蜚滋收爲己有。」他大聲地吸了吸鼻子，清清喉嚨。「我找到蜚滋的屍體時，他已經死了很久了，而且早經野獸啃食；但是這枚別針仍在，仍然別在他死時穿的那件襯衫領口上。他像野獸一樣孤零零地死去，而且竟然還是跟與他相似的野獸搏鬥至死。他是王子之子啊，而駿騎不僅是個王子，還是我這輩子認識過最好的人，然而我卻讓他兒子像條野狗般慘死。」他突然握起拳頭，緊抓住那只別針；他也不再多說一個字，便默默地將別針重新別回他的領子上。

我坐在牆後的黑暗之中，手緊緊地掩住自己的嘴；我盡了最大的努力，忍住不哭出聲，以免透露出自己藏身於此。我必須守住這個祕密，我必須讓他繼續以爲我已經死了才行。然而我從來沒想到，他在推斷出我的死因之後，會受到多麼大的衝擊；我從未沒考慮到，我的死，會使他如何哀慟且愧疚。博瑞屈至今仍深信我很早便屈服於原智的掌控之下，並因此而回歸原野的生活，不像人，反倒像是野獸般活在森林裡，最後則受一群被冶煉之人攻擊，因而喪命。其實這倒也離事實不太遠。的確有一段時間，我雖是人，但是心態作息卻退化得與狼無異；但是我逼迫自己從那退隱的生活中振作起來，重新成爲一個人；那群被冶煉之人前來掠奪我的住處，並襲擊我的時候，我逃走了；過了好幾天，我才發現我未帶走那個珍貴的別針。博瑞屈所找到的，是個被冶煉過之人的屍體；那人死在我手下，而他死時穿著我那件領口別有別針的襯衫，博瑞屈因此以爲他找到的是我的屍體。多年來，這個意外一直很符合我的需要，因爲這樣一來，博瑞屈絕對想不到我仍倖存於世間；我一直認爲，對我們三人而言，這可說是最仁慈不過的安排了：博瑞屈和莫莉攜手培養了愛情，建立了美滿的生活；我仍活著的事實，將可能使他們美好的人生破壞殆盡。我絕對不能讓他知道我還活著。我非守住這個祕密不可。我麻木地站起來，窺視著那個認定我是因爲他失職而慘死的男子。他必須繼續承擔這個愧疚感，這點我無法改變。

「博瑞屈，我相信你從來沒有辜負了誰。」珂翠肯輕柔地說道。「而且我也不把你兒子的原智當作是瑕疵來看待。求你讓他留下來陪我吧。」

博瑞屈緩慢且沉重地搖了搖頭。「倘若他是您的兒子，您就不會這樣說了。倘若您自己的兒子，每天都有可能因爲眾人揭發他的身分而發生危險，您就不會這樣說了。」

我看到珂翠肯深吸了一口氣，連肩膀都聳起來，見她這樣的反應，我知道她就要把自己的兒子也有原智的事情說出來了。切德深明箇中的危險，所以他不著痕跡地插嘴道：「我知道你的意思，博瑞屈；我雖不贊同你的想法，但我了解你的用心。」切德頓了一下。「那麼你會怎麼處置那孩子？」

博瑞屈瞪了切德一眼，爆出粗嗄的笑聲。「怎麼處置？難道你怕我剝了他的皮？不會的。我帶他回家之後，就讓他遠離動物，而且每天都將他操勞到晚上還沒沾到床就會睡著，如此而已。他母親大概會狠狠地數落他一番，讓他比挨一頓揍更痛苦；而他讓全家爲他這樣擔心，他姊姊也不會讓他好過。」博瑞屈露出了更爲陰鬱的神色。「那孩子是不是跟二位說，他唯恐我會打死他，或是打斷他的腿？他如果敢這樣說，那就是明著撒謊了，而且光憑這一點，就該好好吃我一巴掌。」

「他沒說過那樣的話。」珂翠肯平靜地說道。「他只說，悶在家裡，而且禁止使用原智，他實在再也忍受不了了。」

博瑞屈不屑地哼了一聲。「不准使用原智是死不了人的。放棄原智會使人分外寂寞，這點我自己清楚得很。但是拒絕原智，是死不了的；使用原智才會招來殺身之禍！」博瑞屈突然站了起來；我聽到他站起來時，原本就不靈活的那一邊膝蓋喀達一聲，接著他臉上便痛得皺緊起來。「王后殿下，請多見諒，但是如果我坐得太久，人就會變得僵硬，那麼騎一天的馬回家，可能會更難受。」

「那就在這兒待一天吧，博瑞屈；你那條腿爲了捍衛瞻遠家人的性命而受了兩次傷，所以你到蒸氣浴室去洗個澡，放鬆一下筋骨，晚上在軟床上睡一晚；就算明天一早再啓程，也不至於耽擱太久。」

「我沒辦法，夫人。」

「哪有什麼沒辦法的？難道還要我下令，才能讓你稍微休息一下？」王后笑著說道。

博瑞屈正色望著珂翠肯。「王后殿下，難道您要命令我失信於我的妻子？」

珂翠肯嚴肅地對博瑞屈點了個頭。「我的好博瑞屈，你除了個性頑固之外，榮譽感也同樣頑固呢。不，博瑞屈，我當然不會命令你失信於人。我自己之所以能屢次大難不死，不就是因爲你堅守承諾嗎？既然你不肯多留，那我就讓你走了；不過你至少得稍待一會，讓我準備幾份禮物，託你帶回去送給家人，而趁著我在打點禮物時，你也可以吃頓熱食，並在火爐邊取暖。」

博瑞屈沉默了一會兒才答道：「如君所願，王后殿下。」他再度笨重且痛苦地單膝跪下。

接著他站起來，等待珂翠肯的許可；珂翠肯見此不禁嘆了一口氣。「你可以走了，吾友。」

房門緊緊關上之後，珂翠肯和切德兩人默默地坐了一會兒；這時房間裡只剩下他們兩人了。此時，切德轉過頭來，朝著我的窺孔方向輕輕說道：「他用了餐就會離去，所以沒多少時間了。你好好地想一想。要不要我召他回這房間來，讓你單獨跟他講幾句話？你可以化解他內心的自責與愧疚。」他頓了一下。「當然，要不要跟博瑞屈見面，這要看你，孩子；這不是珂翠肯或我能幫你決定的。但是……」切德的聲音漸低；也許他知道在這個時候，我有多麼不想聽他的勸告吧。最後他輕柔地補了一句：「如果你希望我請博瑞屈再度回到這房間來，就請黃金大人送個口信給我；如果你不想如此，那麼……那麼就什麼都別做。」

然後王后起身，而切德也伴著她走向外面的大會客室。珂翠肯離開房間之前，回頭以祈求的目光朝我這面牆看了一眼。

我不知道自己在灰塵與陰暗中待了多久；直到我的蠟燭燭心都因爲被燭油淹沒而熄滅，我才起身朝自己的小房間而去。這甬道看來沉鬱慘澹，怎麼走也走不完；我走在這無人知曉的密道裡，穿過灰塵、蜘蛛網與老鼠屎往前行。我鬱鬱慘笑地想道：這樣的我，不是很像鬼魂嗎？我這一生，不都像是行走於人間的鬼魂嗎？

回到自己房間之後，我將斗篷從掛鉤上取下來。耳朵貼在門上聽了一會兒，才踏入黃金大人房間的起居室。黃金大人一個人坐在桌邊；他已將早餐的盤碟推到一邊。他似乎只是愣愣地坐著；我進去時，他沒跟我打招呼，而我也不多客套，便直接說道：

「博瑞屈現在人在堡裡；他是跟在他兒子迅風，也就是敏捷的孿生兄弟之後來的。迅風有原智，他來堡裡懇請王后收容他在堡裡工作，但是博瑞屈不肯讓王后留下他的兒子。等一下博瑞屈就要帶兒子回家，以便好好糾正迅風，教他不得使用原智。博瑞屈到現在都還認爲原智是邪惡魔法；他把我的死，一方面怪罪於原智使我墮落，一方面怪罪於他自己當年沒有硬下心來逼我拋開原智。」

過了一會兒，黃金大人懶洋洋地轉過頭來看我。「這是你哪裡聽來的閒話，還眞是有趣。這個叫做博瑞屈的人，他以前在公鹿堡這裡當過馬廄總管，不是嗎？我敢說這人我從未見過。」

我一語不發地瞪著他，而他則以絲毫不感興趣的眼神回瞪我。過了一會兒，我冷淡地說道：「我今天要去公鹿堡城。」

他轉過頭去，繼續對著桌面冥想。「隨便你，湯姆．獾毛，我今天不需要你服侍。但是明天中午要去騎馬，你務必做好準備；節儉夫人與她姪女邀我一起去放鷹。我自己不愛養鷹，這你是知道的；鷹爪鋒利，難免會磨破我的外套袖子。不過趁著這一趟出門，我說不定可以多添幾根好看的羽毛做爲珍藏。」

他那一番故意見外的忿忿說辭還沒說完，我便開了門出去；我緊緊地關上門，義無反顧地朝樓梯走去。我這等於是在跟命運與我自己挑戰：要是我在走廊上撞見博瑞屈，他必定會認出我；然而，就讓諸神決定，到底是要讓他因爲蒙在鼓裡而一生愧疚，還是要讓他因爲眞相大白而痛苦不已吧。然而我既沒有在公鹿堡的走廊上撞見博瑞屈，經過守衛的餐室時也不見裡面有他的蹤影。我不禁嗤聲恥笑自己愚蠢的幻想。他既是王后的上賓，那麼他們一定會帶他到待客的餐室，招待他與那個任性的兒子吃頓大餐。我不准自己多逗留下來考慮與他相見的誘惑，所以我快步走入大庭，不久便踏在前往公鹿堡城的路上了。

天氣很好，晴朗且寒冷。我的臉頰與耳朵上方的部位都被寒風吹得冰冷僵硬，但是由於我走得很快，所以臉頰與耳朵以下都很暖和。我心裡想像著博瑞屈與我相見的種種場面：他可能會擁抱我；他可能會揍我一頓、用最不堪的話罵我；他可能認不出我來；他可能會因爲驚嚇過度而暈厥。在我想像的某些場面中，博瑞屈是高興到涕淚縱橫，而且熱烈地歡迎我；而在我想像的其他場面中，博瑞屈則是不斷咒罵我心狠，竟然任由他愧疚自責了那麼多年。但無論是哪一種場面，我都無法繼續想像我們會如何談起莫莉與蕁麻，更無法想像日後該怎麼辦。如果博瑞屈發現我還活著，那麼他能瞞著莫莉不讓她知道嗎？別說能不能了，他肯瞞她嗎？有時，博瑞屈的榮譽感是以超高標準運作，而且他的標準之高，讓他會把除他之外的每個男人都絕對不會予以考慮的作法，當作是唯一且正確的選擇。

我從自己的思緒中跳脫出來時，發現自己身在公鹿堡城的中央。經過我身邊的男男女女紛紛都遠離我，我這才發覺到自己不但眉頭深鎖、臉色陰沉，而且可能還自言自語。我想裝出比較愉悅的表情，但是我的臉皮早已忘記愉悅爲何物，而我也想不出自己想去哪裡。我走到幸運拜師學藝的木匠作坊前；我在作坊外頭留連不去，最後終於一瞥他在作坊裡的身影。幸運手上拿著工具；我心裡想著，這到底表示他現在較被賦予重任，抑或他只不過是去幫別人取工具而已？唔，至少現在他待在該待的地方，那麼我今天就不打擾他了。

接著我信步走到吉娜的舖子裡，但去了才發現今天吉娜家大門深鎖；我察看了一下她家旁邊的棚子，發現小馬與板車都不見了；她今天一定是有事出去。看到她不在家，我到底是鬆了一口氣，還是很失望，我自己也說不上來；若是爲了紓解自己的寂寞而與吉娜爲伴，也不會使我心裡更爲坦然，然而若是吉娜今天在家，我大概一點也不會抗拒與她爲伴的誘惑。

既然吉娜不在，我便跟著做出第二個愚蠢的決定：我邁步朝「籬笆卡豬」而去。既然是「卡豬配原智」，可見此地一定很適合原智小雜種。我走進店裡，經過門廊時，明亮的冬陽從我身後的門口映照了進來，所以我一眼就看出這裡在夜晚就著燈光下一定比白天好看，因爲日光不但照出了歪斜的桌子、斑駁的桌面，和地上那些軟趴趴的潮溼麥稈，還照出了不過在午後就來到這種酒店報到的一張張陰鬱臉龐。是啊，我心裡想道，我不就是這種人嗎？一個老頭子和一個一腿扭曲、而且只剩一隻手臂的男子坐在火爐附近，桌上放著幾個骨骰；另一張桌上坐著一名鼻青臉腫，抱著一大杯啤酒喃喃自語的男人。我進門時，一名女子揚起一邊眉毛，以詢問的目光朝我看來；我搖了搖頭，於是她怒目瞪了我一眼，又繼續回頭去凝視爐火。一名帶著抹布與水桶的少年正在洗刷桌子與板凳，我坐下來時，那少年的手摸到褲管上擦了兩下，接著朝我走過來。

「啤酒。」我之所以點了啤酒，不是因爲我想喝，而是因爲我人在酒店裡，總得喝點東西。那孩子點了頭，收下我的銅板，把酒送來給我，便繼續完成他的工作。我啜了一小口酒，開始回想自己到底是因爲什麼原因而走到公鹿堡城來；最後我的結論是，我之所以來到城裡，純粹是因爲我需要走動；然而此時我卻安坐不動。眞是蠢啊。

絲凡佳的父親進來時，我仍坐在原地。據我猜測，他既是從明亮的冬日陽光中走到陰暗的酒店裡，一開始時一定沒看見我；而我一認出他來，便立刻低頭望著桌面，彷彿只要我沒看著他，就會變成隱形人。可惜這一招派不上用場；我聽到他厚重的靴子踏過溼麥稈走來，拉開椅子在我對面坐下。我戒備地朝他點了個頭；他以矇矓的眼神瞪著我。他的眼裡都是血絲，但那血絲到底是因爲痛哭、缺乏睡眠，還是因爲喝多了酒，我就無法確定了；他這天早上梳過頭髮，但是鬍子未刮；我心裡想著，他今天是不是沒有去工作。跑堂的少年匆匆地端了杯啤酒給他；收了那男子的銅板之後，他又繼續刷洗桌椅。接著賀瓊恩喝了一大口酒，搔搔滿是鬍碴的臉頰，說了聲：「嗯。」

「嗯。」我也溫和應了一聲，並喝了口酒。我內心熱切希望自己身不在此處，但我的身體卻還待在原地，眞是不可思議。

「你兒子。」賀瓊恩說著，換了個姿勢。「他到底是要娶我女兒，還是要毀了我女兒？」他的臉色雖然平靜，但是我感覺得出他的憤怒與痛苦，彷彿停滯池塘裡蒸騰的霧靄，不斷湧出。我想，早在這個時候，我就知道今天必然會以打架收場；然而我不去思索自己應該如何應對，反而如夢初醒地領悟到這男子勢必得做點什麼事情來挽救他的自尊心，而我儼然就是他挽回自尊心的大好機會。那老頭子和身殘的男子都對眼前的賭局失去興趣，轉而望著我們這一桌的動靜；他們看得出我們這桌氣氛不太對；如果出了事，他們正可幫羅力作證。

接下來的演變似乎無可避免，但是我仍努力尋找出路。我輕聲但眞誠地開口，試著以我們彼此皆爲父親的身分來打動他。「幸運跟我說，他深愛絲凡佳，所以幸運無意毀了她，也無意在利用她之後將她棄之不顧。他們兩人都很年輕，不過你說得沒錯，這其中是有可能毀了某人，而且別說是你女兒，我兒子也可能被你女兒毀了。」

接下來我犯了個大錯，那就是我停頓了一下。要是我沒停下，而是繼續講下去，那麼羅力大概會繼續坐在原位上，多少聽聽我要說什麼吧？我原本想請教他，如果子女熱情奔放，還想不到要爲未來的生活打基礎或做計畫，那麼我們身爲父親的人，要如何才能拉住子女。也許要不是我將心思都放在要跟他說什麼，以及我們身爲父親之人應當如何應付，我就會注意到，羅力其實是把全副心思都放在他要如何才能痛扁我一頓。

他突然站了起來，酒杯仍握在手裡，眼裡冒出了怒火。「你兒子佔了我女兒便宜！我的小絲凡佳耶！而你還說這不是在作踐她？」

就在我要站起來的時候，那個沉重的大啤酒杯打中了我的臉。我心裡想著：計算錯誤；我本以爲他會拿大啤酒杯來打我的頭，而如果他拿酒杯打我的頭，我就傾身閃過。誰料羅力卻擲出酒杯來砸我；這杯子飛過短短的距離打中了我的顴骨，我耳中只聽到杯子噹啷一聲碎裂開來，然後便因爲巨大的衝擊而爆開白光與痛感。

某些男人會在劇痛的打擊之下退卻，某些男人則會因劇痛的打擊而癱瘓；但是在帝尊對我酷刑折磨之後，我卻對劇痛的打擊，生出了分外不同的反應。而我的反應就是：立刻反擊，千萬別蹉跎，以免加害者征服了你，好整以暇地折磨你。所以砸在我臉上的那個杯子還沒落到地上，我便橫過桌子朝羅力撲了上去；而我臉上的痛楚完全擴散出來的時候，我的拳頭已經打在羅力嘴上。他的牙齒劃破了我的指節，而我的左拳則打在他的胸骨上，比我的理想目標高了一些。

吉娜很早之前便警告過我，羅力這人壯得像牛；今日得見，果然不假。他不但沒有倒下去，反而氣憤大吼地朝我撲來。我原來便一腳跪在桌上，此時我把另一腳也收到桌上來，雙手掐住他的喉嚨，並以桌面為支撐點，用我全身的重量將他壓倒在骯髒的地板上；由於他雙膝跪在長凳上，所以我比較容易將他推倒，但是我壓在他身上時，左右小腿骨撞到長凳，害我痛得不得了。

他的力氣多到用不完，而且他打鬥起來毫無節制，也不管會對自己的身體造成什麼損傷。他的目的就是要將我打傷，根本不考慮他自己的身體狀況，以致於我們在地上翻滾扭打，他的拳頭打中我的頭顱之際，我聽到他的關節碎裂聲。我屢屢要抓他的喉嚨卻抓不穩，而酒店裡擁擠的桌椅使我們打起來更不順手。有一次他翻到我上方，幸而當時我們在桌子底下，所以我乾脆騰躍起來，使他的頭重重地撞到桌底；這一震使他呆了半晌，而我則趁此連滾帶爬地逃離那張桌子，重新站起來；他在桌下對我咆哮，怒氣絲毫沒有稍減的跡象。

打架的時候，總是有許多事情同時進行。我正在做準備，以便趁羅力一從桌下出來就踢他一腳，此時卻聽到店主人大吼道：「我已經叫城市衛隊了！要打去外面打！」而賭桌邊的老頭子和男子則以嘶啞的聲音叫道：「羅力，小心點！他打算踢你，你要小心！」但是真正使我無法專心的，則是幸運的叫聲：「湯姆！你別傷到絲凡佳的父親！」

羅力．賀瓊恩倒一點也不會因為打傷幸運的父親而內疚。他從桌子底下滾出來時，狠狠地朝我的腳踝踢了一腳，使我踉蹌地跌倒；不過我跌倒時，卻是跌在他身上。接著我緊掐住他的喉嚨，但是他壓低下巴以抵擋我的攻勢，同時揮拳直擊我的肋骨。

「城市衛隊！」一個低沉的嗓音警告道，接著我們便被兩個孔武有力的傢伙從地板上抓了起來。他們並未化解我們的纏鬥之勢，而是乾脆將我們兩人拖到門外，擲入覆雪的街道上。街上已有一群民衆圍觀；此時我仍緊掐住羅力的喉嚨，而羅力則抓住我的頭髮，逼我頭朝後仰，以便用手指戳我的雙眼。「把他們踢開！」一名警官命令道，於是我堅決取勝的決心一下子變得愚蠢無比。我鬆開了羅力的喉嚨，扭著脫離羅力的身體；羅力趁此扯下了我一撮頭髮。有個人拉住我的手臂，拽著我站起來，接著便熟練地抓住我的左右手腕，將之拽到我背後；我咬緊牙關忍痛，並全神貫注地控制自己的意念，以免自己反抗他。等到我服順地站著喘氣時，那人的力道便稍微放鬆。

羅力．賀瓊恩的思緒就沒有我這麼清楚了。一名士兵拖著他站起來，但他卻不斷掙扎，因此而結實地吃了好幾棍；最後他被制住的時候，雙膝已跪在地上，嘴邊流出的血則從下巴滴落下來。他凶惡地瞪著我。

「在酒館打架的罰款是一個人六個銀塊。付了錢，就可以乖乖離開；要不然就去拘留所待著，而且一進拘留所，就得付兩倍的罰款才出得來。店主人，店裡可有什麼損壞？」

我沒聽到店主人的答覆，因爲幸運突然在我耳邊低聲說道：「湯姆．獾毛，你是怎麼了？」

我轉過頭去望著我兒子。他看到我的臉時退了一步；這我倒不驚訝，因爲儘管冬天寒冷，我的一邊臉頰仍然熱燙無比，連我自己都感覺得出來，一定是腫起來了。「是他先開始鬧的。」我講這句話是要跟他解釋來龍去脈，但是聽起來卻像是惱怒少年的藉口。

抓住我的那個侍衛搖了我一下。「喂，你！專心一點。隊長問你有沒有六個銀塊？」

「有。放開我一隻手，我就可以掏錢給你了。」我注意到店主人並未要求我們賠償。這大概就是身爲常客的好處吧。

那侍衛將我雙手放開，同時警告我：「你可別耍什麼把戲。」

「我今天要的把戲已經夠多了。」我喃喃地說道；那侍衛聽了不懷好意地笑了兩聲。我兩手都腫起來了，連拉開錢袋的繫繩數錢給侍衛都痛得要命。好啦，這下子可把王后的贈金都花得差不多了。那侍衛接了錢，走過去將錢交給小隊長；小隊長重新數過無誤，這才將錢收進繫在腰際的布袋裡。此時仍由兩個侍衛一左一右地架住的羅力，惱怒地搖了搖頭。「我沒那麼多錢。」他模模糊糊地說道。

架著他的其中一名侍衛不屑地說道：「前幾天你花了那麼多錢喝酒，怪不得你今天拿不出錢來。」

「送進拘留所。」小隊長不為所動地命令道。

「我有。」幸運突然說道；要不是看到他拉了拉隊長的袖子，我差點就忘記他也在場。

「有什麼？」隊長驚訝地問道。

「他的罰金。我願意幫賀瓊恩先生付罰金；求您別把他關起來。」

「我不要你的錢！才不要他的東西哩。」仍由兩個男人架著的羅力開始軟癱下去；憤怒盡去之後，取而代之的是疼痛；然後他開始大哭起來。「毀了我女兒。毀了我家門。才不要他的髒錢呢。」

幸運的臉一下子刷白。那隊長冷冷地把幸運從腳打量到頭，又從頭打量到腳。幸運急得聲音都啞了：「求您別把他關起來。事情已經夠糟的了，不是嗎？」幸運拿出錢袋並打開繫繩；那錢袋上清楚地繡著他師傅，也就是晉達司的紋章；接著幸運從錢袋裡抓起一把錢，送到那隊長面前，並再度說道：「求您收下吧。」

隊長突然轉過身去背對幸運，命令道：「把賀瓊恩帶回他家。罰金暫緩徵收。」那隊長冷冷地丟下我兒子之後，幸運倒退了幾步，彷彿被人揍了一拳，臉上因為羞赧而染得緋紅。那兩個侍衛匆匆地架走賀瓊恩，不過現在情勢已經很明顯，他們不是在制住賀瓊恩，免得他再打起來，而是在撐著他，因為他已經走不動了。其他的巡警也各自散去，突然之間，只剩下幸運與我兩人站在寒冷大街的正中央。我一眨眼，各處傷口就痛得苦不堪言；最痛的就是臉頰上被沉重的大酒杯打中的地方，我那邊眼睛變得一片模糊。一時間，我感到很安慰，因爲此時有幸運在身邊幫我；但是當他轉過來望著我的時候，他似乎對我視而不見。

「現在全毀了。」他無助地說道。「這下子，我怎麼也挽救不回來了。」他轉頭凝視著逐漸遠去的賀瓊恩，又突然轉過頭來瞪著我。「湯姆，你爲什麼要這樣？」他心碎地質問道。「你爲什麼要這樣對我？你把我害慘了。我已經照你講的，搬進晉達司家的宿舍去住了；我正在把事情理出個頭緒來。如今都被你破壞殆盡了。」他眺望著那些逐漸離去的男子。「以後我要怎麼跟絲凡佳的家人和好呢？」

「是賀瓊恩先出手打我的。」我衝動地說道，然後便咒罵自己用了這個差勁的藉口。

「你何不走開算了？」他自以爲是地問道。「從小你就告訴我，碰上打架，最好的辦法就是走爲上策，能走就走。」

「他可沒給我脫身的機會。」我答道。我的怒氣逐漸升高，幾乎與我腫脹的臉孔不相上下。我走到路邊，伸手從屋簷上抓一把較爲乾淨的雪，搗在臉上。「我眞想不通，發生這種事情，你怎能怪到我頭上來？」我忿忿地補了一句。「當初要不是你急著跟絲凡佳上床，也不至於演變到這個地步。」

一時間，他彷彿被我打了一拳般喪氣；但我還來不及後悔自己講話太重，他便惱怒起來。「瞧你講的彷彿我應該不要這麼做似的。」他冷冷地說道。「但我義無反顧。不過這種事你不懂，也在我的意料之中，因爲一生中從未見識過眞愛的男人，不可能了解我的用心。你還以爲天下所有的女人都像椋音，才不是呢。絲凡佳是我永遠的眞愛，而眞愛是不該被動等待的。你和絲凡佳的父母親都想拉住我們，不讓我們完成我們的愛情，彷彿一切都可以一等再等。但是我們才不想等呢；愛情就是要把握當下，及時行樂。」

他這一番話使我大怒。我敢說這不是他自己想出來的，而是他從什麼小酒館裡的歌者口中聽來的念頭。「如果你以爲我沒見識過愛情，那麼你對我根本一無所知。」我反駁道。「至於你跟絲凡佳，她不過是第一個跟你講話超過『你好』這兩個字以外的女孩，你就急著跟她上床，並聲稱這是愛情了。愛情不只是上床而已，孩子；如果愛情不曾發生在上床之前，並在那之後久久不散；如果愛情不能等，也無法撐過失望與離別，那就不算是愛情。男女之間，並不是上了床就可以造就眞情眞愛；而眞正的愛情也不必天天見面。我之所以知道這些，是因爲我懂得愛，而愛有很多種，其中也包含了我對你的關愛。」

「湯姆！」幸運氣急敗壞地斥道，又回頭張望一對路過的情侶。

「你怕他們誤會我話裡的意思？」我不屑地說道。那男子聽到我話裡的怒氣，抓起女伴的手臂匆匆離去。看在他們眼裡，我大概像個瘋子，但我管不了那麼多了。「你怕他們誤會？我倒怕你誤會了！自從你來到公鹿堡城之後，就把我以前努力教你的所有道理都拋在腦後。如今我都不知道該怎麼跟你講話了。」我走回路邊的屋簷下，再度挖了一把雪；我回頭望著幸運，然而他依然頑固地凝視著遠處。就在那一剎那，我內心放棄了他；這孩子大了，他要走自己的路，而且我拿他一點辦法也沒有。當年博瑞屈與耐辛苦勸了我多少次，我都當作耳邊風，如今我跟他辯論也沒什麼用處；他要走他自己的路，犯他自己的錯，而也許有一天，當他到了我這個年紀的時候，他會從年少的時光中學到一點教訓。我不就是這樣嗎？「我還是會幫你付清當學徒的學費。」我平靜地說道。我就對他說了這麼幾個字；然而這話也是講給自己聽的，我要藉此告訴自己，這一切都結束了——其實，這一切老早就結束了，只是我仍繼續幫他付學費，如此而已。

我轉過身去，開始踏上返回公鹿堡的漫長路途。呼吸到寒冷的空氣，使我受到重創的肋骨痛了起來，但我也無可奈何。我那腫脹的指關節傳來熟悉的劇痛。我遲鈍地想道，我要到多大年紀才能有足夠的智慧，不至於再度捲入近身的打鬥之中；然後我又納悶地想著胸口的新傷：幸運剛剛還在我心裡，如今卻一走了之，獨留下巨大的傷口；看來這傷口一生都難以痊癒。

我聽到身後有跑步聲追來，唯恐是有人要對我出手，所以一旋身，轉過來面對敵人。幸運一看見我臉上劍拔弩張的表情，嚇得連忙停住腳步。一時間，我們兩人就這樣站著彼此對望。然後幸運伸手拉住我的袖子。「湯姆，我很討厭這樣。我盡了力，可是我話也說錯了、事情也做錯了。絲凡佳的父母親一直都很氣她，而如果我提出我應該跟她父母親見個面，向他們保證我們的感情一定會慢慢發展，絲凡佳就會開始氣惱。而我搬進學徒宿舍，一個月只有幾天晚上有空，絲凡佳更是把脾氣都發在我身上。但我還是親自去找晉達司，請他讓我搬進宿舍裡；儘管晉達司常常找我麻煩，我還是忍氣吞聲地低著頭接受；所以我現在已經照你說的，住進宿舍裡，一切遵照晉達司的規矩了。我們很早就要起床，每天晚上能點幾根蠟燭都有限量，而且晚上幾乎都不能出門，這些都令我覺得可恨，但我一切都逆來順受。今天晉達司第一次交代我出門辦事，到鐵匠街去拿一些黃銅零件；而我就算現在趕回去也是遲了，到時候又得低著頭讓他臭罵一頓。但是你心裡認定我已經把你以前教我的道理忘光光了，所以我說什麼也不能讓你就這樣走開，因爲我並沒有忘，我依然把你教我的擺在心裡；但是我必須摸索出自己在此地的新人生，而有時，你教我的道理，就是跟我周遭人的想法格格不入；有時，你教我的道理，好像在這裡派不上用場。不過我一直在努力，湯姆，我一直在努力。」

他一股腦兒地把這些話全倒了出來。在他講完話，我們兩人之間差點又要陷入沉寂之時，我伸出一臂攬住他的雙肩，並將他摟緊，雖然我的肋骨痛得要命。「你快去忙你的事吧。」我在他耳邊說道；我想講幾句別的話，但實在想不出來。我不能跟他說，放心吧，船到橋頭自然直，因爲據我看來，事情不見得會發展得這麼順利；我也不能跟他說，我相信他的判斷一定是好的，因為老實講，我並不放心。幸而接著幸運幫我們兩人找到話說：

「我愛你，湯姆。我會繼續努力。」

我寬慰地嘆了一口氣。「我也愛你，而我也會繼續努力。好啦，現在你可得趕一點了。你的腿長、手腳又快；要是你用跑的，說不定就不會遲到了。」

他對我笑了一下，便轉身朝鐵匠街衝去。看他的身體活動自如的模樣，我真是羨慕。我轉身朝公鹿堡而去。

走到半山腰時，我撞見了從堡裡下來的博瑞屈。迅風坐在博瑞屈身後，雙手攀著父親的腰。博瑞屈那條跛腿無法彎曲，所以僵硬地伸出，但他已經特別修改過馬蹬以配合那條腿。一時間，我不禁瞪著他直看。迅風也目瞪口呆地注視著我，但是不用說也知道，此時我這張腫臉一定是個奇觀。我將自己的原智遮掩得幾乎滴水不漏；又壓低了頭，艱難地踏步。我與他們擦身而過，但再也沒有抬頭看他們一眼。他們經過我身邊之後，我心裡恨不得回頭看看，但是我抑制自己不得大意：我實在太過害怕，萬一博瑞屈也回頭望著我怎麼辦？

回到公鹿堡的這一趟路，不但寒冷，而且沉鬱慘澹。我直接走向蒸氣浴室。進來洗澡的守衛們來了又走，而我則繼續獨自坐在浴室裡。我本希望水氣能多少紓解一下我的痛楚，結果是事與願違。走到樓上房間的這段漫長之路，一定會使我痛得更厲害，而且我也知道，一旦久坐，我就會四肢僵硬，可是此時我心裡唯一縈繞不去的念頭，就是我那張床。我對自己說道，今天一整天都白過了；即使早上與晉責和阿憨上課的事情有所進展，我仍痛責自己虛度時光。

就在我走近我們的房間時，房門戛然而開，那個照顧花草的女僕從房裡走了出來，手上挽著一籃乾燥花。我驚訝地瞪著嘉蕾莎，她一抬頭，我們四目相會；她臉上突然浮現紅暈，霎時她的雀斑似乎都隱去不見了。然後她避開我的目光，匆匆地沿著走廊奔去；不過光是這麼一瞬間，也就足夠我瞥見她脖子上戴著的那條項鍊了。那項鍊很單純，只是皮條上繫著一個墜子，而那墜子是朵玫瑰，漆成白色，配上染爲全黑的樹枝。那絕對是弄臣的作品，我一看便知。難道他採納了我那不懷好意的建議？我也說不上到底是什麼原因，但我的心就是不斷往下沉。我小心地在門上敲了敲，通報了名字，這才開門進去。我進了房間，關上房門之後，發現黃金大人擺出完美無瑕的姿勢，倚坐在火爐前鋪著墊子的大椅子裡。一見到我的瘀傷，他立刻睜大那琥珀色的眼睛，但是他一下子便恢復鎮靜。

「我還以爲你要去一整天哪，湯姆．獾毛。」他輕快地說道。

「我本來也這麼想。」我接口道，心想我只會說這麼多；然而我卻發現自己像生了根似的站在原地，迎向他那謹愼自持、不露出任何情緒的眼神。「我今天跟幸運談了一會兒。我跟他說，愛上一個人，與跟你所愛的人上床，根本就是兩碼子事。」

黃金大人慢慢地眨了眨眼。「他聽得進去嗎？」

我吸了一口氣。「是不大聽得進去。不過這一次，我相信他會謹記在心。」

「很多事情都是急不得的。」他有感而發地說道。他轉過頭去，重新望著爐火；於是我前一刻高昂激動的心情，又再度冷卻了下來。我默默地點頭應和他的話，接著走回自己的房間。

我脫下衣服，躺在我的窄床上，閉上眼睛。

我沒想到自己這麼累；我這一睡，不只睡了一整個下午，而是一路睡到半夜。我睡得很熟，熟得什麼夢都沒做，但到了深夜時，我卻發現自己被人從幸福的全然睡眠中，推入半睡半醒之間的懸浮地帶。到底是誰在喚我？我想道，然後我便察覺到答案了。蕁麻在我的精技牆外哭泣；她不再猛烈攻擊我的精技牆，也不再氣憤地要求我開門，而是默默地站在牆外悲痛地哭泣，彷彿永無止境。

我舉起手擋在眼前，彷彿這樣就能遮住蕁麻。然後，我深吸了一口氣，讓我的精技牆崩垮；接著我往前踏出一步，便到了她身邊。我以安心的情緒將她包圍起來，對她說道：親愛的，妳擔心這些都是多餘。妳父親與弟弟正在回家的路上；他們兩人都安全無虞，這我可以向妳保證。好了。妳別煩惱，去睡吧。

可是……你怎麼知道他們沒事？

我就是知道啊。我將自己肯定的心情，以及我瞥見博瑞屈與迅風兩人共騎一匹馬的情景傳送給她。有一刻，蕁麻崩解融化得毫無形體，那是因爲她突然之間完全地鬆懈寬慰。我開始撤退，但是蕁麻突然抓住我。家裡變得好可怕。先是迅風失蹤了，我們很擔心他發生了什麼不幸；接著鎮上的鐵匠告訴爸爸，迅風曾經過他的舖子，並問哪一條路通往公鹿堡。然後爸爸便火冒三丈地騎馬出門，而此後媽媽什麼事都丟了下來，成天不是大哭，就是咒罵；她說全世界那麼多地方，就是公鹿堡對迅風最危險。但爲什麼公鹿堡最危險，媽媽也不肯多說。她這個樣子，眞是把我嚇壞了。有時，她雖看著我，卻對我視而不見，然後她不是吼著叫我去找點事情做，就是開始哭泣，而且哭個不停。這眞是沒道理。我們每個人一進了屋子裡，就像老鼠似的躡手躡腳地走動。而小敏則覺得彷彿丟失了另外一半自己，又責怪自己一定是哪裡做錯了才會這樣。

我打斷了她滔滔不絕的傾訴。妳聽我說；事情會好起來的。

我相信你。可是我要怎麼說，才能讓大家放心呢？

我想了一下。我該叫她告訴莫莉，她做了個夢嗎？不行。這沒辦法說；恐怕他們必須忍耐一下了。所以說，妳得堅強起來，成爲眾人的支柱，因爲妳知道事情一定會好起來。多幫妳母親的忙，好好照顧弟弟，耐心等待。妳父親那個人，只要馬撐得住，他一定是能多快回來就多快回來。

你認識我父親？

這個問題嘛……交情匪淺。這時我猛然醒悟到話說得太多；剛才我跟她講的那幾個字，無論是對她或我而言，都很危險。於是我以比柳葉拂過水面更爲輕柔的力道，輕輕地以精技對她建議道，現在她該睡了，她要睡個好覺，明早神清氣爽地醒來。蕁麻抓著我的手放鬆了些，於是我趁機溜走，回到我安全的精技牆內。我睜開眼睛，迎向我的是黑暗的房間。我深深地吸了一口氣，翻了個身，用被子把自己包起來。我餓了，而早晨與早餐即將來臨。

一個浮動於音樂上，傳送得笨手笨腳的思緒，闖進了我心裡；這技傳有些猶豫不決，但不是因爲能力不足，而是因爲他不大願意讓自己的心靈與我的心靈接觸。你總算勸她停下來不哭了。現在阿憨終於也可以睡了。

話畢，阿憨便消失了，獨留我瞪著房間的天花板。但就在我重新調整思緒的焦點，並努力說服自己，阿憨肯對我技傳就很好了，我應該將這當作是他大有進步，而不是他在侵犯我之時，又有另一個心靈與我接觸。那個心靈既遙遠且巨大，而且古怪到了極點，與人類心靈的活動方式南轅北轍。她以苦澀詼諧的口吻說道：好了，學著點，以後做夢別把大家都吵醒了。被夢境所擾的，可不只他一人，而能夠感應到你的動靜的，也不光是他而已哪，渺小的人類。對我而言，你們算什麼東西？

接著，她的思緒便如退潮的海浪將滅頂之人丟棄在沙灘上似的將我拋開。我滾到床緣不斷乾嘔；與那個巨大心靈交流過之後，我的狀況比被羅力痛揍一頓還要糟糕。那個陌生的生命體壓制住我的心靈、堵塞我的思緒，使我彷彿吞了油，或是吃了火焰一樣難受。我在黑暗中喘氣，汗水從我的額頭和背上流下來；我不禁懷疑，我自己這個起伏不定的精技天賦，到底驚醒了什麼生物。

17
爆炸

……因此碰巧聽到艾芮絲卡與船長之間的對話。船長抱怨風浪太大，彷彿埃爾神不想讓他們回家；艾芮絲卡聽了大笑，並譏諷船長說他怎麼還相信「那種老掉牙的神明？那些老神明既無力氣，也無智慧。如今風浪都是由『蒼白夫人』掌管；而就是因爲貴主引起蒼白夫人不悅，所以夫人才會令你們大受折磨。」船長聽了也不言語，轉身就離開，但臉色很氣憤；然而一般而言，由於外島人不願露出害怕的神色，所以害怕時往往會顯得生氣。

至於您吩咐我要特別監視的那個女僕，我在船上並未見到她的蹤影；若不是她整個航程從頭到尾都待在貴主的艙房裡，就是她根本不在這條船上；據我看來，比較可能是後者。

——切德・秋星所收到，關於貴主返航途中狀況的匿名情報

我睡意全消，最後乾脆起床穿衣，走上我的塔樓。塔樓裡冷颼颼的，整個房間十分陰暗，只有火爐裡透出一點炭火光。我找了一塊布，沾溼之後貼在仍然疼痛的臉上。有一段時間，我就呆呆地凝視著火

光不動；然後，爲了要轉移自己的注意力，以免我逼問自己一大堆其實自己也無法回答的問題，所以我改而坐到桌邊，開始研讀切德目前留在桌上的卷軸。外島之龍的那幾個卷軸還在，但此時桌上另有兩個新的卷軸，墨跡很新，寫在淡黃色的紙上。就我對切德的了解，他不想讓我看到的卷軸，絕不會留在桌上。其中一個卷軸提到，有人在繽城商人與恰斯人之間的決定性戰役中，看到有條銀藍色的龍飛過繽城港口上空。另一個卷軸，看來像是小孩子學寫字的練習帖，字體歪扭，滿紙亂爬；但是切德在很早以前就教了我好幾種密碼，用看似普通的文字便可夾帶不想給外人得知的消息，所以我立刻便試著將這個卷軸解碼。然而我一試才發現，這密碼簡單到令我皺起眉頭，並不禁懷疑，到底是切德越來越無法掌握情報的祕密性，還是他招攬來的間諜素質日漸低落，因爲他派到外島的這個間諜送來的第一份報告，看來就是這麼簡陋。這報告裡講的，多半是此人在貴主返程的船上聽到的閒話與謠言；看來裡頭並沒有立刻派得上用場的消息，不過其中一段提及蒼白夫人，倒使我看了之後，心頭變得惶惶不安，感覺上彷彿我早先的人生黑影伸出利爪，朝我蔓延而來。

切德抵達塔樓的時候，我正在爲自己沖茶。他一把將卷軸架推得大開，蹣跚地走了進來；他的臉和鼻子都紅通通的，而且在那令人驚駭的一瞬間，我還以爲那老人喝醉了。他攀住桌緣穩住自己，坐在我的椅子裡，哀傷地叫道：「蜚滋？」

「怎麼回事？」我一邊問，一邊走過去。

他瞪著我，然後以過大的音量說道：「我聽不見。」

「你是怎麼了？」我也高聲問道。

據我看來，我講的這幾個字他也沒聽到，不過他仍解釋道：「爆炸了。之前我去你的小屋拜訪時不是帶了些藥粉嗎？我剛才在研製同樣的配方，但這次效果實在太好，它竟然爆炸了！」他伸手摸摸自己的臉，拍拍臉頰，又拍拍眉毛。他那張臉慘不忍睹。我立刻發現他的問題所在。我先拿個鏡子給他，趁他對著鏡子發愣的時候，端了一盆水，又拿了條布沾溼了遞給他。他拿著溼布往臉上貼了一會兒，將溼布放下來時，臉上不但掉了一大塊皮、少了點肉，連雙眉也燒得快沒了。

「看起來，你是被大火燒到了。連你額前的頭髮都燒焦了呢。」

「什麼？」

我以手勢叫他小聲一點。

「我聽不見。」切德又哀怨地說道。「我的耳朵嗡嗡響，就跟當年我繼父連連打我耳光，打得我什麼都聽不見一樣糟糕。諸神在上，我眞是恨死那傢伙了！」

從切德竟然提起他繼父，便可看出他現在的心情有多麼低落；切德是從來不跟我提他小時候的。他用指頭堵住耳孔，彷彿要確定一下自己的耳朵還在，然後鬆開、堵住，鬆開、堵住。「我聽不見。」切德重複地說道。「但是我的臉還不太壞，是不?這以後不會留下傷疤吧？」

我搖了搖頭。「你的眉毛會再長出來。這個——」我輕輕碰了一下他的臉頰。「——看起來也不比因日曬或寒風而脫皮糟糕；過一陣子就會好了。至於耳聾，我看也會轉好。」說眞的，我最後說的這句話全無依據，只是我眞誠地希望切德一定會好起來就是了。

「我聽不見。」切德難過地說道。

我拍拍他的肩膀以表安慰，又將我那杯茶推到他身前。我伸手指著自己的嘴，叫他看我這裡，接著謹慎地問道：「你的學徒還好吧？」我與切德相知甚深，所以我知道他絕不會在三更半夜單獨做實驗。

他望著我的嘴型變化，過了半晌，他大概是看出我問了什麼，因爲他接著便答道：「你別擔心，我已經把我那女娃兒打點好了。」原來切德收的弟子是個女孩，我聽了非常驚訝；而切德見此則不禁氣憤地叫道：「你少管閒事，蜚滋！」

然而他之所以氣惱，與其說他是在氣我，不如說他是在氣自己；他彷彿認爲，要不是我這麼擔心他，我聽了這話一定會哈哈大笑似的。是女徒弟啊。這麼說來，我的地位是被女孩子取而代之了。我開始思考她是誰，切德爲什麼會選她，以及她有什麼能耐，竟能取代我帶給切德的慰藉，然後又趕緊勒止自己的心思，不准多想。過了一會兒，我終於搞清楚我所說的話切德多少可以聽到一點，但卻聽不甚清楚。我大膽地祝願他的聽力早日恢復，並努力把我的意思告訴他；他點點頭，揮揮手叫我別擔心，不過我從他的眼裡看出他內心揮之不去的焦慮；要是他的聽力遲遲不復元，那麼這位王后顧問讓王后垂詢諮商的能力，可就要大打折扣了。

不過，切德勇敢地將自己的灼傷拋在腦後，大聲地問我是否已看過桌上的卷軸，然後又問我怎會把自己的臉弄成這副模樣。爲避免他吼出更多問題來，我寫下簡短的句子，一一回答他的問題。我把自己的傷勢歸咎於酒店裡有人打架滋事，而我被意外捲入所致；切德大概是心裡過於牽掛自己的眾多問題，所以不疑有他。接著他在我們彼此交談所用的那個紙片上寫道：「你跟博瑞屈談過沒有？」

「我想來想去，還是不要談最好。」我寫道。切德看了噘起嘴唇，沒說什麼；但我看得出，其實他想說的話可多了；他會把話留待我們比較容易交談的時候再說。接著我們將注意力轉而放在間諜報告上，輪流指出彼此最感興趣的段落，雖然我們兩人都認爲這兩份報告均無可以立即派上用場之處。切德寫道，他希望能早日收到他派到艾斯雷弗嘉島那個間諜的消息，以便判斷那古老的傳說到底有沒有幾分眞實性。

我本想要談談我與阿憨及晉責的進展，但最後決定還是不必急於一時；一方面是因爲切德的聽力受損，另一方面則是因爲，我到底能與他們建立多好的默契，我自己也還在摸索。我心裡已經決定，明天替阿憨上課時，要乘勝直追。

想到這裡，我才恍悟到黎明上課的時間已近；而切德似乎也想到我必須去上課了。他告訴我，他要回房間睡個覺，而僕人來喚醒他時，他要佯裝胃痛糊弄過去。

切德可以上床睡覺，我可沒那個福氣；我返回自己的房間，換上乾淨衣服，這才前往惟眞之塔等待我的學生。我敢說，他們兩人就算再怎麼害怕上課，也絕對沒有我這麼怕，因為此時我的頭仍痛得像有人拿它去撞牆似的。我皺起眉頭對抗頭痛，然後生了火，又點了幾根蠟燭放在桌上。有時候，我的頭痛持續不退，使我幾乎想不起上一次毫無精技頭痛牽絆時到底是什麼感覺了。我腦海裡閃過一個念頭：我要回房間去拿精靈樹皮；但我隨即堅決地否定了這個想法，然而這並不是因為我唯恐精靈樹皮會損害我的精技天賦，而是因為我一想到這個藥品，心中就立刻浮現不久前我蠢笨無比地找弄臣吵架的情景。不行，不能再碰觸那東西了。

此時我聽到晉責的腳步聲在門外響起，因此也無暇多想。他進來之後，將門緊緊關上，走到桌邊。我心裡暗暗地嘆了一口氣；從他的姿態看來，他顯然尚未完全原諒我。他嘴裡吐出來的第一句話是：「我才不要讓弱智的人當我同學。一定還有別的人選。」接著他瞪著我，問道：「你出了什麼事？」

「我跟人打架。」我簡潔地答道，讓他知道這件事情我不想多談。「至於阿憨，恐怕他勢必會成為你的同學。除了他之外，我再無其他合適人選；所以他是我們唯一的希望。」

「他不可能是唯一的人選。你大規模地篩選過有精技天賦之人了嗎？」

「沒有。」

接著，我還來不及多說什麼，他便伸手拿起桌上的項鍊，鍊子從他手中垂下來。「這是什麼？」晉責問道。

「這是你的項鍊啊；這是你在我們碰到『異類』的那個島上撿到的，你不記得了嗎？」

「不記得了。」他憂心忡忡地瞪著那個項鍊墜子，不情不願地補了一句：「啊，是了，我想起來了。」他一邊坐在椅子裡搖來搖去，一邊拿著項鍊仔細打量。「這不就是艾莉安娜嗎？湯姆，你看這到底有什麼涵義？我竟在我還沒跟她見過面之前，就撿到這條項鍊了！」

「什麼？」我伸出手，向他討過項鍊，可是晉責好像根本沒注意到我的動作，僅是坐在椅子裡對著項鍊發呆。我只好站起來走到他身邊。當我看到那小小的臉龐、盤起的黑髮、裸露的胸部以及烏黑的大眼睛時，突然領悟到晉責說得一點也沒錯。那的確是艾莉安娜，但不是現在的她，而是將來她長成女人時的模樣。那項鍊墜的女子黑髮上有個藍色的頭飾，而那個頭飾與貴主戴的那個一模一樣。我深吸了一口氣。「我不曉得這有什麼涵義。」

王子彷彿做夢般地望著那塑像的臉龐。「我們去過的那個地方，好像漩渦似的，將世上的所有能力都捲進去了。」他閉眼片刻，但手裡仍握著那個項鍊。「我差點就死在那裡了，對不對？當時我被精技拉扯成碎片，但是你追了上來，而且有……人幫你。那個——」講到這裡，他為之語塞。「它很偉大。比天還偉大。」

換作是我，可能不會用這個說法，但我明白他的意思。我突然察覺到，我自己其實很不願意談起我們在那海灘上的經歷，甚至連想都不願多想。我們待在那海灘上的時光，彷彿埋在一圈光暈裡，而那光暈並未使當時的情景更加明朗，反而更加模糊；而且，我一想起來就十分害怕。就是因為這個緣故，所以我直到現在都尚未將羽毛拿給弄臣看，也從未跟任何人提起羽毛的事情。那羽毛，彷彿是人身的弱點，又彷彿是一扇通往未知的大門。早在我撿起那幾根羽毛時，就知道自己已經觸動了某個巨大的因果，使之開始運行，而這個因果大到不是任何人可以控制得了的。即使到了今天，我還是一想起羽毛就退避三舍，彷彿只要我不肯回想，那因果就可以泯滅於無形。

「那個……是人嗎？是神靈嗎？救了我們的，到底是誰？」

「我不知道。」我簡短地說道。

王子的眼裡突然燃起高昂的興趣。「我們得找出答案才行。」

「不，不能找。」我吸了一口氣。「不但不能找，反而必須小心翼翼地避免去尋找答案才行。」

他驚愕地瞪著我。「爲什麼？難道你不記得當時的感覺有多好？」

當時的感覺有多好，我記得太清楚了，尤其現在一談，更使我歷歷地想起當時的情景。我甩了甩頭，突然之間，我眞恨不得自己自始至終都將那項鍊妥善收好，根本就不拿出來還他。有時，一股熟悉的香味，或是某一個旋律，會突然令人完整地想起某天晚上的愚行；同樣地，那雕像一出現，也倏地便將所有的記憶都拉回我心中。「是，當時的感覺的確很好；然而不但好，也很危險。我可不想重新回到那個地方，晉責，你也別莽撞。當時那女神就叫我們別回去了。」

「女神？怎麼會是女的？那個神靈……感覺上像是……像個父親似的；堅強，給人關愛與安全感。」

「我倒覺得那個神靈不是那樣子的。」我勉強地說道。「據我推測，應該是我們兩人各把那個神靈當作是我們想要見到的人。」

「你是說，那個神靈是我們自己捏造出來的？」

「不，不。依我看來，當時我們遇見的神靈，偉大神奇到我們無法掌握的境界，所以我們各自將所見想成熟悉的模樣，因爲唯有如此，我們的心靈才能容下所見。」

「你是怎麼想到的？你讀過的卷軸裡有提到這些嗎？」

我不情不願地答道：「倒不是；我讀過的卷軸裡從未言及於此。我之所以會有這個想法是因爲……因爲我就是這麼想。」

晉責瞪著我，然而我也只能無奈地聳聳肩，因爲無論是對那少年，或是對我自己，都沒有比這更好的解釋了。對於那一場奇遇，我沒有更好的解釋，只是一憶起我們遇見的那個生命體，心裡便生出激動與期待，再加上毛骨悚然的恐懼。

最後是爐台邊的暗門咯吱咯吱地打開，才挽救我免於陷入尷尬之中。阿憨一邊吸著鼻子，一邊走了進來。他將笛子掛在襯衫外面；而漆得閃亮的笛子與破爛髒污的衣物之間的強烈對比，則突然使我以全新的眼光來看待他。我大吃一驚。阿憨的直髮貼在頭上，從衣衫破洞裂縫中露出來的皮膚則顯得油膩；一時間，我以晉責的觀點來看阿憨，並領悟到王子對他的厭惡，絕對不只在畸形的身體與有限的心智；阿憨走近的時候，晉責鼻子抽動著，同時連連退後。由於與夜眼相處多年，所以我對各種氣味泰然自若，因爲我知道某些特殊情境自然會有特殊的味道；但是阿憨因爲沒洗澡而散發出來的臭味，絕對不能與黃鼠狼天生具備的麝香腺發出來的臭味混爲一談；阿憨的體味是可以改變的，而且如果我期望王子與他一同修習精技，那麼他的體味更是非改變不可。

但現在暫且不必多言，於是我只對阿憨招呼道：「阿憨，你何不坐這裡？」同時拉開了離王子最遠的那一張椅子。阿憨懷疑地望著我，接著把整張椅子拉出來，將椅面詳細檢查了一遍，彷彿生怕椅子裡藏了什麼詭計似的，最後才一屁股坐了下去。他開始搔他左耳後的癢處。我一瞥王子，發現他驚恐得目不轉睛地瞪著阿憨。「好啦，大家都到了。」我宣布道，心裡則不禁想著，接下來我到底要拿他們怎麼辦。

阿憨的目光隨處亂看，最後望向我這裡。「那個女孩子又開始哭了。」他講話的口吻，彷彿這全都該怪我。

我心裡著實翻騰了一番，但我嘴上仍堅定地對他說道：「唔，那個我稍後再處理。」

「什麼女孩子？」晉責立刻追問。

「沒什麼好擔心的。」阿憨，現在別提那個女孩子。我們要上課了。

阿憨慢慢地停下搔癢的動作，把手放在桌上，認眞地瞪著我。「你爲什麼要在我腦袋裡講話？」

「因爲我要看看你聽不聽得見我講的話。」

他若有所思地吸吸鼻子。「我聽得見。」臭狗子。

別叫我臭狗子。

「你們在彼此技傳嗎？」王子認眞且好奇地問道。

「對。」

「那麼爲什麼我沒聽見？」

「因爲我們只選定了對方做爲技傳的對象。」

王子的額頭皺了起來。「我都還不會呢，他這技巧是哪兒學來的？」

「我不知道。」我不得不坦承。「阿憨似乎自己揣摩出了一些精技技巧。但老實說，他的精技技巧能發揮到什麼境界，或者有什麼不足之處，我現在還不太清楚。」

「他能將他那個成天到晚響個不停的音樂停掉嗎？」

我敞開自己的精技感應；直到此時我才發現，阿憨傳來的，其實是包捲於音樂之中的思緒，而我是自行將他的思緒從音樂中抽離出來。於是我轉向阿憨。「阿憨，你能暫停一下音樂嗎？你能不能只想著你要傳送給我的心思，但不要夾雜著音樂？」

他茫然地望著我。「音樂？」

「你媽媽的歌呀，你能停止你媽媽的歌嗎？」

他嚼著肥嘟嘟的小舌頭，考慮了好一會兒，突然篤定地說道：「不。」

「你為什麼不能把音樂停下來？」王子質問道。在這之前，他一直都靜靜地坐著。如果我猜得沒錯，剛才他一定是在反覆分析阿憨的音樂，看看他能不能從中剔除出阿憨與我彼此技傳的訊息。他的口氣頗為懊惱；說得準確一點，是既懊惱又嫉妒。

阿憨以遲鈍且毫不在意的表情望著晉責。「不想停。」話畢，阿憨望向他處，又開始搔他耳後的癢處。

晉責很錯愕。他吸了一口氣，強壓住自己的怒氣。「那如果我以王子殿下的身分，命令你停止音樂呢？」

阿憨看看他，又轉過頭來瞪著我；在他努力思索之際，舌頭吐得更出來了。接著他對我問道：「在這裡，兩個都是學生？」

我沒想到阿憨的腦筋會轉得這麼快；我從未期望他會將這個概念謹記在心，更沒料到他會積極應用這個概念。這個變化，既為我帶來新的希望，也帶來新的恐懼。「在這裡，兩個都是學生。」我肯定地應和道。阿憨聞言之後，躺坐回椅子裡，叉起肥短的手臂抱胸。

「而且在這裡的時候，我是老師。」我繼續說道。「而做學生的都要聽老師的話。阿憨，你能將你的音樂停下來嗎？」

他瞪著我，瞪了好一會兒。「不想停。」他答道，但是口氣跟剛才不同。

「就算你不想，但我是老師，你是學生，而學生得乖乖聽老師的話。」

「學生乖乖聽話，就像僕人那樣？」他站起來要走。

看來這個局勢是難以挽回了，但我還是盡量勸道：「學生也乖乖聽話，但是學生有學生的身分，與僕人不同；學生乖乖聽話，是爲了要把功課學好，同時也讓大家都能學到一點心得。如果阿憨聽老師的話，那麼阿憨仍然算是學生；如果你不聽老師的話，那麼就不是學生；而如果當不成學生，我們就要將阿憨送回去當僕人了。」

阿憨一語不發地站著。此時他在想什麼，我實在說不上來；我甚至不確定他到底聽不聽得懂我講的邏輯脈絡。晉責垂頭彎腰地坐在椅子裡，雙手交叉抱胸，一臉怒容；他的想法一望即知：他希望阿憨就此離開。但是好半晌之後，那小個子男子卻重新坐了下來。「停下音樂。」他說道；接著他閉上眼睛，然後再度睜開眼睛，瞇著眼對我說道：「好了。」

直到此時我才察覺到，原來阿憨時時在技傳，而他的技傳不斷地衝擊我的精技牆；所以接下來他將一切靜止時，我只感到無限的寬慰鬆懈，彷彿突然之間，肆虐交加的暴風雨，突然雨靜風停。我長嘆一聲，晉責則突然坐直。他揉揉耳朵，顯得大惑不解，望著我。「難道說，這一切，都是他？」

仍在紓解中的我，慢慢地對他點了點頭。

晉責的表情突然變得非常茫然。「可是我本來以爲……我本來以爲那就是，就是你說過的精技洪流了……」他再度望著阿憨，不過他對那小個子男子的態度已經變了；還稱不上是尊重，比較接近謹慎提防，不過謹慎提防往往是尊重的前奏。

然後，樂聲重新恢復蓬勃的生機，像是傾盆大雨一般地澆淋在我的思緒上，於是晉責與我便像是因爲霧氣濃重而看不見彼此的獵人般，被互相阻隔開來。我朝阿憨瞥了一眼，發現他恢復爲平常的輕鬆臉色；至此我才恍然大悟，原來對他而言，時時刻刻技傳才是正常，若要停止技傳，才需要花費力氣。他是從哪裡學到這點的？

你母親會這樣跟你講話嗎？

不會。

那你是怎麼學會的？

他皺起眉頭。媽媽唱歌給我聽，又帶我一起唱歌。而且她會叫那些壞孩子別看見我。

我興奮不已。阿憨，你母親在哪裡？你有沒有兄弟——

「停，停！不公平！」王子突然像鬧彆扭似的叫道。

我吃了一驚。「什麼不公平？」

「你們兩個彼此技傳，而我卻聽不見。這太沒禮貌了，就像在他人背後說長道短。」

除此之外，我還在他的口氣中聽出他非常嫉妒；因爲六大公國的正統王子做不到的事情，這個弱智少年竟能輕鬆做到，不僅如此，連我都顯得很激動。我必須小心爲上。據我看來，換作是精技師傅蓋倫，他一定會操弄學生，讓他們彼此勢如水火，以便促使學生拚命競爭；但是我的目的並不在此：我不但不要他們彼此發生嫌隙，反而非要讓他們兩人緊密合作不可。

「你說得沒錯，那的確不太禮貌。剛才阿憨只是在跟我說，以前他母親會以精技唱歌給他聽，或帶他一起唱歌；而且有的時候，他母親會以精技叫壞孩子別看見阿憨。」

「這麼說來，他母親也會精技？那他母親也是弱智囉？」

阿憨一聽到「弱智」二字就瑟縮了一下，就像當年我一聽到「雜種」二字的反應。我看了很心痛；我很想嚴厲地糾正王子，但又覺得這樣太過僞善；難道我心裡想起阿憨時，不也是稱之爲「弱智」嗎？這事暫且放下，但我會私下告誡晉責，以確保往後阿憨不會從我們兩人嘴裡聽到這兩個字。

「阿憨，你母親在哪裡？」

阿憨聽到這話，朝我瞪了半天；然後，他像是傷口重新被撕裂的孩子，慢慢地說道：「媽媽死了——」他四下張望，彷彿遺失了什麼東西。

「你媽媽是怎麼死的？」

阿憨皺起眉頭思索。「我們跟別的人一起到城裡來。因爲那時候人很多，很熱鬧。對了，叫做『春季慶』。」他因爲自己想起了正確的名稱而點了點頭。「然後，有一天早上，媽媽沒醒來。所以別的人就拿走我的東西，叫我別再跟他們一起上路了。」他難過地搔搔臉頰。「然後，熱鬧過後，大家都走了，只剩我一人在這裡。然後……我就在這裡了。」

阿憨交代得七零八落，但據我看來，他能講到這樣，已是極致了。晉責溫和地問道：「以前你們四處旅行的時候，你母親跟其他人用什麼方式維持生活呢？」

阿憨像是悲痛適恆般地深吸了一口氣。「噢，就是那一套嘛。找個人多熱鬧的地方，媽媽唱歌、普羅基打鼓、琴摩跳舞；然後媽媽會說：『你們看不見他，你們看不見他。』而我就趁此用我那把小小的銀剪刀剪開大家的錢袋。但是錢拿回來之後，只有普羅基才能碰，還有我那頂有流蘇的帽子和我那條毯子，也是只有普羅基才能碰。」

「你以前是扒手？」晉責難以置信地問道。

我心裡暗暗想道，原來精技可以讓扒人錢包的兒子藏蹤匿跡——精技竟有這樣的用途，我以前從不知道。

阿憨點點頭，但與其說他是對我們招認，不如說他是在點頭給自己看。「而且如果我的收穫多，我還可以得到一個銅板買糖果吃。每天都有。」

「你有沒有兄弟姊妹，阿憨？」

阿憨皺起眉頭思索。「媽媽老了，老到不能生小孩。所以我才生下來就笨笨的。這是普羅基說的。」

「唉，這個普羅基還眞是個大好人哪。」王子喃喃地嘲諷道；但阿憨對他投以懷疑的怒視。

我趕快替王子澄淸。「王子在說反話；他的意思是說，普羅基對你很壞。」

阿憨吮著上唇，半晌之後，才點了點頭，並警告我們：「絕不叫普羅基『爸爸』。絕不。」

「絕不。」王子眞誠地應和道。據我看來，晉責對阿憨的看法就是在這一刻起了變化；因爲晉責接著便歪著頭，望著那個髒污油膩、身體畸形的小個子男子。「阿憨，你能對我技傳嗎？不讓湯姆聽到，只讓我一個人聽到？」

「爲什麼要那樣？」阿憨質問道。

「因爲要當學生啊，阿憨。」我插嘴道。「因爲阿憨要當學生，不當僕人。」

阿憨沉默地坐了一會兒；他的舌尖突出，捲在上唇上。然後王子哈哈大笑起來。「臭狗子？爲什麼要叫他臭狗子？」

阿憨做了個鬼臉，又聳聳肩，像是不知道爲什麼要這樣叫我；然而就在這一剎那，我察覺到一個祕密：阿憨不是不知道原因，而是他隱瞞不說；他在怕什麼？

我雖不覺得好笑，卻也假裝朗朗地笑了兩聲。「沒關係，阿憨。直說無妨。」

在那一瞬間，他似乎很困惑；難道有人曾跟阿憨說，有某件事情一定不能讓我知道嗎？是切德說的嗎？阿憨望著王子，額頭微微地皺著。接著他開口了。我原以爲他會跟王子說他早就知道我有原智，而且他用了某種神祕的方式感應到我的原智伴侶是一匹狼；但是阿憨說的話不但與此相去甚遠，還使我嚇出一身冷汗。「他們每次跟我問到他的時候，都是叫他『臭狗子叛賊』嘛。就是那些給我幾個銅板買糖果、買乾果的那些城裡人啊。」阿憨轉過頭來，得意洋洋地對我笑著；而我也強迫自己咧嘴露出大大的笑容，甚至還咯咯地笑個不停。

「他們眞把我叫得這麼難聽？可惡啊！」你必須笑，晉責，大聲笑出來，但是別以精技回傳給我了。我盡可能將我傳給晉責的思緒縮到小如針尖；但即使如此，阿憨還是朝我瞥了一眼，又看看王子。晉責臉色刷白，不過他大聲笑了出來，然而那刺耳的「哈——哈——哈——」聲，與其說是大笑，還不如說是乾嘔比較恰當。我抓住最後的機會。「最常把我叫得這麼難聽的，一定是那個獨臂人，對不對？」

阿憨的笑容變得游移不定；一時間，我還以爲自己猜錯了，但是他接著便說道：「不對。不是他。他是新來的，很少講話。但是有時候，當我講完話，他們給我銅板之後，那個人會跟我說：『你要把那個雜種看緊。一定要把那個雜種看緊。』然後我就應說：『會，會，我會把他看緊。』」

「唔。你做得很好嘛，阿憨，你做得這麼好，所以你賺到銅板，可說是當之無愧。」

他坐在椅子上搖來搖去，顯然十分得意。「我也看緊了那個黃金人呢。他有一匹好漂亮的馬。他還有一頂帽子，帽子上插的都是有眼的羽毛。」

「是啊，你說得一點也沒錯。」我坦承道；一時間，我只感到口乾舌燥。「就是你要的那種頂端有眼的羽毛嘛。」

「那人消失之後，那頂帽子就會歸我。」阿憨滿足地說道。「這是城裡人跟我說的。」

霎時間，我一口氣喘不過來。阿憨坐在椅子上，歡欣得意地點著頭。切德這位反應遲鈍到就算碰上了祕密，也不知道那就是祕密的僕人，竟以幾個銅板的代價出賣了我們；而這都是因爲我太遲鈍，遲鈍到我竟然沒有看出，就算阿憨不知情地帶著我們的祕密走來走去，我們的祕密仍掌握在他手中。但是他到底看到什麼，他到底跟誰說出實情？「今天的課就上到這裡。」我努力擠出這幾個字。我希望阿憨就此離開，但是他卻依然坐著冥想。

「我眞的做得很好，眞的。那老鼠死了，但不是我的錯。不過反正我也不想要那隻老鼠。他說：『以後你要跟這隻老鼠做朋友。』我說我不要，因爲以前我被老鼠咬過，但是他們說：『你把老鼠帶回去，這隻老鼠很乖的。你要餵老鼠吃飽，每個星期照樣來我們這裡走一趟，而且來的時候要把老鼠一起帶來。』所以我就把老鼠帶回來了。後來老鼠就死了，死在大碗下面。我看老鼠是被大碗壓死的。」

「我也是這麼想的，阿憨。我也是這麼想的。不過這絕不是你的錯。這絕對不能怪你。」我恨不得立刻衝進公鹿堡的走廊，找到切德的房間，把他叫起來；但此時冰冷的事實慢慢在我心中成形：切德並未看出這底下的洶湧暗潮；他一點都不知情；他再也無法保護他的徒弟了。我該學著保護自己。我舉起一根指頭，彷彿突然想起什麼事情似的。「噢，阿憨，今天不是你去找他們的日子，對不對？」

阿憨望著我的目光，好像認爲我笨得不得了。「不對。不是麵包日，是洗衣日。看到床單晾起來風乾的時候，才去找他們，去了就可以拿到銅板。」

「洗衣日啊。對喔。那就是明天囉。那很好嘛，因爲我還沒忘記你想要粉紅色的糖霜蛋糕，而我想今天送你蛋糕。你能不能去切德的塔樓等我一會兒？我不見得能很快就去找你，不過我一定會送蛋糕去給你。」

「粉紅色的糖霜蛋糕。」阿憨努力思索；我看他大概不記得我曾經承諾要送他蛋糕了。我努力回想，除了粉紅色的糖霜蛋糕之外，他還想要什麼東西；我記得他提過他想要像擾弟那樣子的圍巾，紅的。葡萄乾。我的心思快速飛躍；這就像是以前切德訓練我的那些遊戲一樣。還有什麼？小刀、孔雀羽毛。可以用來買糖果的銅板，或是糖果也可以。我必須在明天之前把這些東西收集齊全。

「對呀，粉紅色的糖霜蛋糕，不要烤焦的。我知道你喜歡這種蛋糕。」我心裡祈禱廚房裡有這種東西。

「對呀！」他的小眼睛裡閃著光芒，既歡喜又期待；我從未看過他的臉上有這種表情。「對呀。我會等你。你要趕快把蛋糕帶來。」

「嗯，不會很快，你要等我一下，不過我今天一定送你蛋糕。你待在塔樓裡等我，哪兒也不去，好不好？」

他聽到我說「要等一下」的時候，眉頭皺了起來，但最後還是不情願地點點頭。

「那就好。你眞是個好學生。好啦，你現在就去等我吧。」

爐台側板一關上，晉責就等不及要跟我說話，但我做了個手勢，叫他別開口。直到我很確定就算是阿憨那慢呑呑的腳步，也必定已經走遠的時候，我才找了張椅子軟癱下來。

「路德威。」晉責驚駭地輕聲說道。

我點點頭；此時我還講不出話來。我不禁懷疑，路德威說我是「雜種」；到底他只是罵我雜種，或者他意指我就是那個「皇家雜種」？

「我們該怎麼辦？」

我抬起頭來望著王子；他的臉色蒼白，黑眼睛睜得大大的。切德的高牆與間諜網也未能周全地保護我們；突然之間，我感覺到自己獨自一人橫身擋在晉責與花斑幫之間。也許長久以來，我的處境一直都是如此，而我只是以路德威已經走遠，我們已經遠離他的控制做為自我安慰。至少這次我不用擔心晉責。「你絕對不能輕舉妄動，絕對不能！」我一再強調，壓下晉責想要說出口的抗議。「你必須作息如常，一切如常，以免讓任何人察覺到我們已經懷疑其中有詐了。你今天必須與平日無異，但是你一定要待在堡裡，一步也不能出去。」

他只沉默了一會兒。「可是我已經跟儒雅．貝馨嘉說好，今天下午要跟他騎馬出遊了；就他與我兩個人。我們要偷偷溜出城堡，帶著他的貓一起去打獵。這是他昨天半夜到我房裡來找我時提的。」他深吸了一口氣。我看得出，就在此刻，他對儒雅的邀約有了不同的觀點。接著，晉責以較爲低沉的聲音說道：「當時他看來很激動。而且好像哭過。我問他是不是哪裡不舒服，他則要我放心，並說若有問題，也是他自己一手造成，不是朋友能幫得上忙的；據我推測，那大概是跟女孩子有關的事情。」

我把這個消息謹記在心。「他的貓在這裡嗎？」

王子羞愧地點頭。「他付錢給一個住在河邊森林裡的老婦人，讓貓住在老婦人的棚子裡。那老婦人爲貓準備食物，但是任由牠來去自如。而儒雅一有空閒就會去看他的貓。」他深吸了一口氣，坦白承認道：「我跟他去過一次。趁半夜的時候去的。」

我想說的話可多了，但是我硬是吞下所有話。現在不是氣憤地責罵他的時候。再說，我氣的不是他，主要是我自己。我眞是太疏忽大意了。「那麼，今天你無論如何都不能去。就說你屁股生瘡了，沒辦法騎馬。你就以這個藉口來婉拒他。」

「屁……我才不用那個藉口呢。那多糗呀。我會說我頭痛。話說回來，湯姆，我看儒雅不是叛徒。我不相信他會背叛我。」

「不，就是因爲這個理由很糗，所以你不說別的，一定要說你屁股生瘡。若說頭痛，聽起來像是要詐的手段；但若說屁股生瘡，聽起來就單純多了。」我吸了一口氣，迂迴地說出我的懷疑之處：「就算儒雅沒有背叛你，但別人仍可能利用他將你引出城堡之外；要不然也可以逼迫他把你交出來，並威脅儒雅若膽敢不從，就公布他母親有原智之事。所以，你信任他也好，不信任他也罷，那都不是重點；重點是你要讓我有時間把事情查清楚。你仍要說這藉口，除此之外，今天的行止要格外小心；還有，任何你若是屁股生瘡，就絕對不會去做的事情，今天都要避免。」

他顯得很失望，但還是點點頭；見此我總算稍微輕鬆了些。但晉責接著便補了一句：「今天出外騎馬的事情，可不是那麼輕易就能推辭的，因為儒雅跟我說，他今天要託我一件特別的事情。」

「什麼事？」

「我不知道。好像跟他的貓有關。」

「那你就更非得推辭不可了。」我正在考慮各種可能的因果關係，但此時我心中突然生出了一個念頭。「儒雅有沒有送你別的動物？或試著鼓勵你結交原智伴侶？」

「如果他敢這麼做，難道我還笨笨地不疑有他？」王子似乎對我的問題感到又羞又怒。「湯姆，我又不是白癡。儒雅才沒那樣呢；事實上，他還勸我，我若要再跟動物牽繫，至少也得等個一年。這是原血者的習俗；一年是公認的喪期。之所以訂定喪期，為的是要確保人類再度與動物牽繫在一起的時候，一定是因為彼此之間互相接納，而非只是因為人類想找個動物取代死去的伴侶。」

「聽起來，儒雅教了你不少原血者的習俗。」

晉責王子沉默了一段時間，接著冷冷地說道：「湯姆，你又不肯教我。然而我自己心裡明白，原血者的習俗我不能不學；這不但是為了要保護我自己，同時也為了要精通原智。我並不以擁有原智為恥，湯姆。我當然會對其他人隱瞞我有原智，雖然我認為這不太公平，但畢竟仍有許多人憎惡原智；然而我並不以為恥，也不會將之棄之不顧。」

聽起來，我多說無益。然而回想起來，這少年的想法也的確有其可取之處。若我在與夜眼牽繫之前就受過原智的教育，那麼不管是對牠或對我，不是都會好得多嗎？所以最後我只是僵硬地答道：「那麼，我相信王子殿下一定會做他認爲最好的事。」

「沒錯。的確如此。」他應和道。然後，他彷彿贏了一次似的，突然轉變策略。「好啦，我會假裝一切如常；那你呢？恐怕你的處境跟我一樣危險——不，比我更危險。我的名字會保護我，至少可以保護到某個程度；他們若想對付我，必須先證明我有原智才行。但你呢，人家恐怕會把你拖到公鹿堡城的暗巷裡毒打一頓，而路人可能以爲這不過又是一起尋常的凶案罷了。你的名字可不能保護你哪，湯姆。」

我差點笑了出來。對我而言，我的名字不爲人知，就是最好的保護，不僅如此，我還傾盡全力維護這個保護罩。「我必須馬上去找切德。如果你想幫我的忙，不妨讓廚房的人知道你今天突然想嚐嚐粉紅色的糖霜蛋糕。」

他嚴肅地點點頭。「還有沒有其他我幫得上忙的地方？」

他的語意眞誠，使我很感動。他是王子殿下，但他反而眞誠地問我有什麼吩咐；我大可拒絕，但我想，我若請他幫忙，他會更高興。「老實說，的確是有你能幫得上忙之處。除了粉紅色的糖霜蛋糕之外，我還需要一大罐葡萄乾、一條紅圍巾、一把帶鞘的小刀，和一根孔雀羽毛。」當王子因這串清單而露出困惑的神情，我趕快補充道：「如果還能湊齊一大碗乾果仁和一些糖果，那更是再好不過。你把這些東西帶到這裡來，小心別讓人注意到你，就是幫了我大忙。我自會將這些東西帶到切德的巢穴去。」

「這些都是給阿憨的？你要用這些東西來收買他的忠心？」那孩子似乎很氣憤。

「對，這些都是要給阿憨的，但不是要用來收買他——至少不全是爲了要收買他。我要讓他站到我們這邊來，晉責；而第一步，就是要送他禮物，對他多加關心。日子一久，你對一個人的關心，會比你送他什麼禮物更重要。他過去的人生是什麼樣子，剛才你已聽他說過了；以他的狀況而言，他何必對任何人忠心？我告訴你我自己的親身體驗吧，王子殿下：任何人，就算是國王，也能以禮物收買人心，而且一開始，與被收買者之間的關係看來也不過是如此；但是日子一久，忠誠與更深刻的情愫都會慢慢激發出來，這是因爲當我們受到別人的關心，或是我們關心別人時，就是彼此的牽繫慢慢滋長的開始。」我的心思四處漫遊，我不只想到黠謀國王與我自己，也想到幸運與我之間的情感，然後又想到博瑞屈與我之間，以及切德與我之間逐漸發展出來的關係。「所以，我們就以能夠紓解一顆簡單心靈的簡單小禮物做爲開始。」

「若是洗個澡也傷不了他；還有，若是有些整齊乾淨的衣物也不錯。」王子思索道；他的話裡並無譏諷之意。

「你說得沒錯。」我平靜地說道。我想，他大概不知道我這話裡的深意。要如何才能贏得阿憨的心？這個問題就讓他去費心吧，因爲我的目的，畢竟就是要在阿憨與晉責之間，建立起牢不可破的關係。我突然與切德有同感；我也認爲王子需要一個精技同道；說不定到了某個關鍵時刻，阿憨那種「沒看見他，沒看見他」的技巧，眞的會派上用場，讓晉責的脖子免於被人套上繩結的厄運。

接下來，我們便各自去忙自己的事情。我匆忙地走過密道回到我的臥室，因此也並未停下來看看弄臣是不是已經睡醒，便穿過他的房間衝到走廊上；不一會兒，我已經三步併作兩步地爬上樓梯，來到王后最重用的顧問所住的這一帶。我眞希望我能以比較巧妙的方式通知切德，然而事到如今，我已下定決心，若有人攔下我，我就乾脆撒謊說我是來幫黃金大人送口信的。

雖然發生了這麼多事情，但此時不過是一大清早，所以我所見到之人大多都是悄悄走動，爲了讓家主人順利地展開這一天而忙碌不已的僕人；有些人提著洗臉水，有些人端著裝著早餐的托盤。我的腳步已經很快，但是一名端著托盤，托盤上盡是棉布與大小瓶罐的療者還是超過了我；那名嬌小女子的腳步很急，臉上紅紅的，彷彿有什麼十萬火急的事情。我推測她是要去切德的房間，治療他臉上的灼傷，所以當那療者突然停下腳步的時候，我差點就撞上她。我伸手拍住牆壁，好不容易將自己穩住，接著便向她道歉。

「不用，不用，只要幫我開門就好，麻煩你了。」

這不是切德的房間；我早已將切德房間的所在位置打聽清楚了。但由於好奇心作祟，所以我一邊伸手握住門把，一邊誠懇地感嘆道：「看妳帶了這麼多藥品，希望芊遜夫人的傷勢不會太嚴重才好。」

療者不耐煩地搖了搖頭。「這不是芊遜夫人的房間。需要治療的是迷迭香小姐。昨晚她的煙囪落下一團煙灰，爐火猛地燒起，把她的臉燒個正著；唉，眞是可憐。她兩手都燒傷了，連她那漂亮的頭髮也遭了殃。喂，你開門呀。」

我故作笨手笨腳地開了門，然後趕在門關起來之前，冒險朝房裡瞄了一眼。迷迭香小姐的雙頰與眉毛跟切德一樣紅通通的；她穿著一件有點像工作服，又有點像睡衣的黃衣服，坐在窗邊的椅子上，而一名女僕則忙碌地剪去她頭上燒焦的髮尾；她兩手放在身前，包在溼布裡，手好像很痛。門在此時便關起來，所以我也無法看到更多。

我靜靜地站著，揣想這其中的涵義。今天這個早晨，我所探到的祕密還眞是不少。原來迷迭香小姐就是切德的新學徒。嗯，說得也是。帝尊早在迷迭香年幼時，就對她做基本的刺客訓練；既有訓練有素的間諜，何必浪費？不知爲何，這樣實際的原因卻使我有些悲傷。不過，已有不只一名瞻遠家之人跟我說過：若是將武器丟掉，那麼，說不定明日對方就會拿這件武器來對付你。所以，寧可將迷迭香小姐留在身邊善加利用，以免有心人反過來拿她對付我們。

我慢慢地往切德的房間走去。我剛才發現的祕密，並不會使我眼前任務的迫切性稍減，我只是覺得心裡塞了太多思緒，多到連自己都理不清。我敲了敲門，一個年約十一歲的侍童前來開門。我宏亮且愉快地說道：「早安，先生！我是湯姆·獾毛，黃金大人之僕，有件事要通知切德顧問。」

那孩子眨了眨眼，他才睡醒沒多久。「今天我家大人身體不適。」最後他終於說道。「所以他誰也不見。」

我面露親切和藹的笑容。「噢，顧問無須見我，年輕的先生，他只需要聽聽我幫家主人傳的消息就行了。我是否能跟他談話呢？」

「恐怕不行。但我可以把字條拿給他。」

「噢，我家主人並未寫下他的話，閣下，而且他只信任我幫他傳口信。」我朗聲地通報道，絲毫不顧身後安靜的走廊，以及我面前幽暗無光的房間。那少年憂心地朝他身後一扇關著的房門瞥了一眼。這麼看來，那一定是切德的房間了。我心中一沉。那老人受傷之後可能已上床休息；而他若是睡在那扇緊閉的門後，再加上他在發生意外之後變得重聽，那麼我恐怕就難以期望他會因為聽到我的聲音，而出來接見我了。

「是什麼口信？」那侍童堅定地問道。他的笑容和煦，但是他像是生了根似的站在門口擋著，不讓我進去。很明顯地，在他眼裡，我大概跟公鹿堡裡經常可見的士兵沒什麼兩樣：本來就已經不是什麼聰明人了，再加上多年來，頭上不知挨了多少打，所以智力更不見增長。

我清了清喉嚨，彎身正式地向他行禮。「遮瑪里亞的黃金大人，敬邀六大公國珂翠肯王后的私人顧問，公鹿堡的切德大人，今早一起共進早餐，並同享一場有趣的賭局。那是黃金大人剛學會的一種新賭局，並相信切德顧問一定深感興趣；這個遊戲名叫『路德威』，乃是以遊戲的起源地命名。玩的時候，玩家各拿一把棋子下場，接下來，玩家的命運，便完全取決於他如何在限定時間之內冒著風險打敗對手。我家大人聽說，公鹿堡城裡有人在玩這種遊戲，但是他還不知道確實的地點。」

那侍童驚訝得慢慢張開了嘴。我敢說他一定受過良好的訓練，能夠確實無誤地背下口信，但是像這麼長的訊息，卻是前所未有。我笑容不變，因希望我的聲音能夠穿過那扇關閉的房門，而繼續宏亮地朗聲說道：「但是這個遊戲最妙的地方，就在於根據傳統，只在洗衣日當日才可進行；眞是新鮮哪！如今，這個遊戲在任何一天都能玩，不過洗衣日那天下的賭注，一定是最多的。」

「我會告訴他。」那侍童趕緊打斷我的話。「他獲邀前往黃金大人的房間，玩一種名爲『路德威』的棋局。但我恐怕顧問會婉拒；我剛才就告訴你了，今天我家大人不舒服。」

「嗯，那恐怕不是你我能決定的，是不是？你我只能確保口信傳遞無誤，如此而已。好了，眞是多謝。」

我轉身而去，一邊哼著小調；我不希望讓他覺得我急如星火。到了廚房之後，我裝了份量絕對充足的餐點；爲了維持黃金大人會在他房裡招待切德大人的假象，所以我還多拿了額外的杯盤，這才端起托盤，回到我們的房間去。我走到房門口時，正好來得及攔住切德的侍童；切德派他來致意，說因爲頭痛得厲害，恕他不克前來。我跟那侍童保證，我一定會將切德顧問的歉意，忠實地傳達給我家大人知道。我進了門，才剛扣好門閂，將托盤放在桌上，切德便從我房間裡走了出來。「那個路德威什麼的，是怎麼回事？」

切德的模樣看起來更糟糕了；他額頭上、臉頰上的紅皮膚開始剝落，看來像是得了痲瘋病。但至少現在他的音量比較接近正常了；我爲了測試他，刻意低聲問道：「你的聽力恢復了嗎？」

切德怒視著我。「好多了，不過你還是得講大聲一點，我才聽得清楚。別說這個了。那個路德威是怎麼回事？」

就在此刻，黃金大人從他的臥室裡出來，一邊繫上他晨袍的腰帶。「啊，早安，切德顧問。您能大駕光臨，眞是難得的榮幸；不過我看我的僕人已經跟您打過招呼，而且爲你我準備了早餐。您請坐。」

切德拉長了臉瞪著他，接著又把他那副臭臉轉過來瞪著我。「夠了！我才不管你們兩個在拗什麼脾氣；眼前瞻遠王室遭受重大威脅，我可不會容忍你們無理取鬧。弄臣，你別講話；蜚滋駿騎，你報告。」

弄臣聳聳肩，坐進了切德對面的椅子裡，不再虛情矯飾，開始幫我的老導師佈菜。看到他肯爲了切德而回復爲昔日的模樣，卻不肯以他昔日的模樣來對待我，實在讓我痛心。我跟他們同坐一桌，但是弄臣招呼了切德，也爲自己取食，卻獨留我的餐盤空空如也；所以我只好一邊報告，一邊取用餐點。我將今天早上所見所聞詳細地說了一遍；切德聽得越多，臉色越是凝重，但是他始終未打斷我。爲了以牙還牙，我講話的時候，連看都不看弄臣一眼。在我終於說完時，先替切德倒茶，再爲我自己倒茶，接著便開始狼吞虎嚥地吃起早餐來；到現在我才發現我眞是餓壞了。

沉默片刻之後，切德問我：「你打算採取什麼行動？」

我隨意地聳聳肩，但其實心情不如表面那樣輕鬆。「該採取什麼行動，再清楚也不過了。看緊阿憨，不讓他出堡一步；今天和明天兩日，王子都必須待在屋子裡，以策安全；找出跟阿憨接頭之人住在哪裡，把那個地方徹底查訪一番，衝進去盡可能全數殺光，而且，這次務必確認路德威也死在其中。」

我的聲調雖穩定，但心裡卻突然對自己這番話覺得噁心反感。一切又回到原點了；這次不是在戰場上殺戮，也不是在遭到圍攻之下反擊，而是有計畫地爲瞻遠家族進行暗殺行動。但我不是已經說過，如今我不是刺客，而且也永遠不當刺客了嗎？我不禁懷疑，我到底當自己是騙子還是白癡，才會在當時說出這樣的話。

「你別故作姿態了，弄臣才不領情哩。」切德粗暴地說道。

要不是我的心事被切德一語道破，我也不會這麼懊惱。是啊，我的確是刻意矯揉造作；此時我連抬起頭來，看看弄臣聽了切德的評語之後做何反應都不敢。我又挖了一大匙食物送進嘴裡，免得自己又說出什麼話來。

切德接下來說的話讓我很震驚。「不能打打殺殺了，蜚滋；而且你還必須跟他們保持距離。我是很不喜歡他們到處刺探，而我竟讓他們設計出這樣天衣無縫的騙局來對付我們，我自己也覺得十分羞愧。但我們現在不能再對任何原智者下手，否則王后就食言了。珂翠肯允諾要招待原血族群所派出的代表團，以期找出辦法，解決原智者無辜受害的事情，這件事你知道吧？」他看到我點頭之後，繼續說道：「前兩天，王后收到原智者送來的消息，表示他們願意應邀前來。據我推測，這些安排，必有月桂從旁出力。你認爲呢？」

那老人射出一個問題，同時嚴厲地瞪著我；但如果他的用意是要從我這裡逼問出什麼祕密，那他可要大失所望了。我考慮了片刻之後，點了點頭。「月桂從旁出力……這的確很有可能。這麼說來，他們這個安排……他們在沒有你的指導下，就做出了這個安排？」我以我所能想到最有技巧的方式問道。

切德點點頭，臉色更爲凝重。「不但不需要我指導，根本就是不聽規勸、反其道而行。我們現在實在不需要再增加其他外交上的煩惱；不過，我看這個麻煩是避不開了。王后似乎把會談的時間、地點等細節，都交由原智者去決定；他們已經強調，爲了保障自己的安全，一切都必須祕密進行。此外他們還要求，在他們做好一切準備之前，這個會議必須保密；我想這是因爲，他們唯恐貴族們一聽說王后即將與原智者直接會談，不免群起反對。然而別說是我們的貴族，連我聽了都不贊成！」切德吸了一口氣，恢復鎮定自若的神態。「他們尚未訂下確切的會談日期，但已經跟我們保證：『很快』。到時候，路德威很可能是原智者派來的代表團一員；而他若是慘死在住處，不克出席王后的會談，那麼……就政治角度而言，可說極爲不智。」

「更別提原智者會認爲此舉有多麼魯莽。」弄臣在嚼麵包的空檔插了這麼一句話進來，同時揚起一指，彷彿指責似的指向切德。

「這麼說來，我什麼都別做？」我冷冷地問道。

「倒也不是。」切德溫和地說道。「到目前爲止，你的一切應對都很明智。你必須看緊阿憨，別讓他去向他們通報；另外再看看你能不能從阿憨那兒套出更多消息來。而你叫晉責別跟儒雅・貝馨嘉單獨出城，這也很正確；也許儒雅・貝馨嘉對王子的邀約並無私心，但這也可能根本就是一場奸計，而王子一去就會淪爲人質。上次王子被人擄走的事情，貝家的牽連到底有多深，至今我仍無法斷定。長風堡方面傳回來的消息古怪至極；有一陣子，我還懷疑貝馨嘉夫人是不是處境危險，還是她成了人質，因爲她深居簡出，極少活動；後來我又納悶，會不會是我想太多，她也許只是財務窘困，如此而已。最近報告則指出，貝馨嘉夫人喝的酒比以前多許多，睡得早，又起得晚；就是這樣。」切德嘆了一口氣。「我無法就此斷定貝馨嘉母子的立場，而由於王后致力於與原智者結交，所以我也不敢對貝馨嘉母子採取行動。他們到底是敵是友，我至今仍然無法確定。」他皺著眉頭，許久不發一語，最後補充道：「最可惡的是，現在正當我最需要出去四處走動跟人講話的時候，我卻把自己的臉弄成這樣。但我無法以這模樣見人，以免惹人議論；有些人會有不當的聯想啊。」

弄臣靜靜地起身，走回他的房間，帶了一小罐化妝品回來；他將那個小罐子放在桌上靠近切德手肘之處；那老刺客好奇地打量起來，而弄臣則平靜地解釋道：「這個對付脫皮最有效。這裡面還摻了一點顏色，讓皮膚色澤顯得淡一些；如果你覺得顏色太重，儘管跟我說；這顏色的濃淡深淺是可以調的。」我注意到弄臣並未詢問切德出了什麼事，而切德也未將他的遭遇主動說出。接著弄臣謹慎地補充道：「如果你願意的話，我可以教你怎麼將這個擦上去；連你的眉毛，也可以一併補上。」

「那就拜託了。」切德遲疑片刻後說道。於是我們在早餐桌上清出一個角落，弄臣搬出了他的油膏色粉，開始動手。看著弄臣幫切德化妝，頗是有趣。一開始時切德不太自在，但是過了不久，他就拿起鏡子，起勁地研究弄臣如何將他的臉補回原狀。弄臣完成之後，切德大爲滿意，不斷點頭，並有感而發地說道：「當年我裝作百里香夫人的時候，要是有這些油膏色粉跟這麼高明的技術，也就不用套上重重面紗，也不必爲了不讓人們近身而弄出撲鼻的惡臭。」

一想到百里香夫人的事情，我也不禁咧嘴而笑；然而在此同時，我又覺得有些憂慮。縱使百里香夫人已經是陳年舊事，但是像這樣滿不在乎地說出自己的祕密，實在很不像是切德的作風；難道，他以爲我已經將我們兩人之間的事都告訴弄臣？還是說，他對弄臣完全信任？切德舉起一手，想要拍拍自己的臉頰，但是弄臣以手勢阻止。「盡量少碰臉。你把這幾罐帶走，而且用餐之後，要找個藉口獨處，照照鏡子；因爲用餐之後，最有可能需要補粉。如果你需要我幫忙，就派人送個字條，邀請我去拜訪你。我會前去你的房間。」

「你就跟你的侍童說，你對於『路德威』的玩法有一點疑問。」我插嘴道。接著我稍加解釋，但並未轉過去正視弄臣。「今早我去切德房間找他時，所用的理由就是你要邀請切德前來共進早餐，並教他一種新的賭博遊戲。」

「但我以身體不適爲由，而婉拒了你的邀請。」切德補充道。弄臣嚴肅地點點頭。「而現在呢，我必須走了。蜚滋，你行事一切小心；如果你要見我，就請黃金大人送個消息給我，裡面提到『馬』字，那我就知道了。如果你能從阿憨那裡套出路德威的住處，就盡快告訴我，我會派個人去打聽。」

「這種事情，我自己來就可以了。」我平靜地說道。

「不，蜚滋；他認得你的臉，而且他可能會從阿憨的話中推測出你是我的人。你最好離他遠一點吧。」切德拿起餐巾正要擦嘴時，弄臣使了個警告的臉色，所以最後他只是輕拍嘴唇。他起身準備離去，但又突然轉過頭來，對我說道：「蜚滋，你剛才說，王子深信他在異類的島上撿到的那個墜子就是貴主？依你看來，這種事情眞的有可能嗎？」

我攤開雙手，聳了聳肩。「那座海灘感覺上非常詭異；而我對於當時的記憶，則是一片模糊。」

「你自己不是說過了嗎，這很可能是因爲一連穿過好幾個精技石柱的關係。」

我吸了一口氣。「也許吧。不過，我看此事沒那麼單純；也許異類或是別的生命體對那個地方下了咒語也說不定。回想起來，我只覺得自己的決定毫無道理可言。當時我何不嘗試通往森林裡的那條小徑？我記得我看到那條小徑時，曾想過這路一定是誰走出來的，但是我卻一點都不想探索那條小徑——不，我當時的感覺比那更強烈；我甚至覺得那片森林驚險萬分，覺得自己這輩子從未看過那麼恐怖的森林。」我搖了搖頭。「我猜，那個地方可能有其特有的魔法，但既不是原智，也不是精技，不僅如此，還令我退避三舍。此外，在那個地方，精技似乎變得分外誘人。還有……」我的話聲漸落。我尚未準備好向切德報告，將晉責與我從精技洪流中揪出來、重新拼湊在一起的那個性靈到底爲何。那個體驗太過龐大，又太過隱私。

「你是說，那個魔法竟能將王子的未婚妻塑像送到他手邊，而這個塑像並非他未婚妻現在的模樣，而是將來的模樣？」

我聳聳肩。「晉責一提起之後，看來的確是如此。我只知道我曾見過貴主戴著跟那塑像一樣的藍色頭飾，但是說眞的，我從未看過貴主穿成那個模樣，再說她的胸部也尙未隆起。」

「我記得我曾經在卷軸上讀過，外島人有個風俗，就是女孩子要袒胸露乳，以要求衆人認可她已經成爲女人。」

我提出我認爲此風俗聽來十分野蠻，接著又補充道：「那塑像與貴主的確有幾分相像。然而，也許塑像是刻畫尋常的外島女子模樣罷了。我認爲目前我們不需要考慮太多。」

切德嘆了一口氣。「外島的事情，我們知道的實在太少了。唔，我不能再待了。我有好多事情要向王后報告，而且還有許多問題要詢問我那些手下。蜚滋，你一從阿憨那兒打聽到什麼確切的消息，就趕快通知我；你就以弄臣的名義，送張提及『薰衣草』的字條給我，這就是我們的暗號。」

我一顆心差點就從胸膛裡蹦出來。「你剛才不是說，我們要以『馬』字做爲暗號嗎？」我問道。此時，走到我房門前的切德突然止住腳步。我知道我這句話一定讓他心中感到不安，但他仍極力掩飾。「有嗎？但是『馬』字我們太常用到，所以還是『薰衣草』比較好，因爲你較不可能因一時疏忽而寫到『薰衣草』。再見了。」

切德就此離去；他走入我的房間，緊緊關上房門。我轉過身去，看看弄臣是不是跟我一樣因爲這老人竟然口誤而感到吃驚，但弄臣也已經離開；他早就拿了那些油膏色粉回到他的私人房間去。我對自己嘆息，默默地收拾早餐的盤皿。今天早上這一段短暫的插曲，使我加倍體會到我有多麼想念他。他竟願意幽默地跟切德講一、兩句話，卻完全不理會我，使我心如刀割。

我乖戾地對自己抱怨，倘若弄臣的眞正面貌就是他自己，那就好辦了。

18

粉紅色糖霜蛋糕

先讓學生平躺，但不宜使用柔軟舒適的床或光禿的石面、木板，以免令學生分心；只需要在地上鋪張對摺的毯子，讓學生躺上去便已足夠。吩咐學生將緊綁在身上的衣物除去或鬆開。有些學生在裸露且不因衣物與身體接觸而分心的情況下表現最好，有些學生則會因爲坦身露體而感到不自在。就讓每一名學生決定自己的身體與衣物之間的關係，無須引導。

接著教師強調，此時身體唯一的活動，就是穩定的呼吸。學員須閉起眼睛，接著，教師要求學員在身體保持不動的情況下，開始感知自己的身體。一開始時，學員可能需要引導。教師可請學員保持腳趾不動，並感知自己腳趾頭的中趾；接著要學員關注於自己的膝蓋，但是膝蓋須保持不動；再者繼續要求學員專注於自己胸前的肌膚、前額、手背；如此繼續點出軀體的各個疆域，最後則邀請學員切實地感應自己所居的軀殼實體的極限。準備到此程度之後，就請學生探索自己思緒的邊界；請問，自己的思緒，是不是停在額頭皮膚上便裹足不前了呢？有沒有感覺到自己的思緒封鎖在頭顱裡，或是陷落於胸膛中？

就連最遲鈍的學生也會隨即感覺到：身體無法封鎖住思緒；即使我們的視覺、聽覺、觸覺、嗅覺和味覺，乃是既停留在軀殼的實體內發揮作用，同時又將我們與外面的廣大世界連接在一起，但思緒乃是展延於我們肉體之外。因此我們的思緒無限延伸，不受空間，甚至也不受時間的拘束。接著教師對學生問道：「難道你不能聞到房間角落的葡萄酒味？難道你不能聽到海上水手工作中的叫嚷聲？既然如此，那麼便無須懷疑，因爲你的確能聽到在田裡耕耘之人的心思，慢慢地朝你飄來。」

——《學員初階》，樹滕之譯本

我走上惟眞之塔，以確認王子能在這短短的時間內湊齊幾樣阿憨要的那些零星東西。令我驚訝的是，晉責不但備齊了所有物品，連他本人也在塔裡等我。

我打量著桌上的珍寶，同時對他問道：「你的朋友們發現你不知去向，不會大驚小怪嗎？」

他搖了搖頭。「我已經向他們告退了。在衆人口中，我一向有些古怪，然而有時，這個名聲倒很好用；比如說，當我突然有獨處的需要時，就沒人會多問一聲。」

我一面點頭，一面逐項翻看。我將紅圍巾摺起來放在旁邊。「我見過你使用這條圍巾；而如果連我都會想到這點，那麼別人想必也會有同感。所以，若是阿憨圍起這條圍巾，別人會認定這是他偷來的；要不然，就是阿憨與你的關係非比尋常；而這兩種發展，都最好盡量避免。這把小刀也是一樣的道理。你樂意將自己喜歡的東西送給阿憨，這個心意很好；但他若是帶了這麼一把精工打造的小刀，只會引起別人的側目。」我將小刀放在摺好的圍巾上。

那個小小的粉紅色糖霜蛋糕才剛出爐不久，依然溫熱，且飄起一股杏仁的香味；那孔雀羽毛很長，在我拿起來觀賞時，羽毛優雅地垂墜下來；此外還有滿滿一大陶碗的葡萄乾，當中混著一些去掉硬殼之後，稍稍浸泡在糖漿中，所以此時外表的糖殼閃閃發亮的核果果仁。「這眞是太好了。謝謝你。」

「我才要謝你呢，湯姆·獾毛。」晉責深吸了一口氣。「依你看來，路德威是爲了殺你而來嗎？」

「應該是。不過切德認爲，路德威可能是即將前來與王后會談的原智代表團一員，所以他叫我別插手，等事情明朗一點再說。」

「這麼說來，你目前什麼都不能做。」

「噢，我目前能做的事情可多了。」我喃喃地說道。「我只是不會立刻衝出去，讓路德威一刀斃命而已。」

王子大聲地笑出來，而我也突然領悟到我跟他講得這麼深入，未免太不小心；幸虧他以爲我在開玩笑。我強迫自己在臉上堆出笑容。「我等會兒就把這些東西送去給阿憨，看看能否多問出一點消息；而你，別忘了今天要盡量一切如常。」

他並不喜歡裝作若無其事的樣子，但這是事實所需，所以他雖不情願，但還是點了點頭。我爬上或高或低的梯階，在狹窄的甬道裡東轉西轉時，心裡則努力推測路德威出現在公鹿堡城裡到底有何意義。之前珂翠肯發出了詔令，邀請原智者前來與她協商。路德威既然是花斑幫這個派系的首領，所以他若前來表明花斑幫的意見，也是理所當然；但他既曾綁架王子，還想牢牢地控制住王子，他怎敢大大方方地前來參與會談？珂翠肯當然不會以路德威有原智爲由就將他吊死，但是這人對瞻遠王室別有居心，就算吊死都是便宜了他；然而，珂翠肯若要指控路德威圖謀不軌，勢必要揭發自己兒子有原智的這個事實。如今晉責失蹤那段期間的種種事故，都已經被遮掩或是巧妙地解釋；宮廷裡的貴族深信當時王子不過是遠離人群、閉關清修。我心裡想著，路德威是否想要戳破這層僞裝，藉以打擊王室。我嘆了一口氣，並希望還有其他較爲平和穩健的原血者會站出來。路德威這種人，眞可說是我們原血者之中的極端份子；就是因爲有他這種人，我們原血者才會遭人痛恨、避之唯恐不及。要是他挺身而出，聲稱自己代表所有原血者，那麼原血者的污名將繼續深植人心。

走到切德的塔樓之後，我便將這些思緒先擱置一旁。進去之後，發現阿憨坐在火爐前的石板地上，鬱鬱地望著火爐裡將熄的火焰，舌頭垂在嘴外，狀甚淒涼。「你以爲我已經把你忘了？」我一邊走過去，一邊對他說道。

他轉過頭來，那小眼睛一見到我手裡捧著的東西，一下子睜得大大的，整個人散發出感激至極的浪潮，將我團團圍住。他站了起來，激動得發抖。「我們將這些放到桌上，你說好不好？」我建議道。阿憨看來像是被人打得有些頭昏癡呆；當我小心地推開卷軸和墨水瓶，將手邊的東西一一放下時，他只是一味傻笑。「晉責王子幫我備齊了這些東西。」我對阿憨說道。「你看，這是你要的粉紅色糖霜蛋糕，剛出爐不久，還熱熱的呢；這兒還有一大陶碗的葡萄乾，和裹著糖漿的乾果仁，也是給你的，王子認爲你可能會喜歡乾果仁；還有這個孔雀羽毛，最上方有個眼睛的羽毛。這些通通都是給你的。」

他並未伸手去摸，只是目不轉睛地瞪著這一切，雙手則緊抓住圓凸的肚子。他思索我這番話時，嘴巴無聲地蠕動著。最後他終於說道：「晉責王子？」

我幫他拉了把椅子過來。「坐呀，阿憨，王子殿下送了這些東西讓你享用呢。」

他慢慢地坐在椅子裡，雙手緩緩在桌上爬動，最後終於有一根指頭大膽地碰到了孔雀羽毛。「王子殿下。晉責王子。」

「一點也沒錯。」我說道。

我本以爲他會迫不及待地大口將蛋糕和葡萄乾送進嘴裡，然而他卻靜靜地坐了好一會兒，只是伸出一根肥短的指頭拂一拂孔雀羽毛而已。接著他拿起粉紅的糖霜蛋糕，仔細地從每一個角度欣賞一番，又小心翼翼地將蛋糕放回桌上。接下來，他小心翼翼地將那一大碗葡萄乾拉到身前，然後拈起一顆葡萄乾，看一看、聞一聞，才放進嘴裡；他嚼得非常慢，而且嚥下去之後，才再拿一顆來吃。我感覺得到他正全神貫注地品嘗每一顆葡萄乾，那景象簡直像是他在對每一顆葡萄乾技傳，直到自己完全理解了這顆葡萄乾爲何之後才將之吃下去。

我的時間很充裕。但即使如此，將一桶桶水提到弄臣的房間，接著再提到切德塔樓，仍是一件很耗費體力的任務。水還沒提完，我背上的傷疤便疼痛難忍，而我也深深地了解到爲何阿憨這麼討厭提水到塔樓上來。我將水倒入大銅鍋裡燒熱，並趁此準備浴盆。我忙進忙出，阿憨卻根本不曾多看我一眼；他還在一次一顆、津津有味地品嘗葡萄乾；粉紅的糖霜蛋糕仍完好地放在他面前，動都沒動；他專心得心無旁鶩。我隨便地觀察了一下，這才發現他的牙齒不好，使他咀嚼不易，尤其吃到果仁時，咀嚼起來更爲辛苦。我任由他慢慢啃食那些小甜點；我想，他吃完了葡萄乾和裹著糖漿的果仁之後，應該就會開始吃糖霜蛋糕了；然而直到此時他還是不吃，只把蛋糕放在面前，仔細地欣賞玩味。過了好一會兒，熱水開始冒煙了，於是我溫和地問道：「阿憨，你不吃蛋糕嗎？」

他皺眉沉思道：「吃了，就沒有了。就像葡萄乾那樣。」

我慢慢地點了點頭。「可是說不定以後王子會再送你同樣的糖霜蛋糕呀。」

他的注視退回爲懷疑的眼光。「王子會再送我蛋糕？」

「當然啦。如果你做了好事情、幫助了王子，他一定會送你一些好東西，以表達謝意。」我任他好好地思索一番，過了一會才問道：「阿憨，你有沒有別的衣服？」

「別的衣服？」

「除了你身上穿的以外，你還有沒有別的衣服？別的襯衫、褲子什麼的。」

他搖了搖頭。「就這些。」

我當年處境雖艱難，卻也沒有這麼窘困；我希望事情沒有壞到那個地步。「那麼，你身上的衣服拿去洗的時候，你穿什麼衣服？」我一邊講，一邊將熱水倒入浴盆中。

「洗？」

我放棄了。我眞的不想再問下去。「阿憨，我幫你提了水上來，又燒熱了水讓你洗澡。」我走到架子邊，拿出切德的針線盒；至少我可以將衣服上裂得最明顯的破洞補起來。

「洗澡？就像在河裡洗澡那樣？」

「可以這麼說。不過這裡的洗澡水是熱的，而且有肥皀。」

阿憨思索片刻，最後丟下一句：「不要洗澡。」然後又繼續對著糖霜蛋糕沉思冥想起來。

「試試看也不錯喔。洗乾淨的感覺還不錯。」我在浴盆裡撥水以引誘他。

阿憨默默地坐著瞪視我；良久，才推開椅子走到浴盆邊，低頭看著洗澡水。我又伸手進去撥著水玩。他慢慢地在浴盆邊跪了下來，一手緊抓著浴盆邊緣、一手伸進浴盆裡，學著我撥水；他高興地嘟囔了一聲。「熱的耶。」

「坐在裡面，讓全身暖起來，感覺很舒服喲。而且洗了之後會覺得很清爽。」

阿憨哼了一聲，既不是贊同，也不是反對。他伸手深深地探入水裡，連那破爛的袖口都浸溼了。

我站起來走開，讓他單獨待在浴缸邊；他花了不少工夫，徹底將浴盆的水研究了一遍；直到他兩邊的袖子都浸溼了，我便建議他最好脫掉溼襯衫。阿憨終於願意脫掉鞋褲，冒險踏入浴盆裡。他沒有內衣。當我要爲他添熱水時，他非常狐疑，但想過之後，他還是任我將熱水倒進去。他不是在用肥皀和洗澡巾洗澡，反而比較像是拿肥皀和洗澡巾來玩。熱水的暖意傳遍全身之後，他逐漸放鬆下來。然而，要說服他不但要洗臉，而且要將肥皀塗在頭髮裡再洗掉，還是必須費盡口舌。

我從片斷的對話中得知，阿憨自春季慶之後就沒洗過澡；自從他母親死後，就沒人叫他去洗澡了。我由此得知他喪母是這一年內的事。我問阿憨，他是怎麼會到堡裡來工作的，他不太能回答得出來。我猜測他大概是哪天逛進了堡裡，而由於春季慶，再加上後來有訂婚大典等事，人潮大量湧入堡裡，所以堡裡的人可能以爲他不曉得是誰的手下。我打定主意，回頭再去問切德，阿憨是如何變成他的僕人。

我趁著他體驗水與肥皀之際，匆忙地縫補一下他的衣物。雖然衣服的纖維裡都積著油垢，不好下針，但是要在線頭鬆脫之處補上幾針，這還算是容易的；然而衣服的膝蓋與手肘處都磨破了，而由於沒有布料補綴，所以我也沒辦法縫補。

當阿憨的手指頭開始泡得起皺時，我找來一條毛巾讓他擦乾，並叫他站到爐火前去。我將他的衣服丟在污濁的洗澡水裡，迅速地搓揉一番，然後擰乾，晾在椅背上；這樣的衣服當然不算乾淨，但已經比原來乾淨很多了。

勸他坐下來讓我將他打結的頭髮梳開，就跟哄他踏入浴盆一樣困難。就算我讓阿憨拿鏡子，看著我在他頭上做什麼，他還是對梳子很反感。自從我收容幸運，並對他強調虱子和跳蚤並不是本來就住在人的頭髮裡以來，已經很久沒有遭逢過這麼棘手的任務了。

洗過澡、擦乾，頭髮也梳順了之後，如今阿憨裹著切德的毯子，昏昏欲睡地坐在爐火前；我猜，洗這場澡把他給累壞了。我將他破了洞的鞋子拿起來打量一番；在我當年跟著博瑞屈的時候，就學會做鞋了。「等我去城裡買些皮料，就替你做雙新鞋。」我對他說道。他睡眼惺忪地點點頭，現在他已經不會因這些特別優待而驚嚇。我將他的衣服挪到近火之處烘乾。「至於你的衣服，就有點頭痛了；我的針線技巧有限，縫補還過得去，要做新衣服就不行了。沒關係，我們會想出辦法來的。」他又點了點頭。我想了一會兒，走到房間角落切德的舊衣櫃前。衣櫃裡還有不少切德昔日的毛料工作服；其中一件著過火，其他的衣服則幾乎通通都有成因互異的各種污漬；據我猜測，近年來切德已經不穿這些衣服了，不過儘管有這些瑕疵，這些衣服還是比阿憨那一套襤褸破衫更乾淨，也更易修補。我拿了一件出來，比畫了一下長度，做了記號，便毫不留情地剪短。「這件你先將就著穿，之後我們再爲你找別的衣服。」坐在爐火前幾乎打起盹的阿憨，只是微乎其微地點了個頭。他放鬆之後，精技音樂隨之逐漸擴大。我開始強化我的精技牆以資抵擋，然而我轉念一想，乾脆開放心胸，接受他的音樂。

我拿著袍子和針線，在爐火前的另外一張椅子上坐下來。我朝阿憨瞄了一眼。看來他快要睡著了。我一邊幫他的袍子縫邊，一邊非常輕柔地問道：「呃，所以他們把我叫做『臭狗子』，是不是呀？」

「嗯。」阿憨的音樂稍有變化；音符比較尖銳，出現了鐵匠打鐵的聲音、砰砰的關門聲，遠處有隻羊咩咩叫，又有隻羊出聲相應。我望著針尖在布面上進進出出，同時讓他的音樂流入我心裡，任由我的心思隨著他的音樂起伏。

「阿憨，你還記得你第一次遇到他們的情景嗎？你還記得那些叫我『臭狗子』的人嗎？」*請你讓我看一看*。我一邊平靜地問道，一邊規律地縫布邊，同時以技傳請求阿憨讓我看看當時的情景；我傾聽著針線在布面上進出的窸窣聲、爐火的劈啪聲，並將這些小聲音揉合在我對阿憨的精技請求之中。

一時間，阿憨靜靜地坐著，只有精技音樂不斷流出，接著，我聽到我的針線聲和爐火的劈啪聲出現在他的樂聲中。

「他說：『放下水桶，跟我走。』」

「這話是誰說的？」我問得太急了。

阿憨的音樂停了。他大聲說道：「我不能談他，不然他會殺了我。他會用大刀殺死我。切開我的肚子，讓我的肚腸滾落在沙土裡。」在阿憨心中，他就站在公鹿堡城的泥土路上，看著自己的五臟六臟滾落在地。「就像殺豬那樣。」

「我不會讓你出事的。」我保證道。

他頑固地搖了搖頭，並急促地呼吸。「他說：『我要殺你就會殺，沒人擋得住我。』如果我跟你講他的事情，他會殺了我。如果我不看住那個黃金人和那個老人與你，他就殺了我。如果我不把耳朵貼在門上偷聽，並且把偷聽到的事情告訴他，他就殺了我。我的肚腸都滾落在沙土裡。」

由於與阿憨心靈相繫，所以我知道他眞的將那人的話信到了骨子裡。「好。」我溫和地說道。我往後靠在椅背上，重新將注意力擺在手邊的針線活兒上。「那就別想他了。」我建議道。「只想別的人，你去見的那些人就好。」

阿憨一面瞪著爐火，一面如釋重負地點頭。過了一會兒，他的音樂慢慢地回來了。我調整自己的呼吸與針線起伏的速度，以配合他音樂的旋律。我的心靈逐漸接近阿憨，然後我輕輕拂過他的心靈。

我甚至不太敢呼吸。我的針尖在布面上一進一出，然後便是把長線拉出來的窸窣聲。阿憨瞪著爐火，緩慢地用鼻子呼吸。我什麼問題也沒問，而是讓他以精技與我交流。阿憨不喜歡第一次跟那些人見面的情景，討厭得要命；從堡裡走到城裡這段路又長又累，而且他的同伴一路上緊抓著他的袖子；那人個子比阿憨高，而他又緊抓著阿憨，所以阿憨只能彎著身走路，而那人腳步又快得難以跟上；阿憨因爲走這麼遠的路而腳痠口乾，況且他根本就不想去。在阿憨的記憶裡，房裡的人每問他一個問題，抓他袖子的那個人就猛搖阿憨，直到他回答爲止。

阿憨的記憶並不模糊，甚至可說是過於詳盡。他將自己腳踝上那顆水泡，記得跟那人講過什麼話一樣清楚；在他心中，遠處傳來的羊咩聲與嘎吱嘎吱地走過外面街道的運貨篷車聲，其重要性不亞於訊問他的那個人的聲音。由於被人猛搖，所以他不時忘記該如何回答，而他深深記得對於自己爲何遭到這樣的待遇感到恐懼又不解。

阿憨回答得很模糊；一方面是因爲他所知有限，二方面是因爲他對於事物的輕重緩急自有一套見解。阿憨跟他們說，他在廚房打雜；他們問阿憨伺候的貴族是誰；他講不出名字，對方很不耐煩，後來有個人開始罵帶阿憨來的那個人，說那人浪費了他們的時間；然後阿憨抱怨樓上的那個臉上有斑的高個子老人給阿憨的工作變多了，於是有個人說道：「那是切德，切德大人，王后的顧問。」接著眾人上前，圍在阿憨身邊。

他們由此得知切德要阿憨堆柴的時候，將細樹枝堆在一邊，粗大的木塊則堆在另外一邊，以及阿憨必須將切德灑落在樓梯上的水擦乾；切德的卷軸不可以碰；別將火爐的灰燼噴濺在地上；如果有人在一旁，就別打開小門。他們只對最後這一項感興趣，然而他們問了其他問題，卻不得其要，所以阿憨發覺他們的口氣越來越差。阿憨不想再去，但是帶他去的那人卻強調，這只是第一次。除此之外，他們大可教這個傻瓜看住他們要盯的人；於是就有個人交代阿憨別的目標。「有個時髦的遮瑪里亞貴族，黃頭髮、黃褐色皮膚，騎一匹白馬；他養了隻臭狗子當僕人，鼻梁歪歪的，臉上有一道疤。」

在那個時候，阿憨既不認識黃金大人，也不認識我，不過抓他袖子的那人聽到這話就知道所指爲誰，並保證他一定會將我指給阿憨認識。然後他們便將幾個厚重的金幣放到那人的手裡，另外一人給了阿憨一些零錢：三個銀幣掉在他的手掌裡。給錢的這人對他以及逼他來此那個沒有臉孔的僕人警告說：

「那個叛賊臭狗子要特別當心。要是被他察覺的話，他會立刻殺了你們。」

我藉著精技飄浮在阿憨的記憶之中，並感覺到那人的眼睛直盯著我；我想要看清他的臉，但是阿憨唯一記得的，就是那一對懾人的眼睛。「上次我當面看到那臭狗子一劍砍掉大男人的一臂。他就這樣一剁！就像剁香腸似的，那手臂就掉下來了。而且那臭狗子若是察覺到你在看他，還會做出更狠毒的事情來。所以你這阿呆，給我小心一點，別讓他看到你了。」在阿憨心中，這幾句話與羊咩聲、運貨篷車的轆轆聲，以及冬風呼號地吹過街上的聲音是混雜在一起的；遠處響起鐵匠打鐵的聲音，彷佛在為這段記憶打節拍。

他們走回公鹿堡時，那個僕人再度警告阿憨，叫他要小心。「別讓臭狗子逮到。你得看住那條臭狗子，但是不能讓他看到你。聽懂了沒？要是你把我們的事情洩漏出去，那麼不但你要死，連我也會丟了工作。所以你絕對要小心，別讓他看見你。聽懂了沒？聽懂了沒？」

阿憨縮身避開那人，同時喃喃地答稱他聽懂了，於是那僕人便要求阿憨交出他們給的零錢。「反正你是呆子，就算給你錢，你也不會用。把錢交出來。」

「這錢是給我的。他說要讓我買糖果吃。還可以買糖霜蛋糕。」

但是那個僕人打了阿憨，並將阿憨的銀塊搶走。

我飄浮在他的思緒之中，與他一起重新體驗當時的經過。在那個僕人打了阿憨一巴掌，使他的耳朵嗡嗡響之際，阿憨的精技浪潮也頓時高漲，幾乎將我淹沒。我也因此無法看清那僕人的臉孔；那人的拳頭還沒打下來，阿憨便縮身蹲下，眼睛緊閉，拒絕看到那人。

阿憨，你看看他，求求你，讓我看看他。我懇求道；但是阿憨因為回憶所引起的激憤，加上我對那人的惱怒痛惡，使原本一同沉迷在精技冥想中的我倆，頓時被火熱的情緒炸了開來。阿憨因為想起挨揍的情景，而發出了無聲的呼喊，然後一縮身便從椅子上跌了下來，滾到離火非常危險之處。我在大驚之餘跳了起來，整個頭仍因為他突然切斷連繫而天旋地轉；不過當我伸手去拉出阿憨那裹著毯子的身體，以免他被爐火燒到之時，他一定是以爲我要對他下毒手，因爲他突然大力反擊。

不，不！臭狗子沒看見我、別傷害我，你沒看見我，你沒看見我！

我彷彿被斧頭重劈了似的倒在地上。由於我的心靈已經對阿憨開放許久，所以一時間，我因爲他的重擊而什麼都看不見，而且我發誓我真的聞到了渾身發臭的獵犬那種揮之不去的氣味。

過了一會兒，我的視力回來了。但是要重新豎立我的精技牆，則必須全神貫注才辦得到。再過了一會兒，我終於可以用手和膝蓋撐起自己。我伸手摸摸頭髮，本以爲會摸到血，因爲實在痛得太厲害，但是頭上並沒有傷口；然後我顫顫巍巍地坐起來，環顧房內。阿憨正在與他那條溼褲子搏鬥，一邊掙扎地要將褲子套進去，一邊驚惶且沮喪地嗯哼作響。我深吸了一口氣，以嗄啞的聲音說道：「阿憨，沒事了。沒人要害你。」

他不理會我，只是一味地與褲子掙扎。我攀住椅子，好不容易將自己撐著站了起來，然後拿起我先前縫補的那件袍子。「阿憨，你等一等。我再幾針就縫好了。這袍子又乾又暖呢。」我小心翼翼地坐下來。現在我總算懂了，我知道他爲何叫我臭狗子，對我又恨又怕，也知道他爲什麼要命令我沒看見他；就連有人打他、搶零錢的故事，現在也覺得有幾分道理。其實阿憨從未將他的祕密隱藏起來不讓我們知道，只是我們太愚蠢，愚蠢到沒有察覺這些祕密近在眼前。此時我眼前仍一片模糊，但是我咬緊牙關，努力讓自己看清針線所在；再縫上十幾針之後，這袍子就完工了，我打了結，咬斷線頭，將袍子拿起來。「你的衣服還是溼的，你現在先穿這件再說。」

他將褲子丟在地上，卻一步也不肯朝我走過來。「你在氣我，你會打我。說不定還會把我的手臂砍斷。」

「不會的，阿憨。剛才你傷了我，但那是因爲你很害怕。我既不氣你，更不會砍斷你的手臂。我根本就不想打你。」

「可是那個獨臂人說——」

「那個獨臂人說那些話是爲了要騙你，他們那些人都在騙你。你想想看，我聞起來眞的像狗大便嗎？」

經過了令人提心吊膽的一陣沉默之後，阿憨終於說道：「不會。」

「我有打過你，或是砍斷你的手臂嗎？過來拿袍子，你看起來好冷。」

他提防地上前一兩步。「不。」他懷疑地望著袍子。「你爲什麼要給我衣服？」

「王子殿下不是送了你粉紅糖霜蛋糕、葡萄乾和孔雀羽毛嗎？同樣的，他也希望你穿好一點的衣服。這件袍子在你的舊衣服乾之前可以讓你保持溫暖，而且不久之後，王子就會找人幫你做新衣服了。」

我立起精技牆，小心翼翼地朝他走去。我將袍子捲到領口處，從領口望向阿憨，接著將袍子從他頭上套下去。即使裁剪過，袍子還是長得拖在地上，而即使他摸索得到袖管，袖口還是長得從他手上垂下來；我幫他將袖子捲高，又用剪掉的布料將就地做了一條腰帶；繫上腰帶之後，他走路就不會被衣服絆倒了。阿憨緊擁著身上的衣服。「好軟喔。」

「唔，大概比你的舊衣服軟一點吧，不過主要是因爲這衣服比較乾淨。」我走回自己的椅子邊，沉坐下去。頭痛已經減退許多；也許切德講的那套精技頭痛的理論是對的。方才重跌在地，身上仍疼痛不已，而且與絲凡佳父親打架而產生的瘀傷與腫塊也因爲這個衝擊而甦醒過來。我重重地嘆了一口氣。「阿憨，你跟他們見過幾次面了？」

阿憨吐著舌頭思索。「洗衣日。」

「我知道你是洗衣日去見他們，但是你去了幾次？」

阿憨的舌頭捲在上唇上長思，最後他點點頭，強調道：「凡是洗衣日就去。」

我看再追問下去也是白費工夫。「那麼你是一個人去找他們嗎？」

阿憨聽到這個問題，皺起了眉頭。「不。我知道路，可是他不讓我一個人去。」

「因爲他要拿他們給的錢。還要拿他們給你的錢。」

阿憨的臉陰鬱起來。「打阿憨，搶零錢。然後獨臂人生氣了。現在他拿零錢，但是會還我幾個銅板。買糖吃。」

「那人是誰？」

阿憨站著不動。「我不可以講他的事情。」此時我捕捉到他的精技音樂因恐懼而鼓動起來，當中充滿了羊咩聲與馬具相撞的叮咚聲。他搔搔頭，將頭髮拉到眼前打量。「你要幫我剪頭髮嗎？我洗過澡之後，有時候我媽會幫我剪頭髮。」

「好啊，說眞的，你這個主意眞不錯。我們就來剪頭髮吧。」我搖搖晃晃地站起來。我剛才跌倒的時候一定是撞到膝蓋了，痛得要命。我覺得很懊惱，但是強行逼問阿憨只會驚嚇到他，並因此而使我最渴望的消息，更深入埋藏在他的恐懼之下。「阿憨，你坐到桌邊來，我去找剪刀。你能多少告訴我一點他們的事情嗎？比如說獨臂人說了什麼？他住在哪裡？」

阿憨沒有回答。他走回桌邊，一坐下來，便立刻捧起那個粉紅色糖霜蛋糕細細審視；當他轉著蛋糕，從各個角度打量之際，彷彿把剛才的一切都忘光了。「阿憨，獨臂人跟你說了什麼？」

阿憨並未看著我，而是對著蛋糕說話。「不可以談他。不可以跟任何人談他。不然他會殺了我，然後我的肚腸就會滾落在沙土裡。」他兩手拍拍自己圓滾的肚子，彷彿很慶幸自己的肚子仍是完好的。

我找到梳子，並重新將他的頭髮梳順；於是阿憨又平靜下來，重新開始進行蛋糕冥想。「我就把你的頭髮剪到與下巴齊平；這樣的話，你的耳朵和後頸還是會很暖和。」

「好啊。」阿憨輕柔地應和道；他已經迷失在他的糖霜沉思之中了。

幫阿憨剪頭髮令我想起幸運。突然之間，我非常想念幸運小時候的情景。在他十歲時，我總能清楚地知道自己有沒有將他照顧好，一點也不會迷惘；吃得飽、睡得好、有乾淨衣服穿，要教會他釣魚等，小男孩需要的差不多就是這些。年輕男子則像是截然不同的生物。也許我今晚可以抽個空去看看他。銀剪刀一開一闔，阿憨的頭髮就落了下來，掉在椅子周圍。我想到另一個作法。「我知道你不能跟我說那個獨臂人的事，那些事情你都不能提；既然如此，那我們就不談。我甚至也不問你他問了你什麼。但是你可以把你跟他講的話告訴我，對吧？他們可沒說你不能把你講的話說出來吧？」

「沒——」阿憨慢慢地思考。他長嘆了一口氣，漸漸放鬆下來。然後他說道：「那個獨臂人。」同時，路德威的身影也隨著阿憨的音樂而浮現在我心裡。路德威比我記憶中的模樣瘦削了許多，但是失去一臂，隨後又高燒不退，的確會產生這種效果。此時路德威竟俯視著我，使我頓時有點茫然，但過了一會兒，我便接受這是因為對阿憨而言，路德威身材高大。然而即使如此，這影像仍很模糊。阿憨記得的聲音比他記得的影像多了許多，而他眼裡所見的影像，遠不如他耳裡所聽到的聲音那麼清楚分明。我聆聽著他記憶中路德威的講話聲，同時也隨著他一起因為路德威頗不高興而害怕得瑟縮起來。「這就是你的消息來源？你在想什麼啊，沛杰？我把我最關心的事情交給你去辦，而這就是你的成果？這傢伙是不行的。他連自己的名字都記不得了，遑論其他。」

「這人對你很有用處。」有個人接口道，我猜這就是名叫沛杰的人。「他已經跟我們講了很多消息，你說是不是啊，阿呆？那個老人就喜歡他；你說是不是啊，阿憨？你現在是不是幫切德大人工作啊？你跟他說說切德大人跟他那個特別房間的事情。」然後，沛杰顯然是對路德威，而非阿憨說道：「能找到他，純粹是我們走運。那個馬廄幫手第一次把他拖到這裡來的時候，我跟你現在一樣，以爲這人毫無用處。但是在上面的城堡裡，他們任由這個白癡四處走動，他愛到哪裡就到哪裡。他知道不少事情啊，路德威，你只需要找到辦法套出他的話就行了。」我無法透過阿憨的眼睛看到沛杰這個人；不過我感覺得出，他是個大個子，而且十分壯碩，是個不好惹的人物。

此時另外一個聲音發話了，這是個女人的聲音。「這個人很有用處，馬人。別換馬……你們那句俗語是怎麼說的？別在渡河渡到一半的時候換馬？對了。這個人對我們大有幫助；如果你想得到我們議定的東西，就別多干涉。」

這女人的聲音我聽過；我在自己的記憶中四處搜尋，卻記不起她是不是堡裡的人。我將這個思緒壓得極細微，留在自己心裡，以免打斷了阿憨源源湧出的記憶。那天他既困惑又害怕，這個初見面的高個子獨臂人使他毛骨悚然，而他們彷彿他不在場似的講話模樣，又使他惶恐不安；可是那個人從頭到尾都緊抓著他的手臂，不放他走。

路德威的講話聲彷彿鐵匠打鐵般武斷。「我才不在乎妳覺得這人如何，也不在乎妳要給什麼。我的復仇屬於我自己，而且我絕不會爲了妳那些外國金子，而把我的復仇機會賣給妳。這個什麼切德的我一點也不在乎。黃金大人的頭我要定了，還要從他那隻走狗身上砍下一隻手臂來。沛杰，你光想著要出賣花斑幫，竟忘了黃金大人欠我一條命，而服侍他的那條叛徒走狗欠我一條手臂？」

「我並沒忘，路德威。你搞清楚，我跟你是站在同一邊的啊！」沛杰的聲音像是運貨篷車的輪子轆轆地在路上摩擦滾動，冒出憤怒與斥責的低沉聲響。「難道你忘了，那天是我從你身後撐著你一同騎馬，你才沒有從馬鞍上摔下來？那女人開價的時候，我只想說，好吧，我們哪會在乎他們怎麼死？既然她要，那麼那兩個人就給她好了，我們倒樂得用這兩個人去把她的金子換過來，以便完成我們的志業，推翻僞瞻遠王室。」此時沛杰的聲音顯得大義凜然，不過在阿憨心中，最後沛杰講的這幾句話，是與遠處的羊咩聲混在一起的。

「住嘴！」路德威的聲音既火熱又沉重，像鐵鎚打在燒紅的鐵塊時那樣嗡嗡作響。「我可是非常在意他們是怎麼死的！他們兩個必定要死在我的手上！而且我的鮮血復仇絕不出賣。至於『我們』的志業，那得等到『我』的志業完成之後再說。我告訴你我要什麼，沛杰。我要知道他們何時起床、何時入睡，還要知道他們何時騎馬、在何處用餐；我要知道我可以在什麼時間、什麼地點殺了他們。你那個弱智的眼線能給得出那些消息來嗎？」路德威字字不留餘地，而沛杰的怒氣也逐漸升高。

「能，他當然能；而且他給我們的消息已經遠超過於此，只是你聽不進去而已。這個切德大人跟這個呆子所知道的細節，都是重要的消息。但如果你一心只要報仇，根本不考慮除了復仇之外，我們還能多獲得點什麼，那麼，你當然還是可以如願；只要你問對問題就行了。阿呆，你把砍了他手臂的那隻叛賊臭狗子的事情說一說，再說說那個老人叫那臭狗子什麼名字；你說給他聽，這樣他就會領悟到在他休養的時候，我爲花斑幫做的事情，比他仍有兩手時做的事情更多。」

在阿憨的記憶中，接下來他聽到一拳飛出，打在多肉處的清脆響聲，接著路德威喘氣怒道：「你要牢牢記住自己的身分，沛杰，不然我一定讓你好看。」

阿憨突然彎身下來，並伸手抱住頭；目睹這種暴力場面，使他激動又害怕。「不要，不要，不要。」他乞求道，於是我拿開剪刀和梳子，站在一旁，等他自己慢慢平靜下來。我這樣迫使他重新體會曾經歷過的恐懼，實在頗爲殘忍，我並不以此爲樂，然而我卻非問他不可。因此我等到他鎮靜一些之後，便以最輕微巧妙的手法，用精技來撫慰他的心靈，並將他重新帶往那個房間。「光想一想是不要緊的。」我對阿憨勸道。「你現在安全了。你在這裡，他們既找不到你，也傷不到你。你很安全。」我透過我們之間的精技牽繫，感覺到阿憨內心沉鬱；他在抗拒，我再輕推，而突然之間，他的記憶又展現出來。

阿憨深吸了一口氣，吐了出來。我繼續替他剪頭髮。梳子的觸感與斷續掉落的頭髮，使他陷入半昏醉的狀態；據我猜測，平時大概難得有人與阿憨碰觸這麼多，而且就算偶爾有所碰觸，也都粗魯無禮。此時他像是被人順毛撫摸的小狗一樣，肌肉逐漸放鬆，並發出了肯定的聲音。

我非常溫柔地問道：「好啦，那一切過了之後，你跟他們說了什麼？」

「噢，沒什麼。只講到老人的事。柴枝的堆法：送柴的時候，不可以搖晃葡萄酒架；每天早上把髒盤子和沒吃完的東西收走；紙張都別去動；還有老人說，你若是吩咐了什麼，我必須照做，雖然我根本不想靠近你；也講到你老是想跟我講話。他們聽到這裡就說：『你別去！就說你忘記了！』還有講到你們偶爾晚上講話的事。」

「誰講話？切德跟我？」我慢慢地梳過他的頭髮，將髮尾剪齊。溼髮落在地上，而我的一顆心，則因為他接下來所講的話而差點從嘴裡跳出來。

「是啊，你們談到精技和原血；他還叫你另外一個名字，嗯，『蜚子新奇』；還有，我知道那個女孩子在哭，你就不高興了。」

聽到阿憨口齒不清地提起我的名字已經使我提心吊膽，而他提到「那個女孩子」更使我大驚失色。「什麼女孩子？」我故意呆呆地問道，並希望他會乾脆說「就是那個女孩子啊」或是「我不知道」。我的肚腹開始翻絞。

「她一直哭一直哭。」阿憨溫柔地說道。

「誰在哭？」我的心直往下沉。

「那個叫做蕁麻的女孩子啊，她晚上一直哭，哭個不停。」他偏著頭，使我一刀剪歪了。「她現在還在哭。」

聽到這話，我的恐懼感繃得更緊了。「是嗎？」我問道，小心地將我的精技牆降下來；我對蕁麻開放，但卻什麼感覺也沒有。「不，她現在很安靜。」我說出自己的觀察。

「她哭給自己聽，她在另一個地方哭。」

「我不知道你這話是什麼意思。」

「那個地方空空的。」

「我不知道你這話是什麼意思。」我再度說道，而且心裡極爲憂慮緊張。

他專心地皺著眉頭感應了一會兒，然後他的眉頭突然鬆開了。「算了。她停下來不哭了。」

「就這樣，一下子就不哭了？」我難以置信地問道，放下剪刀和梳子。

「是啊。」他的指頭輕鬆地在鼻子上拍了拍。「現在我要走了。」他突然宣布道。他站了起來，四下環顧房間。「別吃我的蛋糕！」阿憨對我警告道。

「放心，我不會吃的。不過你眞的不留下來吃完蛋糕再走嗎？」在這個驚嚇之後，我心裡麻木得什麼感覺都沒有；阿憨口齒不清地講了「蜚子新奇」，路德威會據此推敲出我的眞名嗎？無疑地，他已經知道我女兒的名字了；如今我們父女倆都岌岌可危，而我卻在跟一名弱智男子談糖霜蛋糕。

「如果我吃了，蛋糕就沒了。」

「以後說不定還有呀。」

「以後說不定沒有呀。」阿憨指出這個無可質疑的邏輯。

「我想到了。」我走到一處比較不擁擠的架子前，將架子上的東西挪走。「瞧，這樣就騰出一個空間，以後我們就把阿憨的東西放在這裡，這樣就沒有人會去動你的東西了。」

但是這個概念，阿憨卻很難想得通；我試著以好幾個方式解釋，然後請他自己將糖霜蛋糕和孔雀羽毛放在架子上。接著他遲疑地將之前裝著葡萄乾和果仁的大陶碗拿起來；現在那碗裡只剩一把裹了糖霜的果仁。「那個大陶碗也可以放到架子上。」我對他說道。「而且以後我會另外再放一些好吃的點心在碗裡。」於是阿憨也將陶碗放上去，之後站著好好地欣賞了一會兒。

「現在要走囉。」阿憨突然再度宣布道。

「阿憨。」我慢慢地說道。「明天是洗衣日，到時候會有一個人來帶你去找獨臂人嗎？」

「不可以談他。」阿憨很頑固。既頑固且恐懼。我聽到他的精技音樂變得喧嚷起來。

「你想去看那個獨臂人嗎，阿憨？」

「我非去不可。」

「不，你不是非去不可。以後你不見得要去。你想去嗎？」

這些話似乎需要好好地想一想才行。最後他說道：「我要銅板，買糖吃。」

「如果你告訴我獨臂人住哪裡，我就可以代替你去，幫你拿銅板，並且幫你帶糖果回來。」

他皺起眉頭，搖了搖頭。「我自己的銅板，我自己去拿。我喜歡自己買糖果。」他一邊說，一邊退開；他又開始起疑了。

我深吸了一口氣，勸自己要耐心一點。「那我們明天課堂上見囉。」

他嚴肅地點點頭，離開了切德的塔樓。我走過去，撿起阿憨丟在地上的溼褲子，重新披掛在椅背上。據我看來，他穿這件袍子，大概沒有人會覺得意外；在公鹿堡裡，這袍子的樣式早就過時了，而僕人們，尤其是低層的僕人，往往都是撿主人不要的衣服來穿。我嘆了一口氣，坐回椅子上，對著爐火發愣。接下來我該怎麼辦？

我眞希望我能逼阿憨將路德威的住處告訴我，要不然至少也將那個帶他去找花斑幫首領的傢伙供出來；然而我若是強逼阿憨，不但會嚇壞他，我們今天辛苦建立起來的脆弱信任感也將蕩然無存。我可以明天悄悄跟蹤他去公鹿堡城，但是我很不願意這樣做，因爲萬一被路德威或是他的親信察覺我在跟蹤他，那麼阿憨恐怕會有危險。再說，我若是一路跟蹤，也看到阿憨與路德威見了面，那麼我又能如何？衝進去暴露自己的行蹤，還是眼看著路德威質問這個小個子男子，再度問出許多我們的消息？我考慮過要監視阿憨，等到那個要將他帶到城裡之人出現時，便將他逮住；我猜我倒不難從那中間人嘴裡逼問出路德威的住處，不過那人若未依約去與路德威相見，路德威勢必會起疑心；然而如今網都已經準備就緒，我可不想輕舉妄動，以免驚飛了我的鳥兒。我還有最後也是最簡單的計策：想個辦法絆住阿憨，讓他明天沒辦法去城裡；送些玩具讓他分心，或是乾脆把他支使到沒人能找得到他的角落忙上一天。不過這一來我就無法進一步探知路德威的動靜，而我實在很想立刻就控制住他。

我恨不得殺了路德威。曾經被你重傷卻不致死的敵人，最是可怕；然而我不但砍斷路德威一臂，還取了他妹妹的性命，又終結了他們兄妹倆想要搶奪政權的計畫。也許他曾經有過要爲花斑幫爭取龐大權力的夢想，但是據我推測，如今他一心一意，就是要找我與瞻遠王室報仇。在這情況下，他必然會使出所有殘酷手段。

我交叉雙臂抱胸，往後靠在椅背上，皺著眉頭瞪著爐火。說不定我都想錯了。也許路德威之所以到城裡來，只因爲他是代表原智者前來與珂翠肯會談的密使之一，如此而已；也許他之所以派人刺探，只是爲了提防。但我對於這個可能性非常懷疑，深深地懷疑。

我不想與切德討論此事。路德威知道的是我的名字，不是他的名字；而路德威所威脅的也是我，不是切德；所以該怎麼處置，要由我自己決定。也許日後切德會狠狠地訓誡我一頓；但他可以日後再訓我，等到蕁麻與晉責都沒有危險的時候。

我想得越多，越覺得沮喪無奈。我離開切德的塔樓，沿著密道走回自己的房間。弄臣不在，黃金大人也不在；我的惱怒並未因此減輕。我需要思考，但是此時我卻連坐都坐不住。我走到覆著雪的練武場，帶著我那把醜劍；弄臣送的那把好劍仍掛在牆上，無言且毫不留情地提醒我自己愚蠢的言行。

我很幸運，因爲老溫在那兒。我先用我的眞劍演練一番，而雖然天氣酷寒，但不久之後便暖和起來。接著老溫與我換上鈍劍，以便激烈對打。他似乎察覺到今天我只想運動我的武器和身體，一點也不想動口，更不想讓心靈思考除了身體活動之外的事情。我將所有的考量拋在腦後，專心努力地刺殺老溫。老溫突然後退一步，叫道：「夠了！」我以爲他想要休息一下、喘口氣；但是他卻把劍尖點在地上，宣布道：「我看你已經回復到你過去的狀況了。無論你過去的狀況爲何，湯姆。」

「我不懂。」我喘著氣看他，過了一會兒之後才如此問道。

他艱難地做了個深呼吸。「我們第一次過招的時候，我就察覺到你曾經是個戰士，而你之所以來練武場，爲的是要回憶當年身爲戰士的感覺。如今你已經又是個戰士了。你已經恢復昔日水準，湯姆．獾毛。我跟得上你，但是也僅止於此；我很樂於繼續跟你較量磨練，因爲這對於我的技巧有益，但是如果你想要找個配得上你水準的對手，或者找人教你新的技巧，那你就必須找個比老溫更高明的人了。」

他將武器換到左手，騰出右手與我相握。我感覺到一股暖意流遍全身。我已經多年沒有感受到這種榮譽感；然而我之所以感到驕傲，不是因爲自己的成就，而是因爲這位身經百戰的戰士願意用這幾句話來表揚我。走出練武場時，我心裡的問題，並沒有比剛才進練武場之前稍減，但是一想到說不定我自己就有應付這些問題的好本領，我的心情就轉爲激昂。

接著我前往蒸氣浴室，而且此時仍然小心地不讓自己考慮接下來要怎麼做。出來的時候，我人乾淨了，意志也堅定了，而且心境澄明。我朝公鹿堡城走去。

我告訴自己，我此行目的明確。我要去看幸運、買把小刀、買條紅圍巾；還有，我說不定會找到一條往來頻繁的街道，而這條街邊的羊咩咩叫時，遠處還會響起鐵匠的打鐵聲。

19

路德威

強盾國王個性外向活潑，大家知道他愛喝酒，又喜歡開玩笑。他的精技師傅是莊重，而強盾國王老愛拿這位女師傅的名字來開玩笑，說她人如其名，嚴肅得要命；不過就莊重師傅的觀點而言，強盾國王實在太愛耍嘴皮子了。強盾國王即位時，一併繼承了莊重師傅爲明鑒王后訓練的精技小組，而此時莊重師傅已經高齡七十。過去這個精技小組全力輔佐強盾的母親，只是小組的成員也跟莊重師傅一樣，年歲都大過國王甚多。強盾國王常常抱怨莊重師傅和她的精技小組都拿他當小孩子看待，不過德高望重的莊重師傅總是恥笑強盾，說那是因爲他的行爲往往都太過幼稚。

爲了逃避年高德劭的精技小組與顧問群，強盾國王不時僞裝身分溜出公鹿堡；他打扮成四海爲家的補鍋匠，怡然自得地在比較粗劣的酒館客棧裡打混，而他的樂趣，就是講些猥褻的笑話、唱幾首逗趣的歌，娛樂經常在這種場所出入的市井小民。有一次，強盾在小酒館裡喝多了酒之後，開始爲大家講故事、猜些粗俗下流的謎語。這酒館裡有個少年，年紀不過十一、二歲，而一身的技藝除了倒啤酒、擦桌子之外無他，但是國王出的謎題，這少年不但每猜必中，而且他所用的字眼，還與國王內心一再演練的答案分毫不差。如此精心策畫的節目，竟然被人輕易破解，一開始時，強盾國王不太高興；不過國王不久就發現，自己因爲那少年每答必中而氣惱的模樣，竟比他說的趣譚本身更引起觀眾高興大笑。那天晚上，國王在離開酒館之前將那少年喚到桌邊，悄悄地問道，爲什麼他問了這麼多謎語，那少年都答得出來？結果那少年的答案嚇了國王一大跳：「你怎麼反而來問我？這不都是你告訴我的嗎？你一邊講謎題，一邊就悄悄地把謎底說給我聽了！」

如今強盾國王不但開心愉快，同時也慧眼明鑒。當晚他就把那少年帶回公鹿堡交給莊重師傅，並說道：「這令人愉快的少年在精技方面已有扎實的根基，而現在我把這孩子交給妳。我要妳去找幾個像這樣的人，幫我訓練出一個不但有精技天賦，也能跟我一樣愉快大笑的精技小組。」於是這少年便以「愉快」爲名，而以他爲中心建立起來的精技小組，就叫做「愉快精技小組」。

——史列克所著之《歷史》

今天天氣清爽且冷冽，我踏著厚雪，大步下山往公鹿堡城而去。我聽到身後有馬蹄聲，於是讓到路旁讓那騎士先走，但同時我也將手搭在劍柄上，以防萬一。但是椋音並未揚長而去，反而勒馬配合我的腳步，與我同行。我抬頭望著她，但什麼話也沒說；她幾乎可以算是我今天最不想見到的人。不過她還是開口道：「切德把我的話傳給你了嗎？」

我點點頭，但沒有停腳。

「所以呢？」

「所以我認爲我沒什麼好說的。」

椋音猛然勒住馬，其動作之激烈，使她的坐騎不安地噴鼻息；接著她跳下馬，跑過來擋在我面前。我不得不停下來。「你到底是哪裡不對勁？你到底要我怎麼樣？」她質問道。「我能給你的都給了，你還要我怎麼樣嘛！」她的聲音在顫抖，而且令我驚訝的是，她的眼裡還噙著淚水。

「我……沒什麼。我並沒……那妳到底要我怎麼樣？」

「怎麼樣？繼續做朋友呀，就像我們以前那樣，彼此講講話、訴訴心事。」

「可是……可是椋音，妳已經結婚了。」

「因爲我結了婚，所以你連話都不屑跟我講了？因爲我結了婚，所以就算你在大廳裡碰見我的時候，也要板著臉？瞧你好像把我當作根本就不存在似的。十五年了，蜚滋。我們都已經認識十五年了，而如今你一發現我結了婚，就突然連跟我打聲招呼都不肯了？」

我目瞪口呆地望著她。椋音跟我講的話往往令我驚訝萬分，這雖已經發生多次，但我還是不習慣。不過我的訝異持續得太久，所以她又再度出擊了。

「上次我去看你的時候……我需要個朋友，可是你卻把我扔出去。但你別忘了，當年你需要朋友的時候，我對你那麼好。去你的，蜚滋，老實說，我們同床共枕了七年耶！但如今你甚至不問我一聲近來如何，而且連我邀你上馬共乘，你也不肯，彷彿我有什麼惡疾，而你深恐我把病傳染給你似的！」

「椋音！」我爲了阻止她滔滔不絕地指責而吼了一聲；我不是要凶她，但她突然吸了口氣，淚水便汩汩地湧了出來。而七年來養成的反射動作，使我伸出雙臂擁住她，讓她靠在我的胸口上。「我無意傷妳的心。」我在她耳邊說道；她那絲緞般的秀髮埋在我胸前，而我鼻中所聞，盡是那股熟悉的香味。我突然感覺到，我必須重新將她已經知道的理由講一遍。「妳傷了我的心，因爲我發現我不是妳生命中唯一的男人。而我竟然天眞地想像我是妳生命中唯一的男人，也許是我傻吧；妳可從來沒說我是妳唯一的眞愛。其實我也知道那是我一廂情願的想法；但即使如此，當我發現眞相的時候，還是受到很大的打擊。」

椋音沒有應答，倒是哭得更厲害了。她的馬不安地動來動去，踩到了自己的韁繩；我一手攬著椋音，一邊盡量側走幾步，以抓住馬韁。鎭定，等。我對那馬說道，於是那公馬高昂的頭稍微低下來了些。

我攬著椋音，滿心以爲她馬上就不哭了，誰知道她還是哭個不停。我總認爲她是個沒心腸的人；然而若說她不在意別人的感受，會比較貼切一些：她就像個小孩，要什麼就拿什麼，根本就不考慮前因後果。我既然比她更知道因果的道理，就應該表現得比她更好才對。我心想著要以平靜的口氣跟她說話，而我的語氣果眞很平和；此時痛哭的椋音則試著平靜一些，以便聽清楚我在說什麼。「有件事情我必須坦白地告訴妳。我上次說的那些話，講到我擁著妳的時候，想的卻是莫莉什麼的，其實那是違心之論。徹底的違心之論。我講那種話，既貶低了妳，也貶低了莫莉，眞是太可恥了。當我擁著妳的時候，我滿心想的都是妳。對不起，我竟用謊言去刺傷妳。」但是她的淚水仍未稍歇。「椋音，講講話啊，妳怎麼了？」

「其實……其實也不全都是因爲你太殘忍，而是——」她抽抽噎噎地吸了口氣。「我想……我懷疑我丈夫有……那天晚上，他跟我說，他直到此時才領悟到他有多麼想要孩子；雖然他無須繼承頭銜與家業，所以不需要子嗣，但他還是很想要有孩子。而且……而且我看他是有了……他可能在外……」椋音就是說不出她最害怕的情況，聲音越來越小。

「妳丈夫在外有了女人？」我平靜地問道。

「一定是！」她突然大哭起來。「我們剛結婚時，他每天晚上都要我！是，我也知道這不會長久，但是他的熱度消退之後，他還是……可是最近，他卻像是眼裡沒有我這個人了，就算我離開個幾天再回家，也無法燃起他的慾望。他跟朋友們賭博到三更半夜，喝到醉醺醺才上床；不管我穿得多好看、戴上珠寶、噴香水，他就是對我不聞不問。」她滔滔不絕地說道，而她的淚水也汩汩湧出；她用袖子擦臉，臉上仍有殘淚。我掏出一條手帕遞給她。

「謝謝。」她再度擦臉；然後她突然聳起肩膀，深吸了一口氣，慢慢吐了出來。「我看他是厭倦我了。他一定是覺得我年老色衰了。我自己照鏡子，發現我胸垂腹凸，臉上也有了皺紋……蜚滋，我眞的老了那麼多嗎？畢竟我的年紀比他大上許多，你看他是不是後悔當年不該娶我？」

眞正的答案爲何，我無從得知。我伸出一臂攬住她，吐出一口氣。「這裡冷，我們邊走邊說吧。」我說這話，爲的是要替自己爭取一點思考的時間。她攀著我的腰走，而她的馬兒則跟在我們後面。我們默默無語地走了一陣子。

然後她平靜地說道：「我之所以嫁給他，是爲了有個歸宿。我總算有了歸宿。他不要孩子，人長得好看，又對我十分心儀。有次我碰巧聽到他跟朋友說，他在介紹我的時候，什麼都不用提，只要說這是我妻子就夠了，那眞是一種無以名之的樂趣。畢竟大家都知道我就是『王后的吟遊歌者』。他如此以我的名聲爲榮，連帶也使我感到很驕傲。當他跟我求婚時……當他跟我求婚時，那感覺就像是……就像是終於駛進了安全的港口；多年來我一直擔心，若是有朝一日嗓子變差了，或者失寵時該怎麼辦，如今總算有了個著落。只是我從未想到，我若是跟他在一起，就必須與你分開；所以後來聽到你堅持要這麼做的時候，我氣得要命。我從很早以前就認定我們之間的情感根深蒂固，因此我發現你竟然說斷就斷，即使我反對也無從挽回時，我好驚訝。但即使如此，至少魚貂大人仍守著我；而且我勸自己，爲了年老時的安全庇護著想，失去你只是個小小的代價而已。」

她沉默了一會兒，寒風吹過我倆之間的空隙。我本以爲她已經說完，但她又說道：「但若是他在外面有了女人，而且讓她懷了孩子，或就算他只是認爲外面的女人比我更有魅力吧……那麼我失去你，就只不過是換來一場空，而且到頭來還是得獨守空閨。」

「椋音，珂翠肯王后與切德怎麼可能讓妳欠缺照顧？妳知道他們是一定會供養妳的。」

她嘆了一口氣，突然間顯得老了好幾歲。「是啊，有個居所、衣食無虞，這些是一定少不了的。但是總有一天，我會年老色衰，嗓子啞了、中氣不足，所以也無法唱歌，到那時候，沒人會覺得我迷人，也沒人會想要我。『吟遊歌者椋音』的名聲，則變成『角落的那個醜老太婆椋音』，我對任何人來說再也不重要，誰還會將我捧在手心裡？到頭來，我終究還是孤寂一人啊。」

這番話使我以全新的角度看待椋音。也許從頭到尾，這就是她看待世事的唯一角度吧。椋音這個人的行事作爲，完全以本身的需要做爲出發點；她是個很好，甚至可稱之爲出色的樂師，但是她的天分尙不足以讓她享有長久不墜的名聲。除此之外，由於無法生育之故，所以她老是擔心她的男人會因爲她無法生育，或是容顏不再，而被別的女人搶走；隨著她年紀漸增、姿色漸褪，她這個恐懼感只怕有增無減；因爲她不能用孩子將丈夫綁在身邊，而她也怕她的床笫魅力不再的時候，就會被男人拋棄。也許對於椋音而言，我的魅力泰半在於我總是覺得她魅力十足，而且我對她的身體從不厭倦；不僅如此，在她眼中，我彷佛是她的私有珍藏，是她一人獨享的大祕密，況且就情人與男人的層次而言，我從不多要求，只要她偶爾來訪時所提供的一切便已足矣。但是我們分手之後，再也沒人熱忱地對她的床上魅力照單全收，而此時又碰上她丈夫對她提不起興趣來，所以她開始懷疑是不是自己魅力不再。然而我既不能爲了證明她仍女人味十足而與她雲雨一番，也不能勸她說她丈夫仍深愛著她。我努力想著自己到底能對她說什麼。

我突然拉住她，要她停住腳步。我站在一臂之外，假裝以挑剔的眼光，對她品頭論足，雖說其實在我眼中，她就是她，看不出什麼其他。接著我故意咧嘴而笑，彷彿有感而發地說道：「要是妳丈夫對妳看不上眼，那他眞是大傻瓜；我敢說，任哪個公鹿堡的男人，都恨不得與妳同床共枕呢——我自己也算在內，倘若今天情勢不同的話。」我露出思索的模樣。「要不要我照這話去跟他說一遍？」

「不！」椋音叫道，她努力但虛弱地笑了兩聲。我拉起她的手，但與她保持禮貌的距離，同走了一段路。椋音沉默片刻之後，突然小聲地問道：「蜚滋，如今你還關心我嗎？」

我知道像這種問題不能想太久，一定要趕快回答才好；不過這答案其實一想即知。「當然關心。」我直視著她的眼睛。「妳傷害了我好幾次；妳說過很殘忍的話，而且妳的行徑我並不是完全認同；不過對妳而言，我又何嘗不是如此？但是，這就像妳剛才說的：十五年，人跟人之間若是相處這麼長久的時間，對一切事情都會認爲是理所當然，所以我們會接受彼此的優點與缺點。妳說，妳曾在我的火爐前爲我一人唱了多少歌？我又爲妳煮過幾頓飯？十五年的交情，已經超越了喜歡或不喜歡，而是無論對方如何，都能全部接納。我們的確曾經漠視彼此的感受，但別說我們了，就連切德跟我都會漠視彼此的感受；然而我們深信，我們對彼此的認識，以及多年來的交情，絕對比在盛怒之下講出來的話更爲重要。」

過了一會兒，椋音平靜地說道：「之前是我騙了你。」

「對，的確如此。」我發現自己已能夠用不帶怨恨的口氣說出這些話。「而且之前我對妳十分失望。然而這就好像我自認爲自己有權利決定日子要怎麼過，不管妳怎麼想都影響不到我；而妳其實也不過是不顧別人的看法，對自己的人生做出了選擇，如此而已。妳結了婚，而我決定隱姓埋名；我倆彼此的決定阻擋在妳我之間。但有一件事情是不變的：不管過了多少年，就算我們永遠不再同床共枕，但在我老的時候，一定將妳捧在手心裡，對妳珍而重之。」

其實我對她說的這番話，連我自己都不見得完全相信，但是無論如何，她畢竟是個朋友，而且她現在就是需要聽這個；我這番話令她寬慰不少，而對我來說，這麼做不需要花費太多力氣。我嘴角扭出一抹微笑。多年來，她之所以跟我同床共枕，為的不就是像我現在給她的這些無傷大雅的謊話嗎？

她點了點頭，眼淚也不再流了。再走一段路之後，她又問道：「那我丈夫的事情，我該拿他怎麼辦？」

我搖了搖頭。「我也不知道，椋音。如今妳還愛他、還喜歡他嗎？」

我問的這兩個問題，椋音都僵硬地點頭以對。

「那麼，妳就告訴他，妳愛他、妳喜歡他啊。」

「就這樣？」

我聳了聳肩。「我看妳是問錯人了，這種事情我實在不擅長。我看妳應該找個在愛情方面春風得意的人來問一問才是。」

「好比說切德吧。」

「切德？」我不但訝異，而且覺得很好笑，但我實在是太好奇了，所以我故作正經地答道：「切德的確是個理想的人選。」想必椋音與切德的對話一定很精采，我要是能旁聽就好了。

「你說得對。切德總有辦法讓他的情人既滿足又守本分。就算是他主動分手的情人，也從沒有跟他鬧翻的。」椋音沉思道；接著她看到我臉上意外的表情，不禁哈哈大笑。「我懂了。原來連你也不知道他的風流韻事。啊，嗯，你說得沒錯，這事的確該問切德。我從沒聽說哪個女人把切德趕下床的；提出要分手的總是他，不是別人，然而他的年紀也老大不小了。嗯，等我今晚向他報告的時候，就順便問問他。」

她最後這句話使我陡然起疑，我冒險問道：「這麼說來，妳認爲妳找得到那個獨臂人的住所？」

椋音意味深長地看了我一眼，彷彿在獎勵我於賽局中得分似的。「一定比你快。而且切德託我在趕過你的時候提醒你，他希望你跟路德威保持距離。倒不是說他在公鹿堡城裡會用『路德威』這個名字，也不是說切德一發現他的蹤跡就會將他逮住。好啦，我已經將切德所託的話告訴你了。他要我務必跟你說，這件事情的始末牽連，還是他知道得最清楚。」

「應該說，是切德自認爲這件事情的始末牽連他最清楚吧。」我冷冷地答道。我心裡推測，今天椋音與我絕對不是偶遇。切德不知怎地發現我已經離開堡裡，於是派椋音來攔截我，並引開我的注意力，以免我找上路德威。而且我今天之所以有機會對這位心情混亂的吟遊歌者表達歉意，可能也在他的計畫之中。瞧那老人多麼精心地操控這一切呀！我努力擠出一絲笑容，並將笑容定在臉上。「唔。如果妳想比我早一點找到路德威的話，那麼妳最好是趕快上馬進城了。」

她不解地看了我一眼。「這麼說來，你還是要進城？」

「對。我去城裡有別的事。」

「好比說什麼事？」

「幸運。」

「幸運在公鹿堡城？我還以爲他一直守著你的小屋呢。」

這麼說來，椋音知道的不及切德多；但我也並未因此而放心多少。「我之所以回到公鹿堡來，主要就是爲了要讓幸運拜在好師傅手下學手藝。如今幸運在晉達司那兒當學徒。」

「這樣啊？那他做得順不順利？」

諸神在上，我實在很想撒個謊，告訴她幸運做得非常順利。「城裡的生活，幸運一直不太能適應。」我稍微透露一點。「但是我看他已經開始能掌握到箇中訣竅了。」

「我得抽個空去看看他才是。晉達司很崇拜我呢；我若是表現出對幸運很有好感的樣子，對他一定是有好無壞的。」椋音近乎天眞地認定她的名聲有其大用，所以我也很難嚴辭拒絕。然後她突然停下腳步，彷彿想到什麼令她大吃一驚的念頭。「那孩子該不會到現在都還在氣我吧？」

椋音從不在意自己是不是傷到別人的感情；也許她認定別人一定很快就會原諒她吧。吟遊歌者總是擁有好口才，然而相隨而來的缺點，就是他們善於以言語傷人。由於我遲遲不語，所以她又問道：「他還在氣我，對不對？」

「我眞的不知道。」我連忙說道。「妳那時候的確令他頗爲傷心；但如今他心裡想的事情可多了，而我也是，所以我一直沒跟他談起這件事。」

「嗯，這麼說來，我是一定要彌補他了。等我有空，就把幸運偷渡出來一個下午。我認識晉達司，所以他是一定不會多說什麼的。我要帶幸運去吃頓好飯，帶他去看看做學徒的人沒機會見識到的公鹿堡城。你別那樣皺眉頭，幸運只是個孩子啊，我兩三下就可以安撫他了。好啦，照你說的，我現在眞的得趕路了。蜚滋，跟你把事情談開來，我眞的很高興。我一直都很想念你。」

「我也很想念妳。」我信口說道，完全把誠實的信條拋到一邊去。我心裡想著，不知幸運會對椋音的邀約做何反應，也不知道椋音會不會體會到幸運已經長大，變了個人。老實說，我很希望她乾脆別理會幸運算了，可是我眞的不知道這話該怎麼說，才不會再度激怒她。切德顯然希望我跟椋音維持良好關係。我稍後再問問他這其中到底有什麼原因吧。眼前我則扶她上馬，並微笑地抬頭望著她，而她也低頭俯看著我；我看到她臉上也浮出了與我呼應的微笑，這才發現我的確也想念她——而且我寧可跟她像這樣好好往來，也不要她對我滿肚子氣。然而當椋音嘴角彎起，幾乎笑出聲來地問我話時，方才那一切好感都消逝得無影無蹤。「好啦，上次我跟你說的那些無禮的話，你別在意，不過我要眞的問問你，黃金大人是不是眞的喜歡男人，不喜歡女人？是不是就因爲他喜歡男人，所以夫人小姐們才都無功而返？」

我努力保持臉上的笑容。「到目前爲止，就我所知，黃金大人只喜歡獨睡；儘管我親眼目睹他與夫人小姐們打情罵俏到不像話的程度，但是我從來就不需要在早上的時候，把任何人從他的被子裡揪出來。」我頓了一下，低聲補了一句——但我實在很痛恨自己必須說這種話。「依我看來，那人頗爲潔身自愛。不過我只是他的保鑣而已，椋音，妳怎能期望我知道他所有的祕密呢？」

「噢。」她答道，顯然因爲我缺乏閒聊的題材而感到失望。吟遊歌者總是渴望能追索到醜聞的蛛絲馬跡。椋音以前常常告訴我，最好的歌曲，都是取材於一連串的醜聞。我本以爲她就此便要離去，但是她再度令我意外。「噢，那就這樣吧。那你最近呢？」

我沉重地嘆了口氣。「我一直在努力仿效我家主人。我晚上都是獨寢，謝謝妳的關心。」

「你用不著獨寢呀。」她提議道，講話時一邊眉毛還挑得高高的。

「椋音。」我警告道。

「噢，好嘛。」她大笑出聲。我這才看出，我這個答案多少給了她一點安慰：原來她並未被別人所取代；原來我與她斷絕關係，等於是迫使自己孤衾獨枕。我猜她聽了之後心情高興多了；她臨走之前送給我一個飛吻。我搖搖頭，目送她騎馬離去，才繼續踏雪下山。

過了幾分鐘，儒雅·貝馨嘉從我身邊趕了過去，而且雖然路陡雪深，他仍一逕地朝公鹿堡城衝去。

經過我身邊時，他既未稍慢，又幾乎看都不看我一眼；我猜他大概沒認出我，而且就算是認出我來也管不了那麼多了。不過他手上未戴手套，頭上也沒戴帽子，斗篷因為沒扣緊而翻飛起來，看來他離開公鹿堡時一定非常匆忙。這會不會跟王子拒絕與他一起騎馬出遊有關係？我暗暗咒罵了自己一聲，大步地追上去，然而他已經不見蹤影。

我停了下來，喘得幾乎不能呼吸。我勸自己鎮定，要鎮定；我無從得知儒雅到底出了什麼問題，所以我仍將按照原定計畫查訪路德威的下落，而且我猜說不定會在查訪路德威下落之際，發現儒雅的去處。

到了公鹿堡城，我首先前往每週一次的市集；我買了條紅圍巾和一把好用的小刀，並趁此故作輕鬆地四處詢問哪裡能買到新鮮的羊肉，以便替我家主人烹調一道突然令他嘴饞的遮瑪里亞佳餚。市集的人給了我不少建議，但是他們推薦的養羊人家，大多住在公鹿堡後方的山丘之中；住在公鹿堡城裡的養羊人家只有兩戶，而且這兩戶之中，只有一戶住在鐵匠街附近。

我朝鐵匠街前去，而此時短暫的冬日白晝已經快要結束；這黯淡的光線正好符合我的需求。這個養羊人家只養了幾頭羊，主要是為了取羊奶，而不是為了取羊肉。我之所以能一下子就找到這個地方，不是因為我熟悉道路，而是因為靠著羊騷味而一路找過來。我在微暗的天色中悄悄地欺近，從窗戶中，看到這戶養羊人家有三個年幼的孩子，一家人正準備吃晚飯；而他們房子後面的棚子裡，養了十幾頭羊，棚子的樑椽間則存放了不少乳酪。羊圈裡最凶惡的那頭脾氣暴躁的老公羊，抬起牠那邪惡的黃眼睛瞪著我。我像來時一般悄悄地離開，心裡則不禁想著我會不會是白走了一趟；我以精技和阿憨一同回溯他的記憶時所聽到的羊叫聲，也許與目前路德威所在之處扯不上關係；說不定阿憨去的那個地方只不過是個臨時的聚會所，並非花斑幫首領的住處。

我不動聲色地查訪了附近兩、三戶居民，然而他們看來都是準備歇息的尋常人家。不過我在一處廢棄的棚子和隔壁的房舍之間，發現了儒雅的坐騎；馬鞍未卸的馬兒繫在空地上，正大汗淋漓地冒著水氣。這馬之所以安置在房舍與棚子之間，難道是因爲不想引人注目嗎？我動也不動地站著；如果那棟房子就是路德威的藏身之處，那麼這一帶必定有原智者或原智動物在看守，而且說不定我已經被盯上了。一思及此，我背後便迸出一股冷汗。但下一刻我便想通了一個道理，那就是我就算被人盯上了，也無能爲力。我小心翼翼地不發出聲音，悄悄地踏過房舍之間無人走過的雪地，欺近前方的屋宅。

我蹲伏在屋旁，聽到街上傳來馬蹄聲，而且逐漸靠近。在公鹿堡城裡，供人騎乘的馬少之又少；這是因爲街道既陡，又鋪了路石，不適合馬行，而既然騎乘馬在此毫無用處，城裡的人便覺得養馬昂貴又不划算。從蹄聲聽來，這匹馬體型高大壯碩。這蹄聲跑到了屋前便停止了，蹄聲一停，我便聽到開門的聲音。一個肥胖之人走到門廊上跟那騎士打招呼，並說道：「這不是我的錯。我不知道他爲什麼找上這裡來，而且他什麼話也不肯說。他說他只願意跟你講話。」我認得這是在阿憨的記憶中出現過的聲音；阿憨第一次被人拖到城裡來的時候，就是來見這個人。

「我自會處置，沛杰。」這是路德威的聲音；他蠻橫地阻止沛杰的解釋。我聽到路德威下馬，於是蹲伏到儒雅的馬後面去。「鎚子，你跟他去。」路德威對他的馬吩咐道，接著我便看到一個結實的身影領著首領的牽繫動物，經過巷子口朝那破舊的棚子而去。我一看便認出了他；他是路德威遁走之時與路德威同騎一馬的人。路德威走進屋裡，順手將門重重地關上。過了一會兒，沛杰照料完馬兒，也跟著進門。

這間房子蓋得穩固，牆壁的隙縫都補了起來，窗戶的護窗板也關得緊緊，以抵擋冬日嚴寒。我看不見屋裡的狀況，但是屋裡人高聲講話的聲音會斷斷續續地透出來，只是聽不太清楚就是了。我蹲伏在房子的暗影處，耳朵緊緊地貼在牆壁上偷聽。

「你怎麼會笨到跑到這裡來？我早就說過，你絕不能來找我，也不能設法與我連繫。」路德威怒道。

「我來這裡是要告訴你，我們以前講好的條件就到今天爲止了。」我認出這是儒雅的聲音，但此時他的聲音因爲恐懼至極而變得尖銳。

「你這麼認爲嗎？」這又是路德威了。聽到他那威脅的聲調，我後頸寒毛直豎。

儒雅低低地嘟囔了不知道什麼話。他一定是拒不順從，因爲路德威聽了大笑道：「唔，你想錯了。我們講好的條件，用到哪一天爲止，由我說了才算數。而如果有朝一日，我們講好的條件會失效，那一定是因爲你已經對我毫無用處；而你什麼時候會對我毫無用處，你一定會知道，因爲那就是你的死期。儒雅．貝馨嘉，我這樣說，你明白了沒？努力讓自己還有點利用價値，孩子，就算不爲了你自己，起碼也爲了你母親。你今天有什麼趣聞要告訴我嗎？」

「就是爲了我母親，所以我今天沒消息給你，而且以後你也別想從我這裡聽到任何消息。」由於恐懼害怕，而且心意已決，所以儒雅的聲音顫抖著。

在我印象中，路德威這個人很直接，有什麼狀況就立刻反應，此時也不例外。他似乎已經學著使用左手，而且十分靈活，因爲接著我便聽到儒雅的身體撞在牆上的聲音。然後路德威愉快地問道：「爲什麼會這樣呢，孩子？」

我沒聽到回答；我想著路德威是不是一拳把那年輕人給打死了。接著我聽到一把椅子拖過地板的聲音，大概是拿去給儒雅坐的吧。過了一會兒，路德威繼續問道：「我剛才在問你話，孩子；你爲什麼突然背叛我？」

儒雅講得口齒不清；剛才路德威那一拳，大概是打在他的嘴上或下巴上。「沒背叛你。我又沒欠你。」

「你沒欠我？」路德威哈哈大笑。「你母親到現在都還能保住性命，怎麼能說你不虧欠我？你到現在也還保住一條性命，你母親又怎麼能說不虧欠我？年輕人，你別傻了；那個山裡來的王后花言巧語的承諾，怎麼能相信？說什麼她要聽聽我們的心聲、遏止不公不義的惡行？呸！她心裡想的其實是要把我們誘出來，將我們一網打盡，就像用有毒的香餌引誘老鼠那樣。你們母子總覺得我有如芒刺在背，因爲我只要把你們的身分公布出來，你們這輩子就毀了。我的確有辦法教你們家毀人亡，但只要你們不背叛我，我就不會這麼做。就目前而言，你們逃不出我的手掌心，而且我會保護你們。跟我打交道，可比跟我手下某些什麼道理都聽不進去的花斑子打交道好得多了；而光憑我還管得住他們這一點，你們母子倆就應該感激涕零。所以，我們就別再做傻事了；你與我，我們都是自己人，何必彼此作對呢？」接著路德威改以親切的口氣問道：「好啦，你今天這麼反常，到底是怎麼回事？」

儒雅嘶啞氣憤地指控著，但我聽不出他在說什麼。

路德威大笑。「是這樣啊。她總歸是個女人嘛，孩子，更何況她還是我們自己人。年輕人很少想到自己的母親其實是個女人，然而你母親不但是十足的女人，還頗具姿色。碰上這種事情，她應該看作是讚美與警告。她實在跟我們分隔得太久了，久到她竟否認自己的身分，去跟『那些貴族』周旋，彷彿那些人或她自己比我們好上許多似的。然而風水輪流轉哪，儒雅．貝馨嘉。我們肯再度接納你們母子，算是你們好運，因爲等我們當權了，那些否認自己的魔法、不肯襄助自己的血親，甚至將我們密報給瞻遠家的人……他們通通都得死。那些人必定會在他們自己的『吾王廣場』裡受死，就像當年那個可惡的帝尊以『吾王廣場』坑殺原智者那樣。你說，帝尊爲什麼要那樣做？爲什麼許多人的父母親與他們的動物伴侶會死在那個廣場裡？因爲帝尊要逼原智者變節，他要逼出一個肯幫他獵殺那個『原智小雜種』的原智者。這些血債，瞻遠家的人早應該還了。」

在寒夜中瑟縮，耳朵貼在冰冷木牆上的我，只感覺到一陣直透入骨裡的厭惡感。是了，瞻遠家過去的冤孽再度返轉回來，纏住我們不放。路德威說得沒錯，帝尊的確對我又恨又怕，而且嚴重到他深信唯一能夠逮住我的辦法，就是找出一個肯助他如願的原智者；最後帝尊不知坑殺折磨了多少男男女女，才從中找到一個肯幫他獵捕原血者之人。我背後中間那個一動就會痛的傷疤，就是那人射出來的箭頭造成的。然而，儘管我一直將這當作是帝尊對原智者的惡行，但別人卻仍將這筆帳記在瞻遠家頭上。

儒雅低沉但一字一句地說道：「那件事情，她可沒『看作是讚美』，而是看作侮辱和最無恥下流的人身侵犯。你逼我住到公鹿堡爲你們打探消息，使得我母親一人在家孤立無援；你逐開了我母親所信任的所有僕人，以及她所認識的每一個眞正的好友；如今你的人誣衊了我母親的清譽，還美其名爲你們要帶她體會你們『花斑幫』的偉大傳統。這東西，我母親不要，我也不要。如果你所謂的原血情誼就是這個，那麼我寧願不要與你們爲伍。」

路德威以近乎懶散的口吻說道：「嗯，孩子，你到底是笨，還是沒聽仔細？我問問你，如果你不與我們爲伍，那你會怎樣？」

「那我就自由了。」儒雅吼道。

「錯了，那你就死啦。把他殺了，沛杰。」

那絕對是虛張聲勢，只要研判一下狀況就知道了；但是我敢說儒雅一定是把路德威的話當眞了。他們一定會嚴刑恐嚇他，直到他重新乖乖聽話爲止。但無論他們只是要揍他一頓，還是眞的會殺了他，都沒有什麼迫切的理由需要我挺身而出保護他。好吧，儒雅只是個少年，又不幸遭人脅迫，這難免會使人憐憫，所以我一想到接下來必然會發生的事情，就感覺腹部發冷、牙齒打顫。

接著，一股來自晉責的精技猛襲朝我而來，幾乎使我不支跪地。你快去將儒雅・貝馨嘉找出來。他現在處境堪危。求求你，湯姆，求你現在就去找他。我想他現在是在公鹿堡城裡。王子發出一個如洪水般的緊急請求。我隱約察覺到阿憨的音樂在某處驚訝地停住了。

我回過神來，並將思緒傳回給晉責。我現在就在儒雅附近。他的處境是很危險，但並沒有你想像的那麼糟。不過你怎麼會知道他的事？

接著一股迸裂鼓漲的痛苦情緒笨重地踐踏過我的大腦。是他的貓告訴我的。儒雅把貓裝在布袋裡，綁緊了送到我房裡來，並求我將他的貓留在房裡，不管發生了什麼事情，都別把他的貓放出來；這就是他之前要託我的特別之事。他說他接下來要去一個地方，但他不能帶著貓去。湯姆，你別等了。貓說他真的非常、非常危險。他們要殺了他。

放心，我會保護他。我允諾了之後，便猛然將自己的精技牆豎立起來，將他關在外面，接著我起身繞著這棟小房子快跑。多奇怪，我對儒雅的觀點竟然一下子就改變了。原來他在走進去頂撞路德威之前，就已經準備要赴死；他早已設想周到，所以才將他的牽繫動物送交給晉責代為照顧，以免那貓因為衝過來為自己的伴侶一戰而喪命。我將我那把醜劍拿在手裡，用肩膀將小屋的大門頂開。一名男子倒了下去；他的五臟六腑從他的指縫之間流出。他雖未帶武器，也沒有對我不利，但是他不幸擋到了我的路。我一邊鞏固高牆以格開他的痛苦感受，一邊衝進屋裡。

我只需要看一眼，就知道儒雅的判斷沒錯。路德威坐在桌邊，身前放著一杯葡萄酒，正在欣賞沛杰勒死那孩子。沛杰好整以暇地折磨儒雅，顯然樂在其中；以他的體型與力道，他大可以三兩下了結那孩子的性命；但是他不求快，而是從身後一把勒住儒雅的喉嚨，將那少年提了起來，任由那少年雙腿在空中亂踢，並慢慢地收緊手勁。儒雅的臉漲得通紅，眼睛凸了出來，而他的指尖則無奈地摳著沛杰套著皮革的上臂。一隻骯髒的混種短毛小狗高興地繞著這兩人跳來跳去，不時咬住儒雅懸在半空中的腳。這情景頓時燃起了我的戰鬥意志，我頓時感覺到胸口劇烈起伏，並聽到自己如雷的心跳聲。其他考量瞬間消逝得無影無蹤。我要殺了他們兩人。

路德威原本靠在椅背上觀賞這一場好戲；一見我突然衝入，他不慌不忙地簡潔吩咐道：「把他解決了。」他起身，俐落地抽出一把短劍以應付我的攻擊。然後他因認出了我是誰而臉色大變。我從眼角餘光中察覺到沛杰的手掐緊，指頭陷入了那少年喉間的肉裡。

我避得開路德威刺過來的這一劍，也救得到儒雅的性命，但是這二者無法兩全。桌子橫擋在儒雅與我之間。我一個飛躍，單膝落在桌上，出手送上一劍；我這一劍越過儒雅，直接深深地刺入沛杰的胸膛裡。然而就在這一瞬間，我也受了路德威一劍；他從我背後襲擊，這一劍刺入我的臀部與肋骨之間。我大叫一聲，滾著逃開，將自己的身體從他的刀刃中拔出來。接著我反刺他一劍，但是我這一擊毫無力道。我的右腿收在身下，就著桌面打了個滾；幸虧躲得快，否則就躲不過他接著狠刺過來的第二劍了。我喘口氣，對儒雅大叫道：「快走！」沛杰中劍之後便放開儒雅，雙手護住自己的胸膛，而那孩子則四肢無力地倒臥在地上。此時儒雅緊抓著自己的喉嚨，並瘋狂地想要吸進空氣；沛杰則跪在地上掩住胸口，但是鮮血仍汩汩地流出來，而與他牽繫在一起的那隻小狗則茫然不知地在他周圍又叫又跳。

路德威左手拿著劍，繞過桌子來追殺我。我再一滾，便從桌子翻到地上，而傷口撞到地上時，我不禁痛得大叫；接著我從桌子的另外一側出來，蹣跚地站起身。現在桌子又橫在路德威與我之間，但是他身材高大，即使拿著短劍也搆得到我。我後退一步，避開他橫掃過來的劍刃。「你這個叛賊雜種，我一定要你死。」路德威殘忍地奸笑著說道。

這句話激起了我心中的狼性。傷口的疼痛並未消退，只是變得無關緊要。殺戮爲先，傷口以後再舔。而且你的吼聲絕對不能輸他。「我倒不會要你的命。」我愉快地保證道。「我只會再砍掉你另外一臂，讓你繼續苟延殘喘下去。」路德威眼裡閃過一絲恐懼的神色，所以我知道這番話已一口咬進他的骨血裡。我抓住桌緣，將桌子掀起來朝他推去；桌面一下子撞上他，我則毫不遲疑地繼續推送。路德威腳下絆到了什麼東西，不知道是沛杰還是沛杰的狗，他必須丟掉劍才能阻止自己的跌勢；但是他笨得寧可跌倒，也不願放下劍。我趁著這個大好機會將桌子壓上去，使他雙腿動彈不得。整個人仰躺在沛杰身上的路德威再度出手擊刺我，但幾乎沒了力道。我避開他的揮擊，跳到桌子上，利用桌子將他釘在地上；接著我雙手握劍，用力朝他的胸口刺下去。路德威尖聲大叫，而外面那匹戰馬也高聲嘶鳴起來。我將全身的重量壓在劍上，一送一扭，劍便滑過他的肋骨之間，直接刺入他的心臟。路德威還在慘叫，所以我將劍抽了出來，再刺了一劍：這次正中他的喉嚨。

我聽到外面街上的人聲隆隆，像是在叫嚷什麼事情，又有匹馬憤怒地嘶鳴。有人叫道：「那匹馬瘋了！」然後另外一人吼道：「快叫城市衛隊！」從這些驚惶的叫聲聽來，必然是路德威的馬爲了趕到他身邊來，所以正在猛踢棚子的牆。此時路德威躺在地上，他的心臟仍在抽動，生命之血因而不斷地從他喉嚨裡冒出來，除此之外，他的眼裡充滿了憤怒與恐懼。我突然想到一件事。我轉向儒雅說道。「沒時間幫你了。你快起來，從後門出去。避開城市衛隊，趕快回公鹿堡。把這一切都告訴晉責。把這一切通通告訴他，了解了嗎？」

那孩子眼睛睜得大大的，淚水不斷湧出，但那到底是因爲恐懼、訝異，還是因爲剛才幾乎被人勒斃，我就無法確定了。我朝門口走去時，沛杰的小狗追了上來。我硬起心腸，轉身朝那小動物狠踏下去；那狗兒尖叫一聲，接著便靜止不動了。沛杰是否已經與小狗一起死去了呢？我不知道，但是當我搖搖晃地走入街上時，只見路德威的戰馬往封住自己的棚子牆上猛撞。對街那戶養羊人家的孩子聚在門廊上好奇地注視著。那戰馬為了逃出去，巨大的蹄子打在木板牆上，刮下了許多木屑。如今棚子歪歪斜斜地垮在那馬身上，反而使得牠更難脫身。

但是那已經不只是一匹馬了；在我的原智感應中，那「馬」其實是一人與一馬的皮囊。我看到那馬不理會自己撞開的裂縫，退了一步，以成年男子經驗豐富的眼光掃視四周、評估狀況。我可不能給牠更多時間，讓牠想出脫身之道。雖然街上的人目瞪口呆地注視著我，但我也管不了那麼多，便一邊狂亂地吼叫，一邊朝那馬奔去。那戰馬想要以後腿站起，用牠致命的前蹄來對付我；但是那棚子的屋頂太低，畢竟這棚子從來就不是為了體型這麼大的動物而建造的，所以戰馬此舉反而只是暴露出自己的胸膛，而我便趁此抓緊劍柄抵在自己的胸膛上，推送上去，將劍刺入馬胸裡，一直到再也刺不進為止。

那戰馬高聲嘶鳴並抗斥我；一股原智的憤怒與痛恨之情朝我橫掃過來，差點就攻破了我的牆。我的劍仍插在馬胸上，但我整個人卻被震開。戰馬憤怒地尖叫，並使勁猛撞破裂的木板牆；要不是困在棚子裡無法脫身，牠必定會在臨死之前殺了我，這點我心裡清楚得很。而城市衛隊趕到的時候，戰馬終於倒了下去，血液汩汩地從牠的口鼻中冒出來。在這冬夜中，火炬越聚越多；重重疊疊的黑影在我周圍跳來跳去，彷彿靈動的狼群。

「這是怎麼回事？」隊長質問道；接著我認出了他的臉，而他也認出了我，於是他怒吼道：「這是我第二次在我的管區裡逮到你了。」

我努力要拼湊出一個解釋，但我的右腿突然不能出力，於是腿一彎，整個人便軟倒在人跡雜沓的雪地裡。「這裡死了兩個人！」有人叫道。我抬起頭，看到一名臉色蒼白、穿著侍衛制服的女孩子從路德威的小屋裡走出來。我眨眨眼，又瞇起眼睛，努力看透黑暗的街道；儒雅的馬已經不見，那馬不是嚇跑了，就是那孩子已經騎馬逃走了。我想動一動，但我突然察覺到身側有一片溫熱且溼黏的血。我壓緊自己的傷口。

「起來！」隊長對我吼道。

「我起不來。」我努力喘氣，舉起雙手，讓他看到我手上的血。「我受傷了。」

他氣惱地搖了搖頭，我看他那模樣，就知道他恨不得讓我傷得更重；他是個將治安視爲己任之人。

「這裡是怎麼回事？」

我上氣不接下氣地喘著，此時蒙諸神保佑，那養羊人家的兒子光著腳從家裡衝了出來，大聲叫著那匹大馬發了狂，想要從棚子裡衝出來，是我出來殺了那隻馬。我背後的雪溫溫的，越來越潮溼，而我的視線周圍，黑暗逐漸逼近。

湯姆？王子瘋狂的技傳，穿透了我崩頹的圍牆。湯姆，你受傷了嗎？走開！

隊長彎身俯視著我，質問道：「這裡是怎麼回事？」

我想不出什麼謊話好講，所以我照實說道：「那匹馬發狂了。所以我非得殺了牠不可。」

「對，這我們知道。但是屋裡的死人你怎麼說？」

湯姆？你受傷了嗎？

我想對王子技傳，但此時疼痛感像是浪潮一般不斷襲來；我想要動一動以躲開疼痛的浪潮，但浪潮卻將我牢牢地釘在覆雪的街上。我們周圍聚集了一大群人；我掃視每一張臉龐，卻找不到一個肯幫我的人。圍觀的民眾不是看得目瞪口呆，就是七嘴八舌地彼此大聲議論。然後我瞄到一張我所認識的臉龐；那人踏上前一步，臉上的表情顯示她眞的很關心。那個皺著眉頭打量我的女人，就是貴主的侍女，漢佳；我們的視線一相遇，她便轉開臉，突然沒入人群之中。

告訴切德！漢佳仍在這裡，那女人在公鹿堡城裡。這件事非常重要，必須馬上讓切德知道。然後痛感襲來，把一切顧慮通通沖走。我快死了。

停。停下來。我的音樂都被破壞了。阿憨煩憂的心情像是衝上海灘的大浪般打在我頭上。

「你還不快說！」

我既說不出謊言，也說不出實話。我望著那隊長，試著想回應他，但接著我整個人便滑了下去，離開眾人，遁入黑暗之中。夜眼，幫我看著點。我對夜眼懇求道，但是我既聽不到回答，身邊也無狼守候。

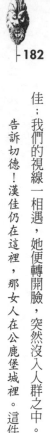

20

精技小組

六大公國之人一向獨立成性；只要從這個王國一直維持著六個互不統屬的領地，雖皆效忠於瞻遠王室，但都由自家的貴族主政，便可見一斑。每一個公國，都是特別的領地，而且通常是因爲戰爭的結果而合併；瞻遠家族的征服者皆有相當的政治智慧，所以保存了不少在地貴族的權位，而這個情況在法洛公國與畢恩斯公國特別明顯。這個作法的優點之一，是法律能夠配合每一個公國當地特殊的風土民情，也能配合長久以來一直習於當地風俗的居民。許多大型的都市城鎮，不但有自己的城市衛隊以維持治安秩序，同時還對於商業活動徵收賦稅、對於違法者收取罰金，以資助城市衛隊這個民兵團；而這可說是因爲王室願意退讓而得以自治的最好例子。

——費德倫所著之《六大公國治國經》

湯姆。

湯姆。

湯姆。

一開始，我還不覺得這樣很煩。我沉淪得很深，比大海還深；周遭一片黑暗，我一動也不動，所以疼痛也找不到我。然後「湯姆」這兩個字慢慢爬進我腦海裡，像個大槌子，沉重地敲打著我的頭顱。

不是湯姆。我不耐煩地答道。走開。

不是湯姆？晉責因此而激起的高度興趣，將我逼到幾乎醒來的地步。我想也不想，便將精技牆猛然關上，把那好奇的少年擋在牆外。過了一會兒，極度的不適感耗盡了我的意志力與精技力。原來此時我趴在稀疏的乾草上——乾草實在太少，少到不足以稱之爲乾草墊，因此地板的寒意不斷地透過乾草滲上來。我的全身僵硬冰冷，只有背上熱燙燙的傷口是唯一的例外；而且我一旦想要動，那疼痛感便排山倒海地襲來。我虛弱地呻吟一聲，接著就聽見有人拖著腳朝我走來。

「你醒啦？」我一手稍微動了一下，眼睛也睜開一小條縫隙；就連這微弱的光線，也強烈得令我覺得像是被人打了一拳。我一瞥那個聳立在我面前，低頭盯著我的男子；他個子矮小，穿著邋遢的衣服，頭髮蓬亂；他的鼻子和臉頰是長期沉溺在酒鄉之人那種紅通通的模樣。

「療者把你的傷口縫合起來了；他還叫我跟你說，除非必要，否則不要亂動。」我應了一聲當作是回答，而那男子則咧嘴笑道：「看來他叫你不要亂動，實在是多此一舉，對不對啊？」

我又應了一聲。現在我既然完全清醒了，那難以忍受的疼痛感便張揚得唯恐我不知。我心裡納悶自己到底是何處境，但是我的嘴巴乾得說不出話來。那個叨叨不休的男子還頗爲和藹，他是療者的助手嗎？我動動嘴巴，努力深吸口氣，嘎啞地說道：「水？」

「我盡量。」他答道，走到門邊。我望著他的身影，並注意到那扇結實的門上有個小窗口，窗上立了柵欄，那人隔著柵欄喊道：「喂！那個受傷的傢伙醒了，他要喝水！」

我不知道有沒有人應聲，就算有，我也沒聽見。話畢，那人走回來在我床墊旁的凳子上坐下來。我漸漸地感知到周遭的景物：石牆，角落有個盆子，地上散落著乾草。啊哈，原來這位朋友是我的獄友。我還來不及順著這個念頭繼續想下去，那人便又開始講話了：「唔，你殺了三個人，外加一匹馬，嗯？我敢說那個場面一定很精采；可惜我錯過了。至於我呢，我昨晚也跟人打了一架，但我可沒殺人。跟我打架的那個人，瘦瘦高高、滿臉疤痕，活像是痲臉人似的。再說錯也不在我。當時我正在講話，也許講得太大聲了點，然後你知道那人怎麼跟我說嗎？他說：『閉上嘴，什麼話都別說。像你這種人，本來就是最好什麼話都別說。像你這種人，自以爲講得頭頭是道，其實只會越弄越糟；所以最好是什麼話都別說，留給朋友們去幫你說才是。』接著他就一拳朝我揮過來，於是我們就打起來了；然後侍衛上來把我抓住，所以我就落得這個下場，跟你一同待在在這裡啦。」

我費了九牛二虎之力點了個頭，讓他知道我聽得出他的意思。他是切德的手下，而切德要我嘴巴閉緊，靜靜等待。我心裡想著，他到底知不知道我的傷勢有多嚴重，又想著儒雅不知道有沒有逃回公鹿堡；然後我突然想到，其實我不需要猜測。我眼皮一鬆，眼睛閉了起來，接著我集結了我那少得可憐的力氣，虛弱地往外探尋。晉責？

湯姆！你還好吧？他技傳過來的思緒，像是寫在溼紙上的墨字般擴散開來；我還在努力掌握，思緒便已經退去。

我努力地深吸一口氣，讓自己心思集中。疼痛感深深地戳刺著我，於是我淺淺地吸氣，緩緩地吐出去。不好。路德威在我背後刺了一劍，而且我現在人在牢裡。我殺了路德威，以及一個名叫沛杰的人。

還有，這很重要：你跟切德說，我看到漢佳擠在人群之中，她至今仍待在公鹿堡城。

對，這個切德知道，我已經跟他說了。你上次技傳給我時，講的就是漢佳的事情。到底她有什麼重要？

我把晉責的問題推到一旁。爲什麼漢佳很重要，我自己也說不上來，況且我還有更迫切的問題要問。現在情況到底如何？爲什麼我人還在牢裡？儒雅回到公鹿堡了嗎？

對，儒雅已經回來了。好，你現在聽著，別打岔。那少年既興奮又恐懼，而他技傳過來的思緒，就像猛烈地打在石板路上的馬蹄般沉重。我知道他生怕我再度不省人事。切德說：『什麼都別說。』他正在幫你想一套說辭。堡裡和城裡的人都議論紛紛，畢竟這裡已經多年來不曾發生過三屍命案了——這是自古以來絕無僅有的命案，所以人們聊來聊去，都離不開這件事。呃，目睹你殺馬那個場面的人實在太多，因此若硬是辯稱你沒殺了路德威，也沒殺他的手下，是很難取信於人的。所以，嗯，切德正在幫你想一套說辭，以解釋這並非謀殺；但是他不能直接跑去牢裡把你救出來，原因你很清楚，對吧？

我的確很清楚。因爲切德不能跟一個犯下三屍命案的隨扈扯上關係，王后不能跟殺死原血密使的人扯上關係，而且王子也不能跟聽他命令行事的殺手扯上關係。我懂了。這點我一直都清楚得很。別擔心我了。我冷冷地送出這個思緒。

我感覺得出晉責正在努力壓抑自己的恐懼，但是他的恐懼感仍使他技傳過來的思潮染上畏懼與擔憂；正因爲擔心太過，所以再怎麼防守，他的情緒還是默默地滲了出來：要是切德無法自圓其說，要是我因爲傷口敗毒感染而死，那該如何是好？艾達神在上，他把那三個人連同那匹馬都一口氣解決掉了，這個湯姆．獾毛到底是什麼人物，他如何能冷血地連連斬殺？爲了將晉責的情緒阻擋在外，我乾脆封閉我的精技牆；反正我已累得無法技傳，而他已經將我目前需要知道的事情通通告訴我了。我感覺到自己正與周遭隔離開來，不只是跟晉責，而是跟所有人。我將自己密封在自己的皮膚之內。我是湯姆・獾毛，公鹿堡的僕人，現在身陷囹圄，因爲連殺三人與一匹好馬而獲罪；我就是這種人啊。

守衛來到窗前，警告我的獄友退開，離門遠一點，然後才大著膽子進來，將勺子與水桶放在我的床墊旁。「他看來沒醒呀。」

「唔，他剛才還醒著呢，不過倒沒多說話，只說了一個字：『水』。」

「他若是再度醒過來，你得叫我。隊長有話問他。」

「那是一定。不過我老婆還沒把我的罰金送過來嗎？你有派個人去通知她吧？」

「我不是說過我們已經派人去了嗎？昨天就去了。你的罰金一送來，你就可以出去了。」

「能不能給我點吃的？」

「已經給你吃過了。這裡又不是客棧。」

那守衛出去了，砰的一聲將門關起來；我聽到他連連上了好幾道門閂。我的獄友走到門邊，看著守衛消失在走道中，這才回到我身邊。「你能喝水嗎？」

我沒回答，但我使勁地將頭搖搖晃晃地抬離草墊。他拿著一滿勺的水送到我嘴邊，我小心翼翼地吸了一口；他很有耐心地蹲在我身邊，穩穩地握住勺子讓我喝水。我喝不快；到現在我才知道，原來把水吸到嘴裡，以及把頭抬起來的動作，跟背後的肌肉息息相關。過了一會兒，我讓自己的頭軟癱下來，於是他便拿開勺子。我輕輕地喘氣，視野周邊的黑暗幾乎攏了過來，接著又漸漸退去。「現在是晚上？」

「在這種地方，永遠都是晚上。」他悠悠地答道；我看得出他早已習於牢獄生涯了。我不禁想著，他在切德手下待了多久，但繼之又想到，其實他可能對於那個僱用他長期待在牢房裡之人一無所知。他將凳子拖近些，柔聲說道：「現在是下午，你已經在這裡待兩天了。我剛進來的時候，療者正在治療你的傷口；看來你當時是醒著的，你不記得了嗎？」

「不記得。」也許我若努力回想，就會想起來，但是我一動念就起了作嘔的感覺，所以我看最好還是別回想。兩天了啊。我的心沉了下去。切德若是要把我弄出去，絕對不會等到現在。我已在此度過兩天的事實，只有一個涵義：那就是我還會在此待上一段時日。一股突如其來的痛楚打斷了我的思緒，我努力地重新集中精神。「都沒人來看我，也沒人要幫我付罰金嗎？」

他驚訝地瞪著我。「罰金？喂，你殺了三個人哪。這種事情是沒有罰金可抵的。」我感嘆自己終不免死於絞刑台上，他卻突然改以和緩的口氣跟我說道：「療者走後，是有個男人來看過你；那個人大概地位不低，穿著打扮非常時髦，而且頗有異國風味。當時你昏迷不醒，而他們又不肯讓他進到牢房裡來。那人大聲喧嚷，逼問說他交給你的那個小口袋到底流落何處，而守衛則回答哪有什麼小口袋，他們一無所知；說到這裡，那個大人物大發雷霆，說若是不將他的財物物歸原主，那麼他一定饒不了他們。他說，他給了你一個小小的紅口袋，上面繡了一隻鳥，呃，嗯，一隻孔雀；他不肯說口袋裡裝的是什麼，只說那裡面的東西非常貴重，非同小可，一定要找回來。」

「黃金大人？」我軟弱地問道。

「對，他就叫這名字。」

弄臣的話，我聽得一頭霧水。「我不記得什麼紅口袋。」我說道。痛楚不斷升高，彷彿浪潮一般地將我包圍起來；我想要繼續思考，但卻做不到。我將自己的恐懼感推到一旁，這才發現恐懼感底下藏著憤怒。太過分了，他們為什麼把我丟在這裡等死？

我感覺得出晉責在我心靈邊緣摸索。「我好累。」我說道，我原本打算將這個思緒技傳給他，結果卻講了出來。傷口的痛楚一路蔓延到我的腿上，以至於我的臀部和膝蓋都痛得要命，而且右手也使不出力氣。我閉上眼睛，集中精神，試著聯絡王子，結果卻沉入無垠的黑暗之中。

對於接下來這幾天，我只留下幾個彷彿是在大雷雨中閃電照亮那一剎那的印象；而且這些印象不但殘缺不全，還平凡無奇到近乎毫無意義的地步。一名男子望著一盆我流下來的血，斷定我的血色太黑，我猜他大概是療者。我的獄友隔著門口的柵欄，不曉得跟誰抱怨房裡的氣味臭到能薰死羊。我盯著散落在地板上的乾草所形成的古怪圖案，耳裡聽著幸運高聲用髒話罵人；我很想叫他安靜一點，免得他們乾脆連他一起對付。人一清醒，心裡就害怕；病弱、疼痛，而且怕得不得了。很孤單。他們竟把我丟在這裡等死，以免我讓他們蒙羞。然而一旦入睡，我就夢見夜眼小時候的夢魘：住在髒污不堪的籠子裡，而且不時挨一頓打。

要施展精技，必須要有好體力和清楚集中的心念，以及強烈的意願；但我這三者皆無。晉責的技傳一波波地向我襲來，沖過我全身便流去，並未留下足以辨認的遺跡。我只知道他一再找我，但我誠心誠意地希望他能停止；我只想要安寧，這是我唯一能躲開疼痛的辦法。有時我也感應得到蕁麻，不過我看她大概不知道她已經找到我了。

在醒著的片斷記憶，以及入睡後連連不斷的惡夢之外，我過的是另一種人生。灰色的天空下，起伏和緩的山丘上覆蓋著平滑的白雪，沒有大樹、沒有樹叢，也沒有凸起的石頭，只有雪、呼呼吹過的風，以及永不間斷、半昏半明的天色。平滑的雪地中鑲著醒目的足跡，那是跑在我前面的夜眼留下來的足跡，我頑固地跟上前去。我會找到夜眼，並與牠作伴。牠一定就在前方不遠處；有次風向變了，將遠處的狼嚎聲傳進我耳裡，於是我加緊腳步。然而我一加緊腳步便會醒轉過來，回到又冷又臭的牢房裡。我人一動，傷口便冒出灼熱腐臭的液體。我再度閉上眼睛，尋求那覆雪山丘的慰藉。

直到事過數週之後，我才點點滴滴地將事情拼湊起來。黃金大人遺失的口袋裡，裝的是未琢磨的原石，而這口袋最後終於在路德威的小屋裡尋獲了。路德威不是用他的本名在公鹿堡走動；這點被椋音說中了。在鄰居口中，那個獨臂人名叫「科普勒」。有個目擊者作證，他看到一個可能是我的人，追著一個可能是沛杰的人，衝進了科普勒的小屋裡；不用說，這一定是因爲我要將家主人的寶石送去給工匠琢磨，但是半路上歹人卻搶走這裝著寶石的口袋；我追入搶匪家中、大打一場，最後把搶匪都殺了，但自己也受了重傷；接著我英勇地殺了那匹大發狂性的馬，以免馬兒從棚子裡衝出來傷到街上的人。於是我搖身一變，從三屍命案的凶殘要犯，一躍而提升爲爲了保護主人的財產，不惜冒著生命危險與歹徒搏鬥的忠僕。既然無人出面戳穿這篇虛構謊言，甚至也沒人出面認領科普勒與沛杰的屍體，所以這前因後果，就這樣在公鹿堡城傳了開來。不久後，那養羊人家的左鄰右舍便開始談起科普勒的客人總是在夜深人靜時造訪，這其中必有蹊蹺。

事情演變到這個地步，黃金大人總算得以將病得不成形的我給領出來。他派了兩名僕人來抬我回家；而那兩人將冒出惡臭、半不省人事的我裝進擔架，讓我吹著寒風，一路顛簸地上到公鹿堡。他們的每一個動作，我都感受得十分清楚；要不是我沒力氣哭，否則一定會哭出來。那痛楚劇烈到他們每多走一步，我就被震醒一次。那兩個結實壯碩的僕人，一邊費勁爬上山，一邊感嘆，幸虧空氣清冽，使得我那個流膿的傷口不至於臭得那麼厲害。他們將我送到黃金大人的門前，而黃金大人則拿著一條噴了香水的手帕遮住口鼻，吩咐他們將我抬到我的床上；之後他以重金酬賞那兩人，並感謝他們將我送回來等死。而我也躺在我那黑暗的房間裡，閉上眼睛，準備讓自己安然離去。

我的記憶中有一些如同零散落葉的片斷言談；而這些片斷言談湧進我腦中，充塞著我的腦海，彷彿別人將他們的家具搬進了我一度熟悉的房間；但縱然處境尷尬，這些東西我卻甩不開。我不但被定在原地，而且還有個人緊握著我的手不放。

「……不能再搬動他了，就算你們能搬著擔架從密道上去也不行。要做，就一定得在這裡做。」

「我不知道怎麼做。就是不知道。*我真的不知道要從何下手！*」這是晉責。「艾達神與埃爾神在上，切德，我真的不是在找藉口。難道你以為我不想救他嗎？我只是不知道怎麼做啊。我不知道該從何救起；況且你剛才講的那些事情，我一個字也聽不懂。」

*現在可比狗糞還臭了。*阿憨覺得很無聊，而且恨不得能夠離開這房間。

切德捺著性子再解釋一次。「你知不知道怎麼做都無關緊要；現在的問題是，要是我們什麼都不做，那他就死路一條了。要是你試了，而他因此而死，那麼，至少他還死得快一點，不用這樣煎熬。好了，你現在再仔細地看一看這幾張圖；這是多年前我親手畫的。這一張畫的是人身各臟器的形狀……」

我離開了他們，不斷往下沉。接著便是天賜的黑暗。但是我才剛找到覆雪的山丘，他們便將我拉了回去。幾個人將手放在我身上，剪開我的衣物；接著有人作嘔，而呼吸急促的切德則叫乾嘔的人出去，有需要再喚他們進來。然後是他們以粗布、冷水與熱水來洗淨我的傷口，而一名站在近處的女人則說道：「這實在臭得無可救藥。我們就不能讓他平靜地走嗎？」

「不！」那聲音聽起來像是黠謀國王的聲音；但接著我便想到這不可能是他。這人一定是切德，他的聲音跟他哥哥實在太像了。「把王子找進來。該他發揮了。」

接著，我感覺到王子冰冷的雙手放在我炙熱的傷口上。「只要對他的身體技傳。」切德對晉責說道。「你對他技傳，看看哪裡不對勁，不對勁的地方就將之修正過來。」

「我不知道該怎麼做。」晉責再度說道，但他還是做了。我感覺到他的心靈衝撞著我的心靈，就像飛蛾不斷飛撲在油燈罩子上那樣。他努力要探尋我的思緒，而非我的身體；我軟弱無力地推了他一下。那是個錯誤。

一時間，我們兩人的心靈相遇並牽繫在一起。不。我對晉責技傳道。不。你走開。

晉責的手移開了。「他不要我們救他。」晉責猶豫地稟報道。

「我才不管呢！」切德的口氣忿忿不平。「他不准死。我還沒准他走呢。」接著他在我耳邊吼道：「蜚滋，你聽得見嗎？你聽得見嗎，孩子？我不會放手讓你死，所以你最好是乖乖合作吧。別再自悲自嘆，開始爲求生而努力吧。」

「蜚滋？」晉責的口吻夾雜著訝異與恐懼。

一陣沉默。然後切德以嚴厲的口氣解釋道：「他一出生就是私生子，跟我一樣，所以我們從很早以前開始互開玩笑，說我們彼此互稱『蜚滋』不算什麼，除非是非私生子出身的人罵我們『蜚滋』，那才傷人呢。」

我很想跟切德說，這個解釋不但破綻百出，況且晉責知你甚深，才不會信你這套說詞。

有人將我額頭上的頭髮撥開，拉起我的手。我猜這人是弄臣。我很想握緊他那修長的手，多少讓他知道我想懇求他的原諒，但是我卻全無力氣。我突然想起我還沒跟眾親友道別。幸運、珂翠肯、博瑞屈和莫莉，我一直都很想在死前修補彼此的關係。「耐辛，母親。」我說道，但是沒人聽到我的話。也許我根本沒說出聲來。

「把那張圖給我看看。」黃金大人說道。他放開我的手，於是我重新跌回黑暗。我不斷往下墜，最後終於落入死亡之中。我從覆雪的山丘頂上望見了夏日的大地，一抹灰色的身影在長草間穿梭，夜眼！我對牠叫道。牠轉過頭來盯著我，露出牙齒，有如嘶吼，警告我最好保持距離。我想要追上去，卻再度被人拉了上去；我像是釣竿上的魚一樣不斷地掙扎，但是我的身體卻絲毫未能動彈。

「……以前做過；至少算是跟這個有點類似。當他以精技去救治他的狼時，我人也在場。而且多年之前，我曾經研讀過人體內部的結構。而我自己雖沒有精技天賦，但我卻很了解蜚……湯姆。如果你們願意以精技經由我傳送，那麼我會樂意配合。」

「我要去廁所。」

「那你就去吧，阿憨，但是要馬上回來。懂嗎？好了之後就立刻回來這裡。」我聽得出切德的口氣有點煩躁，還有些猶豫徬徨。「唔，還能壞到什麼地步？來，我們試試。」

接著我感覺到弄臣的手碰到我的背。晉責的手有些冷，而弄臣的手則有如寒冰。那冰條般的手指探索著我，在那令人害怕又渴望的碰觸來臨之前，時間彷彿凍結了。

很久以前，弄臣曾經陪著我前往群山尋找惟真。他在協助我照顧筋疲力竭的國王時，手指不愼碰到惟眞散發著精技銀光的雙手；當時這一觸震懾了弄臣，純粹的魔法也在他手指上留下永恆的印記。日子一久，那銀色的精技魔法逐漸消退，不過留在他指尖的力量仍然不減，而我曾經見過弄臣在做木雕時運用它；他指尖上的精技印記，使他對於手觸之物都會產生深切的認識，無論他的手摸到的是木頭、植物或是動物，又或者是我。許久之前，他曾在我手腕上留下他的精技印記。因爲這種種原因，黃金大人才隨時戴著手套。然而此時弄臣卻不著手套地親手觸摸我背後的肌膚。

當他那有著精技印記的指尖一碰到我，我立即便能感受到。他的手指像是多把寒冷的尖刀切入我的身體中，而且竟比劃開我內臟的那把劍還要鋒利。那種感覺既非痛苦，也非愉悅，而是知覺到彼此相繫，彷彿他與我共用一張皮膚。我祈求他別再繼續，然而在他如此的仔細審視之下，我只能靜靜躺著，連顫抖的力氣也沒有。我無須害怕。從那觸感中，我感覺得到弄臣的榮譽感，而他的榮譽感像是一面盔甲，既保護著他，也保護著我。他探索的僅是我的身體，不是我的心靈，也不是我的心歸於何處。我不禁深切自責；直到此時我才知道，我先前指控吾友的那一番話，實在是錯怪了他；除非我主動給予，否則他對我一向無所求。此時他開口了，我不但在耳裡聽到他講話的聲音，他的言語還透過技傳，在我身體內迴響。

「我看到他的傷勢了，切德。他的肌肉像是斷線般縮捲回去，受到刀刃所傷的那些臟器腐爛且滲出毒液，而血液則將毒液帶至周身。所以問題不只在於傷口有毒，而在於毒素已擴及全身，就像染料滴進水裡而擴散出去，或是整棵大樹逐漸枯萎那樣。這劇毒已席捲了他啊，切德，問題不僅止於傷口，而在於他的身體排毒不成，最後屈服於毒素的襲擊啊。」

「你能不能修復毒素？你能不能治好他的身體？」切德的聲音既哽咽又虛弱，但這也可能只是因為弄臣的思緒響亮得如同雷鳴。

「我辦不到；我看得出他的病徵為何，但是看得出病徵，卻不見得能治療。若是木頭，那麼我只要將腐朽處削去即可，但他又不是木頭。」弄臣沉默了片刻，但我感覺得出，他在沉默時心裡掙扎得有多厲害。最後他以充滿絕望的口氣說道：「我們辜負了他。他快死了。」

「不，噢，不。我的孩子，我的蜚滋可不能救不回來。不能這樣啊！」老人的手輕如落葉地落在我的背上。我知道他一心治好我。接著他的手似乎沉入我的身體內，而他那熾熱的觸感彷彿烈酒般在我血脈中奔流。有人驚訝地倒抽一口氣，然後我感覺到，我真的感覺到弄臣的心靈與切德的心靈在我體內結合在一起。然而他們兩人所結合的這一股精技力量相當微薄。老人嘎啞地叫道：「晉責，拉住我的手，把你的力量借給我。」

於是晉責也加入了。但如此一來便沖毀了一切；白光爆發，接著化為黑暗。「叫阿憨過來！」有人大吼著。無論來不來都不要緊了。我不斷墜落，越縮越小；我聽到狼群嚎叫，聲音越來越大。

接著我感覺到光；那光並不熱，但卻極具穿透力；我落在光裡，與之化為一片。那光像是從我的眼皮裡射出來，所以無法避開；光線雖燒灼，卻不夠明亮，所以我什麼也看不見。那光線令我難以忍受，而突然之間，那光芒變得更加燦爛。我尖叫出來，整個身體都因那光線在我體內穿梭翻騰而尖叫出聲。我像是水壩開啓後的大水奔流，像是脫臼的手腳突然被人拉直，像是糾纏的頭髮被人粗魯地梳開。我的身體確實被矯正過來，但這帖解藥卻比病痛更糟糕。我的心跳停止了。衆人失望地大叫。然而接著我的心臟一抖，又開始砰砰跳了起來；空氣也急劇地吹入我的胸膛裡。

我突然強烈地清醒過來，而且清醒得看見一切、知道一切，並感覺到一切。他們在我身邊圍成圓圈。弄臣的精技手指壓在我背上；切德抓著弄臣另一隻手，而他的另一手則握住晉責；晉責一手抓緊了阿憨那肥嘟嘟的手腕；阿憨笨拙遲鈍、動也不動地站著，然而他的力量卻像是營火般光輝燦爛、源源不絕地發揮出來。切德的眼睛睜得很大，眼白都露了出來；晉責的臉因驚駭而發白，眼睛則緊閉著；而弄臣，他既像是閃耀著光采的愉悅金人，也像晶瑩珠寶般翱翔於藍天的龍群。然後，他突然像女人般尖聲高叫道：「停！停！停！太多了，我們做過頭了！」

於是他們放開了我；但縱然沒了他們，我仍繼續疾馳。現在我停不下來了。我彷彿源源的洪水一般，切過峽谷、挾帶著大水捲起的砂石樹木，疾馳前進，什麼也擋不住。治療？這不是治療。治療要溫和，要恢復原狀，而且需要時間。我突然領悟到，人是無法治療他人的；唯有身體能夠將自己治癒，但這需要休息、時間與滋養。而這種治療像什麼呢？像是用火燒自己的腳，以便爲自己取暖。我的身體的確排出了腐臭的血肉和劇毒的汁液，但是身體結構中的成分既有缺遺，必定要補全；然而補全所需的磚瓦，仍須出於自己的身體；於是我的身體自它自己身上竊取以補全其他，而我卻無法停止這一切。因此，我雖得以補全，精力卻被犧牲；這就好比說，要蓋一堵牆，卻沒有足夠的磚瓦灰泥，而既然原材料不足，所以精力便被移爲他用。當一切都已完成，原本轟然前進的態勢也停下來之後，我躺在身體排除出來的髒污與毒素之中仰望著他們，虛弱得連眨眼的力氣都沒有。

這四個重塑了我的身體之人一起低頭看著我；老人、黃金貴族、王子與低能者同時低頭瞪著我，他們的目光裡盡是敬畏、恐懼與夾雜著遺憾的滿足感。於是王子的精技小組就此成形，而這個五人精技小組的結合過程，差勁到無以名之；自從全爲殘缺之人的火網精技小組成立以來，像這種聚合了極不適當的精技人之精技小組，乃是絕無僅見。弄臣其實沒有精技天賦，他靠的僅是他手指上的精技印記，以及長久以來連繫著他與我兩人的精技感知；阿憨的精技天賦蓬勃充沛，但是他不但對其一無所知，也缺乏學習的野心；我有精技天賦，但是我這個天分時而枯竭乾涸，時而有如泉湧，根本無法預測，既不可靠，同時又訓練不足。而切德，諸神保佑，他總算在遲暮之年找到自己的精技天賦；他施展精技時，就像是揮舞木劍，卻渾然不知眞正的利刃會如何傷及人身的少年一般；他對於精技知之甚詳，且精技野心勃勃，但較之阿憨的近乎天賦本能，切德則是卻遠遠不及。這五人之中，唯有王子的精技知識與野心兩方面齊頭並進，然而他的天賦卻因原智而染上瑕疵。我望著這個無非因爲我幾乎步入鬼門關，所以才結合起來的精技小組，內心的勇氣一下子消逝得無影無蹤。精技小組必須能夠在瞻遠家族的君王有急需之時，將力量輸送給國王；然而這個小組在缺少國王的情況下卻無法成事。況且，精技小組的成員爲誰，應由成員彼此決定，並進而發展出袍澤之情；然而這個精技小組，卻無異於一群互不相涉，只是碰巧在小酒館裡聚頭的過路人。

我所感受到的苦楚，必有部分從我眼神中流露出來，因爲切德在我床邊跪了下來，並拉起我的手。

「沒事了，孩子。」他安慰道。「你會活下去的。」

我知道他講這話是好意。但我閉上眼睛，以擋開他那一張愉悅地大放光彩的臉孔。

我睡了四天四夜。他們爲我淨身、更衣之際，我都在睡。後來他們告訴我，在那幾天之中，我喝了清湯、葡萄酒與煮爛的粥。便溺之事也有人處理。那些事情我都不記得了，而我很慶幸自己什麼都不記得。也許我是在睡夢中進食的。他們還告訴我，椋音來探望了幾次，阿溫也來探視，並且送了一張他祖母獨門滋養湯的食譜；但是他們都被擋在門外，無法見到我。我必須慚愧地說，他們雖好意來探視我，但我卻一點印象也沒有；而我所記得的，反而是自己不曾眞正經歷過的事情：我尾隨著一群野狼奔過山野，我望著牠們的生活起居，很想加入狼群；但末了總是有根線頭拉住我，提醒著我終究必須回去。

但有個小插曲我倒是記得很清楚。一名女子伸出手臂攬住我的左右肩膀，將我叉了起來，然後將一碗溫熱的牛奶送到我嘴邊。我從來就不喜歡熱牛奶，所以一聞到味道就努力轉開頭；但是那女子非常堅決，我不喝下去，就得淹死，所以最後大部分的牛奶還是灌進了我的喉嚨裡。直到她將我放回枕頭上時，我才領悟到，有這種意志力的女子非王后陛下莫屬。我將眼睛睜開了一縫。「對不起。」我嗄啞地說道；而珂翠肯則繼續將溢在我鬍子與睡衣上的牛奶擦淨。

她對我微笑，我從她眼中看出她鬆了一口氣。「這是你第一次有力氣作怪，我是不是該將此當作是你在迅速康復，而且不久就會恢復老樣子的徵兆呀？」除了那一絲寬心緩解的語氣之外，完全是一派取笑的口吻。她將拭布放在一邊，握住我的雙手。她的手很軟，但我還是感覺得到自己的手瘦骨嶙峋；缺少肌肉之後，手不像手，倒像是鳥爪。我不敢看自己的手，也不敢迎接珂翠肯那一雙碧藍的眼睛。我望向她身後，然後便不禁皺起眉頭，因爲周遭的景物我一樣也不認得；她順著我的目光望去。「我做了點改變。我實在不忍讓你躺在這樣的陋室裡。」

地上鋪著來自群山的厚重地毯；我躺在矮榻上，而我們高貴的王后則盤腿坐在矮榻邊的豐厚坐墊上；角落擺著一個盤旋而上的鐵架，鐵架的每一層都點了溫暖光亮的蠟燭；又有個櫃面上有精工雕飾的木紋櫃，櫃子上擺著一個造型優美的廣口水罐和洗臉盆，水罐下還墊著編織的花紋飾布；床邊有張矮桌，矮桌上放著一個空的陶杯，和一碗放在清湯裡泡軟的碎麵包。聞到這湯味與麵包香，使我餓了起來；珂翠肯一定是注意到我的眼睛盯著食物，因為她馬上就捧起碗，並拿起湯匙。

「我自己吃應該沒問題。」我誠懇地說道，想要坐起來，但使我羞愧的是，我竟然非得由她扶著才坐得起來。坐起來之後，我才發覺面對著我的那面牆壁上，掛著好大一幅織錦畫；那織錦畫最近應該清洗並修補過，但是正在與古靈簽訂合約的睿智國王，仍一如以往地俯瞰著我。我驚訝的心情一定是寫在臉上，因為珂翠肯笑著說道：「切德說，你看到這幅畫一定是驚喜交雜。我倒是覺得這織錦畫頗為沉悶，但是切德說，這是你小時候最愛的物品之一。」

那織錦畫大到佔滿整面牆。我小時候便因房裡的牆壁上掛了這幅畫而惡夢連連，今日重見，感覺也相差無幾；而且那老人算準了我的反應。儘管人很虛弱，但是切德開的這個玩笑仍使我笑出來。不過我還是抗議道：「但是這房間應當保持得跟僕人的房間一樣樸實才是；但現在這房間除了沒開窗戶、地方也小了點之外，簡直可以當王子的寢宮了。」

珂翠肯嘆了一口氣。「這點切德也訓斥過我，但是我不肯依他。你不得不躺在這間陰暗窄小的房間裡就已經夠糟糕了，所以我說什麼也不會讓這房間保持原本那種困乏冰冷的氣氛。」

「可是妳自己的房間也很簡樸，一派群山風格。我可——」

「等你好到可以見客的時候，你再依自己的意思處理吧，就算要通通拿開也可以。不過目前，我要讓你安頓得舒適。而且要使用六大公國的風格。」她嚴格地說道，又嘆了一口氣。「不過，按照往例，只要撒個謊也就能解釋過去了。黃金大人放話，說他要好好酬謝他的忠僕。所以，你就多容忍吧。」

她的口氣不容分辯。她用幾個枕頭將我撐高，讓我吃泡軟的麵包。我其實可以多吃一點，但是她拿走空碗，並告訴我，休養要慢慢來，急不得的。接著我突然覺得累了；我疲倦地往後一躺，但身上卻沒有疼痛感，對此我大吃一驚。不僅如此，我還察覺到自己是仰躺在床上的。我一定是臉色大變，因爲珂翠肯擔憂地問我是不是哪裡不舒服。

我翻身側躺，小心地伸手摸背。「不會痛。」我對珂翠肯說道。

而且沒有繃帶。

我背後的皮膚光滑如新，只是背脊與肋骨凸出得像是餓慘的野狗。我開始顫抖，牙齒打顫。珂翠肯將我的被子蓋得密一些。「傷口完全都不見了。」我驚恐地擠出這幾個字。

「是啊。」她應和道。「你的劍傷已經收口、完全癒合，絲毫不留痕跡。這是我們擋著不讓你見客的原因之一；因爲外人不免納悶，你的傷口怎麼會好得那麼快，而且更奇怪的是，你竟然瘦得像是大病數月似的。」講到這裡，她停頓片刻，我本以爲她會多說一些，但是她並未再接續下去。接著她溫柔地對我微笑。「你現在別煩這個，蜚滋。無須擔心。只要吃好、睡好，不久你就能起來走動了。」王后摸摸我長著鬍鬚的臉頰，又將我的頭髮順到後面。

我心裡突然湧出了千百個問題。「幸運知不知道我已經好了？他有沒有來看我？他會不會太擔心？」

「噓。你還沒完全好呢。幸運來過這裡，不過我們幾經考慮，覺得還是別讓他見你。黃金大人見了幸運，叫他放心，並保證你一定會康復，並受到最好的照料；又說他非常感激湯姆．獾毛，因爲湯姆．獾毛爲了保護主人的珍寶，不惜身受重傷。他最後讓幸運承諾，若他在你靜養期間有何需要，一定會讓黃金大人知道。此外還有一位名叫吉娜的女人來看你，不過也被擋在外頭。」

這的確是個明智的作法；幸運和吉娜若是見到我現在的模樣，必然會訝然失色，但我希望我兒子別因此而太過擔心。接著，彷彿門戶被打開般，其他問題爭先恐後地奔湧出來。「花斑幫裡除了路德威與沛杰之外，還有其他人嗎？另外，漢佳也是個問題；她混在圍觀人群之中，我看她可不是碰巧出現在附近。此外，我的印象中，儒雅的母親似乎受到威脅，切德應該派個人去幫她才是。而且堡裡還有個間諜，就是那個帶阿憨去見路德威的人，切德一定要——」

「你一定要休息。」珂翠肯堅定地說道。「那些事情他們都在處理了。」她輕巧地站了起來，只跨了兩步就橫過了我的小房間；接著她吹熄了所有蠟燭，只留下一根，將那根蠟燭從燭台上拿起來。這時候，我才察覺到王后穿的是睡衣與罩袍，頭髮則編成一根粗大的金黃色髮辮，垂在背後。

「晚上了啊。」我遲鈍地說道。

「對，已經很晚、很晚了。你快睡吧，蜚滋。」

「妳這麼晚到這裡來做什麼？」

「看你睡覺。」

這實在說不通，她根本就是故意喚醒我。「那怎麼會有牛奶和麵包？」

「我跟我的侍童說我睡不著，請他幫我弄點吃的。這也是事實，因爲我的確睡不著。然後我就把牛奶和麵包帶到這裡來給你吃了。」她講這番話，像是在爲自己辯護。「儘管碰上這麼嚴重的事故，但是也有一點好處：這使我回想起我虧欠你多少，以及我有多麼重視你。」她低頭望著我好一會兒，勉強地說道：「如果你走了，那麼世上就沒有知道我一切經歷的人了。你是唯一知道我與吾王一起經歷了多少事情的人。」

「但是椋音也在呀。還有黃金大人也在。」

她搖了搖頭。「他們兩人都不知全貌，而且他們對吾王之愛，亦遠不及你我。」她手拿著蠟燭，彎下身來在我額前一吻。「睡吧，蜚滋駿騎。」當她的吻落在我嘴上時，我感覺如喝了一大口冰水，而我了解到，這一吻其實不是爲我，乃是爲了棄我們而去的那個男人。「好好休息，早日好起來。」她告誡道，起身循著密道回去；她將陶杯與碗也一併帶走，所以身後不留一絲痕跡，只能從這暗室中一股徘徊不去的香氣，聞出她曾來過此處。我嘆了一口氣，陷入深沉但幾近正常的睡眠之中。

21 靜養

公鹿堡建堡之際，見證石便聳立在城堡附近的斷崖上，而見證石的年代，很可能比建堡的歷史更爲久遠。四座巨大的黑色石柱圍成方形，從岩地上拔地而起，這便是見證石。以往每一座見證石的每一面都刻鏤著符文印記，但也許是因爲年代久遠，也許是因爲人力所爲，所以如今這些印記都已消失，因此那些符文符號再也無可辨認。見證石的石材似乎與建造公鹿堡所用的黑色石頭相當類似，只有一點不同，那就是每一座石柱上，都有著有如瑕疵般的銀色線紋。附近居民以「見證石」來見證誓言或眞僞；至於這個風俗是從何開始，無人知曉。有時，人們會在見證石之前打鬥，並堅信此舉將使理由正當的那一方獲勝。當地人有許多迷信的觀念，都與見證石所包圍的四方之地有關；有人說，不育的女人到了這四方之地中，便可受孕；又有人說，女人可請四方的見證石，將她腹中所育的胎兒拿掉。

——克萊伶夫人所著之《公鹿公國之風土人情》

隔天我從病床上起身。我在漆黑密閉的房間中朝衣櫃走了三步，然後我倒了下去，而且再也沒有力氣爬起來。我動也不動地躺在地上，打定主意不要出聲叫人來扶我，而是乾脆躺著，直到自己匯集了足夠的力氣爬回床上爲止。但是我一跌倒，從客廳通往我房間的門便幾乎立刻開啓，光線與空氣流入，而黃金大人則站在門框裡，高高在上地以不屑的眼神俯看著我。「湯姆啊，湯姆。」他搖著頭說道。「你一定要時時刻刻都頑固到令人操煩嗎？回床上去，直到切德大人說你可以下床。」

他修長身體中蘊含的強大力量總是令我驚訝，而此時也不例外。他並未扶著我站起來，而是乾脆抱起我，放回床上。我摸索著自己的被子；他抓住被子的一角，拉過來將我蓋好。「我總不能天天躺在床上吧。」我抱怨道。

黃金大人似乎覺得我講的話很好笑。「我倒很樂意看你除了躺之外，還能做什麼別的事情，因爲你除了躺之外，顯然什麼都做不成。我不關門，好讓你的房間有點亮光。要不要也點個蠟燭？」

我慢慢地搖了搖頭；他那冷漠卻仍不失和善的態度，使我背脊發涼。他走出去，但不關門，所以我可以看見客廳中清理乾淨的火爐裡燒著旺盛的爐火；他坐回小寫字桌邊，重新拿起鵝毛筆振筆疾書。

過了一會兒，外面門口響起敲門聲，黃金大人應聲之後，他的侍童走了進來，將一整個托盤的早餐放在桌上，並將餐點從托盤裡拿出來。安頓好之後，托盤中只剩下幾個碗和一個陶杯。阿俠端起托盤就朝我的房間走來，但是黃金大人頭也不抬，一邊寫字，一邊吩咐道：「放在桌上就好，阿俠。」過了不久，門上又響起敲門聲；這一次那孩子提了兩桶水進來，另外一名隨他進來的男子則抱著一大把柴火。黃金大人也不管他們，繼續做他自己的事情。那兩人離開之後，黃金大人嘆了一口氣，站起來走到門邊，將門鎖上，才對我說道：

「你要在你房間吃，還是要到桌邊吃，湯姆？」

我從床上坐起來，以示回應。床尾放著一件嶄新的藍色毛料袍子；我將袍子從頭上套下去，接著站起來。由於床低，所以我更不容易起身，而且站起來之後，我的頭便覺天旋地轉，所以我動也不動地站了一會兒。接著我小心翼翼地朝餐桌走去；走到門邊時，我攀著門框休息一下，才再度邁步走向桌邊。黃金大人已經就坐，正一一打開阿俠擺放的那些碗盤；過了一會兒，我在他對面的位子上坐下來。

他們為我準備的是病人餐，除了清湯、粥糜和泡在牛奶裡的麵包之外無他；但黃金大人那邊的桌上，卻有水煮蛋、香腸、麵包、奶油、果醬和其他一切我想吃的東西。一時間，我只覺得他可惡得要命，但我還是乖乖地吃掉他們為我準備的東西，最後用一杯微溫的菊花茶把一切食物送入肚裡。席間我們彼此毫無交談，而飯畢我便起身回床。過了一會兒，我覺得無聊，之後便睡著了。

我因為輕輕的講話聲而醒來。「這麼說來，他好到能起床到桌邊來吃東西？」切德問道。

「其實很勉強。」黃金大人答道。「最好還是一步一步來。他渾身上下沒有一絲力氣，不過如果你派任務給他，他還是會——」

「我醒了。」我叫道，但聽起來像是嗄啞的悶哼；我清了清喉嚨，再度叫道：「切德，我醒了。」

他立刻走到房門口，笑望著我；他那亮閃閃的白髮捲成了漂亮的捲子，而他看來活力充沛。他不屑地俯看著珂翠肯放在我床邊的大坐墊。「還是坐椅子比較好，孩子，我們坐著稍微聊一下吧。你氣色好多了。」

「我起來沒問題。」

「是嗎？啊，那麼，你拉著我的手，這樣就起得來了。不，讓我撐著你，別那麼頑固。我們坐火爐邊好不好？」

聽切德跟我講話的口氣，彷彿我是個傻瓜；我暫且將此當作是他關心我的表示，而且也讓他扶著我走路。火爐邊有兩把軟綿綿的椅子；切德與我便在此落坐。我轉頭望著弄臣，但是黃金大人又開始在書桌前忙碌地振筆疾書了。

切德對我微笑，將腿伸到火前烤暖。「你的情況這麼好，我眞是高興，蜚滋。之前你把我們嚇壞了。我們使出了渾身解數，好不容易把你從鬼門關前救回來。」

「所以我們才需要一談。」我嚴肅地告訴切德。

「對，但不是現在。眼前你就靜心修養，千萬別過於勞累。你就是睡好、吃好，這就行了。」

「我要吃眞正的食物。」我一字一字地說道。「我要吃肉。光靠他們今天早上送來的那些東西，我怎麼會有力氣？」

切德揚起眉毛。「脾氣大了喲，是不是啊？唔，這也是意料中事。我會安排你中午有肉吃；這是小事，既然你想吃肉，那就吃肉吧，你說了就算。畢竟從我們把你弄回家來，一直到幾分鐘之前，我都沒聽你說過一個字呢。」

這實在不合情理，但是我聽了切德的話，脾氣大了起來，眼眶裡也有眼淚打轉。我轉開頭，努力控制自己的情緒。我是怎麼了？

切德像是聽到我的心事。「我說蜚滋，你別對自己太苛求了。我眼見你度過不少難關，但是從頭到尾，就屬這一關最難過。給自己一點時間，讓你自己的心靈與身體慢慢平復吧。」

我吸了一口氣，打算告訴他說我好得很；但是我說出口的話反而是：「我原本打算孤零零地死在那裡了。」一時間，我在牢房裡那些前後不連貫的記憶又湧了出來，充塞了我整個心胸；我想起當時的恐懼與失望，而且因爲自己竟然必須背負恐懼與失望的記憶而感到憤怒；他們把我丟在那裡等死；切德、弄臣、珂翠肯、晉責——他們全都任事情這樣發展。

「我何嘗不擔心你死在牢裡？」切德平靜地說道。「那段時間大家都很難熬，但對你而言，那段時間尤其難熬。不過，要是當初你聽我的話——」

「唔，當然了，都是我自食惡果。凡事都是我自食惡果。」

黃金大人轉過頭來，對切德說道：「遇到他像這個樣子的時候，根本沒辦法跟他講道理；你越講，他就越氣。最好是改天再談吧。」

「閉嘴！」我對黃金大人吼道，但是第二個字嗄啞得只剩下一個尖聲。切德無言地以斥責與關切的眼神望著我。我將雙腿收到胸前，縮成球狀，窩在椅子裡；我的呼吸化為抖顫的喘氣。我以袖口揩去淚水；我不會哭。他們都認定我會崩潰，但我偏不。我受了重傷，病得很厲害，除此之外無他。我努力平息自己的呼吸。「求你跟我講講話。」我對切德乞求道；我將顫抖的雙腿伸直，重新放在地上。我眞痛恨自己，竟然一下子就變得這麼脆弱。「把前前後後的事情都講給我聽，只是別引我問那些蠢問題就是了。先從儒雅講起吧。」

切德沉重地吸了一口氣。「我看這樣不好吧。」我想反駁，但是他伸出一手，做了個手勢。「不過，我就讓你如願吧。好，儒雅。當天他盡快騎上馬，回到公鹿堡，期間並未招人注意；接著他去找晉責，但由於之前被人勒住脖子，所以他幾乎講不出話來，不過他還是努力讓晉責知道，黃金大人的僕人千鈞一髮地將他從公鹿堡城的歹徒手裡救了下來。當時他只跟晉責講了這些，但是這已經足以讓晉責急著來找我，並使我安排人手、開始運作了。」

他清了清喉嚨，坦承道：「但我沒想到我們會花那麼久才找到你，而且也沒想到你會出手殺人，更沒想到你會讓城市衛隊逮捕。不過我一得知你被捕，便立刻安排我自己的人進去牢裡照顧你；但不幸的是，他們已經先找了療者去看你，所以我就不能安排我自己的療者去照料你的傷勢了。那城市衛隊的隊長非常頑固，說什麼都不肯放你；他認定那三個人一定是你殺的，而且因為你先前捲入街頭的口角爭執等事，所以他早已將你看做是愛打架滋事的眼中釘。黃金大人從一開始就跟隊長提起珠寶袋子遺失的事情，但還是必須等黃金大人走了三趟，那隊長才想到要去路德威的小屋搜查，最後在那屋裡找回珠寶。我則找好證人，作證說這事不是你先起頭；這件事實在不好著力，我最多也只能這麼輕輕一推了。到了這時候，那隊長才想通了你是為了保護主人的財物、不讓歹人搶走，最後終於肯將你交給我們，可是差一點就太遲了。」

「你最多也只能這麼輕輕一推。」我針鋒相對地說道。我孤獨又寒冷，而且差一步就死了，而他才「輕輕一推」。

「當時王后可不想這樣子就算了；她打算乾脆派她自己的衛隊到城裡去，直接把你從牢房裡救出來。但我可不能任她這麼做，蚩滋。因為，沒錯，的確還有別的花斑幫餘孽。你殺死路德威的隔天，就有好幾個地方貼出了告示，說路德威和沛杰都是原智者，但是王后卻派人將他們兩人，連同他們的牽繫動物都殺了；接著嘲笑王后，說她下手毒辣，卻還信誓旦旦地說她有心要讓原智者免於蒙冤送死的厄運；然後又警告說，王后要召開原血者會談，根本就是個騙局，叫原血者千萬別上當；末了更直接點出王后的獨子就是原智者，但若有人敢說出這個事實，王后與其寵臣必會殺人滅口。」切德頓了一下。「所以，你現在知道了。我不得不將你留在那裡。那並非我的本意，蚩滋。而且我其實不應該跟你講這麼多的。」

我將臉埋在手裡。是啊，我當初真應該聽他的話，這難道不是我一手促成的嗎？「我看當時我真該讓他們殺了儒雅。讓他們殺了儒雅，我則趕快去報案。」

「那也是個辦法。」切德應和道。「但是這麼一來，你跟晉責之間的關係可能就破壞了，就算你能瞞著晉責，不讓他知道你近在咫尺且能夠阻止他的朋友遇害，恐怕也於事無補。好了，我看一天聊這麼多已經足夠。你回床休息吧。」

「還沒，你至少把這個講完。花斑子貼了告示，說晉責有原智；這件事你怎麼補救？」

「怎能補救？當然要推得一乾二淨！我們把那些告示當作笑料，根本不予理會；而且盡心打點一切，務必讓外人看來，王后與王子都對於黃金大人那身陷囹圄的僕人沒什麼興趣。城市衛隊既擒住了嫌犯，那麼接下來的查案審判程序就讓它正常進行，與王室毫無相涉。告示上的指控根本就是子虛烏有，而且這一定是有心人要誣衊王子的好名聲，但這指控也未免太過離譜：王子好友的獵貓抓傷了他，可是大家都知道，獵貓獵犬是絕對不會攻擊原智者的，畢竟原智者有能力可以控制動物……等等，諸如此類。同時，城市衛隊揭露，那幾名死者其實與尋常的歹徒盜賊相去無多；那命案與原智扯不上關係，當然更沒有王室之人介入。這案子就是爲非作歹的搶匪被努力保護主人財物的忠僕殺了，如此而已。」

「所以，就是因爲有人扯出了晉責有原智，你才不得不把我留在牢裡腐爛生瘡。」我想用這句話來表示我接受這個事實。在我心裡，我對切德是一半體諒、一半痛很。

他聽到我的遣詞用字，不禁瑟縮了一下，但他仍點點頭。「對不起，蜚滋。當時我們別無選擇。」

「我知道。而且這是因爲我不聽勸告而自食惡果。」我努力抑制話裡的苦澀之意，而且幾乎成功了。我突然萬分疲倦，但是我還必須問問其他事情。「那儒雅呢？」

「我一查出死者的身分之後，就知道非得盤問儒雅不可了。我逼他說出所有實情，也問出他爲什麼突然找上路德威。儒雅的母親自殺了，蜚滋。貝馨嘉夫人送了封信給那少年，請儒雅原諒她，但她說事情演變到這個地步，她再也活不下去了；她說，這種日子她再也無法忍受。儒雅必須做違心之事，才能換得她的安全，然而府邸裡的男人恣意凌辱她，因此所謂安全云云也不過是假象。」

這其中的醜惡不言可喻，令人作嘔。「這麼說來，儒雅原本是想去送死的。」

「因為他的母親死了呀；依我看來，儒雅原本是想去殺了他們，根本也不在乎他會不會因此而送命，只是他連這些人該怎麼對付都搞不清楚。他心裡想的淨是公平的對決之類的崇高理念。然而路德威根本就不讓他有機會要求決鬥，就直接下手了。」

「那儒雅現在情況如何？」

切德吸了一口氣。「他的情況有些複雜。晉責堅持他要陪同儒雅接受我的訊問；王子殿下處處替他辯護，所以如今他是王子的人了，他對王子可說是心悅誠服。就算晉責非要有個原智者的手下不可吧，至少我們已經把那傢伙的利齒拔掉，不用擔心他反噬了。王子認定貝馨嘉母子的所作所為乃是因為脅迫所致，而我差不多也有同感；就算儒雅曾經忠於花斑幫，如今他母親自殺，再加上他們之前的醜惡作為，也把舊日的情懷洗刷得一乾二淨了。現在儒雅對他們恨之入骨，比我們還要激動。當初花斑幫之人逼迫貝馨嘉夫人必須將貓送予王子為禮，若有不從，就要將他們母子倆都有原智的事情抖露出來；但是貝馨嘉夫人一依言行事之後，就牢牢地被他們控制住，此後再無寧日。她不但有原智，而且還對王子意圖不軌，這就是叛國罪了。然後花斑幫之人將他們母子分開；他們命令儒雅待在公鹿堡，與王子好好結交、誘使王子深陷原智之中，並要求他向他們密報堡裡的動靜。他們跟儒雅說，只要他一一做到，就保住他母親安全無虞。然而長風堡，也就是貝馨嘉夫人的家，卻成了她的牢獄。那些花斑子貪婪得毫無節制；他們先是占據了貝馨嘉夫人的家，繼之占據了她的酒窖，然後奪取了她的財富；夫人若膽敢不從，他們便以她兒子的安危做為要脅；最後那些人顯然還對夫人本身予取予求，這就逼得她再也活不下去了。我想，他們錯估了貝馨嘉母子的意志力。」這些因果真是令人感嘆。不過我不讓自己多想，因為我還掛心著更緊急的事情。

「那漢佳呢？王子有沒有告訴你說我看到漢佳？」

他的表情更加嚴肅。「有。不過……會不會是你看錯了？因為我的間諜都沒打聽到漢佳的動靜。」

我強迫自己回想當時那一瞥。「當時我受了傷，天色又黑；不過……我想我並沒有看錯。而且我相信阿憨遭人盤問之際，在場的那個女人就是漢佳。她願意以黃金為賞，只要沛杰與路德威能將弄臣與我交出來……大概是這樣子；那女人到底想用金子跟他們換什麼東西，實在很難說。路德威很討厭她，不過她似乎是這整件事情的幕後黑手。」

切德舉起一手，以手勢阻止我繼續說下去。「就算是吧，她也將自己的行蹤掩飾得很好。我在城內城外，都沒打聽到她的消息。」

這實在很難教人安心，他的間諜網也沒打聽到路德威的消息呀。我將這個怨言嚥了下去。

「可是堡裡還有個花斑幫的間諜，就是帶阿憨去找路德威的那個人。」

切德以不帶感情的平淡語調說道：「儒雅的馬伕慘遭意外變故；馬廄的人在性情暴躁的種馬馬廄裡發現了他的屍體，顯然是被馬活活踢死了。至於他為什麼會將自己跟那匹馬關在一起，至今仍是個謎。」

我點了點頭。這一來這個線頭就理清了。「至於儒雅的母親和他家的莊園呢？」

切德不看我，轉而望向他處。「你入獄的隔天，不幸的消息便傳到堡裡：貝馨嘉夫人因為食物中毒而死，而且不少賓客與僕人也慘遭不測；這真是令人哀傷的慘劇，不過並未傳出醜事，也未使家族名聲蒙羞。貝馨嘉夫人的屍體是第一個發現的，但是接下來幾天，其他人紛紛發病，旋即死亡。據我聽到的消息，這是因為河魚腐敗所致。貝馨嘉夫人的屍體已經送往娘家安葬，而儒雅也已經前去參加母親的葬禮。晉責王子派遣他的儀杖衛隊與儒雅同行，以表達他對好友的高度重視。儒雅自己知道，相關事宜處理完畢之後，他必須定居於公鹿堡，直到他成年為止，雖然王后已經慷慨地派遣了管家與僕人到長風堡，以代替儒雅管理家業。」

　　我緩緩地點了點頭。王子也許將儒雅稱之爲朋友，但是接下來這幾年，儒雅依然是切德照顧有加但嚴密看管的囚犯。這個安排很周全，也很適當；儒雅可以將之視爲保護，也可將之視爲牢籠。先前長風堡的「食物中毒事件」，處理得俐落且不留痕跡；我懷疑迷迭香夫人是不是突然找了個理由去探望居於長風堡的友人，抑或這乃是切德安置在長風堡的間諜所爲。迷迭香的灼傷這麼嚴重，想必不容易出外旅行吧。然後我突然轉過頭去望著切德；他以一頭霧水的表情，迎向我的審視。我一下子靠上前，趁著他還來不及抽身回去之際，伸手摸摸他的臉頰。我的指頭上並未黏住油膏粉彩，而是摸到結實的血肉。而且毫無灼傷癒合的痕跡。

　　「噢，切德。」我斥責道，口氣因震驚而顫抖。「喂，你可要小心一點！你盲目地衝刺，然而沒人知道你這一番作爲的代價爲何。」

　　他勉強露出笑容。「我既然都已經知道其功效宏偉了，那麼還何必管它代價爲何？我臉上的灼傷都癒合了，跟隨我多年的筋骨痠痛已消失，所以現在走起路來輕盈如風，晚上睡覺時毫無痛楚，甚至連視力都變得更清楚了。」

　　「這不是你獨力的成就。」

　　切德望著我，但是拒絕回答，然而答案是什麼，我心裡有數。

　　「你一直在汲取阿憨的力量。」我低聲指控道。

　　「他才不介意呢。」

　　「這是因爲你不知道箇中的危險，而他不知道箇中的風險。」

　　「你也同樣不知道！」他嚴厲地答道。「蜚滋，人有的時候要小心謹慎，但有的時候要大膽邁進；

而眼前正是需要我們大膽冒險的良機。我們必須挖掘精技的一切極限。當王子出發前往艾斯雷弗嘉島屠龍的時候，你必定要與他同行，因此你必須在出發之前，就熟知精技的一切大用，並且要能夠隨時發揮精技的功效，而這個——」話說到這裡，切德響亮地在臉頰上拍了一下。「——這是十足的奇蹟；要是當年黠謀生病時，我們就以此方式爲他治病，那麼他就不會死了！你想想看，果眞如此，那世事會有多大的變化！」

「是啊，你想想看。」我反駁道。「你想想看，若是黠謀至今仍好好地活著，並依然統治這裡。然後你再問問你自己，爲什麼黠謀依然病重而死？那是因爲，黠謀不是蓋倫教的學生，他的精技師傅乃是殷懇。他的精技師傅既是殷懇，那麼我們若就此推論黠謀對精技的認識比我們深，甚至他對於如何延長生命，也知道得比我們多，也是言之成理。既然如此，那我們就要問，爲什麼當年黠謀不用精技來延長自己的生命？爲什麼殷懇也不藉著精技來添壽？是不是因爲他們知道，一旦走上了這條路，必定要付出慘重的代價？」

「說不定黠謀之所以沒做，不過是因爲他缺乏精技小組之助！」切德義正辭嚴地反駁道。

「如果純粹是因爲這個因素，那麼他大可運用蓋倫的精技小組。」

「呸！這你無從得知，而我也無從得知。你何必這麼悲觀？爲什麼你總是朝最壞的方向去想？」

「也許那是因爲我的教學者睿智精明，而我耳濡目染之故吧；只是如今老師的行徑卻變得荒謬可笑。」

切德的臉染上紅暈，眼裡冒出怒火。「你不像你自己了。不，說不定更糟，因爲也許這就是你的原貌。你這兔崽子，給我仔細聽著，我眼睜睜地看著我哥哥死去，我眼見黠謀國王日日逐漸委靡，有時，他的心靈隨處漫遊，但他自己卻毫不知情；有時，他明知自己的身體與心靈逐漸衰弱，因此而羞愧得流下眼淚；這一切我都看在眼裡，然而到底是在不知不覺中衰頹比較悲哀，還是明知自己正在衰頹比較悲哀，我也說不出個所以然。假若當年他有能耐以精技去挽回頹勢，那麼他一定會義無反顧地去做，無論代價有多麼慘重。這乃是失傳的精技知識，然而我打算重新建立這套知識，並且好好運用。」

我想切德大概以爲我會大聲地吼回去。我原本也有一半以爲自己眞的會如此反應，而且假如我內心不是交雜著虛弱、絕望且恐懼的情緒，說不定我眞的就吼回去了。之前他的身體與心靈日漸衰弱之時，我很擔心我們會失去他這個博學多聞、神通廣大的有力支柱；如今他活力充沛、眼睛炯炯有神，而且內心燃著熊熊的野心，我卻嚇得不知所措。我早就知道他有這一面，我早就知道他一心渴望要駕馭精技；只是我從未料到我必須阻擋他對精技的強烈欲望。我深吸了兩口氣，平靜地說道：「你有權下這個決定嗎？」

他皺起眉頭。「這是什麼意思？不然該誰做決定？」

「也許在公鹿堡裡，精技應該如何運用，應該由精技師傅說了算數；尤其，這種事情，稚嫩生澀的學生是無權置喙的。」我堅定地迎接他直視著我的眼神。話說回來，當初強迫我要扛起精技師傅職責的人，不是別人，正是切德；如今他強力推動的事情卻反過來咬他一口，他會不會因此而暗暗後悔呢？

他根本不把我的話當一回事。「你是在說，你要將我做的這些事情喊停，而且你還期望我會聽你的？」坐在椅子上的他將雙手放在膝蓋上，將身體傾前過來對抗我。

此時的切德堅持要一意孤行，我實在不想與他正面交戰；現在的我，哪有那麼多精力？我換了說法。「除了你之外，另外還有個瞻遠人曾極力將精技做爲私用。他本人既不強壯，也無精技天賦，但是他照樣藉由汲取精技小組的力量，以達成一己的目的；他用起精技小組來毫不留情，根本不管此舉會對精技小組的成員造成何等傷害，也不理會他們會不會因此而力竭身死，或是意志扭曲。你要變成帝尊那樣的人嗎？」

「帝尊跟我差遠了！」切德啐道。「別的不說，就說這一點：他這個人全以私利爲目的；但我可是一生都孜孜不倦地奉獻給瞻遠王室。另外還有個差別：我終究會培養出我自己的精技力量；再過不久，我就不需要仰賴別人的力量了。」

「切德。」我這個叫聲既嗄啞又低不可聞；我清了清喉嚨，但講出來的話還是有氣無力。「也許你終究會培養出你自己的精技力量，但倘若你繼續照現在這樣獨自一人大肆實驗，以自己的安危做爲賭注，如今還把阿憨也拉下水——而你這種行徑有何風險，他根本毫無概念——那是不行的。」我實在不能確定切德到底有沒有在聽我說話，他的綠眼睛望向我身外遠處。但我還是繼續說下去，儘管我的聲音越來越虛弱，而且開始喘了起來。「你必須學學精技魔法的危險之處，不要這樣貿然前衝、將精技納爲己用。精技不是玩具，也不是學來以便圖一己之利的東西。」

「這不公平！」切德突然抗議道。「我應該有機會接受精技教育，畢竟我的瞻遠血統跟黠謀不相上下，但是他們卻剝奪了我受教的機會。我早該有機會學習精技的！」

我很快就會覺得疲倦，我非贏這一局不可，不然至少也要在我頹然倒在床上之前，跟他打成不分勝負的局面。「是不公平沒錯。」我應和道。「但是利用阿憨，把他當作是你的拐杖、你的工具，這樣也不公平呀；況且你的確應該受到適當的精技教育，然而你與阿憨爲伍卻於事無補；精技知識一定要靠自己苦學才行。阿憨的精技天賦的確很強，但是他對於自己可能面臨的危險毫無概念，再說他也沒有反抗你的意願，所以不會阻止你將精技做爲己用；還有，你取得太多時，他不會警告你，而等你察覺時，已經太遲了。像你這樣不知節制地將他當作是拖著板車的閹牛一般來使用，這是不對的；阿憨也許頭腦簡單，但至少在精技的領域中，他的地位與我們相當。他是我們這個精技小組的成員，因此即使你們兩人的精技能耐相去甚遠，但你們彼此仍應情同兄弟。」

「精技小組？」切德驚訝得下巴掉下來的模樣使我突然領悟到，他尚未看出我一望即知的事情。

「對，精技小組。」我重複道。「你、我、晉責、弄臣，還有阿憨。」我停頓片刻，等他說話。但是他沒回應，我反而聽到弄臣的椅子從桌邊退開，輕輕劃過地上的聲音，接著他以更輕的步伐橫過客廳，朝我們走來。我心裡雖好奇此時他臉上是何表情，但依然凝視著切德。他還是沉默不語，於是我點醒他：「切德，當時我也在場；我的確是身不由己，但除非是我死了，否則我怎麼可能會對於發生在自己身上的事情毫無知覺？當時你們聯手在我身上施展精技，這就是精技小組的雛型，難道你不知道嗎？所謂精技小組，就是集合衆人之力，以達成共同的目標；而這正是你們當時所爲的寫照。阿憨的力量、你對於人體內部構造的知識、晉責的控制能力與意志力，再加上弄臣與我的牽繫；當時就是因爲這一切樣樣齊備，所以你們才能達成目標，將我從鬼門關搶救回來。而且日後若有需要，還可重複運作一次。所以說，晉責終於擁有了精技小組；縱有百般缺陷，終歸也算得上是個精技小組了。但前提是我們將彼此當成團隊來運作。如果你讓阿憨走岔了路，將他當作是你的私人力量貯藏庫，那麼早在我們開發出這個精技小組有何能耐之前，這個小組就已經被你破壞殆盡。」

我住口不言，覺得自己口乾舌燥，而且上氣不接下氣；換作是在其他時間，我一定會因爲發現自己虛弱至此而大驚失色，但此時我根本無暇多想此事。我感覺到，切德與我之間的關係，已經來到一個平衡點。多少年來，他一直是我的良師與指引。身爲切德的學徒，我難得質疑他的智慧判斷，或是他的行事作風；我總是篤定地認爲，他如此淵博，他說得一定不會錯。然而從夏天開始，我親眼目睹他那睿智的心靈逐漸衰退，而他那過目不忘的記性也與往日大相逕庭；但是對我們而言，最糟之處在於我開始質疑他的決定，甚至以成人的角度來考慮他的思考過程。我不再像往日那樣，認定事事都是他所想的最爲周全；而且當我以自己三十餘年歲月的智慧，回頭去看他爲我以及他過去爲瞻遠家族所做的決定時，也不再像往日那樣完全認同他的所作所爲了。如今的我已能看出他的智慧亦有所疏漏，所以我更覺得，自己要求切德體認我在精技領域知道得比他多，可說是相當公允。其實我所尋求的，是一個特殊的平衡點，我並非強調自己凡事都知道得比他多，而是說，雖然他在許多方面比我更加睿智，但在某些領域上，卻是我比他多知道幾分。

長久以來，切德一直是我的導師，他在我心中的地位尊崇得不容置疑；所以如今我將他視爲尋常人，不管對他或對我而言，都是很大的衝擊。當我開始察覺到他的瑕疵時，我只覺得痛恨；我從來就不想端著鏡子站在他面前，叫他反省某些事。但雖然百般不情願，我還是必須坦承，與我相較之下，切德一直都較爲野心勃勃、渴望權力。他縱然因爲政治因素而無法學習精技，又因爲意外造成滿臉瘡疤而不得不隱身在幕後，但是如今他照樣大權在握。在黠謀國王日漸衰弱，他那僅存的二子又彼此爲了繼承王位而較勁之際，瞻遠王權乃是靠著切德的意志力才度過難關；他的間諜與僕人所織就的網絡，輔助珂翠肯王后穩住了政權，直到她的兒子成年；而如今切德已經又快要將另外一個瞻遠家的繼承人推上王位了。

然而此時我可以從他臉上看出，對他而言，這些成就還不夠；除非他能得到長久以來夢寐以求的東西，否則他是不會將任何成就當作是眞正勝利的。權力，現在的他已經擁有，而隨同權力而來的榮華富貴也樣樣不少；他可以公開處置大大小小的國家事務，人們會將此視爲是他身爲王后私人顧問應有的權力。然而這位位高權重的顧問心底，卻仍潛藏著一名一無所有、無緣繼承家業的私生子；而對後者而言，再多勝利也不夠，除非有朝一日他眞能駕馭精技，而且還讓別人知道他有這項天賦。

我擔心的是，切德爲了達成這個目標，可能不惜損及他奮力至今所造成的一切；他可能會因爲意志堅定而變得盲目。我抱著這個心情，看著他將我的話咀嚼再三，衡量著自己該怎麼回答。我一邊等待，一邊審視著他。切德無法讓歲月倒回從前，就算是運用精技，也不可能讓他變成青春少年；但是說不定他可以像水壺燔那樣停止老化的過程。他的頭髮仍像以前一樣雪白，臉上的皺紋也跟以前一樣深，不過他的關節變得柔軟，臉頰紅潤有光澤，眼白也不再有血絲。

我望著他，並看出他已經下了決定。他匆忙地跳起來，這使我心裡一沉，因為我從他匆促離去的模樣，看出他打算就此結束談話。「你的身體還沒好呢，蜚滋。」他說著，站了起來。「所以還要好一段時間，你才能繼續為晉責和阿憨上課。然而，這段時間就這麼空閒著實在很浪費；所以，在你靜養之際，我還是會繼續探索精技。不過我向你保證，我一定會處處小心；而且我只會自己冒險，不會拉別人下水。不過既然開始做了，既然已經感覺到最初的效果了，我是說什麼都不會退縮的。我絕不退縮。」

他開始朝門口走去。我困難地吸了一口氣；我的力量顯然已經用到盡頭。「難道你到現在還不懂嗎，切德？你所感覺到的，不過是精技吸引力，而自古以來，我們都再三警告學生千萬別墜入這個陷阱！你若是冒險踏入精技洪流，恐怕後果非同小可。如果我們失去你，那麼我們整個精技小組的實力將減少許多，而如果我們連阿憨也失去了，那麼精技小組將完全潰散。」

他的手放在門閂上，他雖開口，卻沒有回頭看我。「你得多休息，蜚滋，別硬撐了。等你好一點我們再談。你明知道我行事謹慎，所以你就放心吧。」接著他關上門離去；他走得很快，像是急著逃離房間以免挨罵的孩子——也像是明知真相為何，卻不肯正視，因而逃之夭夭的成年人。

我沉入椅子裡，口乾舌燥，心跳得很快。我舉起雙手，蓋在眼皮上擋光。「有的人，你對他敬愛有加，但是眼前你卻突然覺得很討厭他，你有沒有過這種經驗？」

「真奇怪你會問我這件事情。」站在我身後近處的弄臣出聲挖苦道。然後我聽到他的腳步聲走遠。

我一定是坐在椅子上睡著了；等我醒過來時已是午後，全身因爲蜷在椅子裡睡覺而痠痛。椅子旁的桌上有一托盤食物。即使蓋著碗盤，食物仍舊冷掉了；湯面上浮著一塊塊凝結的肉脂；雖有肉，卻也冷冰冰，我才吃了兩口，就覺得嚼食使我累得要命。我逼迫自己呑嚥下去，但這些食物卻像石頭般停留在我的胃裡。他們還準備了摻水的葡萄酒，也仍然有泡在牛奶裡的麵包；這種泡軟的麵包我實在不想吃，但到底我想吃什麼，我自己也說不上來。我強迫自己全部吃完。

我全身衰弱得一點力氣也無，使我想要孩子氣地哭一場。我踉蹌地走回自己的房間，想要洗把臉，看看能不能洗去昏昏欲睡的感覺。水罐裡有水，旁邊有布可以擦臉，但是我的小鏡子不見了，大概是珂翠肯在替我布置房間的時候收了起來。洗了臉之後，精神也未曾恢復，於是我還是去睡了。

接下來兩天，我仍然倦怠虛弱；雖然吃好睡好，但我的力氣卻恢復得極慢。切德沒來看我，這我並不意外；但是晉責也沒來看我。這是因爲切德叫他離我遠一點嗎？黃金大人一天跟我說不上幾句話；若有人來探視我，也照樣以我仍身體不適爲由擋在外面。我兩次聽到幸運焦急的講話聲，椋音也來找過我一次。我連動一動都覺得累，但是整天不動又覺得痠痛。我不是孤獨地躺在自己的床上，就是坐在火爐邊的椅子上發呆。我想要去切德的舊居拿精技卷軸來研讀，但是我知道自己必然無力應付那層層階梯。我也不敢開口請弄臣去幫我拿；不只是因爲他一直藏在黃金大人的僞裝之後，而是因爲我們對彼此的冷淡漠視、視而不見已經變成常態。這樣一來我們就更難修好，但是我卻不願意低頭或換個作法來對待弄臣；我覺得我做得已經夠多了，但是卻屢屢被他潑冷水。我倒希望他能顯出一些他願意修好的跡象；但是他卻毫無作爲。所以這兩天便失意且緩慢地度過。

隔天起床的時候，我決定要振作一下；說不定我要是起床四處活動，假裝自己健康如常，我就會開始覺得自己已經好了。我先洗了臉，之後決定要刮鬍子；我臉上的鬍鬚幾乎長成鬍子了。我慢慢地踱到門邊，四下張望；黃金大人坐在餐桌邊，拿起身前那十幾條深淺不同的橘黃色手帕一一相互比較。我清了清喉嚨；他沒有反應。好吧，我知道了。

「黃金大人，打擾了。我刮鬍子的鏡子不知道收到哪裡去了，不知能不能借您的鏡子一用？」

他頭也不回地說道：「你看這樣明智嗎？」

「借鏡子會有什麼不明智的嗎？我刮鬍子若不照鏡子，才是不明智吧。」

「我是說，你現在刮鬍子，明智嗎？」

「我早就該刮鬍子了。」

「很好，那麼，這是你自己說的。」他的語氣冷淡且疏遠，彷彿我刮鬍子是什麼危險萬分的事情，而他絕不想捲進去似的。他走到他的房間，一會兒便帶著他那花紋銀框且附有手把的鏡子出來了。

我拿起鏡子，心裡生怕自己會見到一張消瘦無神的臉孔。看到鏡子裡的映影，我嚇得整個人都麻木得不能動彈，且失手將鏡子掉在地上。幸虧它是掉在地毯上，沒有摔破。我以前曾因為難忍的痛楚而暈倒，但據我記憶所及，我從未因為純粹的意外而暈倒；但即使暈倒，我也沒有完全喪失意識，只是身子一軟，坐在地上。

「湯姆？」黃金大人以不耐煩且意外的口氣問道。

此時我實在沒有心思回應他。我將鏡子撥過來，低頭瞪著自己的臉龐。接著我伸手摸摸臉頰；那道跟著我多年的疤痕不見了。我的鼻子還稱不上是直挺，但是打斷鼻梁的痕跡變得不太明顯。我伸手入袍子裡，摸摸自己的背；新近的劍傷不見了，但是背上因為弓箭所傷而化膿的古老傷口也消失不見。我仔細審視脖子與肩膀的交界處；多年前，一名冶煉之人把我這裡的肉咬掉一塊，留下了一個皺摺的疤痕，如今此處的皮膚卻光潔如新。

我抬起頭來，發現黃金大人驚慌地望著我。

「爲什麼？」我溫和地對他問道。「艾達神在上，你們爲什麼要抹去我的舊疤痕？大家都會發現到我變得不一樣了，往後我要怎麼跟衆人解釋？」

他走近一步，眼裡顯得很困惑。他以黃金大人的口吻不情願地說道：「可是，湯姆·獾毛，其實我們什麼也沒做。」我不知道我聽了這話露出什麼表情，但他一看到我的表情就怕得縮身。接著他以不帶感情的語氣繼續說道：「真的，我們並未抹去你的舊疤痕。我們齊心協力地讓你背上的劍傷收口癒合，並將你血液裡的毒素排擠出來。當我看到你其他的傷口皺起並吐出新肉來的時候，我便大聲叫著我們必須停手。然而即使我們彼此放開手，並站到一旁……」

我努力回想那一刻的情況，但實在想不起來。「也許是因爲，你們一啓動之後，我的身體與精技便接續下去了。我不記得了。」

他站著俯看著我，並伸出一手掩住嘴。「切德——」他說得欲言又止，最後還是強迫自己說出來；此時他的口氣幾乎與弄臣無二。「我想切德大人覺得……不，我不該臆測他有什麼感覺。只是我認爲，他深信這是你做的，而且你故意隱瞞著不讓他知道。」

「艾達神、埃爾神，我都不知道該求哪個神了。」我呻吟道。切德說得沒錯。我這個人就是不善於體會別人的感覺，除非對方直接跟我說個明白。我之前的確察覺到切德與我之間似乎有個結沒有解開，但是我就算想破了頭，也想不到竟是這一點。即使我知道我自己的身體將舊傷疤都清除掉，然而除非弄臣提起，否則我也不會猜想到切德竟誤以爲我有什麼難以想像的祕密瞞著他，心裡因此有了芥蒂。就是因爲這個緣故，所以那天他才氣鼓鼓地離去，而且下定決心要繼續挖掘出我故意不肯告訴他的祕密。我將腿收到身下，不靠人扶地站了起來。倒不是說黃金大人有伸手拉我之意。我將鏡子遞還給他，轉身朝我房間走去。

「這麼說來，你是不打算刮鬍子了，湯姆·獾毛？」黃金大人問道。

「目前不刮了。我要去切德的舊居；如果你能通知一下，請他到那兒跟我見面，那就感激不盡了。」我幾乎把他當作舊日的弄臣一般地說話。不過我倒不期望他會回答，而他也真的沒有回答。

但我實在是力氣不足。我這一路上停下來休息的次數之多，讓我很擔心蠟燭會燒完，迫使我必須在黑暗中摸索。到了門口，那黃鼠狼跳出來向我挑戰；吉利跳了一段狂野的示威舞，邀請我跟牠一分高下，以便決定這是誰的地盤。「這地方就算是你的了。」我對牠說道。「反正我看你是贏定了。」我不理會撲在我腿上的吉利，走過去坐在床緣，躺了下來，而且幾乎一下子就睡著了。這一覺好像睡了很久。

我醒過來的時候，吉利仍在我下巴處酣睡；我一動，牠就跑了。顯然有人來過又走。我竟然睡得不省人事，連有人來過都不知道；以前我與夜眼牽繫在一起的時候，牠總是透過我的感官，以牠的狼性守護著我，所以牠一察覺到有人進來，就會立刻把我喚醒。我一邊堅決地將腿伸出床緣，一邊想道，我實在是過於倚賴屬於原野的感知了。如今的我越來越遲鈍，只能仰賴眾人與一切事物的友善。

桌邊清出一角，放了幾個盤子和一瓶葡萄酒；火爐邊上掛著一鍋湯保溫，而且不久才新添了柴火。我站起來直接朝食物走去。我喝了湯、酒之後，便開始等待；趁著等待的時間，我翻閱了一下切德留在桌上給我看的卷軸。其中有兩個卷軸是切德的間諜傳回來的報告，一個講的是冰華和外島的龍群，一個講的是繽城與恰斯國之間的戰爭。有個古老的卷軸，上面畫著人類背部肌肉的草圖，圖旁還有修訂加註；那幾條詳細解說與註記，都是切德最近寫的。那麼，我到鬼門關之前走了一趟，至少提供了一點新知識。在這個古老卷軸旁邊另有三個綁在一起的卷軸；這些卷軸破舊褪色，且均出於同一人之手；原來這是一套三卷，特別針對「精技獨行者」式的精技人所設計的練習課程。看到「精技獨行者」這個字眼，我不禁眉頭一皺，心裡想著這會是什麼樣的精技人？看了一會兒，我便恍然大悟；這種練習課程，是給沒有加入精技小組之人使用。我從未想過世上會有不曾加入精技小組之人，但仔細一想，就發現「精技獨行者」必然存在；我自己就是一例，不是嗎？總有人老是跟人處不來，或即使處得來，卻喜歡獨居；再說，成立新的精技小組時，不免有人會被排除在外；而這些練習就是為這樣的人而設計。

讀過之後，我發現到「精技獨行者」多為間諜與療者。第一卷的練習，主要是教人如何若有似無地運用精技去傾聽他人的思緒，或者將思緒植入他人的心中。第二卷則教人如何治療他人的身體；我對這個題目深感興趣，這不只是因為我才剛體驗過精技治療，還因為這一卷證實了我原先的推想。第二卷的要義大概是說，人以精技和意志力開始治療之後，身體往往會接手將療程做完；我們的身體是懂得治療的。然而我們的身體也懂得，有時候匆促的修補比完美的修補更重要，例如，先將傷口收口，就比讓皮膚光滑來得重要；所以，我們的身體懂得要保留人的精力，以留待明日之用。因為這個緣故，第二卷警告道，精技人應該將這一點放在心上，切莫忤逆身體的自然傾向；也就是說，精技人在治療時必須注意力道，不可過多過猛。我心裡想著，不曉得切德有沒有看到這一段？

第三卷講的是如何保養自己的身體。在這個卷軸中，褪色的古老墨跡與切德新寫的字跡並陳。他在此逐日記載他早期的失敗嘗試，以及近日的成功成果。切德要我看的就是這一卷；就是因為他寫了註記，所以才特別要把這卷軸拿給我看。他希望讓我知道，從他一拿到精技卷軸，便開始嘗試修補自己衰頹的身體了；但是直到他目睹了我所受到的治療，並發現到他可以汲取阿憨的力量，以輔助自己軟弱且盲目的摸索之後，他才體驗到成功的滋味。

我讀著切德一路寫下來的失望經驗，心裡很清楚在那些時日之中，他必定大為恐懼。拖著殘軀過日子是什麼感覺，我自己曾親身經驗；而且隨著夜眼日漸衰弱，我也多少嘗到年老的辛酸。切德盛年之時，只能蝸居在這個房間裡，隱身在幕後，以假身分出外活動；等到他復返到人群、音樂、跳舞與聊天的世界，啊，是的，還享有數不盡的權力與財富之時，卻發現自己的身體垂垂老矣，眼前的繁華富貴可能只是過眼雲煙，那是何等遺憾？雖然他做這些事風險極大，但其實我也不能怪他躁進，他的心情我再了解不過；我只怕有朝一日，我會面臨跟他一樣的處境，而我很怕自己會做出跟他同樣的決定。

我將提到如何以精技自我修補身體的這個經卷，仔細地反覆研讀了幾遍；這經卷裡提到不少有用的知識，但是我心中仍有些疑問沒有得到解答。切德之所以將這幾個卷軸收起不讓我看到，其原因我已經猜到了幾成；我若是看過這些經卷，那麼我不但會看出他老早就渴望要將精技學得嫺熟精通，還會看出，早在他慫恿我返回公鹿堡之前，他就已經開始積極著手了。

我往後靠在椅背上，努力設身處地地思考切德的處境與心態；他是怎麼想的？他有什麼夢想？我將時光推回十數年之前：紅船之戰終於結束；六大公國的龍群驅走了劫匪；和平重新回到這片大地上；王后的腹中育有六大公國的繼承人；帝尊不但歸還了散失的精技經卷寶庫，而且還極方便地在對王室輸誠之後死去。而切德呢，在陰影中生活了這麼多年之後，終於以最獲王后信任的私人顧問之姿出現在眾人面前；他可以自由自在地在公鹿堡各處活動，享受美食佳釀，在貴族之間周旋。既然如此，那麼他還有什麼未竟的心願？此物無他，想必是他多年前渴求卻被斷然拒絕之事。

精技向來不傳授給皇室私生子，即使皇室私生子有精技潛力也一樣。有些國王無情地強制非婚生的少年男女服用精靈樹皮茶，以便抑制他們的精技天賦；而且我敢說，一定有些瞻遠君主為了節省時間，乾脆將私生子一刀斃命。我之所以有機會受教育，是因為耐辛夫人與切德一起為我請命；但即使如此，我敢說若非因為當時對於精技人才需求孔急，黠謀國王一定二話不說就拒絕這個提議。

切德從未受過精技教育，而且我以男孩子的常性，認爲事情既是如此，接受即可，無須過問。我從未想過要問他：「你有沒有接受過測試，看看你的精技天賦是高還是低？你是在要求學習精技之後被婉拒呢，還是你根本不曾問過？」然而我很早就知道，他非常渴望這個因爲他的出身不佳而無緣修習的魔法；這只要從他積極地爲我爭取受教機會，而且滿懷期待地期望我在這方面出人頭地，便可見一斑。而當時我遲遲無法掌握魔法，不但我自己傷心失望，連他也與我一般痛心。

然而直到今天之前，我從未考慮過當這些經卷到了我手裡，以上種種因素會產生什麼意義。切德到我小屋裡探望過我之後，我就知道他一直在研讀精技經卷；然而我既對他知之甚深，就應該想到就算沒有師傅帶著研習，他也照樣會設法自學。我早該在那時候就自告奮勇地將我所知道的知識教給他。他每次提起精技學生的話題時，是不是都暗自希望我會考慮將他收爲學生呢？而爲什麼我從未認眞考慮過要收他爲徒呢？噢，是的，的確有一次，我提起了要教他精技的事情，然而那就像是只丟出一根骨頭，就想平撫飢腸轆轆的野狗。然而我從未認眞考慮過他有無學習精技的能力。那麼，爲什麼我從來就沒考慮過？

我對自己的疑問，比我對切德的疑問還要多；我一邊思考箇中的衆多問題，一邊燒熱水、找鏡子，而切德的刺客武器室之中，有不少利刃可以用來刮鬍子。我好整以暇地進行這個工作；我刮得很乾淨，而鏡中也逐漸浮現出一張光潔無瑕的臉龐。我坐在桌邊凝視著鏡中人；這時切德進來了，而我不待他開口便說道：

「之前我不知道我的舊傷疤都消失了；據我推想，應該是精技小組合力一推，輪子開始轉動，然後我的身體便像是鬆脫的板車，骨碌碌地從陡坡上滑下去般勢不可止地繼續治療下去；連我自己也不曉得這到底是如何做到的。」

切德的口氣跟我一樣謙遜。「是，黃金大人已經拐彎抹角地跟我傳達了這個意思。」他走了上來，站在我身前，歪頭審視著我的臉；我抬起頭望著他，而他則露出懷舊的笑容。「噢，孩子呀，你看起來跟你父親像是一個模子打出來的；這效果已經好到遠遠超過我們的目標了。你不該刮鬍子的；這一嘴鬍子，至少遮住你一半臉，讓你臉上的變化看來不那麼明顯。如今你非得等到鬍子長出來，才能在堡裡四處活動了。」

我搖了搖頭。「那是行不通的，切德；就算長了一嘴鬍子也不夠。」我對於鏡子裡這張光潔的臉孔看了最後一眼；然後我大笑起來，將鏡子拿開。「過來坐下。接下來該怎麼做，你我都心知肚明。我已經讀過卷軸，但是我看今天這些卷軸是派不上用場的；今晚我們得自己摸索了。」

我們配合得並不順利；我猜這是因爲，就本性而言，切德與我都是精技獨行者，然而既然身爲晉責精技小組的一份子，我們總是需要學著互相配合。所以，我們先跌跌撞撞地做了各種嘗試，然後不耐煩地怪罪這都是因爲蓋倫故意蒙昧了我的心靈、因爲我喝多了精靈樹皮茶，要不然就是怪罪那些傢伙太過短視，沒有及早在切德幼年時就開始讓他學習精技之故。不過最後精技力量還是開始斷斷續續地在我們兩人之間流動，而且我也如同以往一般，將自己託付給切德那雙修長的手。我將力量與精技本身傳送給他，因爲截至目前，他的精技仍是涓滴之流而已。我們靠著他對於人體結構的知識，再加上我對於自己身體的感知，一起摸索著將舊痕跡做出來；就某些層次而言，這比治療還要困難，因爲舊跡復原必須個別部分地完成，而且這種行爲是違反身體正道的。不過我們仍做到了。

完成之後，我再度拿起鏡子。我的新疤比舊疤模糊得多，鼻子也不如以前的歪；不過這樣就過得去了，至少舊跡仍在。除此之外，我脖子上的咬痕、脊椎骨附近箭傷的星紋，以及劍傷應有的皺摺收口，也一一齊備。這些新做的疤痕，並不像舊日疤痕那樣痛苦不堪，因爲我們只在皮膚表面做功夫，並未將皮膚表面的疤痕固定在皮膚底下的肌肉中；但儘管如此，疤痕仍繃緊得不太舒服，但我知道我終究必須習慣這個感覺。此時，切德注意到我額頭上的那一撮白毛，也就是我的「獾毛」從髮根處新長出來的竟是黑髮。他搖了搖頭。「這我就不知道該如何補救了；經卷上可從未提起髮色改變的事情。我看你就乾脆把整綹白髮染成黑髮算了。你若是乾脆做得明顯一點，那麼人們可能會認爲這是因爲你虛榮心起，所以要把頭髮染黑；而若是虛榮心的問題，那就容易解釋了。」

我點點頭，放下鏡子。「不過，之後再說吧。現在不行。現在我已經筋疲力竭了。」我簡單直接地說道。

切德望著我，臉色頗爲古怪。「你還會頭痛嗎？」

我皺著眉頭，舉起一手按住額頭。「竟然跟尋常的頭痛差不多，雖然今晚我們大大施展精技。我看你說得沒錯，也許只要習慣了就好。」

他慢慢地搖頭，繞到我這邊來，伸出雙手按住我的頭顱。「這裡。」他一邊說道，一邊摸到使我生出白色「獾毛」的舊傷之處，再探著我眼窩附近的區域。「還有這裡。」

我怕得縮了一下，但這只是因爲反射動作，接著我坐直起來。「不痛了。以前我每次梳頭，都覺得頭好痛，而臉也痛得像是我吹冷風吹了太久似的。現在竟全都好了。」

「我看你眼窩的傷，是因爲蓋倫想要在塔頂的王后花園殺了你那次造成的。當時你還是他的學生。博瑞屈說，你那隻眼睛差點就因此而看不見了。當時蓋倫把你打得好慘，你沒忘吧？」

我默默地搖了搖頭。

「不只你心裡沒忘，就連你的身體也沒忘。我已經把你裡裡外外都看過了，蜚滋；你頭顱上有傷，那是帝尊的地牢弄出來的，此外你的臉骨和脊椎骨上，還有些更久而且已經癒合的傷口。這一番精技治療之後，似乎連帶地治好舊日的創傷；要是你往後無須再擔心癲癇復發，我也不會意外。」

他走到卷軸架前，回來時手裡拿著一本恐怖至極的書：開膛手弗達德所著的《人體》。這本書做得非常精美，以上好的木板雕刻作爲前後封面，中間裝訂著一張張書頁，而且還泛著墨水味。這書顯然是最近才做的。多年來，那個名爲弗達德的遮瑪里亞祭司，一直在那個遙遠國度的某個寺院中，將屍體開膛破肚、割得支離破碎，等到這個醜行被人揭發的時候，他的惡名遠播，甚至連六大公國這麼遠的地方也時有所聞。我聽過弗達德的事蹟，但是我從未看過相關書籍。

「這是哪裡來的？」我驚訝地問道。

「幾年前，我派人去找來的；足足花了兩年才找到這一本，不過這內文顯然有訛誤，因爲弗達德從未自稱爲『開膛手』，再說這個手抄本聲稱弗達德以嗅聞腐臭屍體爲樂，我看也未必。當年我是派人去找弗達德所畫的人體圖例，可不是旁人擅自加上的文字。」

切德虔敬地將書本放在我面前；我照他的吩咐，不去管那些華麗得彷彿裝飾紋一般的遮瑪里亞文字，把心思全部放在人體內部器官的細膩圖畫上。我在小時候就見過切德所畫的，以及他之前的大師所畫的人體內部器官草圖，但是跟這些圖畫比起來，我以前所見者實在草率得可以；那些點出可以一刀致死的人身致命弱點圖樣，遠遠及不上這些一一把人體器官暴露出來的詳實且精美的彩圖。這些圖畫的用色絲毫不差；我望著這些圖，竟然會想起烤熱冒煙的野鹿內臟，這感覺眞的很詭異。我突然覺得自己十分脆弱——這種感覺該如何解釋？這些柔軟的臟器，有的鮮紅欲滴，有的閃著灰色的光澤；這栩栩如生的肝臟、錯綜複雜地纏捲在一起的腸子，是可以分文不差地安置在我的肚子裡的。可是路德威卻從我背後刺了一劍，刺破了肝臟與腸子；我的直覺動作是伸手去摸下背部的假傷疤；此處除了肌肉束之外，並無肋骨保護。切德看見了我的動作。「現在你總算知道我當時多麼擔心你了。從一開始我就認爲，若是不運用精技，可能就沒辦法把你救回來了。」

「求求你把書闔起來。」我一邊說道，一邊望向他處，避開切德珍而重之的這本書冊；我覺得腹內翻滾，有些噁心。這本書彷彿像是用手扯掉皮肉似的，把內臟、骨骼、關節等全都暴露出來。

「我先研究過手的構造，才開始試著修補自己的手。據我看來，弗達德所畫的不見得全對，但是可用之處甚多。人的手掌與手指，竟然是用這麼多塊骨頭組合起來的，若不是他畫出來，誰會想得到？」他終於抬起頭來瞄了一眼，注意到我的臉色不大對勁，於是將書本蓋了起來。「蜚滋，我建議你康復之後，好好研讀這本書。據我看來，也許每個修習精技之人都應該研讀此道才對。」

「阿憨也是？」我挖苦道。

令我驚訝的是，切德的反應竟然是無可無不可地聳聳肩。「把這書拿給他看看也沒什麼不好。有時候，阿憨能夠理解非常固定的概念；誰曉得他那個奇形怪狀的頭顱裡還藏了多少東西？」

這倒使我冒出一個新想法。「說到奇形怪狀，這麼說來，你認爲我們也能以精技治好阿憨囉？修補阿憨有問題之處，讓他變成正常人。」

切德慢慢地搖了搖頭。「『異於人』不見得就是『有問題』呀，蜚滋。阿憨的身體可認爲自己本身一點錯也沒有。對他而言，他與常人的差別無異於……唔，當然我純粹是猜測，但是以我的想法而言，阿憨之異於常人，就好像人有高矮胖瘦，各有不同。他的身形長相雖與人不同，但似乎自有他的道理。阿憨就是阿憨。也許，我們只要感謝我們有了他，就算他有異於人，也無關緊要。」

「這麼說來，此事你已經徹底考慮過了。」我努力把指責的口氣壓抑到最低。

「這對我而言是什麼意義，你是無法想像的，蜚滋。」他輕輕地應和道。「這就好像牢門打開，而我終於可以自由來去一樣。我告訴你，這一切的變化都令我感動不已。對於我這樣從牢籠裡放出來的囚犯而言，一片草葉，與開闊起伏的山谷無異。我只想一直探索下去，任何會把我拉住的事情，我都覺得討厭；我既不想睡，也不想因爲進餐而停下來，我必須強迫自己才能將心思放在王后的事務上。繽城商人、龍群和貴主等事，我何必在意？精技占據了我的想像力，也占據了我的心思；我什麼都不想，只想好好地探索精技。」

我的心一沉。切德爲了自己的喜好而忙得不眠不休的模樣，我見過多次。他這個人，一旦沉迷於哪個領域，就非得徹底精研，直到自己完全領略才肯罷休——或者是直到另有別的新奇焦點占去他所有的注意力爲止。「這樣啊。」我故作輕鬆地說道。「這是不是說，你會暫時將爆炸實驗擱置下來呢？」

一時間，切德露出困惑的表情，彷彿他已經完全忘記那回事了。然後——「噢，那個啊。我想我已經研究得差不多了；那東西可能有其用處，但是實在太難控制微調，所以每次爆炸都像是在賭運氣。」他不在乎地揮揮手。「我把那東西丟到一邊去了。眼前這東西可比爆炸重要得多呢。」

「切德。」我平靜地說道。「你不能再這樣莽撞地冒險下去了，更不能將阿憨拖下水。我講這話是因爲關心你，不是因爲我自私地瞞著什麼祕密不讓你知道，你應該看得出來吧。」我吸了一口氣。「你需要基礎。等我有力氣上課了，你一定要到塔裡來，跟晉責、阿憨與我重新聚在一起研習精技。」

切德一語不發地打量了我一陣。「那黃金大人呢？」他歪著頭問道。「你之前不也說過，他是我們這個精技小組的一員嗎？」

「我有說過嗎？」我假裝沉思了一會。「噢。你們替我做精技治療的時候，他的確在場；而當時我覺得……依你看，他眞的對於精技治療有所貢獻嗎？」

切德以古怪的臉色望著我。「這種事情，你應該比我更能判斷，不是嗎？你自己也說他的確有貢獻，才不過隔了一天而已，你怎麼就忘了？」

我知道自己這樣的想法很奇怪，但我實在很不願意將弄臣找來跟我們一起上精技課。我告訴自己，反正他一定不會來，然後便納悶自己怎會如此篤定。「我知道當時他在場，但是我無法說出他做了什麼。」我補充道。

切德的態度很嚴肅。「我想他的角色，就是爲我們導引吧；他說，夜眼昏迷時，他也曾做過類似的精技治療。」他頓了一下，以不帶任何暗示的語氣說道：「他對你知之甚深；我想他最大的貢獻就在此。他對你知之甚深，而且他……似乎能與你互通。」他嘆了一口氣。「蜚滋，這點你自己也承認呀。」

「我同時以原智和精技將狼搶救回來時，他的確在場，但他不是爲我治療夜眼，而是在我治好夜眼之後，幫助我回到自己身體裡。」我停了下來。過了一會兒，我說道：「鬼鬼祟祟、神祕兮兮的事情做多了，眞的會習慣成自然哪。切德，我跟你發誓，我眞的不知道我爲什麼……眞該死。是，弄臣與我之間，的確有精技的牽繫，雖然微弱，但是絕對眞切；這是因爲當年他的手指碰到惟眞，然後又碰到我而起的，而等到他以此將我拉回自己的身體之後，這精技牽繫又加強了些；據我猜測，如果我努力思索，可能還會發現這個精技牽繫變得更強了。至於他到底有沒有眞正的精技天賦，我看是沒有的；他的精技力只在於他的手指，而且說不定他只能與我一人互通。」

切德露出近乎尷尬的笑容。「那麼，我眞是雙重放心了；既聽到你說出了眞相，又知道了那個……唔。我認識弄臣很久；我是很尊重他，不過，他這個人總是有點怪怪的，即使他現在喬裝成黃金大人，我還是有好幾次被他弄得很尷尬。有的時候我覺得他知道得太多；有時候我又不禁納悶，那些對我們而言至關緊要的大事，跟他似乎沒有什麼相關，他爲什麼總是如此幫助我們？如今我對精技稍有體驗，也了解到精技會讓人與人之間開放地互通……唔，就像你說的，鬼鬼祟祟、神祕兮兮的事情做多了，眞的會習慣成自然；只是如果你我想要活命，就非保住這個習慣不可。而我，是既不願讓弄臣知道我所有的祕密，而且也相對地不願探知他的所有祕密。」

他的赤誠之言使我大吃一驚，而他這番道理則使我心情直往下沉；不過，他這話是對的。他與我之間還能敞開心胸暢談，這感覺眞的很好。「我會親自去問黃金大人，看看他想在我們的精技小組裡擔任什麼角色。」我說道。「這都得看他自己的意願，勉強不來的。」

「對。而你去問他的時候，順便也趕快跟他重新修好，不管你們是因爲什麼愚蠢的細故而吵架。跟你們兩個待在同一個房間裡，就像是站在兩隻張牙舞爪的野狗中間；這兩隻狗要是眞的撕咬起來，你說誰會首當其衝？」

我當作沒聽見。「那麼，你會到精技塔來跟我們一起上課嗎？」

「會。」

我等了一會兒，最後思忖道，這事情還是公開地講明白才好。「那你私下的精技實驗呢？」

「我的實驗還是會照做。」他平靜地說道。「非做不可。蜚滋，我們相識多年，而且你也知道我的作風；我一向默默自學，而我一旦發現了値得追尋下去的學習線索，就會不眠不休地窮究到底。你別要求我改變這個作風。我做不到。」

而我也深信他此言不假。我嘆了一口氣，但是我不敢禁止他做精技實驗。「那麼你可要多加小心，吾友，你必須非常、非常小心。在精技洪流裡，一不小心就會踏空，要是你被洪流捲走了……」

「我會小心。」切德說完後便離去。我爬回那張如今與其說是他的，不如說是我的床，沉沉地睡去。

22 人情

您事先預估的旅費，與實際所需實在差距太遠；況且，我若早早就對本地惡劣的氣候、惡劣的食物，以及久居於此的惡劣島民有全盤了解，當初也就不會接下這個任務了。回去之後，我理應得到額外的酬金才是。

我終於登上了您所提到的惡靈肆虐的島嶼。爲了要弄條船去那個除了冰雪與岩石之外無他的島嶼，我用盡了原本便嫌不足的盤纏，還出了一整天的勞力，幫一個脾氣暴躁的母夜叉堆了一山的鹹鱈魚乾。那夜叉借我的小舟不但漏水，還不聽使喚，長得奇形怪狀，而且沒有控制方向的船舵；我竟能駕著這個破盆子躲過海上的浮冰，抵達艾斯雷弗嘉島，眞是個奇蹟。到達之後，我在一處黝黑的岩灘上岸；盤據在島上的冰河，原本是直掩至島嶼邊緣與海浪的交界處，但此時冰河略微內縮。岸邊有個廢棄的碼頭與立在水中、地面上的木樁，但是所有容易取走的物品，都被人搜括一空。海灘再過去，凌亂地散落著一地的黑色石頭，岩石間的狹小泥縫中，只能長些苔蘚與貧瘠低矮的草叢。以前這裡可能有些粗糙的房子，但是那些房子的狀況也跟碼頭一樣，所有能拿得走的東西，都已經被人拿走了。昔日必有人在此開採岩石，只是從殘跡看來，這露天礦場至少已經廢棄十年。龐大的黑色石塊，首尾相連地排成一行；前人之所以大費周章地準備到這個程度，必是爲了要弄出一件矗立於地的巨大石雕，然而儘管完成了四分之一，這工程還是廢棄不做。至於這石雕雕的是什麼，我實在看不出端倪。

我在空蕩無人的海邊走了一趟，冒險趁著天色還沒暗下來之前，踏入島上的冰河一探；但我既未看到活龍，也沒看到死龍，說得確切一點，什麼活物都沒看見。我摸索著回到海邊，而當晚我就抖縮著倚在黑色石頭邊度過冰雪交加的一夜。海邊連浮木的碎屑都尋不著，所以根本沒辦法生火取暖。我做了一夜的惡夢，夢見有一群六大公國之人困在恐怖的石牢裡出不去，而我也身在其中；天色一亮，終於可以駛舟離去，我心裡只感到說不出的感激。往後若有人要冒險前來此地，必定要將一切所需通通備齊，因爲人類所需的東西，艾斯雷弗嘉島上顯然一樣也無。

——切德・秋星所收到的報告，未署名

重做傷疤之後，元氣損失太多，復元的速度因此又慢了下來。接下來這三天，我每天吃吃睡睡、睡睡吃吃，全心靜養。我繼續待在工作室裡，食物由切德幫我送來。切德送餐的時間不一，但是他每次帶來的餐點份量都很多，況且我還可用壁爐燒水泡茶，或是把湯溫熱了喝，所以倒無所謂。

工作室沒有窗子，話說回來，時間對我而言也沒有多大意義了。我的起居作息退回了與狼生活那幾年的韻律：在清晨與黃昏之際最爲清醒，並趁此時研讀經卷；在晨昏之間，我或吃吃東西，或在爐火前打盹，或上床睡覺。醒著時，我並未將全部時間拿來看書；我趁吉利出去的時候，將肉塊藏在房裡各處，在那隻小黃鼠狼回來後，欣賞牠志得意滿地將戰利品一一找出來；又動手做些與自己志趣相合的手工藝。我做了個石子棋的遊戲板，用燒熱的鐵絲在遊戲板上印出黑線；我拿了一支切德說我可以自由運用的象牙來做棋子，做好的棋子有些染成紅色、有些染成黑色，並剩下一份不染色。我本希望有機會跟切德下一場石子棋，但最後這個希望落空了；他在我面前隻字不提他的精技研究，而且來去匆匆。也許這樣反而好，我一人在房裡的時候睡得比較熟。

至於堡裡的其他消息，切德的口風也很緊；而我好不容易從他嘴裡套出來的消息則令我憂心忡忡。王后仍在與繽城協商，不過她已經放手讓修克斯大公和法洛大公如其所願地對恰斯國邊境施壓；我國不會正式對恰斯國宣戰，但是兩國邊境上，即使在承平時期就會不時傳出的騷擾和掠奪事件將會增加，而這是王后默許的。這倒不是什麼新聞。百年以來，恰斯國的奴隸都知道，只要他們能逃到六大公國境內，就會變成自由人；而他們獲得自由之後，往往會率眾越過邊界去襲擊從前的領主，並掠奪往日自己照顧的牲口與雞鴨。由於這個緣故，所以恰斯國與六大公國之間的貿易一直很活絡；而六大公國若是公開與繽城站在同一陣線，此舉必將結束這些頻繁的買賣往來。

繽城與恰斯國的戰爭嚴重地打亂了切德在該地布下的情報網；所以如今他只能仰賴轉了二手，或是轉了三手的消息，而這種輾轉傳來的消息一向有個特點，那就是彼此內容出入之處頗多，所以切德與我都對這種「事實」的可靠性存疑。消息指出，雨野河上游的確有個繽城商人所設的育龍場；有人見到一條，但也可能是兩條成年之龍在天上飛翔；至於龍的顏色，有人說是藍色，有人說是銀色，有人說是銀藍色。據說繽城商人餵養幼龍，而龍的回報，則是為繽城商人保護繽城港；但是龍只在陸地上空活動，就是因為這個緣故，恰斯艦隊才能繼續威脅，並掠奪繽城商人的商船船隊。雨野河上游的育龍場，是由半人半龍的變種人所照顧，而育龍場的地點，則是位於一座美麗的大城之中，而日落之後，城牆上的珠寶會散發出燦爛的光芒，居於此處的人類則喜好住在蓋於巨大樹木頂端的木造宮舍之中。

這些消息並未讓我們增長見聞，反而使我們如墜五里霧中。「你看這些龍的故事，是不是他們編出來騙我們的？」我對切德問道。

「他們大概已經將他們所知的事實全盤托出了。」切德簡潔地答道。「間諜活動的目的，就是要讓我們同時能從正面與反面看待事情，然後再結合正反兩面，串出我們自己所見的事實。只是這幾個報告的實料太少，不足以做成一道大餐，只夠折磨我們。你說，我們能從這些謠言傳聞之中推演出當地是什麼狀況嗎？我們頂多也只能說，確實有一條龍現身，而且雨野河的某處有某個神祕計畫。」

對於繽城龍之事，切德只肯說這麼多；但是我猜他知道的遠多於此，只是他不肯講明罷了，而且我想他眼前還有別的迫切要事，不過他也絕口不提。所以我就在睡覺、研習與休息中度過時日。有一次，我在切德的卷軸堆裡翻找，我記得他有一個專講遮瑪里亞歷史的卷軸；然而卷軸沒找到，卻翻出了我在寶藏海灘上找到的羽毛。我就站在暗處盯著羽毛好一會兒，然後將羽毛拿到比較亮的工作台上，好好打量一番。光是看到這幾支羽毛就使我心神不寧；我頓時想起待在那個枯寂海灘上的時光，心裡一下子冒出了千百個問題。

羽毛一共五支，長短與小公雞微彎的尾羽差不多。這些羽毛的雕工極細，細到羽毛上的每一根羽莖都清清楚楚、毫不馬虎。羽毛的材質似乎是某種灰色的木頭，只是拿在手裡卻沉甸甸的。我試著用各種刀刃劃過羽毛；然而就算是最銳利的快刀，也只留下一條極微細的銀紋；倘若這真是木頭的話，那也是有如銅鐵般堅硬的木頭了。羽毛的雕工似乎運用了什麼巧技，所以這些灰色羽毛看來平凡無奇，但斜著看卻露出流動的五彩光影。羽毛聞起來沒什麼味道，咬起來有一股若有似無的鹹澀，而且有些苦。一切就是如此。

我用盡各種方法測試羽毛，終究還是不得其要；這羽毛終究是個謎。如果我猜得沒錯，這幾支羽毛應該恰巧可配上弄臣的那頂公雞王冠。我不禁再度納悶，弄臣那個古怪的工藝品是哪裡來的。當時弄臣將公雞王冠包在一塊令人嘆為觀止的料子裡；那料子極為稀奇罕有，必是出自於繽城無疑。不過繽城自古以精采物事與神奇魔法而聞名，相形之下，那頂樸實無華的木冠，未免與繽城的作風相去太遠。弄臣一拿出那頂古老的王冠，我便一眼認出我曾在夢中見過它。在幻象之中，我所見到的景象，是木冠漆得色彩繽紛，而亮麗的羽毛高挺地站在木冠上，隨風搖曳；木冠戴在一名蒼白得一如昔日弄臣的女子頭上，而遠古時候的某個古靈城市住民，則暫時停下慶祝活動，聽著那女子詼諧地談笑，眾人因而笑得樂不可支。如今我將羽毛展開如扇，並納悶這其中是不是隱含著什麼深意，而我卻沒有看出來？我突然打了個哆嗦，背脊發涼；原來這幾支羽毛不只連結了我與弄臣，還連結了我們二人跟另外一個生命。我匆匆用布將羽毛包起，藏在枕頭下。

這幾支羽毛為什麼會落在我手裡，我仍百思不解，而且我還是不想問切德。說不定弄臣會知道，不過我慚愧得不願將羽毛帶去給他看；不僅是因為我們在吵架之後，兩人之間隔著巨大的鴻溝，而是我竟將羽毛私藏了這麼久都不跟他提起。我也知道，若是再等下去，恐怕這兩個問題都不會改善，反而會更加惡化，但我真的覺得自己虛弱到無法將羽毛拿給他看，所以我日日與放在枕頭下的羽毛共枕。

我在工作室的第三晚，睡到最沉的時候，蕁麻侵入了我的夢中。在我的夢中，蕁麻是個哭泣女子的雕像，靜靜立在自己眼淚所流成的河流之中；她的淚水變成了身上所穿的一襲銀色禮服，而那哀傷難抑的氛圍，則彷彿霧氣般籠罩著她。我站了一會兒，望著不斷哭泣的蕁麻；每一顆從她臉頰上滾下來的銀色淚珠，先是化為她禮服的絲線，然後變成從她腳下流過去的河水。最後我終於對那個罕見的形影問道：「怎麼啦？」

但她只是繼續哭泣。我走上前，遲疑地伸出一手放在她肩膀上，本以爲自己會摸到冰冷的石頭，誰知我這一碰，她卻轉過頭來，以灰霧般的眼睛望著我，原來她的眼裡全是淚水。「求求妳。」我說道。「求求妳跟我說話，妳怎麼哭了呢？」

剎那之間，她又化爲蕁麻了。她將額頭靠在我肩膀上，繼續哭泣。以前每次在夢中與蕁麻相遇時，我總覺得是她找上我；但這次我倒覺得是我找上她，並因爲她格外哀愁而備受吸引，因而走入了她的私密空間。我不請自來，她頗爲意外；不過她倒不是不歡迎我，只是沒想到我會出現。

「怎麼啦？」雖是睡夢中，但我仍知道自己在對蕁麻技傳。

「他們老是吵架；就算他們不講話，吵架的氣氛仍像蜘蛛網般掛在屋子裡，所以不管是誰講了什麼話，都會被蜘蛛網鉤住，變成他們拿來吵架的話題。他們講得好嚴重，彷彿我若是愛其中一個，就不能愛另外一個，彷彿我非在他們兩人之中擇一不可。這我做不到。」

誰在吵架？

「我父親跟我弟弟。他們的確跟你說的一樣，安全地回到家來；可是他們一下馬，我就察覺到他們之間鬧得很僵。我不知道到底是怎麼一回事；我父親不肯說，也不准弟弟告訴我。反正是一件可恥、罪惡且恐怖的事情就對了；但我弟弟偏偏要做這件事，還認爲這件事情很好。我眞想不出情況怎麼會演變到這種地步；迅風一向很乖，話不多，凡事逆來順受；這樣的孩子能想得出什麼他極其渴望，可是我父親卻深惡痛絕的事情來？」

我感覺得到她的心靈正在探尋那個溫順的弟弟是不是做出了什麼不可告人的事情；她很想知道到底是什麼緣故，竟使得父親認爲弟弟丟人現眼；可是她想破了頭，也想不出這個年紀的男孩能做得出什麼敗壞家門的惡事來。想到這裡她便不禁納悶，會不會是她父親失去理性；可是對她而言，這個想法也同樣站不住腳。所以她的內心就在兩個令人難以接受的觀念之間擺盪；然而她正無所適從的時候，家裡的氣氛卻越來越緊張凝重。

「父親不准我弟弟單獨外出；我弟弟必須整天跟著父親做事，但父親卻又不准他去溜馬或刷馬；在這種時候，迅風反倒只能站在旁邊看著我父親溜馬或刷馬。我跟我那幾個弟弟都覺得這樣實在不合情理；但是我們一提起，父親就會變得很凶，一個字也不肯講。我們心情都很悶，而我不知道迅風還能忍耐多久。我眞怕他會狗急跳牆呀。」

妳看他在衝動之餘可能會做出什麼事情來？

「我就是不知道呀。我要是知道的話，就能及早預防了。」

我小心翼翼地將自己所知的一切圈圍起來，然後送出這個思緒：我看這件事我可能幫不上忙。她若是知道迅風有原智，會不會對他另眼相待？博瑞屈與莫莉談起原智時是什麼態度？當然，也可能他們從來不談。蕁麻並未提到她母親對這個情況做何想法，而我也鼓不起勇氣問她。

「我也知道你幫不上忙，影狼；就是因爲這個緣故，所以我才沒去找你。不過就算你幫不上忙，但是你來找我，我就十分感激了。」她嘆了一口氣。「你立起高牆將我擋在外面的時候，我覺得好孤獨，雖然我也說不上爲什麼我會覺得這麼孤獨。畢竟長久以來，你一直都待在我夢境的邊緣，透過夢境看護著我。然後不曉得是什麼原因，你突然就走了，況且我也不知道你到底是什麼人物。你告訴我你的眞實身分，好不好？」

我不能說。我察覺到自己拒絕得太嚴厲，同時也從精技回音中察覺到蕁麻因爲我斷然拒絕而感到傷心。我雖知道多言不智，但還是想試著安慰她。我不能說。是因爲我對妳而言，可算是個危險人物，所以我才想辦法離妳遠一點。反正妳並不需要我。不過，我會盡一己所能地看護著妳、保護著妳；況且妳若有需要，我還是會去找妳。

「你這人怎麼講話反反覆覆的？你說你是個危險人物，又說你要保護我？你說我不需要你，又說我若有需要，你還是會來找我？你這不是自相矛盾嗎！」

是，我是自相矛盾。我謙虛地承認道。就是因爲矛盾，所以我才不能將我的身分告訴妳。葦麻，我只能跟妳講這麼多：妳父親與弟弟之間的芥蒂，是他們父子之間，而非他們跟妳的芥蒂；雖不免受到一點波及，但妳別因此而跟他們兩人疏遠；還有，千萬別對妳父親或弟弟失去信心，而且要永遠愛著他們，勿棄勿離。

「你這樣說，好像我眞會離棄他們。這兩個人，一個是父親，一個是弟弟，我難道可以拋棄嗎？」她悲痛地說道。「倘若眞可以拋棄，我就不會爲他們兩人鬧僵的事情難過成這樣了。」

於是我們不再多談，而我也慢慢退出她的夢境。跟女兒在這種情況下相見，實在沒什麼寬慰可言，而且我敢說她也不覺寬慰。她的焦慮感染了我。博瑞屈一向嚴格，不過就他那套公平的標準而言，他這個人算是頗公正。小時候他待我往往很粗魯，但從來不至於嚴苛；他也許氣惱地打我一巴掌，也許不耐煩地推我一把，但是他難得打我；偶爾幾次挨博瑞屈痛揍，都是因爲他要讓我記住教訓，並不是因爲他要傷害我；現在回憶起來，倒覺得自己受到博瑞屈的體罰是恰如其分。不過我擔心的是，我以前從未公開違逆博瑞屈，迅風卻很可能不惜與他對峙，而我不知道博瑞屈遇到這個狀況會做何反應。博瑞屈深信，摯友託付給他的孩子，正是因爲當年他沒壓抑住這孩子的原智，才使這孩子曝屍山野；既然如此，博瑞屈會不會認爲，保護自己的兒子，使他免於類似的命運，乃是應盡的職責？倘若如此，那我就要爲博瑞屈與迅風擔心了，而且我爲博瑞屈與迅風擔心的心情，無人可以傾訴。

第四天黎明，我醒來時覺得強壯了些，而且耐不住久坐。我揣度道，今天我的身體已經可以在堡裡稍微走動一下，是該重拾生活的時候了。我拿出枕頭下的羽毛，到湯姆．獾毛的臥室去拿些乾淨衣物。我才剛關上密道的門，就聽到與客廳相連的門上響起敲門聲；我兩大步走過去打開房門；黃金大人驚訝地退了一步。「唔，我看他終於醒了。而且看來也穿戴整齊了。那麼，你好些了嗎，湯姆．獾毛？」

「好一點了。」我一邊答道，一邊探看這齣默劇到底是要演給他身後的哪個人看的。我還來不及回應黃金大人因為看到我臉上重新長出疤痕的驚訝表情，幸運便將他擠到一邊，伸出雙手攀住我的肩膀，並恐懼地仰頭瞪著我說道：

「你看起來眞是糟透了，快回床上去躺著，湯姆。」幸運幾乎氣也不喘地便轉過頭去對黃金大人說道：「大人，請多見諒。您所言不假；只是我一直以為您說湯姆傷得多重的話都是在騙我。但是您擋住所有的訪客，不讓任何人探視湯姆，這的確是對的；我現在了解您的用心了。之前我講了那麼多難聽話，還請大人多多包涵。」

黃金大人裝腔作勢地清了一下喉嚨。「這個嘛，反正我也不期望鄉下孩子會像貴族一樣彬彬有禮，況且我也看得出你為父親的狀況憂心忡忡。所以，雖然我並不以一大早被你吵醒為樂，也不太欣賞你在我禁止你與湯姆相見時的那副粗魯態度，但我還是會原諒你的行為。而且我敢說二位一定會允許我退下，好讓你們相聚。」

他說著便轉身走開，將幸運與我單獨留在我的狹小房間裡。不用幸運再三催促，我便依言在矮床上坐了下來；畢竟從切德的塔樓那兒一路走下來，我已經累壞了。幸運一手攬著我的肩膀，一邊隨著我在床上坐下來。他不停地打量我的臉色，瞇著眼睛，憐憫地看著我骨瘦如柴的模樣。「能見到你眞好。」他緊張地說道；一時間，他凝視著我，臉上因為一股未明的情緒而繃得緊緊，接著他的淚水突然源源湧出。他將臉埋在手裡，顫聲痛哭起來。「湯姆，我好怕你會死掉。」他哽咽地從指縫間說道；然後他坐起來喘氣，努力抗拒幾乎要將他淹沒的激動啜泣，不時乾哭兩聲。突然之間，他又變回我兒子了。這些日子以來，他心裡似乎十分害怕。他喘著氣說道：「自從他們把你送回公鹿堡之後，我每天都趕在黎明之前到這裡來看你，可是黃金大人卻每天都擋下我，說你人太虛弱，無法見客。一開始那幾天，我還耐得住性子，但是最近這幾天——」他艱難地吞了口口水。「我對他非常失禮，湯姆。因爲我慌了。他該不會把氣出在你身上吧。我只是——」

我靠在他耳邊，清楚且肯定地說道：「我受了重傷，復元得很慢。不過我不會死的，兒子；這個傷還要不了我的命。你放心吧，來日方長呢。而且黃金大人已經說他要原諒你，所以你就別多掛慮了。」

他伸出雙手緊緊握住我；過了一會兒，他坐挺起來，轉過頭來望著我，臉上猶留著淚痕。「我好怕你就這樣死了，那我就永遠沒機會跟你道歉。因爲我都不肯聽你的勸告。我知道先前你幾乎放棄我了，因爲你既不太跟我講話，也不太到城裡找我了。你受傷之後，他們攔著我，不讓我進牢房去見你；等你回到堡裡，我還是見不到你；我擔心得要命，要是你就這樣死了，那麼你死時一定很失望，因爲你一定以爲我愚蠢得不知悔改，而且儘管你那麼照顧我，我還不知感激。你知道嗎，你之前說得一點也沒錯。我早該聽你的話。我好想親口跟你認錯。你說得沒錯，而且我學到了教訓。」

「什麼教訓？」我嘴裡雖這樣問，但是心裡卻往下沉，因爲我已經猜到幾分了。

他吸吸鼻子，轉開頭去，望向他處。「絲凡佳的事。」他的聲音變得濃濁起來。「絲凡佳把我給甩了，湯姆。她乾乾脆脆地甩了我。我早就知道她有別的心上人——說不定已經很久了。那個人在大商船上當水手。」他低下頭，望著兩腳之間的地板。「那人的船是春天出航的，我猜他們在那時候就已經……很要好了；如今那人回來了，又送她耳環，又送她時髦衣服，又送她遠地帶回來的異香香水，還送了好多禮物給絲凡佳的父母親，所以她父母親都很喜歡那個人。」他聲音漸小，講到最後一句，幾乎已經低不可聞。「要是我早知道就好了。」幸運又補了一句，接著就沉默下來。

在這節骨眼上，我最好是別開口。

「有一天，我等了她一晚，她卻沒來；我急了，擔心她出了什麼事情；萬一她在來找我的路上發生了什麼意外，那就糟了。最後我鼓起勇氣走去她家。就在我要舉起手來敲門時，我聽到絲凡佳的笑聲從屋裡傳了出來。我不敢敲門了，因爲她父親恨我入骨；她母親原來對我還不怎麼討厭，但是你跟她父親打過架之後就——呃，算了。好啦，在那當下，我還以爲絲凡佳只是沒辦法出來——呃，說得確實一點，應該是說她沒辦法溜出來見我。因爲她父親開始把她看得很緊，這你懂吧。」幸運遲疑了一會，臉上緋紅起來。「好怪呀。現在回想起來，那些事情既可恥又幼稚：我們晚上偷偷摸摸地相會，躲著不讓她父親發現，絲凡佳跟她母親撒謊，以騰出時間與我相聚……以前我很坦然，一點都不覺得這些事情有什麼不對，只覺得浪漫而且——這是命中注定的緣分；絲凡佳總是說，我們之所以會認識，都是命中注定，所以我們應該打破一切的障礙，相聚在一起。然而不管那些話有多麼虛假，那都不重要了，因爲我們在一起的時候，的確是彼此真誠相待，這是無法作假的。」他用掌心揉揉額頭。「可是當時我還相信了她。我相信了一切。」

我嘆了一口氣，不過我還是坦白說道：「幸運，如果當時你不相信她，卻還跟她在一起的話……那麼你就比愚蠢還不如了。」我猛然住口，生怕自己這麼一說，事情會變得更糟。

過了一會兒，幸運坦承道：「我覺得我笨死了。而且最糟的是，如今她是不可能回到我身邊了，但要是她真的來找我，我還是會立刻擁她入懷。我雖明知道她用情不專，先跟他，又跟我，但她若是回心轉意來找我，我還是會接納她；雖說她就算回心轉意，也不見得能跟我長久。」過了一會兒，他平靜地問道：「當我將椋音已婚的事情告訴你的時候，你的心情是不是就像我現在這樣？」

這個問題很難回答，不過之所以難以啓齒，主要是因爲我不想告訴幸運，我從未眞正愛過椋音。所以我只答道：「我想，傷心的感覺應該都各有不同吧；至於說笨嘛，噢，是啊，當時我眞覺得自己笨得要命。」

「當時我覺得自己快要死掉了。」幸運激動地說道。「隔天我去外頭幫晉達司師傅跑腿；如今師傅已經很信任我，所以採買之事都交代我去辦了，而那是因爲我買回來的東西絲毫不差，錢也絲毫不差。我走得很急，然後我看到一對男女朝我走過來；當時我心裡想，那女子跟絲凡佳好像呀，說不定是絲凡佳的姊妹。然後我定睛一看，原來那眞的是絲凡佳，不過她戴著銀耳環，身上披著一條藍紫色的披肩，那種藍紫色非常特別，我以前從未見過。她身邊那個男子挽著她的手臂，而絲凡佳就如同望著我時深情款款地望著他。我眞不敢相信，我目瞪口呆地看著他們。他們走過我身邊時，絲凡佳朝我瞄了一眼；湯姆，她臉紅了，但是她假裝不認識我。我……我眞不知道該怎麼辦才好。我們常常溜出去相聚，這情分這麼濃，所以我想道，那人大概是她的舅舅伯伯，或是她父親的朋友吧，可是她卻裝作不認識我的樣子。話說回來，其實在那時刻我自己心裡就有底了。兩天之後，我到『籬笆卡豬』，希望能跟她碰個面，但是酒館裡的人卻嘲笑我，說如今大魚又上鉤了，小魚苗心裡是什麼滋味呀？我聽得一頭霧水，但是他們接著就將事情的原委講給我聽了。講得非常仔細。湯姆，那天我眞是羞愧極了。我逃之夭夭，而且不敢再到『籬笆卡豬』，以免碰上那些人。我心裡反反覆覆，一方面想要告訴絲凡佳那個水手男伴，說這女人用情不專，再告訴絲凡佳我已經知道她這個人根本就是水性楊花；但是另一方面，我又想跟那男人大打一架，看看能不能再度贏得絲凡佳的心。我覺得自己是笨蛋兼膽小鬼。」

「你既不是笨蛋，也不是膽小鬼。」我對幸運說道，雖然我知道他大概認定我只是在安慰他而已。「最明智的作法，就是走開。你就算打贏了那個人，贏回絲凡佳的心，那又如何？發情的母狗總是跟最強壯的公狗配對，而你也不過是得到一名與母狗相去無多的女人罷了。而你若是當面質問絲凡佳，只會使她瞧不起你，除此之外更添恥辱。你就這樣想吧，說不定這個想法能夠多少給你一點安慰：她會永遠懷疑，爲什麼你滿不在乎地便讓她離去。」

「這算是什麼安慰呀。湯姆，世上難道沒有眞正的好女人嗎？」幸運那疲倦的語氣使我心痛，他的夢想竟然這麼快就幻滅了。

「當然有啦。」我強調道。「況且你還年輕，所以你跟衆人一樣，很有可能會找到一個好女人。」

「那恐怕很難。」幸運宣布道。他突然站起來，嘴角彎成一抹疲倦的笑容。「因爲我沒時間去找好女人了。湯姆，抱歉我不能久留，我得趕回作坊才行。晉達司管得很嚴，自從我打聽到你受了傷之後，他每天清晨都留一點時間讓我來找你，但是他堅持晚上的時候，我一定要補足工時。」

「他很明智嘛。化解憂慮——以及化解失戀情傷——的最佳良藥，就是工作。幸運，你就加把勁，努力工作吧，而且不要再自責了。事實上，每個男人在那部分多少都會犯點錯。」

他站著看我，良久才搖搖頭。「往往我以爲自己長大了點，但仔細想想，就會發現自己的行徑其實跟小孩子沒兩樣。我來這裡是爲了看看你，因爲我實在很擔心你，可是我竟然一見到你站在門邊，就忍不住跟你訴苦。你都還沒告訴我你這一陣子的經歷呢。」

我努力擠出笑容。「那是因爲我不想多談呀，兒子。又不是什麼甜美的回憶，不如拋到腦後算了。」

「好，那麼我得先告辭了。我明天再來看你。」

「不，不，你別再來了。你每天都來看我，可見你眞的非常擔心，但是我現在已經復元得很快，你一定看得出來。再過不久後，我就能下山去看你了，到時候我再請晉達司放你半天假，讓我們父子倆好好聊一聊。」

「那太好了。」幸運應道；他的語氣眞誠，使我備覺窩心。他臨走之前抱了我一下，而我很擔心他那年輕人的力氣會把我這虛弱的骨架揑散；之後他便離開，我則坐在床上望著他的背影。我一邊費勁地找出一件乾淨衣服，吃力地換上，一邊想著，這可是數月以來，我第一次感覺到幸運又變回從前的模樣。然而我雖因為孩子重回自己身邊而鬆了一口氣，但這寬慰之中，卻混雜著愧疚感：幸運長大了，我不能老將他當孩子看待；我不該期望他要對我百依百順，這就好像切德不應該期望我對他百依百順是一樣的道理。我因爲幸運失戀，回到我身邊而感到寬慰，又深信我自己的經驗才是對的，其實多少有一點背叛幸運。下次我見到他的時候，我再坦白向他承認，我事先並不知道絲凡佳會腳踏兩條船，只是覺得她會使他分心、無法專心學藝，如此而已；不過我又覺得如此說法也不妥。

穿好衣服之後，我離開房間，走入黃金大人的客廳。我已經不用扶著東西走了，但動作慢一點會讓我比較舒服。他的桌上空空的，顯見侍童尚未將食物送來。他坐在壁爐前，一臉倦容。我跟他點了個頭，將布包著的羽毛放在桌上。「據我看來，這些應該是要給你的。」我平直不帶感情地說道。我展開裹布時，他起身走過來看我在做什麼；他望著我將羽毛整齊排好，不發一言。

「這些羽毛很特別嘛。你是哪裡弄來的，獾毛？」他終於問道。我感覺他之所以開口，是被我的沉默逼出來的。然而他的話裡仍帶著黃金大人的遮瑪里亞口音，幾乎使我動怒。

「我帶著晉責逃進精技石柱之後，被送到一個海灘上，而這些羽毛就是在那裡撿到的。那個海灘上有些海水沖上岸來的浮木、海帶和船的遺骸之類。」

「是嗎？我從來沒聽過這個故事。」

他那平淡的語氣中，潛藏著一個沒有問出口的問題。我是一直將這些羽毛藏起來不讓他知道，還是我一直認爲這些羽毛不重要?我盡最大的努力好好地答覆:「直到現在我都還覺得,待在那個島上的感覺非常古怪;彷彿跟其他事物斷絕了關係。等我好不容易回來了,又同時發生了一大堆事情:爲了搶回晉責而大開殺戒、夜眼死了、我們一路回公鹿堡來,這當中沒有能跟你私下多談的時刻。等我們一回到公鹿堡,就碰上晉責的訂婚大典,還有好多事情。」雖然我解釋了,但藉口聽來很薄弱。爲什麼我直到現在才跟他提羽毛的事?「我將羽毛收在切德的工作室裡;我本想找個時機告訴你的,可是左等右等都等不到好時機。」

他目不轉睛地凝視著羽毛。我再度低頭打量羽毛;如今放在粗布上排成一排,那灰撲撲的羽毛更顯得平凡無奇。然而說它們平凡無奇又太過,因爲這些羽毛詭異得難以言喻,這種工藝品太完美了,完美到不可能是人工所製,可是這些羽毛明明又不是天然生成的。我自己解釋不出來,但我就是很不願意碰觸它們。

「我懂了。」黃金大人終於說道。「這個嘛,謝謝你將羽毛拿給我看。」接著他轉過身朝壁爐走去。

他到底是怎麼了,我實在想不出來。我再試了一次:「弄臣,我看這些羽毛跟公雞冠是一套的。」

「你說得一點也沒錯。」他針鋒相對,而且毫不感興趣地如此答道。他在壁爐前坐了下來,伸長了腿取暖;過了一會兒,他將腿收到胸前,下巴靠在膝蓋上,動也不動地凝視著爐火。

怒氣如火焰般在我心中翻騰。一時間,我很想走過去抓住他的領口,狠狠地將他搖一搖,叫他趕快變回從前的弄臣。然後我的怒火退了,而我則虛弱地顫抖。就在這個時候,我領悟到弄臣之所以沒回來,是因爲我殺了弄臣,因爲我在強迫他答覆那些飄浮在我倆之間、揮之不去的問題時,等於是連帶地毀了弄臣這個人。我早該想到,我不能拿理解別人的方式去理解他。在我們之間,言語的解釋往往是不可行的，但是彼此的信任卻能暢行無阻；而我毀壞了彼此之間的信任，就像小孩子將東西拆解開來，想看看裡面是什麼，但好好的東西最後卻變成了一地的零散物件，再也裝不回去。也許他再也無法變回弄臣，就像我永遠也無法再度變回跟在博瑞屈身邊的馬廄小男孩；也許我們之間的關係已經起了根本的改變，所以我們再也無法以蜚滋和弄臣的身分彼此相待；也許我們之間僅餘的，只有湯姆・獾毛與黃金大人的關係。

我突然覺得自己好虛弱、好疲倦。我一語不發地再度將羽毛裹回粗布裡。我緊握著羽毛，走回自己房間，關緊房門，接著打開暗門走入密道。我回頭將暗門關緊，爬上一階階的樓梯，走回我的工作室。

等我回到自己床上時，已經累得發抖。我不脫衣服便鑽進被子裡；過了一會兒，便沉沉睡去。這一覺睡了好幾個小時；醒來時，肚子很餓，而且壁爐裡的火快熄了；然而我只覺得，無論進餐也好、添柴也好，似乎都不値得我費那麼大力氣。我將被子蓋得更密了些，迅速逃回無意識狀態之中。

我之所以再度醒來，是因爲我身邊有人，而且貼得很近。我驚叫一聲醒了過來，在尙未認清身前的人是晉責王子時，就伸出雙手掐住了他的脖子。過了一會兒，我坐了起來；我的恐慌感退了，但喘得很厲害。「對不起，對不起。」我努力擠出這幾個字。

王子連退了兩、三步，摸著喉嚨瞪我，他以介於憤怒與驚惶之間的口吻，嗄啞地說道：「你是哪裡不對勁啊？」

我吸了一口空氣，吞入乾裂的喉嚨中；我迸出一身冷汗，渾身顫抖不止。我的眼睛和嘴都黏得張不開。「對不起。」我再度道歉。「你突然把我驚醒，我嚇了一大跳。」我掙扎地扯開被子，下了床，幾乎喘不過氣來；我之所以會那麼驚慌，似乎是因爲我剛才做了惡夢，但是我已經想不起來夢到什麼了。

我暈頭轉向地以模糊的視線四下張望。阿憨坐在切德的椅子上，伸直了腳，讓鞋子靠在火邊烤暖。他的束腰外衣和長褲都是公鹿堡藍，不過看來那一身衣服不但是新的，還是量著他的身材而訂做。我以前就打算要為阿憨做雙鞋子、弄點好的衣服，不過那是好久以前的事了；這些東西一定是切德張羅的。壁爐裡的火燒得正旺，桌上則擺著一托盤的食物。

「這都是你弄的？謝了。」我蹣跚地走到桌前，替自己倒了杯葡萄酒。

王子困惑地搖了搖頭。「弄什麼？」

我將一飲而盡的酒杯放下來，但還是覺得口乾。我又倒了杯酒，喝了下去，吸了口氣，這才答道：「食物、爐火，和葡萄酒。」我解釋道。

「不，我們進來的時候就這樣了。」

我的知覺慢慢回復，心跳也回到正常的韻律。一定是切德在我睡著時來過又走。然後我突然想到一個重要的問題。「你是怎麼來的？」我對王子質問道。

「阿憨帶我來的。」

那小傻子聽到自己的名字，慢慢地轉過頭來，與王子交換一個心知肚明的笑容；我感覺到他們兩人之間彼此交換了什麼心思，但是他們的動作太快、控制得太好，所以我跟不上。阿憨咯咯笑了兩聲，然後輕嘆了一口氣，又轉過去面對著爐火。

「你不該來這裡的。」我無力地說道。我在桌邊坐了下來，又替自己倒了杯酒。我伸手掀開托盤上湯鍋的蓋子。湯差不多涼掉了。感覺上喝湯太累，所以我還是喝酒。

「我為什麼不能來？總有一天我會繼任王位，那我憑什麼不能知道公鹿堡裡的祕密？我是太年輕、太笨，還是不能託付祕密？」

我可沒料到會碰到這個棘手的難題；我立刻領悟到，他這個問題我實在無法回答。我溫和地說道：

「我怕切德不想讓你到這裡來。」

「這大有可能。」我再替自己倒一杯酒，而晉責則走到桌邊，在我身旁坐了下來。「切德不愛讓人知道，且只想私藏在心裡的事情可多著了，那人十足地以祕密爲樂。喜鵲到處收集亮晶晶的石頭，而公鹿堡裡則是四處充斥著切德私藏的祕密——不僅如此，切德喜歡收集祕密的理由，也與喜鵲無二：不爲別的，就因爲他愛收集祕密而收集。」他挑剔地打量著我。「那些疤痕又長回來了。這麼說來，是精技治療的效果消退囉？」

「不是，那些疤痕是切德與我合力重新做出來的。這樣比較不會引人側目。」

他點點頭，但仍繼續盯著我。「你看起來雖比較有力氣，氣色卻比之前差。你眞不該在進餐前喝那麼多酒。」

「那些食物都涼掉了。」

「唔，冷了就溫熱嘛，這還不簡單。」聽他的口吻，似乎對於我的愚蠢感到不耐煩。我猜他大概會派阿憨去做這任務，誰料他自己便拿起湯鍋攪拌一番，然後再蓋起來；接著他以一副訓練有素的模樣，將湯鍋掛在掛鉤上，掛鉤的支臂則轉到爐火上。他又拿起一小條麵包，掰成兩半，放在盤子上，然後將盤子放在爐火附近，以溫熱麵包。「你要不要喝茶？以你現在的狀況，喝茶遠比喝酒好多了。」

我放下空杯，但未再添酒。「你有時候眞讓我驚訝；身爲王子，怎麼會做那樣的事呢？」

「這個嘛，我母親的觀念你是知道的；王子就是人民的僕人。我小時候，她想要以群山人教育犧牲獻祭的方式來教育我，也就是說，我應該要能夠做最尋常的事務，跟任何農家的小男孩無分軒輊。後來她發現，她認爲我該學的事情，我實在很難在公鹿堡學得齊全；爲免這裡的僕人們縱容我，所以她便將我寄養在別人家。她本想將我送到群山王國去住一陣子，但是切德勸她還是讓我留在六大公國。這一來，我母親就只剩下唯一的選擇了：於是在我八歲時，她將我送到耐辛夫人那兒去當她的侍童，為期一年半。不用說也知道，我在她那兒是不可能享有小王子的尊寵的。頭兩個月，耐辛夫人根本連我的名字都記不得。不過她眞的教了我很多有趣的事情。」

我還來不及告誡自己愼言，便不禁有感而發地脫口說道：「可是你的烹飪技巧不可能是跟耐辛夫人學的。」

「噢，但我眞的是從她那兒學的呀。」他咧嘴笑道。「出於需要嘛。有時候，耐辛夫人想在深夜時吃點熱食；要是撒手不管，她就會將食物煮到燒焦，而且弄得整個屋子都是煙。老實說，我眞的從她身上學了很多東西；不過你說得沒錯，烹飪的確不是她的長處。教我如何在壁爐邊溫熱食物的，是蕾細小姐；當然她教我的不只這個。我用鉤針編織的手藝，絕對比宮裡一半以上的夫人小姐還高明。」

「眞的？」我以友善但是不怎麼感興趣的口氣問道。此時他背對著我攪湯。我突然聞到令人食指大動的香味。看來我方才的小小失言應該是被忽略了。

「眞的呀，連教你也沒問題哩，如果你想學的話。」他把湯鍋挪得離火遠一點，再攪一攪，然後將湯和麵包端到桌上來。他一邊如同我的侍童般為我擺好食物、設好盤碗，一邊有感而發地說道：「蕾細說，你小時候什麼都學不會。她說你太沒耐性，所以坐不住。」

我本來已經拿起湯匙；聽到這裡，又放下湯匙。他走到火邊，瞧瞧燒水壺的情況。「還不夠熱。」

晉責說道，接著又補了一句：「蕾細總是跟我說，水至少得燒到蒸氣噴到一橫掌那麼高，茶的滋味才泡得出來。不過我敢說，當年蕾細教你的時候，一定也是這麼仔細。耐辛夫人和蕾細都跟我講了好多你小時候的故事。我在公鹿堡這裡就很少聽到你的事情；偶爾有人提到你的名字時，不是夾在咒罵之中，就是寄予無限的遺憾。但是我待在那兒時，她們兩人提到你總是眞情流露，雖說耐辛夫人往往會因為談起你的往事而痛哭起來。這點我就不懂了；耐辛以爲你死了，所以非常難過，天天悲悼你年輕早逝；可是你怎麼忍心這樣對待她？她是你的母親耶。」

「耐辛夫人不是我的母親。」我虛弱地說道。

「她可不是這麼想的。」他乖戾地說道。「她自認爲是你的母親。她總是對我說，其實你愛吃的是什麼食物、愛穿的是什麼衣服，彷彿她知道得比我自己還清楚；而我若是抗議那些東西我才不喜歡呢，她就會不容置疑地宣布道：『別傻了；我當然知道你喜歡什麼。你們小男孩的性子，我知道的才多呢！我可是有兒子的，只是他英年早逝了。』這人說的就是你。」晉責不忘在最後再補上一句，彷彿生怕我沒聽出這番話的涵義。

我呆坐著，一語不發。我告訴自己，我的身體還沒完全復元，待在牢房的那些日子既冷又痛苦，再加上接受精技治療、以精技重新塑出傷疤，噢，對了，還有弄臣冷淡地拒絕了我想要跟他修好的嘗試，這一切都使我變得很孱弱、一點力氣也不剩；就是因爲這樣，我才會打顫、才會喉頭發緊，才會在這個守得如此嚴謹的祕密突然被人戳破的時候，想不出自己該怎麼辦才好。一朵恐怖的黑雲漫天漫地籠罩了下來，比任何精靈樹皮茶所產生的效果都更爲嚴重。淚水在我眼眶中打轉；我心裡想道，說不定只要我不眨眼，淚水就不會掉下來；說不定只要我直挺挺地坐著，眼睛就會將淚水吸收回去。

燒水壺開始冒出大量蒸氣，晉責也起身走向壁爐。我趁此匆忙地用袖管抹去淚水。晉責將滾得冒泡的燒水壺拿到桌邊來，倒入放了茶葉的茶壺裡。他一邊將燒水壺提回火爐邊，一邊回頭跟我說話。此時他說話的口氣略微收斂，可見得我沉默不語的姿態並未騙過他；我想他已經察覺到，他差一點就打破了我的心防，所以他有點緊張。「我母親已經跟我說了。」晉責爲自己辯護道。「你受傷入獄的事情，弄得母親與切德都心神不寧，所以他們彼此拿對方來出氣，而且不管誰出什麼主意，另外一人一定會唱反調。有次他們吵架時，我也在房裡；母親跟切德說，她要親自下山去把你從牢房裡弄出來；切德說這絕對不可，因為此舉會使你我蒙受更大的危險；於是我母親就說，她要告訴我躺在山下的牢房裡、因為我而瀕死的那個人到底是誰，而切德則竭力阻止；然後我母親又說，我這麼大了，也該懂得身為人民的犧牲獻祭應該有什麼作為了；接著他們就叫我出去，而他們兩人則繼續留在房裡吵架。」他將燒水壺掛回壁爐的掛鉤上，走回桌邊，在我身旁坐下。我避開他的眼神，不與他相對。

「我母親稱你為犧牲獻祭，那是什麼意思，你知道嗎？你知道我母親是怎麼看待你這個人的嗎？」他將麵包推到我面前。「你該吃吃東西的。你的臉色好差。」他吸了一口氣，說道：「我母親稱你為犧牲獻祭，這意思是說，在她心目中，你乃是名正言順的六大公國之王。大概從我父親過世——應該說是，自從我父親化為龍之後，她就這麼看待你了。」

我不禁猛然轉頭望著晉責的眼睛。這麼說來，珂翠肯真的是全跟他說了，而她此舉嚇出我一身冷汗。我朝在火邊打盹的阿憨一瞥。王子順著我的眼神望去；他什麼話也沒說，但是阿憨突然睜開眼睛，轉過頭來望著晉責。「這些食物真是差勁哪。」王子對阿憨感嘆道。「你看你能不能到廚房去，幫我們弄些好吃一點的來？好比說，看看有沒有甜食之類的？」

阿憨整張臉都笑開了。「沒問題。我知道廚房裡有什麼：乾漿果和蘋果做的派餅。」阿憨說著舔了一下嘴唇。他站起來時，我看到他的束腰上衣胸前繡著瞻遠家族的公鹿標誌，心裡又驚又喜。

「那就麻煩你了。記得要循原路去，再循原路回來喲。這點很重要。」

阿憨若有所思地點點頭。「很重要。我記住了。現在我已經知道了：從漂亮的門進去，就要從漂亮的門出來，而且一定要等到四下無人的時候，才可以從漂亮的門出入。」

「阿憨，你真是好幫手。幸好有你！」王子的語氣中除了心滿意足之外，還有別的；不是紆尊降貴，而是……啊，對了，就是這個：因爲擁有阿憨而感到驕傲。他跟阿憨講話的口吻，彷彿阿憨是條屢屢奪魁的彪炳獵犬。

那小傻子離開之後，我對晉責問道：「你將阿憨收爲你自己的手下？而且還公開讓大家知道？」

「如果我祖父都能找個瘦巴巴的白子男孩來當弄臣兼作伴了，那我憑什麼不能找個小傻子來做弄臣兼作伴哪？」

我畏縮了一下。「你沒讓別人嘲笑他吧？」

「這你大可放心。你知道阿憨會唱歌嗎？他的歌聲其實就是一串古怪的音符，替他的音樂添增了風味，不過那些音符眞的是從他嘴裡唱出來的。我雖沒有一天到晚留他在身邊，但是阿憨常常跟著我，所以再也沒人敢對他說長道短。再說，因爲他與我能夠私下溝通，所以他知道什麼時候我希望有他相伴，什麼時候我希望他暫時離去。」他點點頭，顯然對自己的成就大爲滿意。「據我看來，阿憨現在比以前快樂得多。他已經發現了洗熱水澡和穿乾淨衣服的樂趣，而且我送了些簡單的玩具給他。我只擔心一件事：幫忙照顧阿憨的那個女人說，她認識另外兩個像阿憨這樣的人；她說，這樣的人比尋常人短壽得多，所以阿憨可能已經近於生命的終點了。眞的是這樣嗎？」

「這我就不曉得了，王子殿下。」

我想也沒想就說出了這個尊稱；他聽了咧嘴而笑。「你稱我殿下，那我該稱你什麼呀？堂兄閣下？蜚滋駿騎大人？」

「湯姆・獾毛。」我斷然地提醒道。

「當然囉。至於他，則稱之爲『黃金大人』，對不對？我得老實承認，把你想像爲蜚滋駿騎大人，可比將黃金大人想像爲穿著小丑服的弄臣來得容易多了。」

「比起昔日而言，如今的他，眼界已經開展許多了。」我說道，並努力壓抑內心的遺憾，以免情緒從我的口氣中流露出來。「王后是什麼時候告訴你這些家族密史的？」

「我們合力治療你的那天晚上。那天晚上，她帶著我從密道走到你房間，我們在你床邊守了一夜。我們坐了一會兒之後，她便像是開了話匣子似的講起來。她跟我說，傷疤盡去之後，你的臉龐變得跟我父親極其相似；她又說，有時候她望著你，彷彿在你眼裡看到我父親的影子。然後她便源源本本地告訴我一切了。光是一晚還說不完，她一連講了三晚。一連三晚，我母親坐在你床邊的坐墊上，握著你的手，跟我說起歷歷往事。她要我坐在地上聽；而房裡除了我們三人之外，不准別人打擾。」

「我不知道當時你在我身邊。也不知道她在我身邊。」

他不在乎地聳起一肩。「當時你的傷勢的確已經治好，但除此之外，你與死亡只有一線之隔，幾乎跟治好之前沒什麼差別。我就算施展精技也探不到你，而在我的原智感應中，你就像燭芯盡頭的那一點火光那麼微薄，彷彿一個不注意，那火光就會熄滅。但是當我母親握著你的手講話時，你的生命之火似乎便燒得旺了些；我想，這一點我母親也感受到了。我母親彷彿是為了要留下你的生命，所以才不停地拉著你的手講話。」

我舉起雙手，又任由雙手無力地墜回桌上。「這我真的不知道該怎麼應付才好。」我不得不坦白道出。「如今你知道這一切，我真不知道該怎麼應付才好。」

「你應該覺得很輕鬆才對呀。雖說一時之間，我們仍必須在人前維持湯姆・獾毛的這個偽裝。然而至少私下時，你可以用真面目示人，不用處處提防自己講錯話——在這方面，你的破綻還真不少。喝湯吧，可別擱著不吃，我又得重新把湯拿去熱了。」

這個提議很好，況且這能讓我有時間思考，不必開口；不過他坐在我旁邊，興味濃厚地盯著我進餐，使我覺得自己像是一隻被貓盯上的老鼠。我皺起眉頭瞪他，他則哈哈大笑，並且搖了搖頭。「這是什麼感覺，你一定想像不出來。我看著你，心裡不禁想道，我長大之後會不會像你那麼高？我父親會不會像你那樣皺眉頭？要是你沒將疤痕做回去就好了；有了疤痕之後，我比較難從你臉上看出你我的相似之處。你坐在那裡，而我知道你的眞正身分……彷彿像是看到我父親活生生地走入我的人生，這是我前所未有的感覺啊。」那個年輕人一邊講，一邊在椅子上扭來扭去，像是一隻開心的小狗兒，恨不得立刻就跳到我身上來。我實在無法迎向他的目光，我總覺得有些不妥，覺得措手不及；我實在不值得王子這樣奉承。「你父親比我強多了。」我對他說道。

他深吸了一口氣。「說一點我父親的事情嘛。」他乞求道。「說一點只有你跟他知道的事情吧。」我感覺得出這對他而言非常重要，所以我無法拒絕。我努力搜尋自己的記憶。我該告訴他，惟眞並不是一眼就愛上珂翠肯，而是日久生情嗎？這聽起來很像是在把他拿來跟他父親做比較，何況此時他對艾莉安娜興趣缺缺。惟眞不是那種有很多祕密的男人，不過依我看來，晉責並不是在問惟眞有什麼祕密。「他喜歡好紙、好墨水。」我對晉責說道。「而且他所用的鵝毛筆的筆尖，都是他自己削的，從不假手於人；筆尖該怎麼削，他可挑剔得很。還有……我小時候，他對我很好。不爲什麼，就是對我很好。他還送我玩具：一個迷你的木頭板車，還有木刻的士兵和馬。」

「眞的？這我倒很意外，我還以爲他必須故意跟你保持距離呢。我早就知道他一直在關心你，但是他在信中老跟你父親抱怨，那隻暱稱爲『湯姆』的小公貓*，除非是偎在博瑞屈腳邊，否則難得一見。」

*譯注：惟眞稱蜚滋爲「公貓（Tom-cat）」，直譯亦可說是「名爲湯姆（男子名）的貓」，所以譯文稱此貓「暱稱」爲湯姆。

我直挺挺地坐著，動也不動；過了好一會兒，我才想到自己該呼吸了。我深深吸了一口氣。「惟眞在信上寫到我的事？他寫信把我的事告訴駿騎？」

「當然沒講得很白啦。這是耐辛把信裡的意思解釋給我聽，我才知道的。我跟耐辛抱怨我對自己的父親一無所知，所以她就把我父親寫的信拿給我看；說起來眞是令人失望透頂，我父親寫的信一共才四封，每封信都很短，而且信的內容十之八九都很枯燥。什麼他很好啦，也祝福駿騎和耐辛一切都好啦；他在信裡多半是請他哥哥去跟這個公爵，或是那個公爵說句話，以平息政治爭議，有一次則是跟駿騎請教之前某一年的稅賦是如何攤分的；然後再寫一、兩句，將農作與打獵的收穫情況一筆帶過。不過信末一定會提到你。『博瑞屈收養的那隻暱稱爲湯姆的小公貓，似乎過得頗爲自在。』『昨天博瑞屈的那隻湯姆小公貓在庭園裡亂跑，我差點就踩到了，他的個頭一天天地大了。』我父親在信裡提到你的時候，都是這樣寫的；這是爲了提防間諜，甚至於一開始時，可能還要提防耐辛在讀信時不至於起疑。到了最後一封信，他就乾脆將你稱之爲『湯姆』了：『湯姆惹惱了博瑞屈，所以被博瑞屈痛打一頓，但是他似乎毫無悔改之意。老實說，我比較可憐博瑞屈。』而且在結尾處，我父親一定會提到說他期待新月來臨，或是希望滿月的大潮時，挖蛤蜊會大有收穫等等；耐辛告訴我，這其實就是在預告他們兄弟倆彼此技傳的時刻，這個時候他們可以避開其他人，毫無阻礙地彼此溝通。所以你由此就可以看出，你我的父親是很親密的；駿騎搬到細柳林去時，他們兄弟倆彼此都很捨不得；不只我父親很想念駿騎，駿騎也很想念我父親哪。」

湯姆啊。

原來就是這樣，所以耐辛才會隨口用湯姆這個名字來叫我*。而我雖不知道這名字的由來沿革，卻一直保留著它，至今仍以「湯姆」自稱。王子說得沒錯，公鹿堡裡的確四處充斥著祕密，而且其中有一半根本就稱不上祕密，只是我們唯恐答案令人傷心得難以忍受，所以從來也不敢開口問罷了。我父親是什麼樣的人？這問題我從沒問過耐辛；我父親是怎麼看待我這個人的？這問題我也從沒問過耐辛或惟真。而因爲不敢啓齒，所以久而久之，這些事情就變成祕密；而因爲從來不談，所以我一直將我父親想得很糟。畢竟他從未來探望過我。他是否曾經透過弟弟的眼睛探看我的模樣？我父親對我的關心，他們從未向我提起，但我該怪他們嗎？說不定他們想當然耳地認爲我一定早就知道了？還是我應該怪自己從來不問？

「茶泡好了。」晉責宣布道，拿起茶壺要幫我倒茶。這時候我才第一次察覺到，這孩子正在服侍我，而且他的態度，就像是我在他那個年紀時服侍切德與黠謀的態度一樣，十分敬重。「你別弄這個了。」我一邊說道，一邊伸手蓋在他的手上，硬是叫他將茶壺放回桌上；我從桌上拿起茶壺，替自己倒了茶，並告誡他：「晉責，王子殿下，好好聽我說。對你而言，我不能是別人，只能是湯姆・獾毛，不管在哪裡都一樣。此時此地，我們談過了便罷，但從此以後，我必須回復我身爲『湯姆・獾毛』的身分；而你必須徹底將我當成湯姆・獾毛，並將黃金大人當成黃金大人。你拆穿了湯姆・獾毛的僞裝，等於是在玩弄一把無柄的利刃，然而這個如無柄利刃般的祕密實在太過棘手，無處可握，不僅如此，不管怎麼用都過於危險。你因爲知道我的身分而感到高興，你覺得認識了我，彷彿與你父親多貼近了幾分；

＊譯注：《刺客正傳1刺客學徒》第十三章中，耐辛剛與蜚滋見面不久，她問：「小子，他們怎麼叫你？」蜚滋回答：「叫我小子就好。」耐辛臉上掠過一抹震驚的表情，隨後決定稱他爲「湯姆」。當時，蜚滋認爲就算博瑞屈給狗取名字也比她要用心，這個女人卻隨隨便便一開口就叫他湯姆，讓他心裡很是不滿。如今耐辛之所以這樣稱呼的原因才眞正解開。

我也很希望事情要是這麼單純、這麼美好就好了。然而這個祕密若是被不該知道的人知道了，那麼我們通通都會被拉下水。王后會盡量庇護我，這點你我都知道，但是你想想看，王后若是庇護我，事情會有多嚴重：先別提我在一室的人證面前殺死了蓋倫的精技小組裡好幾個成員，也別提許多人以爲我早該死了，而我卻沒死；光是我仍活在人間的消息，就足以使人們對原智者的痛恨與恐懼激升到最高點，然而此時王后的要務，卻是要終結人們以私刑處決原智者呀。」

「以私刑處決原智者的風氣，你我皆身受其害。」王子溫和地說道。他往後靠在椅背上，思索了一會兒，彷彿要自己將這前因後果想清楚。最後他很不自在地說道：「你已經讓王后的計畫起了意外的波折。雖然切德已經盡了一切努力，讓外界認爲王室對你的命運漠不關心，但是仍有人謠傳，『科普勒』、沛杰與另外那一人，就是因爲人家認爲他們是原智者才會遇害，且凶手至今仍逍遙法外。」

「我知道。切德跟我說了。切德又說，謠傳還指控王子有原智。」

王子低下頭來。「是啊。嗯，的確如此，不是嗎？花斑幫知道我的底細，而那些自認爲是『原血者』的人可能也曉得了。目前原血者倒是願意保住我的祕密；他們跟王后一樣期待此次的會談。不過那三個人的死，使得原血者變得格外謹慎保守；如今他們要求要有更多防護措施，以免因爲來到公鹿堡而招致危險。」

「他們要交換人質。」我迅速推斷道。「他們願意來，但是他們來公鹿堡的時候，我們必須送幾個我們的人過去，讓他們押在手上才行。他們要求幾個人質？」

王子搖了搖頭。「這你必須問切德，或是問我母親。從他們兩人吵架的情況看來，我猜我母親應該是直接與原血者聯絡，而且她口風很緊，凡是她認爲切德不必知道的事情，她絕不多言；可是切德拿她一點辦法也沒有。據我看來，我母親不但努力平撫原血者的情緒，還配合他們重新調整會議時間；但切德咬牙切齒地說，先別說原血者那些荒誕不經的要求不該應允了，會議時間說什麼也不能要改就改；不過我母親獨斷獨行，而且不肯將會議的細節告訴切德，這下子激怒了切德。我母親提醒他，她從小受的可是群山式的教養，所以固然在切德眼裡，原血者的要求『荒誕不經』，他們所提的條件『無法接受』，但是就她而言，這乃是原則問題，所以她一定會應允原血者的要求，並接受他們的條件。」

「的確如此。這個派餅擺在那裡，卻看得到、吃不到；世上再也沒有比這種事情更令切德氣惱的了。」我的語氣溫和，但心裡卻有點不安，不知道珂翠肯認為自己理應為自己的子民犧牲的群山式價觀，會將我們帶往何處。

晉責似乎也察覺到我語帶保留。「我看也是。不過就此事而言，我會與母親站在同一邊。如今她必定要強迫切德屈居下風；若是她現在不堅持一點，那麼等到我繼承王位的時候，恐怕就難以掌握實權了。」

他這一番話說得我背脊發涼。他說得一點也沒錯；這事唯一值得寬慰之處，是他竟能如此堅毅冷靜地看待此事。他看得出切德的詭計，因為他不但十足是珂翠肯的群山兒子，也十足是切德教出來的學生。晉責講這話的口氣，輕鬆得彷彿我們談的是天氣。

「但是我們剛才談的不是這個。你剛才說，你不能以真正的身分現身，這點我暫時同意，因為眼前絕對會有些人處心積慮地要置你於死地，而且許多人會對你又恨又怕；除此之外，人們難免會指責說你犯下弒君重罪，但瞻遠王室卻因為你是家族成員而處處維護你。不過最令耐人尋味的，莫過於你以真正身分現身之後，會對原血者與花斑幫產生什麼影響；多年來，『原智小雜種』一直是他們的精神象徵，而且在他們口中，你至今仍倖存的謠言，每每化為傳頌一時的美談與傳奇。在儒雅口中，你這個人簡直跟神沒什麼兩樣。」

「你沒告訴儒雅我的事情吧？」我一下子警覺起來。

「當然沒有啦！唔，我們談的不是你，而是原智小雜種蜚滋駿騎；而且你放心，他認為你已經死了。雖說我認為，你的祕密就算託付給儒雅，也跟託付給我一樣安全無虞。」

我嘆了一口氣，我既擔心又疲倦。「晉責，你對朋友的忠誠令人敬佩；但是儒雅會不會待你以誠，就令人懷疑了。貝馨嘉母子背叛了你兩次，難道你要讓他們有機會三度背叛你嗎？」

他露出頑固的神情。「他們是受迫的，湯姆……如今叫你這個名字，感覺上怪怪的。」

我才不會被他的虛招引開。「重新習慣了就好。而如果往後儒雅因為再度受人威脅，所以再度成為內奸，甚至做出更糟糕的事情呢？」

「如今他親人都過世了，所以再也沒人能以親人的安危來威脅他了。」他突然住口，轉過頭來望著我。「你知道嗎，到現在為止，我既未跟你道過歉，也沒跟你道過謝；那天我派你去救儒雅，可是卻沒考慮到你會因而招致什麼危險；你應聲而去，救了我朋友一命，雖然你一直不太喜歡他，可是你卻因為救他而自己差點送命。」他歪著頭看我。「我要怎麼謝你呢？」

「你用不著謝。你是王子殿下。」

他的臉轉而嚴肅起來；他講話的時候，眼神中有珂翠肯的影子。「我不喜歡那樣；聽起來，彷彿我們分外疏遠。我寧可你我只是單純的堂兄弟就好了。」

我一邊仔細地打量著他，一邊問道：「你我若是單純的堂兄弟，我的行為就會變得不同嗎？難道說，我會因為你我『只是單純的堂兄弟』，就一口回絕，不肯去救你朋友？」

他對我笑笑，露出非常滿足的神情。「我到現在都還不大相信我真的有堂兄了。」他輕輕地說道，臉上流露出一抹愧疚感。「而且阿憨跟我是不該來探望你的。切德不准我們吵你，也不准我們在你人好一點之前對你技傳。我來這裡，並不是想要吵醒你；我只是想再看看你，如此而已；不過我一發現疤痕長了回去，就越看越靠近。」

「那很好呀。」

我默默地坐了一會兒；雖然我不大自在，但是晉責卻興味盎然地望著我。這眞是奇怪，我竟然純粹因爲自己的出身而受到厚愛。阿憨出現時，我頓時鬆了一口氣。他兩手捧著滿滿的甜點，且因爲爬了這麼多樓梯上來而一直喘氣；他手上捧著的大派餅，足夠給十幾個人分食。

我滿足地望著阿憨將他從廚房掠奪而來的美食放在桌上；阿憨滿臉笑容，顯然對自己相當滿意。我突然了解到，這是我第一次在他臉上看到這樣的表情；他那張圓臉、那排各自分開的小小牙齒，以及垂在嘴外的舌頭，使他看來像個歡欣鼓舞的小精怪。要是我不認識他，大概會覺得這張笑臉令人望之喪膽，但是他這一笑，王子也以笑臉相迎，而我自己也不禁笑了起來。

阿憨將派餅重重地放在工作台上，熱心地把我的碗盤推到一邊，以便空出地方來做事。他一邊忙著，一邊哼著歌，而且我聽出他是在哼他的精技樂曲；那小個子男子的陰霾性情已經消逝得無影無蹤了。阿憨切的派餅，每一塊都大得不得了，而且我還注意到，他用來切派餅的刀，就是我在找上路德威之前，在城裡幫他買的那把刀子；這麼說來，我買的東西，已經輾轉回到公鹿堡，而且送到阿憨手上了。王子找來幾個碟子，阿憨將一份份派餅分置在盤子裡；他分裝派餅的時候非常小心，唯恐弄髒了新衣服，而他吃派餅時則更加小心，其謹慎足可與穿著一襲嶄新禮服的貴族夫人相比。我們三人將那個超大的派餅分吃得一點也不剩，自從受傷以來，我第一次覺得食物嚐起來滋味如此美好。

23

天機

非原智者常常說起原智者如何恐怖的故事，好比說原智者爲了遂行惡毒的詭計，而化身爲動物等等。不過凡是原血者，都會斷然地表示，不管是誰，都無法從人形化身爲自己牽繫的動物，就算人與動物之間的牽繫再怎麼深切也是一樣。但是有一點是原血者不太願意提起的，那就是人類的確能夠居住於牽繫伴侶的身體裡。當然，這個狀況多爲暫時性，且只有在極端危急時才會發生；人類居住於牽繫伴侶體內時，人體並不會消逝不見，而是變得非常脆弱，看起來像是死了一般；而這多是因爲人體受創、衰亡，或者突然猝死，所以人類的意識才會躲進牽繫動物的身體裡避難。原血者對於這樣的行爲極爲不齒，並嚴格禁止這類情事。

原血者之間，一向嚴禁人類長久定居在牽繫動物體內；原血者若是因爲自己的身體瀕死，所以逃進牽繫動物體內，就會立刻被原血族群驅逐，而收容牽繫動物的靈魂、與牽繫動物的靈魂同住在人體內之人，也會遭受到同樣的命運。在原血者眼中，這類行徑不但自私至極，妄求長生不死，而且非常不智。原血族群的長輩總是嚴厲警告族人，不管這種處境多麼誘人，兩個靈魂若是同處於一個肉身之中，必定是彼此皆無法幸福圓滿，還不如直接死去比較好。

對於原血者而言，這個原則極爲重要，但是在這方面，所謂的花斑幫卻採取了截然不同的態度。花斑幫貶抑動物的地位；他們認爲在人與動物的牽繫關係中，動物的地位遠遜於人，而且人類大可在自己的肉身毀壞、不堪使用之後，便移居於動物伴侶的身體之中。而且在某些情況中，人類的精魄竟全盤接管動物的身體，甚至將動物的靈魂從牠們自己的肉身中驅逐出去。由於某些動物，例如烏龜、雁鵝與某些熱帶鳥類等，擁有很長的壽命，所以寡廉鮮恥的人類，爲了讓靈魂在肉體死後有個著落，便在晚年時與這類動物牽繫在一起，並因此而將人的生命延長到百歲以上。

——湯姆・獾毛所著之《原血者傳奇》

我在靜養之後重新現身時，覺得自己像是剛孵出來的小動物，第一次爬入陽光之中。這個五光十色的大千世界令我應接不暇；我還活著，而且處處都顯得新奇。除此之外，晉責對我的景仰，使我彷彿裹了一件暖和的外套。所以隔天早上，我站在公鹿堡的庭園中，望著周遭的人來來去去，忙著打點日常事務時，心裡覺得很安定。今日陽光明媚，而且令人意外的是，我還聞得到空氣中有股冬日將盡的氣味。我腳下踩的雪變得比較沉重、稠密，而頭頂上的藍天則變得更藍。我吸了一口氣，舒展一下筋骨，然後便聽到關節因爲久久沒用而喀達作響。沒關係，今天我就要好好地動一動。

我還不相信我這兩條腿能將我送到公鹿堡城，所以我往馬廏而去。負責照顧黑瑪的那個少年，只需要看我一眼，便主動說要幫我備馬，所以我感激地靠在黑瑪的食槽上，看著他替黑瑪裝上馬具。那少年動作輕緩，而黑瑪的反應也很溫順。我將馬轡從那少年手裡接過來，並解釋我這一陣子無暇打點自己的馬兒，多謝他費心照料；他報以不解的臉色，坦承道：「這個嘛，我倒看不出這馬有什麼思念主人的模樣。這匹馬的個性就是樂於獨處。」

通往山下公鹿堡城的陡峭山路才走了一半，我就開始後悔自己決定要騎馬了。黑瑪似乎橫下心，非要與轡繩的指示爭執到底不可，而且牠還明白地讓我知道，其實我的手指和手臂現在仍使不出力氣。幸虧雖然牠與我的意志一路爭戰，但牠還是將我帶到了晉達司的舖子前。不過幸運跟我說，他今天無法外出，使我又是失望，又是高興；雖然他一見到我出現在門口，就三步併作兩步地跑了過來，但是他語帶歉意地解釋說，晉達司的弟子要把床頭板上的刻花刨光磨亮，而且允諾讓幸運在一旁幫忙，但是幸運若跟我外出，那麼那個人就會從眾多學徒中另外挑一個助手。我跟幸運說，我很快就會再來找他，而且今天我沒什麼要事可說，頂多就是我身體又好了些，如此而已。我望著那孩子握著鑿子和畫墨線的筆匆匆離去，心裡只感到無比驕傲。

我重新跨上黑瑪之際，眼角瞥見三名年紀較小的學徒，躲在棚子的轉角偷看我，彼此竊竊私語。這個嘛，如今公鹿堡城的人，都知道我是那個連屠三人的男子；至於那三人是枉死，還是罪有應得，已經無關緊要了。我知道這種指指點點和說長道短的事情免不了會持續一陣子，只希望這不至於傷害到幸運在眾學徒之間的地位就好了。我假裝沒注意到他們，然後便騎馬離去。

接著我前往吉娜的小屋。吉娜開了門，一看見我便驚訝地倒抽了一口氣。她瞪著我看了一會兒，左右打量我身後的街道，彷彿在看幸運有沒有跟來。「我今天是一個人來的。」我說道。「我可以進去嗎？」

「唔，湯姆，當然了。進來嘛。」吉娜一直瞪著我，這大概是因為我這副骨瘦如柴的長相驚嚇了她；過了一會兒，她才讓到門邊，讓我走進她家。我進去的時候，茴香也從我兩腿間鑽進家裡。

進門之後，我感激地在壁爐邊的椅子上坐了下來，而茴香則立刻跳上我的大腿。「我說貓呀，你倒很篤定我一定會邀你到我這兒來窩著，是不是呀？」我撫著茴香的毛，一抬頭，卻發現吉娜心事重重地望著我。我努力擠出笑容。「我會好起來的，吉娜。我差點就進了鬼門關，可是我終究逃過了一劫。我會復元的，只是要復元沒那麼快。但是現在我對自己倒有點小失望，因爲我不過是從山上騎到城裡來，就累成這樣。」

「嗯。」吉娜說話的時候，兩手絞扭在一起，她甩了甩頭，彷彿要讓自己回神。接著她清了清喉嚨，以比較強的語氣說道：「這我卻一點也不意外呢；你瘦得只剩下一把骨頭了，湯姆．獾毛。瞧這襯衫穿在你身上，都變得空蕩蕩的了！你坐好，我來幫你煮一點補身體的藥草湯。」她發現我臉色不對，於是趕快補了一句：「不然喝點茶也好。我們可以用麵包與乳酪配茶。」

魚？茴香對我問道。

吉娜說配乳酪。

乳酪不是魚，不過這總比什麼都沒有來得強。

「喝茶配麵包與乳酪，這樣很好。這段時間因爲靜養的關係，每天都吃清湯、藥湯和麥粥，早就吃膩了；不過最教我受不了的，還是那種渾身無力的感覺。所以我打定主意，從今天開始，每天都要出來走動走動。」

「這樣也很好。」吉娜心不在焉地應和道，她歪著頭打量我。「但這是怎麼回事？你的『獾毛』不見了！」她指著我的頭髮說道。

我裝作羞赧狀。「我把那絡頭髮染黑了。這樣看起來比較年輕。不染不行；畢竟大病之後，我的臉色跟以前不能相比。」

「這倒也是。不過染頭髮……唔，你們男人啊。好了。」她又甩了甩頭，好像要將討厭的事情甩開。我不禁想著，她是不是有什麼心事，但是她似乎一下子就將煩惱拋在一旁了。「幸運跟絲凡佳的事情起變化了，你聽說了沒？」

「我聽說了。」我肯定地對吉娜說道。

「這個嘛，我早就知道他們會走到這個地步。」吉娜將水放到爐火上去燒，並繼續絮絮叨叨地將我早就知道的事情告訴我：絲凡佳因為水手男友歸鄉，所以甩了幸運，而且她還對城裡的每一名少女炫耀她的銀耳環。

她一邊切麵包，一邊講述這些情節；我靜靜地聽，但是她講完之後，我評論道：「嗯，其實這個結局對他們兩人最好。如今幸運把心思都放在木匠手藝上，而絲凡佳的父母親也對女兒的追求者甚為滿意。幸運是有一點傷心，不過我看他過一陣子就會好了。」

「噢，是喲，幸運是會好起來沒錯；但是等到絲凡佳的水手男友出港之後，情況就不一樣囉。」吉娜一邊挖苦道，一邊將托盤端到椅子之間的小桌子上。「你記住我的話：那年輕人的腳一踏上甲板，絲凡佳就會回頭去找幸運了。」

「啊，不會吧。」我溫和地說道。「況且就算絲凡佳回頭去找幸運，他也一定不為所動。畢竟他已經學到教訓了；一朝被蛇咬，十年怕草繩呀。」

「嗯。不過我看這兩個年輕人，倒比較像是：『一朝嚐甜頭，往後不放手』哪。湯姆，你真的要好好地告誡幸運，教他千萬眼睛要放亮一點，不要再被絲凡佳騙了。倒不是說她這個女孩子壞到哪裡去，但她就是不管後果，想要什麼，就伸手去拿。她這種行徑，不但耽誤了其他年輕男子，也耽誤了她自己。」

「那麼，希望我兒子的腦袋要想清楚些。」我在吉娜就坐時感嘆道。

「我也希望如此，但恐怕他做不到。」吉娜說道。然後她凝視著我，臉色再度變得凝重起來；她望著我的眼神，彷彿不認識我似的；她兩次想要開口說話，但兩次都把話吞下去。

「怎麼了？」我終於問道。「絲凡佳和那個水手之間，還有什麼不爲人知的情節嗎？怎麼了？」

她鬱鬱地沉默了一會兒之後，輕輕地對我問道：「湯姆，我——如今我們認識有段時間了，而且我們的交情比朋友還深一點。我聽說……別管我聽說了什麼。『掉落街』的事情，到底是怎麼回事？」

「掉落街？」

她撇過頭去。「你明明知道那個地方。死了三個人哪，湯姆．獾毛。有人說，這是因爲寶石被搶，而僕人爲了奪回寶石而起；但果眞如此，你人都已經半死不活了，怎麼還會停下來殺死一匹馬？」她起身將嗚嘟作響的滾水從爐火上拿下來，然後將滾水倒在茶壺裡。她以輕得幾乎聽不見的聲音說道：「出事之前幾天，有人警告我最好離你遠一點；那人跟我說，你太危險，這種朋友最好還是別結交，又說你說不定不久會碰上什麼厄運，而要是那時你人在我家，我也可能連帶遭殃。」

我輕輕地將貓從我大腿上推下去，從吉娜發抖的手中接過滾燙的燒水壺。「坐。」我溫和地對她說道；她坐下來，雙手緊張地交疊在大腿上。我一邊將燒水壺掛在火爐邊，一邊努力平靜地思考。「是誰警告妳的，能不能告訴我？」我一邊問，一邊轉過身去；但其實她的答案，我已心裡有數。

她低頭望著自己的手，看了好一會兒，然後她慢慢地搖了搖頭；過了一會兒，她說道：「我從小就住在公鹿堡城。我的確遊歷了不少地方，但是下雪的時候，這裡就是我的家，而這裡的人都是我的鄰居；他們認識我，我也認識他們。我認識……我認識不少本地人，而且形形色色都有；有些人是我從小就認識的；而且我還看過其中許多人的手相，知道他們不少祕密。好啦，我是喜歡你，湯姆，但是……你殺了三個人哪；其中兩個還是公鹿堡城這裡的人。眞的是這樣嗎？」

「我殺了三個人。」我老實承認道。「我不知道妳聽了這一點會不會比較同情我的處境，但是我若不出手的話，他們一見面就會殺了我。」我的背脊發涼，我突然想到，也許她今天的猶豫與憂心，都不是因爲掛念我的傷勢病情而引起的。

她點了點頭。「我想也是。但是問題仍在：你爲何要找上門去？他們並沒找上你，反而是你找上他們，然後殺了他們。」

我試著以切德想出來的謊言來交代。「我在追搶匪呀，吉娜；追到那裡之後，我不殺人，就會被人殺掉，我沒有選擇。我並不以此爲樂，也不是特地衝到那裡殺人。」

她沒回答，只是默默地坐著看我。我在自己的椅子上坐下來。茴香站起來，等我空出大腿，讓牠跳上來窩著；但我沒理會牠。過了一會兒，我說道：「妳應該恨不得我今天沒來吧。」

「我可沒說。」吉娜的聲音裡有幾分怒意，但是據我看來，她是因爲我居然把話講得這麼明白而生氣。「我……我的處境很困難呀，湯姆。你一定看得出來吧。」她又停頓了一下；然而這停頓的涵義爲何，不言可喻。「我們剛開始交朋友的時候，唔……我認爲，雖然你我不同，但應該不會有什麼差別才對。我一直都認爲，常人說原智者如何如何的事情，十有八九都虛假不實；我可是一直都這麼說的！」

她一把抓起茶壺，倔強地幫我倆倒茶，彷彿只要她爲我倒茶，就能證明她仍歡迎我前來似的。她拿起茶杯，啜了一口，又將茶杯放下；接著拿起一片麵包，擱了一片乳酪上去，然後又將麵包放下來。「我自小就認識沛杰；我小的時候，就跟沛杰的堂妹玩在一起。沛杰這個人無惡不作，但他是不會搶人錢包的。」

「沛杰？」

「就是你殺的那三人其中一人！你別假裝你不知道他的名字！你一定是知道他的身分，然後才找上門去的；況且就我所知，沛杰也知道你的身分。而沛杰那個可憐的堂妹，怕得都不敢去認領堂兄的屍體了。為什麼？因為她怕人家認為她跟沛杰有關聯；因為她若去認屍，人家會認為她家的人都跟沛杰一樣。但是說到這裡，我就不懂了，湯姆。」她頓了一下，小聲地說道：「因為你跟沛杰一樣，你也是那種人嘛。既然如此，你何苦找上自己的同類、何苦殺死自己的同類？」

我本來已經拿起茶杯，聽到這話，又小心地放下茶杯。我吸了一口氣，想想自己要說什麼話；然後我吐出氣，等了一下，開口道：「這種事情，難免會有人說長道短，我倒不會意外；人們表面上跟侍衛說的是一套，但是私底下彼此聊天時，講的又是另外一套。況且我還聽說，花斑子四處張貼布告，把事情講得很難聽。所以，我們打開天窗說亮話吧。沛杰有原智，我也一樣；我不是因為沛杰有原智而殺了他，但是他與我的確都有原智；然而除此之外，沛杰還是個如假包換的花斑子，但我可不是。」吉娜一臉困惑，於是我接著問道：「妳知道什麼叫『花斑子』嗎？」

「原智者就是花斑子。」吉娜答道。「除此之外，有時候你們的人還自稱為『原血者』。說來說去，還不都一樣？」

「差多了。花班子是背叛了自己人的原智者；花斑子會舉發自己人，比如說他們會張貼布告，說什麼『吉娜有原智，她的牽繫動物是一隻胖肥的黃貓』。」

「才不是呢！」吉娜憤慨地說道。

我領悟到她以為我在威脅她。「當然不是。」我平靜地應和道。「妳不是原智者；但假如妳是原智者，我公開張貼這些布告，可能會逼得妳日子過不下去，搞不好還會送命。然而花斑子對待原智者就是這麼狠毒。」

「但是這不合理呀，他們何必揭發別人有原智？」

「因為他們要強迫別人乖乖照他們的話去做。」

「他們要強迫別人做什麼事情？」

「花斑幫之人想要奪權；為了奪權就必須要有錢，而且必須有人肯乖乖照他們的吩咐去做不可。」

「他們到底要什麼，我還是不懂。」

我嘆了一口氣。「他們想要的，其實是大多數原智者的共同心願：他們希望自己能公開施展原智魔法，無須擔心被人吊死或燒死；他們希望受到大眾的接納，不必躲躲藏藏，生怕別人知道自己的天賦。這麼說吧，妳是鄉野女巫，但如果妳僅只因為自己是鄉野女巫、就可能會送命，那麼難道妳不會想要改變這一切嗎？」

「但是鄉野女巫又不會害人。」

我一邊仔細地觀察她的臉色，一邊答道：「原智者也不會害人呀。」

「可是有的原智者會害人呀。」她反駁道。「噢，當然不能一竿子打翻一船人。不過我小的時候，我母親養了兩隻山羊，而兩隻山羊同一天死掉；然而山羊死掉的前幾天，有個原智女人要跟我母親買羊，被我母親回絕了。所以你由此就可以看得出來，原智者跟其他族群一樣；在原智者之中，就是有那種一心想要報復、下手又狠毒的人，而且他們還用原智魔法來遂行自己的心願。」

「原智魔法是害不死別人的山羊的，吉娜。若說原智魔法會害死山羊，這就好像說，鄉野女巫只需要瞧瞧我的手掌，然後加條紋路上去，就可以讓我早死；或者說，這就好像我只因為妳看過我兒子的手相，說他會早死，而過不久他死了，於是我便責怪說這是妳的錯；這樣公平嗎？妳只不過是據實以告，難道我能將自己的痛苦都怪到妳頭上嗎？」

「當然不行。但是這跟殺了別人的山羊是不一樣的。」

「我就是要告訴妳這一點。用原智魔法，是無法殺人的。」

她歪著頭看著我。「噢，算了吧，湯姆。你若是使喚你養的那條大狼去咬死那個男人的小豬，你的狼一定會照做，不是嗎？」

我沉默不語。良久之後，我不得不說道：「是啊。倘若我使喚我的狼去咬死人家的小豬，我的狼是會照做。倘若我是那種人，我可能會利用我的狼和我的原智去對付別人；但我不是那種人。」

吉娜沉默得比我還久。最後她非常勉強地說道：「湯姆，你殺了三個人。還殺了一匹馬。難道那不是因爲你心裡的狼性發作？難道那不是因爲你有原智？」

過了一會兒，我站了起來。「再會了，吉娜。」我說道。「妳對我很好，這一切我謹記在心。」說著，我便朝門口走去。

「你別這樣就走。」吉娜乞求道。

我停下腳步，心痛如絞。「這樣還不走，等什麼時候才走？我眞不懂，剛才妳何必讓我進妳家門？」我辛辣地問道。「我受傷的時候，妳何必來看我？妳若是夠慈悲，早在當時便應該要與我切斷關係，別等到如今連眞心話都說出來了。」

「我原本想要給你一個機會嘛。」她心痛地說道。「我原本想要……我原本希望這一切除了你有原智之外，還有別的理由。」

我的手已經摸到門閂上，但我暫時停下動作；我痛恨自己必須在臨別之際再撒個謊，但是這個謊非說不可。「是有別的理由，是黃金大人的那個錢袋。」我沒有回頭去看吉娜相不相信我的說詞；吉娜若是知道太多事實，恐怕會有危險，然而她知道的已經太多了。

出來之後，我輕輕地關緊門。天色突然陰霾起來，雪地上的影子不是淡淡的灰，而是近乎黑色。早春的天氣本來就多變，而我在吉娜家耽擱了這一點時間，天色就全變了。茴香不知用了什麼方法，竟能跟著我溜出來。「你應該進屋裡去。」我對茴香說道。「外面冷了。」

冷沒什麼。除非站著不動，才會凍僵。只要一直動，就沒什麼。

說得好，貓兒，你說得眞好。再見了，茴香。

我跨上黑瑪，拉著牠轉向公鹿堡的方向。「我們回家吧。」我對黑瑪說道。

黑瑪倒十分樂於往自己的馬欄與食槽方向前進。我任由牠決定要走多快多慢，而我則坐在馬鞍上，思索著自己的人生。昨天我感受到晉責對我的崇拜，今天則感受到吉娜對我的恐懼與排斥；不只這樣，今日她還讓我察覺到，一般人對於原智者的偏見有多麼根深蒂固。我以前認爲，吉娜之所以接納我，是因爲我的本色，但是我想錯了；原來吉娜接納我，只是把我當成例外，但是當我大開殺戒，這就再度證明她的大原則是對的：原智者一點也不值得信任，因爲他們會用原智魔法做壞事。我越想越深，而心情則沉入谷底。眼前已無路可走。我再度領悟到，我無法既效忠瞻遠王室，又仍然保有自己的人生。

改變者，你怎麼又來了。你自己的人生，當然是屬於你自己，怎麼可能屬於別人？你是瞻遠人，你流的是瞻遠之血，又跟瞻遠族群一起活動。你不能目光如豆，要看大局呀；這既不是無法分開的羈絆，也不是非分開不可的別離；瞻遠族群，就是完整的你。狼的生命，在其族群之中。

夜眼。我屛息。不過我知道牠並不在我身旁。黑洛夫說的話應驗了。我那死去的同伴的確會不時回到我身邊；那種感覺，雖不如活生生的夜眼，但眞的比回憶強得多。我將自己的心割了一份長伴夜眼，而那份心沒死，依然活在世上。我坐直起來，拉起馬韁接管黑瑪。黑瑪噴了噴鼻息，但還是乖乖接受了。然後，因爲我考慮到牠跑一跑對我們兩個都好，所以便一夾馬腹，催促牠在通往公鹿堡的積雪之路上放腿狂奔。

我安置好黑瑪，自己卸下馬具、幫牠擦洗。我花了兩倍時間才將事情做好。我覺得很羞愧，因爲自己的坐騎應該自己打點，但是數月以來，我實在太過怠惰；然而更使我羞愧的是，黑瑪竟然如此任性，處處與我作對，使我做起來難上加難。然後我強迫自己前往練武場；我必須去借把劍才行。早上去公鹿堡城，除了腰帶上別的那把小刀之外，其餘什麼武器皆無；說笨，的確也是，但也只能硬著頭皮出門了。我出門之前先去自己的房間裡看過，本想將我那把醜劍帶在身邊，但是那把劍卻不見蹤影；看來那把劍不是搞丟了，就是被哪個偷懶的城市衛隊員給偷走了。弄臣給我的那一把簇新的好劍仍掛在牆上；我考慮再三，最後還是無法說服自己把劍拿下來。弄臣那把劍是個榮耀的象徵，然而如今他已經對我不屑一顧；所以往後除非是以保鑣身分護衛他出席社交場合，否則我是不會帶那把劍了。至於平時練習，反正是用不上眞劍的，一定是用無劍刃的劍；因此我手持鈍劍，走入練武場找人過招。

老溫不在，但是黛樂莉在。黛樂莉手持雙劍，任意揮灑；不到片刻，便將我連連刺死，而且她刺死我的次數之多，我都懶得去數；而我則是竭盡全力將劍舉起，但是卻是揮不動。最後黛樂莉停了下來。「我做不下去了；這簡直像是跟木頭人比武。每次我刺中你，都感覺得出我的劍刃碰上你的骨頭。」

「我也有同感。」我應和道；我勉強哈哈笑了兩聲，謝過她，然後蹣跚地走向蒸氣浴室。浴室裡的守衛朝我投來的憐憫眼神，使我恨不得此時能抓件袍子遮住自己的身體。出了蒸氣浴室，我直接朝廚房而去。一名名叫梅喜的廚房幫手對我說，她很高興看到我能夠起身走動。我敢說，梅喜一定是因爲可憐我這一身瘦巴巴的，所以才走到火爐邊，將爐坑裡那塊才燒烤到一半的帶骨大肉削了一片下來，放在一片早上新烤的麵包上拿給我吃；她告訴我，稍早時黃金大人的侍童到廚房找我。我謝過梅喜，但是並不急著立刻就上樓去服侍我家主人，反而走到外面，背靠著庭院的牆，一邊看著人們來來去去，一邊狼吞虎嚥地吃點心。我已經很久沒有像現在這樣，什麼也不做，只站在一旁看著公鹿堡裡過往的人們；我突然想起，我雖然已經回到兒時的家，但是卻還有好多地方沒看、好多事情沒做：我還沒去位於塔頂的王后花園瞧瞧，也還沒去女人花園散步。那些簡單有趣的事情，突然使我極其渴望；我很想騎著黑瑪到公鹿堡後面林木扶疏的丘陵間馳騁；很想找一天晚上，坐到公鹿堡大廳裡，看著弓箭手們一邊磨箭頭，一邊推測狩獵會有什麼成績；很想再度與眾人打成一片，而不只是個無人知曉的黑影而已。

我的頭髮仍溼，而且我身上的肉還太少，所以在冬日午後站著吹風，一下子就覺得冷。我嘆了口氣，進了房裡，朝樓上而去；對於稍後與黃金大人的會面，我既害怕又期待。這些日子以來，他對我一直很冷淡；他好意地免除我一切職務、讓我多休息，但這反而比他一語不發地生悶氣更糟糕；因為此舉彷彿意味著，不管我們之間的嫌隙有多大他都不在乎了；彷彿從此以後，我們一個是黃金大人，一個是湯姆．獾毛，此外便毫無交集。我心裡燃起了小小的憤怒火苗，但一下子就熄了；我深切地了解到，我實在沒力氣維持憤怒的表象。然後，我的內心意外地舒坦泰然起來，所以我決定平靜地接受這一切。事情改變很多；不只晉責王子、吉娜、黃金大人與我的關係已改變，就連切德也以不同於以往的角度來對待我。我是無法迫使黃金大人變回弄臣的；然而說不定連他自己也無法使自己變回往日的他，即使他有心要如此，也做不到了。然而對此我有什麼好難以接受的？如今我身為湯姆．獾毛的成分，已經與身為蜚滋駿騎的成分不相上下，也該放手了。

黃金大人不在他的房間裡。我回到自己的房內，找一件沒有溼透的襯衫換上。我解下吉娜送我的護符項鍊。晉責的貓撲上來咬我時，正巧被護符擋住，所以如今其中兩顆珠子上仍留有貓的齒痕，雖然以前我並未注意到。我拿著項鍊看了一會兒，心中仍感激吉娜將這護符送我的好意；不過光是這份感激，尚不足以讓我往後繼續戴著這條項鍊。吉娜之所以送我項鍊，是因為當時她喜歡我，儘管我有原智——但如今她對我的好感，已經永遠因為我有原智而受到汙染了。我將項鍊丟到衣櫃角落。

我從自己的房間出來時，正好碰上黃金大人從外面進來；他一看到我，整個人都僵住了。我從羽毛事件後就沒有跟他見過面，也沒跟他說過話；但此時他上下打量我的模樣，卻彷彿他從未見過我這個人。過了一會兒，他生硬地說道：「你康復得很快嘛，湯姆．獾毛，現在都能四處走動了。不過從你的臉色看來，我看你可能還要好一段時間才能重拾你的職務；你就盡量多休息吧。」他的聲調有些奇怪，像有點喘不過氣來。

我以僕人之姿鞠了個躬。「多謝大人，承大人之情，我理應好好利用這些額外的空暇；今天我已去練武場操練過了。然而如您所見，我可能還要再休養一些時日，才能再度擔任您的保鑣保護您。」我停頓片刻，補了一句：「廚房的人告訴我，稍早時，您派了個孩子到廚房找我？」

「派了人去找你？噢，對。對，我是派過人去找你。事實上，那是因應切德大人的請託。老實說，我差點就忘了。切德大人到這裡來找你，因為你不在你房間，所以我派了個孩子，跑到廚房去找你。我想，切德大人想見你一面。我並沒……事實上，我們談到那個……」黃金大人越講越遲疑，最後聲音就斷了。房裡寂靜無聲。然後，他以近乎弄臣的口氣對我說道：「切德到這裡來告訴我說，他有事想找你一談……我有個東西要讓你看看。你有空嗎？」

「但憑大人差遣。」我提醒他，我的身分本來就是他的僕人。

我本以為我刺了他這麼一下，他會有個反應，然而他卻心不在焉地答道：「當然了。那你等一下。」他的遮瑪里亞口音已經不見了。他走進他的臥室，並關緊房門。

我等了又等；我走到壁爐邊，翻了一下柴炭，又添了根柴，然後又繼續等。我找了張椅子坐下來，發現自己的指甲長長了，便拿出腰際的小刀來修指甲；再繼續等。最後我忍不住站起來，氣憤地嘆了一口氣，接著走過去，在他房門上敲了一下；也許是我剛才聽錯了。「黃金大人，您剛才是要我待在這裡等嗎？」

「對。不是。」接著他以非常猶豫的聲音說道：「能不能麻煩你進來一下？但是請你先看看通到走廊的門有沒有鎖好。」

那扇門鎖得好好的，但我還是搖了搖門閂，以便確定門閂已經卡緊，然後才走進他的臥室。他房間裡的護窗板都已闔上，室內因此有些幽暗；幾根蠟燭的燭光，照出黃金大人背對著我站立的身影。他拉了條床單，當作披風一般地披在肩上；接著他轉頭過來望著我，然而那一雙金黃色的眼中，卻映出了一個我前所未見的人物。我進了房間，走了三步之後，他低聲說道：「請你站在那裡就好。」

他伸出一手，攏起頭髮，露出光潔的後頸；接著床單從他的裸背上滑了下來，不過他空出來的那一手仍將床單緊緊攬在胸前。我不禁倒抽一口冷氣，而且不由自主地往前走了一步。他瑟縮了一下，但終究還是站穩腳跟。他以顫抖的聲音低低地問道：「貴主的刺青，是不是跟這個一樣？」

「我可以靠近一點嗎？」我好不容易擠出了一句話。但這其實是多此一舉。他背上的刺青就算不跟貴主的一樣，至少也算是極為類似的了。他彷彿痙攣般地點了個頭，於是我又往前走了一步。他並未回頭看我，而是繼續凝視著房裡的幽暗角落。房間並不冷，但他卻在顫抖。那幅以針刺出來的詭異圖畫，始於他的後頸，蓋過整片背，然後延伸到他的褲腰帶之下；糾結的海蛇與展翼的巨龍，盤桓在他那光潔的金黃色背上，而且每一隻皆精緻細膩、栩栩如生；那閃閃發亮的色彩，帶著金屬般的光澤，彷彿他背上注入了金、銀，以便益加彰顯這一群飛舞的龍蛇一般；每個爪子、每個鱗片、每顆閃亮的利牙、每隻炯炯有神的眼睛，都活靈活現地在他背上騰躍。最後我好不容易說出話來：「很像，唯一不同的是，你的刺青平伏在背上，而貴主背上最大的那條海蛇，卻彷彿紅腫發炎般地從背上隆起，而且艾莉安娜似乎因此而疼痛不堪。」

他抽搐般地吸了一口氣，幾乎是一邊苦澀地感嘆，一邊牙齒打顫。「唔。我原本還以爲，那女人這樣整治我，就已經到極限了，誰料她還想出更殘酷的作法。那孩子眞可憐，太可憐了。」

「你的刺青會痛嗎？」我小心翼翼地問道。

他搖了搖頭，但是並沒有回頭看我。幾綹頭髮從他指縫間滑下來，落在肩膀上。「不會。現在不痛。但是刺青的時候痛得很厲害，而且還不是一時半刻就能刺完；他們好幾個人壓得我不能動彈，每次刺要刺上好幾個小時。刺青的時候，他們又是道歉，又是百般安撫，但是我反而覺得更糟；這些平日對我呵護備至、崇敬有加之人，怎麼翻臉無情，就算殘害我也在所不惜？他們按照那女人的吩咐，不厭其煩地將這個圖案仔細地一針一針刺在我背上。這樣對待孩子實在太恐怖了。把一個孩子壓得不能動彈，然後恣意傷害他。不管是哪個孩子，都不該受這種罪。」他的聲音低若不可聞，人則輕輕地左右搖晃，肩膀也拱了起來。

「他們？」我輕輕地問道。

他的聲音繃得緊緊地，語句一點旋律也無。他咬著牙關。「我以前曾在一個像學校的地方待過；那裡有很多老師和學養豐富的長老。這件事我以前就跟你講過了。但是我後來逃走了。我父母親把我送去那裡，是因爲我是白者，所以他們雖以我驕傲，卻又萬分難捨，但仍無法將我留在身邊。那個地方離我們家很遠很遠；我父母親知道我這麼一去，以後大概就無緣與我相見了，但是他們知道這樣做是對的，因爲我既爲白者，自有我身爲白者的宿命。但是我的老師們堅持，我們這個時代的白色先知已經誕生；那個白色先知已經跟隨我的老師們研習、進修過，此時已經前往北方，去實現她的宿命了。」他突然轉過頭來，與我四目相對。「你猜得出我講的是誰嗎？」

我僵硬地點頭。連我也覺得冷起來了。

「你說的是『蒼白之女』。紅船之戰時期，科伯．羅貝的顧問。」

他僵硬地點頭回應，然後他避開我的眼光，再度望向黝暗的角落。「所以，我也許是個白者，但我不可能是白色先知；所以他們推斷我一定是異種，一定是生錯了時代、生錯了地方的怪物。他們爲我著迷：我講的每一個字，他們都謹記在心，我做的每一個夢，他們都翔實記下；他們很看重我，而且對我呵護有加。然而我說的話，他們雖然聽了進去，但卻從不遵行；而那女人聽說我的事情，下令他們拘留我，他們便奉如圭臬；後來那女人還下令要他們在我背上刺出印記，他們也乖乖奉行。」

「爲什麼要刺青？」

「我不知道。也許是因爲那女人與我都夢見龍與蛇吧。但也許是因爲那女人要藉此來對付額外的白色先知：將白色先知身上刺上大片刺青，這一來，他就再也不白了。」他的聲音越繃越緊，最後每個字都絞得跟繩結一樣硬。「我覺得非常羞愧，因爲竟然那女人一吩咐，他們就在我身上刺出印記；現在一聽說貴主身上也刻出了蒼白之女的印記，更令我羞愧得無地自容。感覺上，彷彿蒼白之女藉著這個刺青，聲稱貴主與我乃是她的工具、她的奴僕……」他聲音漸小。

「但是他們爲什麼要將她的話奉爲圭臬？這種事情，他們怎麼下得了手？」

他苦澀地笑了兩聲。「因爲她是白色先知，而白色先知是降生來將世界推上更好的軌道的。何況她有幻象。所以誰也不會質疑她的意志；要是有人膽敢忤逆那女人的命令，就等著遭殃吧。你看看科伯．羅貝就知道了。蒼白之女怎麼吩咐，你就怎麼做就是了。」他顫抖得越來越厲害，此時整個人都在搖晃。

「你太冷了。」我很想拿條被子幫他蓋著，可是這一來我就必須走近他；但從眼前的狀況看來，他可能不容許我走近一步。

「不。」他對我虛弱地笑笑。「我是怕啊。怕得不得了。麻煩你出去吧，好讓我著裝。」

我退了出去，並將房門輕輕地關緊。接著我不停等待；他穿上一件襯衫，似乎要花上半天的時間。弄臣現身時，身上的衣裝一絲不苟，每一根頭髮都梳得服服貼貼；不過他還是避開了我的眼神。

「我幫你倒了白蘭地，放在壁爐邊。」我招呼道。

他以緊張的碎步穿過房間，拿起桌上的玻璃杯，但是他不喝，反而握著杯子、雙臂抱胸，貼著爐火而站，像是冷到極點似的；而他的眼光則直盯著地上。

我走進他房裡，從衣櫃中找了件厚重的毛料斗篷出來，走到他身邊，將斗篷披在他肩上；接著我將椅子拉到壁爐邊，按著他的肩膀，硬是要他坐下去。「把白蘭地喝了。」我的聲音有點嚴厲。「我去燒水泡茶。」

「謝謝。」他彷彿輕吟一般地飄出了這兩個字。接著他淚水如泉湧出，劃開了他精心塗敷的妝，滴在他的襯衫上。

我將燒水壺掛在壁爐掛鉤上的時候，不慎灑出了水，又燙到了手。掛好之後，我另外拉了張椅子，在他身邊坐下。「你怎會如此害怕？」我問道。「這有什麼意義？」

他吸了一下鼻子；平時尊貴驕傲的黃金大人，竟會發出這種聲音，實在很不協調；更糟的是，他還拉起斗篷來擦眼睛。這一擦，把他的遮瑪里亞式面妝都擦花了，露出粉彩底下的皮膚。「『會合』。」他以粗嗄的聲音說道；他吸了一口氣，接口道：「這意味著『會合』，也就是條件已一應俱全。這表示我目前走在正路上；我原本還擔心我的路走岔了。但是這肯定了我正走向『會合』與衝突點，而且時機已經成熟了。」

「這不是遂了你的心願？白色先知就是要將世界推向『會合』與衝突點，不是嗎？」

「噢，是啊。這的確就是我們白色先知的使命。」此時的他，突然變得異常鎮定；他朝我望來，並迎向我的眼神；而我看在眼裡，只覺得他眼中有一股濃得化不開的古老哀愁。「每個白色先知，必有與之相配的催化劑，並藉著催化劑推動巨大的事件；所以說，白色先知無情地利用催化劑，將時代的巨輪推入自己設想的軌道中。如今我所設想的軌道，又再度與那女人所設想的軌道會合，而且我會與那女人彼此較勁，看看誰能占上風。」他的聲音突然哽咽起來。「而且，死亡會再度找上你。」他的淚水原本已經收勢，但此時又泉湧而出；他又拉起斗篷的一角揩臉。「如果我失敗了，那麼我們兩人都會喪命。」弓著背、縮在椅子裡，一副悽慘狀的他，抬起頭來看我。「上一回，你實在離鬼門關太近了。我兩次感覺到你死了；但是我拉住你，不肯讓你平靜地離去。因爲你是催化劑，而我若想贏，就非得把你留在這個世界上不可；說什麼都要保你活命。若是朋友的話，一定會放你走；畢竟我都聽到狼群在呼喚你的聲音，而且我也知道你想要加入狼群。但是我不但沒放你走，反而將你拖了回來。因爲我必須利用你。」

我努力以平靜的口吻說道：「這我就不懂了，每次你講到這裡，我都一頭霧水。」

他悲傷地望著我。「其實你懂，只是你不肯面對這個事實罷了。」他頓了一下，乾脆地說道：「在我努力造就的那個世界中，你活得好好的，我是白色先知，而你是我的催化劑；瞻遠家系有了傳人，而且由瞻遠家的傳人主政；這些只不過是那個世界的衆多因素之一，但卻是不折不扣的決定性因素。在蒼白之女想要創造的世界中，你並不存在，既不存在，你就熬不過這一關；瞻遠家沒有傳人，整個家系都斷絕了；而且那個世界中，也沒有叛逆的白者。」他將頭埋入雙手之中，聲音則從指縫間傳出來。「那女人一心一意要置你於死地，蜚滋；她的計謀非常陰險。她的年紀比我大，人也比我世故得多。她設下的局極爲恐怖；漢佳早就被那女人收爲己有了，這點無庸置疑；我還摸不清那女人在玩什麼詭計，也還看不透她爲何要將貴主嫁給晉責，但是她就是幕後的主腦，這我非常肯定；她要你死，而我偏偏不讓她如願。到目前爲止，你我二人一直都跟那女人旗鼓相當；但是你之所以屢次死裡逃生，與其說是因爲你機智過人，不如說是因爲你命大；因爲你命大，而且因爲你有……我就直說了吧，因爲你既有精技，又有原智。但是縱然如此，這次你若要死裡逃生，機會還是非常渺茫；而且這個局我們陷入越深，你逃生的機會還會更加渺茫。這一次……這一次你在鬼門關前走一回，對我而言，實在過於沉重，沉重到我再也不想當白色先知，也不想讓你繼續做我的催化劑了。」他的聲音越來越低，低到幾不可聞。「然而你我的身分沒有了結終止之日。除非你死了才會結束。」他突然發狂似的四下張望。我起身將白蘭地酒瓶拿來，放在他伸手可及之處；但是他省下倒酒的動作，酒瓶一抓過來，拔起塞子就灌。他一放下酒瓶，我就趕快探過身去，將酒瓶拿過來。

「喝酒是沒有用的。」我凶巴巴地說道。

他露出悽慘的笑容。「你若是再死一次，我一定熬不過去。眞的。」

「你熬不過去？」

他絕望地咯咯笑了兩聲。「你懂了吧。我們彼此牽絆住了。我把你牽絆住了，吾友，我的小親親。」

我努力將他這番話理出個頭緒。「如果我們輸了，那我就會死。」我說道。

他點點頭。「如果你死，那我們就會輸掉；都是一樣的。」

「那如果我活下去呢？」

「那我們就贏了。但是現在看起來，我們的贏面不大，而且往後還會逐漸縮小。這一把，我們很可能會輸掉。於是你會死去，而世界則轟隆隆地朝黑暗、醜惡與絕望而去。」

「你這話還眞是大快人心，哦？」這次換我忍不住就著酒瓶大口地灌下去，接著我把酒瓶遞給他。

「但要是我撐過去了呢？倘若我們眞的贏了呢？那會怎麼樣？」

他灌下幾大口，才將酒瓶拿開。「那會怎麼樣？啊。」他露出聖潔的笑容。「那世界就繼續運轉呀，吾友。孩子們在泥濘的街上玩耍，小狗對著路過的板車狂吠，朋友們一起坐下來喝白蘭地。」

「聽起來跟現在的時光差不多嘛。」我尖酸刻薄地說道。「吃了那麼多苦頭，到頭來卻一切都沒變。」

「是啊。」他無邪地應和道，可是眼裡淚水盈眶。「其實那個世界，跟我們眼前這個美好且神奇的世界也差不了多少。少年愛上了不合適的少女；狼群在積雪的平原上狩獵。還有時間，無盡的時間在我們所有人的眼前展開。當然了，還有龍。一條條的飛龍，彷彿綴滿珠寶的大船般滑過天際。」

「龍。嗯，這就不一樣了。」

「是嗎？」他的聲音低得彷彿在說悄悄話。「眞的有什麼不同嗎？不會吧。探索你心底的回憶，回到過去，回到遙遠的過去。想當年，天上本來就會有龍；如今天上空無一物，所以人們非常思念龍。當然了，有些人一輩子也不會想到龍的事情；但是有些孩子，卻從很小的時候開始，便抬頭望天，探尋著應有卻從未出現的龍。爲什麼？因爲他們知道，天上應該有龍，但龍群卻消失了。而你與我呢，我們必須將龍群帶回人間。」

我將頭沉入手裡，並摩了摩額頭。「以前你不是說，我們必須拯救世界嗎？拯救世界跟龍有什麼關係？」

「世上的一切都息息相關；你拯救了一小部分，就等於拯救了全世界。事實上，要拯救全世界，非要從小處著手不可。」

我最討厭他出的謎語。恨得要命。「那你到底要我怎麼做？」

他沉默不語。我抬起頭來望著他，只見他平靜地注視著我。「告訴你無妨，只是你聽了一定不信。」他穩定地吸了一口氣，將白蘭地酒瓶攬在臂彎裡，彷彿那酒瓶是個小寶寶。「王子啓程時，我們必須與他同行。前往艾斯雷弗嘉島，找出冰華。然後，我們必須防止王子殺死冰華。不但要防止，還必須幫助陷在堅冰之中的冰華破冰而出，讓牠騰躍飛天，與婷黛莉雅爲伴；這一來，雙龍便可交配，那麼日後天空中就會再度出現眞龍了。」

「可是……我怎能救冰華！晉責必須斬下冰華的頭，將牠的頭送到艾莉安娜的母屋火爐前；要不然，艾莉安娜是不會嫁給他的。然而她若是不肯與晉責成婚，那麼這一切協談與和平的希望就成了泡影。」

他望著我，而我相信他知道我內心有多掙扎。他平靜地說道：「蜚滋，你先別想這麼多。現在先別想這個。『會合』與衝突點自會等著我們，所以我們用不著急著衝上前去。我向你保證，等到時機成熟時，你將必須獨自決定要走哪一條路：你到底要堅守你對瞻遠家的誓言，還是要爲我拯救世界？」他頓了一下。「還有一件事我必須跟你一提。其實我不該多言，但我還是要說。我現在跟你說了，這樣事到臨頭時，你才不會深切自責；因爲，我向你保證，那件事情絕不是你的錯。我在很久以前，便預言這件事情必會發生，只是我自己一直不解其意，直到碰到這個刺青的事情，我才恍然大悟。我很早就在夢中預見此事了；當時我年紀還小，而那只不過是我狂亂的夢魘。但是再過不久，那件事情就要應驗在我身上了。所以，你要向我保證，事發之後，你絕對不會拿這件事情來折磨你自己。」

他講到一半，又再度開始顫抖；而他的話便從打顫的牙關之間擠出來。

「到底是什麼事？」我大爲惶恐地問道。雖然我心底已經有答案了。

「這一次，在艾斯雷弗嘉島上。」他嘴角扭出一抹恐怖的笑容。「該輪到我死了。」

24 牽繫

「白色先知」與白色先知的「催化劑」的傳說，頂多只能算是極南之地的宗教，而且傳至遮瑪里亞的，只有一些片斷而已。然而這個教派，與南方的許多哲學宗派一樣，充滿了迷信與矛盾，所以任何有思想的人，對這種愚昧的信仰都無法完全信服。白色先知這個異端邪說的核心概念是：「每一個時代（然而他們從不界定這個時代始於何時，終於何時）」都會有一名白色先知應運而生；白色先知的降生，是為了要將世界推向更好的軌道；而不管這白色先知是男或女（由白色先知可男可女來看，不難看出他們多少借用了莎神的真正教義），都藉著自己的催化劑來推動這個變化。催化劑由白色先知擇定，而白色先知是因為催化劑站在多種選擇的交接點上而擇定這個人選；白色先知改變了催化劑一生的際遇，並藉此將世界推向更真、更好的歷史軌道上。然而任何有思考的人都看得出，由於我們無法將已發生之事，拿來與可能發生之事做比較，所以白色先知大可宣稱他已讓世界變得更好；除此之外，白色先知的異端邪說之信奉者也無法解釋，為何世界與時間會不斷循環重複；仔細查驗歷史，便可看出歷史顯然並未循環重複，但是堅信這個不實理念之人，仍一口咬定歷史乃是一再重演的。

明智的莎神老祭司戴爾納曾經寫道，可憐的不只是那些信奉這套異端邪說的信徒，連那些自認爲是「白色先知」之人都很可憐；戴爾納並提出周延的推演，證明「白色先知」這種自我欺騙的狂熱份子，其實是染上了一種罕見的失調症，而這種罕見的失調症，不但榨乾了他們皮肉上的所有色素，同時也致使他們產生了神靈托夢、預言未來的妄想。

——喬若平神廟的莎神祭司魏弗倫所著之《南方各國的宗教教派與異教信仰》

切德！我需要你，我必須馬上找你說話！到工作室來找我。切德！求求你聽到我，求求你快來！

我一邊蹣跚地爬上樓梯朝工作室而去，一邊瘋狂地對切德技傳。我慌得連我剛才是用什麼重要任務爲託詞而溜出來都忘了。我將那個抱著酒瓶，看來幾分像弄臣，卻又幾分不像的人丟在壁爐邊，望著爐火發呆；而此時我則心裡急得怦怦跳，一邊咒罵自己身體不濟，一邊強迫自己的腿折彎、伸直，一步一步將自己帶上樓梯。切德到底有沒有聽見我叫他，我實在無法確定。然後我再度咒罵自己，將目標對準晉責和阿憨：我必須馬上與切德大人見面。這件事情至關緊要。快去找切德，並叫他到工作室找我。

什麼事這麼急？回話的是晉責。

把他找來就對了！

然而，當我拖著腳步，冒汗且急喘地摸進工作室的時候，卻發現切德已經頗不耐煩地坐在火邊等我了；他轉過頭來瞪著我，說道：「你怎麼這麼慢？我早聽說你已經回堡裡來，況且黃金大人一定會向你轉達我的口信。我可不能在這裡耗一天等你啊，孩子。眼前就有大事，而且非要你親自處理不可。」

「不。」我喘著說道，又補充一句：「我先說。」

「坐下來。」切德皺著眉頭打量我。「深呼吸。我去替你倒水。」

我好不容易撐到壁爐邊的椅子上，趕在自己虛脫之前坐下來。今天我把自己的身體逼得太過；光是騎馬到城裡、在練武場練習幾回，就夠讓我筋疲力竭了；所以此時我抖得很厲害，跟方才的弄臣如出一轍。

我喝了切德端來的水。他還來不及開口，我就將弄臣跟我講的事情一五一十地告訴他；講完之後，我仍然喘得很急。切德坐著沉思，而我則慢慢調勻呼吸。

「刺青啊。」切德厭惡地喃喃說道。「蒼白之女啊。」說到這裡，他嘆了口氣。「他這個人，我無法信任，但卻又不敢不信任。」他皺著眉頭，思索我方才說的事情，接著問道：「那個間諜報告你看過了沒有？我派去的間諜到了艾斯雷弗嘉島，但卻什麼龍的蹤影也沒看到。」

「看來那人找得並不是很仔細。」

「也許吧。這就是花錢僱人打探消息的缺點：錢財若用到所剩無幾，那麼他們的忠誠度也就蕩然無存。」

「切德，我們該怎麼辦？」

切德望著我的神情很古怪。「我們該怎麼辦，這是再明顯也不過了。說真的，蜚滋，你一定要將身體養好；這陣子你動不動就驚惶失措。雖說我也承認，弄臣有刺青之事，不只是你，連我聽了都很意外；此外，弄臣據此而做的推論，也很驚人。我今早去找他，並探問外島有沒有在人背上做龍蛇刺青的習俗；他說他沒聽說過，並且鎮靜地轉移了話題。我真不敢相信他會這麼糊弄我，但是……」切德定了定神，將自己對弄臣與黃金大人所知的一切拿出來重新整理一番，之後他沉重地嘆了口氣，坦白承認道：「在紅船之戰時期，的確有一名蒼白之女參與科伯・羅貝的軍機大事，我們的確掌握了這個消息；但是推測起來，那個蒼白之女應已經與羅貝一起葬身海窟了。既然人都死了，那麼那個蒼白之女還怎麼跟艾莉安娜有所關聯？況且就算蒼白之女沒死，那麼她何必幫我們撮合這樁婚事，甚至還處心積慮地要對付你和黃金大人？這未免扯得太離譜了。」

我吞了口口水。「漢佳，也就是艾莉安娜的侍女；她曾提到一個她稱之為『夫人』的人。艾莉安娜和皮奧崔也提過這個人，而且聽他們的口吻，彷彿十分畏懼。說不定那個『夫人』，就是蒼白之女，也就是弄臣所謂的『另外那個白色先知』；果真如此，那個蒼白之女必定有她自己的打算，而且她的打算一定對我們的計畫不利，只是我們現在看不出來而已。」

我看著那個老刺客又在心裡將這一切可能性與影響重新排列組合了一番，最後他不在乎地聳聳肩。「不過呢。」切德無情地答道。「我們的解法還是一樣。」他舉起兩根指頭。「第一，弄臣向你保證，你會信守對瞻遠家族的誓言，還是會為了弄臣而救活這條凍在冰層中之龍，完全是你一個人的選擇。所以說，你一定會信守誓言；你對王室一向戮力效忠，這我是最放心的了。」

不過對我而言，這事情可沒有那麼簡單。但我保持沉默。

接著切德指著第二根指頭。「第二，黃金大人不會與我們一同前往艾斯雷弗嘉島。這樣一來，雖然我懷疑島上什麼龍都沒有，但即使我們真的在冰層裡發現一條龍，他也無法干涉晉責屠龍——雖是這樣說，不過據我看來，這所謂的『屠龍』，很可能只是動用冰鑿，將凍得硬邦邦的某種遠古動物的頭敲打下來罷了。只要黃金大人不去艾斯雷弗嘉島，那麼即使這個蒼白之女仍然活在世上，甚至還危及他的性命，但他卻絕對不會碰上那個女人；這樣一來，黃金大人就不會死了。」

「就算不讓他與我們同行，但若是他自己仍想盡辦法要去艾斯雷弗嘉島呢？」

切德瞪了我一眼。「年輕人，你動動腦筋啊。艾斯雷弗嘉島可不是說去就能去的；就算你要從外島的其他島嶼——倒不是說，他去得了那麼遠的地方——出發前往艾斯雷弗嘉島，行程也十分艱難。你想，難道我不能下一道命令，禁止黃金大人登上任何從公鹿堡城啟程的船隻？當然我會做得很有技巧，不過這絕對可行。」

「那要是他變裝易容呢？」

他揚起了一邊的白眉毛。「難不成你希望我在我們出門時，將他鎖在地牢裡嗎？如果此舉能使你心安，那麼我也可以安排。當然，這個牢房保證舒服，所需之物一應俱全。」切德的口氣等於是明白地告訴我：你多慮了；而他既鎮定地對我的疑慮嗤之以鼻，所以我心中因弄臣而激起的莫名恐懼，也就難以繼續發酵。

「不，那當然不好。」我囁嚅地說道。

「那你就相信我吧。你以前不是一向都很信任我嗎？對你的老導師有信心一點吧。如果我不要黃金大人乘船出海，那麼他是一定無法成行的。」

*我找不到他。怎麼辦？*晉責恐慌地技傳道。

切德歪著頭。「你有沒有聽到什麼聲音？」

「等一下。」我對切德豎起一根指頭。*沒關係，晉責；他正跟我在一起。沒事了。*

到底是什麼事情這麼緊急？

*沒什麼，小事一樁，如此而已。*接著我放開晉責，轉而將注意力放在切德身上。「你剛才『聽到』的聲音，其實是晉責在對我大吼，說他找不到你。如今晉責一慌亂起來，還是會大範圍地技傳出去。」

切德臉上慢慢地彎起一抹笑容，不過他嘴裡還是說：「噢，一定是你搞錯了；我敢說剛才聽到的是遠處傳來的聲音。」

「一開始，技傳而來的心思，聽來的確像是從遠處傳來的聲音；但是等到你的心靈懂得如何將自己感知到的訊息轉譯出來之後，一切就不同了。」

「噢，我的天呀。」切德輕輕地說道；他望向遠處，悠悠地笑著。然後他突然一驚，轉過頭來，望著我說道：「我差點都忘了我之所以要找你來的原因了。王后與原智者的會談眞的要舉行了；眞是大出我意料之外。他們傳來消息，說會談可在六天後舉行，並請王后派遣自己的衛隊，前去護送原智特使到公鹿堡來。他們還要求交換人質。不過，我當然告訴王后，交換人質實在太荒謬了！六天之後，他們會飛鴿傳書，告訴我們碰面的地點；他們已經承諾，此地一定在距離公鹿堡一天腳程以內。等我們到了碰面地點之後，他們自然會現身；而前來與會的特使們爲了隱藏自己的身分，會披斗篷、戴兜帽。而我的盤算是，王后衛隊出門時，我希望你與衛隊同行。」

「那不是很古怪嗎？黃金大人的貼身保鑣竟與王后的衛隊同行，更何況這個任務如此敏感？」

「是很古怪沒錯，但只要稍加安排，便顯得再自然也不過。六天之內，你便會從黃金大人的僕人搖身一變，成爲王后禁衛隊的一員。」

「這會不會太過突然？變化這麼大，我們要如何自圓其說？」還有，你這隻老狐狸，莫非你是剛剛才決定要把我弄進王后的禁衛隊裡？

「這很容易。由於小偷不過想搶走你家主人的錢包，你便連殺三人，所以惜才的池沼地隊長，這兩天就會想要將你納入禁衛隊裡；畢竟武藝好之人，王后衛隊永遠不嫌多。如果有人問，你就說，衛隊出了高薪，而且黃金大人爲了跟王后打好關係，所以樂得讓王后挖走他的忠僕；再者，這說不定是因爲，如今黃金大人覺得我們堡裡頗爲安全，所以再也用不著貼身護衛了。」

切德的邏輯滴水不漏，但我卻懷疑，他背後的動機可能不單純，絕不只是要把我招攬到王后衛隊裡當他的耳目那麼簡單。我不禁想著，他是不是一心要分開我跟黃金大人，以免我對瞻遠家族的忠誠，因為黃金大人的教唆而打了折扣。我避開這個疑問，轉而對切德問道：「到底有什麼急迫的理由，非要我現在加入王后衛隊不可？」

「嗯，別的不說，你現在先加入王后衛隊，這一來，到了春天，你榮膺重任，獲選為護送王子前往外島的士兵時，看來便順理成章了。不過，最主要還是因為原智者特別要求，為表示我們並無惡意，所以要請晉責王子護送他們進城。」

我的心思頓時全部轉移至此。「這樣安全嗎？他們該不會設下埋伏，誘使晉責踏入陷阱吧？」

切德嚴肅地笑道：「這當然有可能是陷阱，不然我何必安排你與晉責同行？不過那些原智者一定也害怕我們會設陷阱，是不是？就是怕路上意外起了衝突，所以他們才要求晉責出面，因為他們知道，我們絕對不會讓瞻遠王室的唯一繼承人有安全上的顧慮。」

「要說『原血者』。」我對切德說道。「別說『原智者』，這樣不尊重，你必須習慣稱他們為『原血者』。這麼說來，你還是會讓晉責護送他們到城堡裡來？」

切德皺起眉頭，並坦承道：「就這點而言，晉責沒有選擇，我也沒有選擇，因為王后已經跟他們說好了。」

「雖然你大力反對。」

切德不屑地噴了個鼻息。「這些日子以來，不管我贊成還是反對，王后都不放在眼裡。大概她以為她已經不需要顧問了。那麼，我們走著瞧吧。」

我真不知道該如何接口。老實說，我暗自為王后堅定地伸張自己的權力而感到高興，雖說這個想法顯得我對王室不夠忠誠。

接下來這幾天，我忙得一塌糊塗，幾乎忘了我對弄臣的深切顧慮。雖然我人仍虛弱，但是切德、阿憨、晉責與我還是開始每天早上在望海塔碰頭。弄臣沒來上課；切德對此不置一詞，不過他既聽了我講弄臣之事，也許會因此而認爲弄臣還是別成爲這個精技小組成員比較好。但總之，我不會拿這個問題來質問他。我們四人每天早上聚在一起練習精技；他們三人對精技的貪婪熱忱嚇得我連連叫停。我們的確有進展，但這進展很謹慎、幅度又細微，所有人當中只有我覺得滿意。阿憨學會將自己的音樂稍加局限，不過此舉令他沮喪，但是爲何有如此反應，他自己也說不上來；晉責經過練習，已能將他的心思技傳給特定一、兩人。切德的程度比另外那兩個學生慢，這並不意外；他必須與我肌膚相碰，才能模糊不清地對我傳訊，或模糊不清地接收到我技傳過去的心思；阿憨若以精技猛轟切德，切德便能感知到阿憨對他傳訊，但是卻感覺不出他傳達了什麼心思；晉責則找不到切德，但也可能是切德無法察覺到晉責，而我既說不出問題出在誰身上，只好同時要求晉責與切德兩人都多加努力。對我而言，這些晨間課程既累人又緊張；我還是會頭痛，只是比起以前那種劇烈疼痛已有極大差別。

由於切德嚴格要求，所以我每天中午都吃一頓滋養、清淡且健康的餐點。在精技魔法方面，也許由我主導，但是切德仍是我的老導師，而且他深信，就該如何照顧我的身體而言，還是他知道得最清楚。就是因爲這個緣故，所以他才因爲在先前精技治療期間，從我房裡抄出了精靈樹皮與「帶我走」藥草，而跟我大吵一架。我們吵得十分激烈，兩人都怒氣沖沖。切德堅持我有職務在身，所以不該喝任何有損精技天賦的藥草茶，尤其如今我是王子的精技小組的精技師傅，所以更不該大意；我則堅持我愛私藏什麼草藥，乃是我自己的權利。我們兩人互不相讓，也不肯互相道歉；所以這件事情變成我們兩人避而不談的話題。

切德一跟黃金大人提議，黃金大人便迅速解除了我的職務；接著王后衛隊聘我成爲衛隊一員，而我也欣然接受。衛隊之人平靜自然地接受了我這個新成員，使我大感意外；可想而知，我一定不是第一個被切德塞進王后衛隊的怪傢伙。我不禁想著，王后衛隊裡到底有多少人並非單純的衛隊成員？他們問我的問題少之又少，倒是藉著衛隊的固定操練來估量我的實力如何。我每天下午都跟著王后衛隊在操場上演練；我常常感到自己跟不上衆人，這可從我瘀青之多便可以看得出來。

表面上看來，我跟衛隊的其他成員一樣在營房裡有個床位，但除了營房之外，我也常常待在工作室裡過夜。就算有人注意到我與王后衛隊不甚親近，也沒有人多言。我在操場上碰到老溫，他恭喜我「再度成爲正直的戰士」。在服飾方面，我再度穿上公鹿守衛的平實藍衣，而需要展示我乃是王后麾下的直屬衛隊時，則換上紫白兩色的束腰外衣；如今我能將珂翠肯的狐狸徽章公開地別在胸前，內心的喜悅實在難以言喻；這枚徽章，跟我別在襯衫裡心口上的那枚狐狸胸針，可說是相得益彰。

現在的我很容易累，復元的速度也比以前慢；但儘管切德一再催促，但我仍未試著以精技讓自己加速復元。午後近傍晚，當切德忙於國家大事時，阿憨會幫我到廚房去大肆洗劫一番，然後我們兩人一起大啖甜點、糕餅與肥肉。我們發現，原來吉利跟阿憨一樣喜愛葡萄乾；而那隻小黃鼠狼爲了乞求葡萄乾吃而跳的求食之舞，往往讓阿憨笑得眼淚都掉下來。我們兩人都長了肉——雖說阿憨長那麼多肉，可能對他不太好。如今他變得圓滾滾的，頭髮就跟貴婦人抱在腿上把玩的肥胖小狗一樣光滑；有了食物、照顧，又廣被接受之後，那小個子男子不時流露出安祥且和藹的本性來；與阿憨共享這些單純的時光，使我心裡感到很滿足。

有幾天晚上，我甚至還溜出去與幸運相聚。我們不是去「籬笆卡豬」，而是去一家比較安靜，也比較新的酒館，名叫「紅船劫後」；如今我們父子倆已經變得像是老朋友一般，就著啤酒和便宜且油膩的酒館食物，就邊吃邊聊起來了。此情此景，不禁使我想起帝尊殺死我之前，博瑞屈與我共度的那一段時光。如今幸運與我都將對方當作是成人來看待；聊得最起勁的那一天，他滔滔地講起椋音如何如風一般地掃入木匠舖子，以她的盛名與魅力將晉達司師父迷得神魂顛倒，並將幸運帶出去，在城裡玩了一天。「椋音那模樣，彷彿她跟我之間從來就沒吵過架，也不曾彼此口出惡言；既然如此，我除了照樣仿效，還能怎麼辦？依你看來，她是不是眞的忘記她跟我講過什麼話了？」

「我看她倒不是忘記。」我沉思道。「身爲吟遊歌者，若是那麼健忘，那可能會餓死。不，才不是忘記呢。據我看，椋音深信只要下足功夫、裝得夠像，那麼就算是原來沒有的事情，也會變成眞的；有時候，她這招的確能奏效；瞧，你不就以爲她眞忘掉了嗎？對了，那你原諒椋音了沒有？」

幸運著實細想了一陣，最後露出狡黠的笑容。「我是原諒她了，不過就算我沒原諒她，難道她會注意到我的反應嗎？椋音眞是能言善道，說得晉達司深信她的確像母親一般，把我當親生兒子看待，而且連我都聽得半信半疑了。」

我不禁大笑出來，聳了聳肩。椋音將幸運接出來之後，便帶他去一家吟遊歌者經常落腳的客棧，並將衆多有音樂長才的年輕小姐們介紹給他認識；小姐們招待幸運吃百果餡糕點、啤酒，又大展歌喉，爭取幸運的好感。我立刻戲謔地警告他，吟遊歌者水性楊花，可不能當眞；結果證明我是多此一舉。「如今我心已碎，不管是什麼女孩子，我都不會動心了。」幸運認眞地對我說道。不過從他描述其中幾名少女的情況看來，就算他不動心，但是他對女孩們還是頗爲注意，因此我暗暗地感謝椋音，並祈禱我兒子的情傷趕快康復。

無論是弄臣還是黃金大人，都刻意地迴避我。有幾天晚上，我悄悄地從工作室走到我以前的臥室，再從舊臥室走進黃金大人的房間，可是沒有一次碰得上他。晉責告訴我，如今黃金大人賭得很凶，不但常常流連在公鹿堡的私人賭局裡，也常常往公鹿堡城跑，因爲城裡的賭風更盛。我很想念他，但是我更害怕面對他；我不希望他一看我的眼睛，就看出我背叛他而傾向切德。我爲自己找藉口，這樣的安排是爲了他好。龍群命運該絕。如果只要不讓他去艾斯雷弗嘉島，就可以保住他的性命，那麼就算他不高興，那也只是微不足道的代價而已。有時，當我發現自己對他所做的瘋狂預言深信不疑，便以這個想法來安慰自己；有時，我卻認定世上既無凍在冰層裡的龍，也無蒼白之女，所以他根本不必涉足於艾斯雷弗嘉島。我用這幾條理由來證明，雖然我與切德聯合起來跟他作對，但我其實是在爲他設想。至於他爲什麼會避不跟我見面，我猜這是因爲如今我看到他的刺青，使他感到羞愧。我既不能要求他來找我，而我自己也不能強迫要跟著他；所以只能默默希望時日一久，我們彼此之間開始癒合的嫌隙會逐漸收口。

日子便如此一天天過去。

我不會跟別人坦承，但是重新教授王子精技之後，我開始對他的屠龍之行感到畏懼。我將春天到來之前的日子數了又數，但總覺得時間不夠。如今我很同意切德的想法，那就是王子必須有個精技小組，而且這個精技小組至少要具備基本的精技知識。因此我全力培養衆人的精技天賦，但是各人水準不齊，成果不一。在我們上午的課程中，切德的進展緩慢；然而最糟的是他對自己的進度極爲不滿，這一來就更難要求他專心練習了。不管我怎麼強迫他進入平靜且虛空的狀態，他就是無法放鬆。晉責似乎覺得老師與年長學生之間的爭執很有趣，看得津津有味；阿憨則覺得無聊得要命。然而不管是晉責或阿憨的態度，都無助於使講話很尖銳的切德稍微收斂一點。我這才發現，我這位慈祥和藹、很有耐心的老師，原來是個糟糕透頂的學生，倔強任性又不聽人勸。經過四天無情的管束之後，我終於成功地使他開放心胸、接受精技。然而切德乍見精技洪流，便一頭熱地衝了進去；我別無選擇，非得追上去不可，所以我嚴厲告誡晉責與阿憨不得跟從，便躍入精技洪流之中。

我實在不喜歡回憶那個不幸事故。切德一下子便被精技洪流沖散，這也就罷了，問題是切德散出的碎片多到難以計數：畢竟他多年人生中的每一個片刻，都被洪流沖走。我七手八腳地將切德收聚回來，但是過了一會兒，我開始領悟到，精技洪流並未將切德打碎，而是那老人自動將自己散發出去。此時的切德，就像是一株飢渴的植物根鬚；他積極地朝四面八方伸展，一點也不在乎精技沖走、拆散了他伸長的根鬚。就連我好不容易收集他的碎片時，他還因為這種狂放的牽繫感而洋洋自得。最後我終於將他從精技急流中搶救出來，然而驅動我的，與其說是某種力量，倒不如說是憤怒。等我們兩人都回到自己身體裡時，我發現自己的身體倒臥在大桌子底下，顫抖、抽搐到近乎痙攣的程度。

「你這個蠢笨、頑固的老雜種！」我喘著氣，以氣音對切德說道；我連吼他的力氣都沒有了。切德呈大字型地癱臥在他自己的椅子上；他眼皮頻頻掀動，回過神來之際，只喃喃地說道：「太棒了，太棒了。」然後他的頭一垂，掉在桌子上，瞬時便睡得死死，誰也叫不醒他。

晉責和阿憨將我從桌子下面拖出來，扶到我的椅子上。晉責以顫抖的手替我倒了一杯盈滿得溢出來的酒，而阿憨則站著打量我，那一雙小小的圓眼睛睜得大大的。我喝了半杯酒之後，晉責窘困羞愧地說道：「我從未見過這麼恐怖的事情。上次你跳進精技洪流救我，就是這樣的情景嗎？」

我太激動，也太氣切德跟我自己，所以無法老實對王子承認我自己也沒有答案。「你們兩個也要引以為鑑！」我斥責道。「小組裡任何一人的輕率舉動，都可能危及整個小組。過去的精技師傅為什麼要設下疼痛柵欄，以阻止任性的學生施展精技，我現在可有深刻的體會了。」

王子大驚失色。「你不會對切德大人做出這種事情吧？」聽他那口氣，彷彿我是在建議為了王后著想，所以我們要將王后關進鐵籠子裡似的。

「不。」我不情願地答道。我搖搖晃晃地站起來，繞著桌子，走到那打鼾的老人身邊；我輕輕推他，又伸出指頭戳一戳。切德的頭仍貼在桌上，但是他對我微笑。「啊，你在這裡呀，孩子。」他一股勁地傻笑起來。「你剛才有沒有看到我？有沒有看到我在飛？」接下來，我不知道是他的眼珠翻上去，還是他的眼皮拉下來，總之他講了這兩句話之後，便像是在市集裡玩了一天的孩子那樣筋疲力竭地沉沉睡去。切德似乎絲毫沒有察覺自己千鈞一髮地避開了一場悲劇，我實在很失望。他又睡了一個小時之後才醒來，而且儘管他連連道歉，但是他眼裡那種歡欣得意的光芒，還是使我心裡膽寒。即使切德再三保證他往後絕對不會任意做精技實驗，我還是私下叮囑阿憨，如果他察覺切德在施展精技，一定要立刻跟我聯絡；雖然阿憨熱切地答應，但是我卻沒有比較安心，因為這種熱切的承諾，阿憨往往記不住，過沒多久就拋在腦後了。

第二天早晨的來臨並未使我的心境變得明澈且鎮靜。這天我叫切德什麼也別做，只要盡量觀察就好，而我自己則設法導引晉責借用阿憨的力量，以增加他自己的精技力。雖然他們曾經聯手以精技治療我，也體會過聯合力量有多大的潛能，但當時他們是如何聯合彼此的力量，以及當時發生了什麼事情，如今卻沒有一個人能確切說出。據我看來，至少也必須教會晉責，讓他能夠汲取阿憨的力量，所以我叫晉責與阿憨做了個簡單的練習——至少我本來以為那很簡單。

晉責若是光靠自己的力量，頂多只能讓切德的心中感受到若有似無的低語；他能夠讓切德感應到他在對切德傳訊，但卻不足以讓切德聽出他所傳送的到底是什麼訊息。至於這是因為切德太封閉、沒有對精技敞開心胸，還是因為晉責未能精準地對著切德傳訊，我仍不是很確定；但我想試試看晉責是不是能藉由汲取阿憨之力，讓切德聽到他技傳的內容。「惟眞王子告訴我，不管是精技小組的成員，還是精技獨行者，都是吾王子民，都必須以這個身分來服侍國王。所以，阿憨就是晉責的吾王子民；好，我們來試一試如何？」我對他們兩人問道。

「他是王子，不是國王。」阿憨憂慮地打斷我的話。

「是啊，所以呢？」

「那我就不可能做吾王子民。這說不通的。」

我捺住性子。「這沒關係。這說得通的；你就做王子子民，以這個身分來服侍他好了。」

「服侍？那我不就變回僕人了？」阿憨一下子生起氣來。

「不是，你只是幫助他，當他的朋友，如此而已。阿憨以王子子民的身分幫助晉責，好嗎？現在來試一試如何？」

晉責咧嘴而笑，但是他這個笑容並無嘲弄阿憨之意。阿憨轉過頭去，看到王子的笑容，便在他身旁坐了下來。「這應該是很容易的。」我對他們兩個說道。我在說謊嗎？我不知道。「阿憨只要開放心胸，讓精技力自由流動便可，但是什麼都不必做；晉責則要汲取阿憨的力量，然後對切德技傳。晉責，你別太快，而且我一叫你停，你就必須立刻把你的手抽回來。好，開始。」

我原本以爲我已經設想了任何可能發生的狀況。我替阿憨準備了他喜歡的甜食，又準備了白蘭地，以便有人要喝酒定神之用；這兩樣東西都放在桌上，但此時我不禁想著，這些食物飲品放在桌上是不是不太好？阿憨的目光不時朝那幾個摻了葡萄乾的甜麵包飄去；那些糕點會不會使他太過分心，所以無法施展精技？我本來還想要準備熱水和精靈樹皮，但是切德嚴厲地駁斥了我的念頭。「那藥草破壞力十足，所以王子的精技小組最好是連沾都不要沾。」切德義正辭嚴地說道。我並未回答他，當年教我以精靈樹皮止痛的，不是別人，正是他。

王子伸手放在阿憨的肩膀上，我則焦慮地在王子身後走動。萬一情況不對，王子看似會將那小個子男子的力量抽乾，那麼我就必須立即因應，硬將他們兩人分開。晉責若是抽取太多力量，阿憨是會送命的，這個道理我再清楚也不過了。我可不希望因此而發生慘劇。

過了一會兒，我朝切德使了個眼色，他也揚起一邊眉毛，表示他看到了。

「開始。」我對晉責與阿憨說道。

「我已經盡力了。」晉責氣惱地說道。「我知道如何對阿憨技傳，但是我不知道如何才能汲取他的力量，更不知道接下來要如何借用他的力量技傳。」

「嗯，阿憨，你能幫幫他嗎？」我問道。

阿憨睜開眼睛，轉過來看著我。「怎麼幫？」他反問道。

我也不知道。「你就對晉責敞開心胸。你就想像你在將力量傳送給他。」

於是這兩人又重新開始了。我觀察切德的表情，希望能從他臉上看到晉責正在與他心靈接觸的蹤跡。但是過了一會兒，晉責睜開眼睛，望著我，嘴角扭成一抹笑容，坦承道：「他一直在對我技傳『力量，力量，力量，力量』。」

「你剛剛明明是這樣說的！」阿憨氣憤地抗議道。

「對，一點也沒錯。」我安撫阿憨。「你別急，阿憨，沒人嘲笑你。」

阿憨對我怒目而視，從鼻子噴了口氣。臭狗子。

晉責瑟縮了一下。切德的嘴唇一扭，但是他努力忍住，不讓自己笑出來。「臭狗子。你們傳送給我的，就是這三個字，對不對？」

「我相信阿憨的原意是要講給我一個人聽的。」我謹慎地說道。

「但是這三個字透過我，傳送給我的目標，也就是切德；我感覺到了！」晉責興奮地說道。

「那麼，至少我們有一點進展。」我說道。

「現在我可以吃個甜麵包嗎？」

「不行，阿憨，還不行。」我思索片刻。晉責導引了阿憨技傳的方向，然而這到底是表示晉責眞的汲取了阿憨的力量、打破了切德的防線，抑或表示他只不過是將阿憨打算傳給我的訊息，轉而推向切德？

我實在不知道。況且剛才到底是怎麼一回事，恐怕是無從得知的。「你們一起來好了。」我提議道：「你們兩個商量好，傳個訊息給切德，而且要同步傳送。」

「同步？」

「就是同時的意思。」晉責爲阿憨解釋道；接著兩人低聲討論了一會兒，我猜他們是在講定要傳什麼訊息。「好，傳吧。」我指示道，並仔細觀察切德的表情。

切德皺起眉頭。「好像跟甜麵包有關。」

晉責氣惱地嘆了一口氣。「對，但是我們技傳給切德的，應該是另一句，而不是這一句，只是阿憨一直都不專心。」

「我餓了嘛。」

「你才不是餓，你只是想吃而已。」晉責對阿憨說道。這下子可惹惱了阿憨，而且不管我們怎麼逗弄哄勸，都一概無效，阿憨說什麼都不肯再試。最後我們只能讓他稱心如意地吃他的甜麵包，並決定明日繼續努力。

不過從第二天一早的情況看來，這天大概又會跟前一天一樣沒什麼進展。空氣中已有春意。我將護窗板拉到兩旁，全心全意地迎接這個清晨。地平線上的太陽仍冰冷無力，但是海上吹來的海風卻清新可人，透露出生機與季節的變化。我站在窗前品嘗春天的滋味，並等待學生們到來。

我跟切德密謀阻撓黃金大人，到現在我仍覺得良心不安。我已經開始自責：當初我要是沒將弄臣跟我講的事情告訴切德，也沒說出弄臣的刺青之事就好了；弄臣一定不想告訴切德，要不然，早在他們談起貴主的刺青時，他就會說了。我深深感到自己犯了錯，然而時光無法倒回，而我若是向弄臣坦承此事，那麼他會做何反應，我眞不敢想像。不過，如果他相信自己必會死在艾斯雷弗嘉島，而我還袖手旁觀，那麼我就未免有失朋友之義了。因此，雖然我認爲自己的行徑很幼稚，但我仍決定閉口不提，把事情留給切德去處理。到時候，擋著不讓黃金大人陪同我們出海的，是切德，而不是我。我又深吸了一口初春的空氣，希望自己會因此而變得輕鬆愉快；然而我卻輕鬆不起來，反而越來越焦慮。

儒雅・貝馨嘉已經回到公鹿堡。陪同他回家奔喪的侍衛，名義上是要表達瞻遠王室的致哀之意；但是即使別人不知道，儒雅也知道往後這幾年，他勢必要住在公鹿堡裡受人監視。他必須在堡裡住到成年爲止，而王室則善意地替他管理家產；如今長風堡已經封閉，裡面只有幾個王后派去的僕人，維持基本的規模。在我看來，儒雅罪同叛國，這樣的懲罰實在太輕。他有原智的事情仍無人知；我想，我們不妨以揭露他有原智爲要脅，以免他日後一錯再錯。除此之外，公鹿堡城的三人血案，也絲毫沒有跟他扯上關係。儒雅爲王子招致了這麼大的危險，竟然絲毫未受懲戒，我想到就有氣。切德告訴我，晉責堅持儒雅雖向花斑幫通風報信，但他洩漏的消息少之又少，而且十之八九，都是就算公鹿堡最卑微的侍童也知道的事情。我聽了還是不放心；更令我放心不下的是，不只路德威，連沛杰都對於黃金大人和我的消息備感興趣，不管儒雅有什麼消息，他們都很想知道。當然，儒雅對我們兩人所知甚少，所以並未透露太多；不過他已經向王子坦承，由於花斑子很注意我們，連帶地使他也對黃金大人與我非常好奇。

儒雅回來後不久，我便去情報站觀察他的動靜。他看來像個孤苦無依、喪氣失望的年輕人，只帶了一個家僕和少數財物在此住下；如今他沒了家人，也沒了家，而他的原智動物則關在馬廄裡。這房間的裝潢與家具都很簡單，倒是很配合像他這樣的二流貴族身分，但無疑地，儒雅在自己家裡的享受會比這裡好得多。那天晚上，儒雅坐在火爐前瞪著爐火看了好久；我懷疑他是不是在跟他的貓彼此溝通，但是我並未感應到人貓之間的原智往來，只感覺到他的痛苦沉重有如重物般存在於房內。

但我還是不信任他。

我聽到王子的腳步聲時，眼睛仍在眺望窗外。過了一會兒，晉責進來了，並隨手將門關緊。切德與阿憨不久就會從密道前來此地，而此時卻難得有機會與晉責獨處。我繼續眺望，嘴裡則對他問道：「儒雅的貓常跟你說話嗎？」

「你是說小豹？不。小豹是貓，所以牠當然能跟我說話，如果牠肯說的話。但是我若是跟牠攀談，就會被視為……怎麼說呢，大概算是無禮吧。」他發出思索的聲音。「這個習俗說起來也頗為奇怪；不過在以貓為伴的原血者中倒是有不少規矩。我絕對不會主動跟別人的貓伴說話，因為這個舉動就像，唔，跟別人的未婚妻打情罵俏一般。自從我認識小豹以來，牠一直都很冷淡，從來也不想跟我交談。當然，只有一次例外，就是儒雅差點被勒死的那一次；不過當時的情況，與其說是交談，不如說牠在威脅我。儒雅是用一個大帆布袋裝著小豹，帶到我房裡來的；從他的言語中推測起來，他是拿著袋子跟小豹打鬧玩耍，但是小豹一鑽進袋子裡，他就將袋口綁緊，然後將小豹拖上樓，弄進我房裡來了。我說他是用拖的絕不為過，小豹的體型可不小啊。」

他突然沉重地嘆了口氣。「光從這點，我就該看出這其中必有蹊蹺了；儒雅若非走投無路，怎麼會對小豹那麼無禮？但當時他似乎心裡很煩，而且又很急，所以我還是答應讓他把貓留在我房間裡，等他回來再說，而且也沒多問他來龍去脈。可是，儒雅走後，小豹不是怒吼，就是發出悲歌般的哭號聲，我越聽越受不了。小豹想用後腿的爪子磨破袋子，不過儒雅找來的帆布袋厚重密實，所以牠逃不出去；過了一陣子，牠也不磨了，乾脆躺在袋子裡喘氣，發出難過的嗚咽聲，這時我開始擔心小豹該不會悶死吧。然而我一打開袋口，小豹便衝出來，揮著爪子將我按倒；牠抓了我這裡。」晉責一邊說著，一邊伸手比畫頸側。「然後把後爪勾進我的肚子裡，並且揚言如果我不馬上打開房門放牠出去的話，牠就殺了我；可是牠才說完話，我都還來不及應聲，牠便嘶喊一聲，接著爪子就從我肚皮上劃過去了——儒雅就是在此時被人狠狠打了一拳。然後小豹說，這都是我的錯，而我若是不救儒雅，就別想活命。所以我就對你技傳了。」

此時他已跟我一起站在窗邊，望著起皺的波紋，以及因爲日出而映出亮光的黝黑海面。他眺望大海，一語不發。

過了一會，我催促道：「然後呢？」

「噢，然後我開始想道，你不知道碰上了什麼事情。爲什麼當時你不對我技傳？我可以派人去幫你，難道你沒想到嗎？」

他這個問題使我大感吃驚。我仔細探索自己的答案；過了一會兒，我不禁大笑。「是啊，要是我有想到要跟你求救的話，你是一定會派人來幫我的。只是這麼多年來，都是狼與我相依爲命，而夜眼又已經走了……我從未想到要叫你找幫手；我甚至根本就沒想到要把我的所在地點告訴你；我眞的從沒想那麼多。」

「我一直試著跟你聯絡。他們勒住儒雅的脖子之後，小豹便狂性大發；牠放開我，跳了起來，在我房裡奔躍，碰到東西就揮爪刷下去。我從沒想到貓爪的破壞力這麼強大；床帷、衣服……此時我床底下還塞著一幅織錦畫，因爲我一直鼓不起勇氣把這件事情說出來。那幅織錦畫已經破得補不回來了，而且恐怕那玩意兒價值連城。」

「你別擔心。我有幅織錦畫，就送給你掛吧。」晉責看到我嘴邊那抹意味深長的笑容，顯得疑惑。

「當時我一直對你技傳，就連小豹在我房裡鬧得天翻地覆，我仍專心對你技傳。但我就是聯絡不上你。」

我想起一件很久不曾想起的往事。「你父親也曾這麼抱怨過；他說，每次我一跟別人打起來，就會跟他失聯；一碰上這種事情，我就無法與你父親保持聯絡，而且這連繫一斷，他便無法重新接上我。」我聳聳肩。「我差點都忘了。」然後我也沒多想，便伸手去探我脖子與肩膀交界處的咬傷；就在這個時候，我察覺到晉責正在以男孩的欽佩羨慕表情凝視著我，於是趕緊放下自己的手。

「所以從頭到尾，小豹唯一跟你說話的，就是那一次？」

他聳聳肩。「差不多。牠一直撕扯我的東西，但卻突然停了下來，然後跟我道謝。態度非常生硬。我猜，對貓而言，要向人道謝，大概很彆扭吧。謝過之後，小豹便跳到我床舖的正中央坐下，不再理會我。牠待在我床上，直到儒雅回來將牠領走。我房間到現在還有貓騷味；我想這是因爲小豹在激動打鬥時會噴出尿液。」

我對貓知道的雖不多，但是晉責說的這點聽來合情合理。我這樣告訴他；然後我小心翼翼地——因爲在我們之間，這個話題一向敏感——問道：「晉責，你爲什麼要相信儒雅？他已經連續兩次陷害你，你爲何還將他留在身邊？」

他不解地朝我一瞥。「他信任我呀。儒雅對我信任至極，這樣的人，怎麼可能不值得我報以信任呢？再說，我若想對國內的原血者多加了解，那就少不了儒雅；這是我母親點醒我的。我母親說，如果我們想要處理原血者的事情，那麼我至少要認識一個原血者，而且要跟這人十分熟悉。」

我還沒想到這一層，但是他的意思我懂。在我們六大公國，原血者的生活方式和習俗是不為人知的。我雖有機會一瞥原血者的生活，但是我的解釋，畢竟不如從小就以原血者方式養大的人那麼清楚。不過呢——「就這方面，一定還有別的原血者能夠勝任。我還是覺得從儒雅的所作所為看來，這個人實在不值得看重。」

晉責輕輕地嘆了一口氣。「蜚滋駿騎，他將他的貓託付給我啊。如果你知道自己將死，又不想讓夜眼與自己一起赴死，那麼你會把夜眼留在哪裡？你會將夜眼託付給誰？你會將牠託付給你曾經眞心陷害過的人，還是會託付給能夠看穿這一切迷障的人？」

他這幾個問題問到了我心底。「噢，我懂了。你說得沒錯。」

誰也不會把自己的半個靈魂，託付給自己毫不關心的人。

不久，切德與阿憨便從壁爐邊出現。那老人皺著眉頭抖下沾在他那繁複華美袖口上的蜘蛛網；阿憨哼著小調——其實應該說是不時發出幾個突兀的聲響，正好塡入他今早的精技音樂空檔之中。他似乎很是自得其樂。如果我只用耳朵聽，那麼我可能會覺得他弄出來的聲響既讓人心煩，又沒有韻律節奏。要不是因為我有通達阿憨心靈的管道，那麼我對他的誤解會大到什麼程度？

阿憨一進門，立刻就朝桌上看，我感覺到他因為桌上沒有為他準備的糖果糕點而感到失望；我暗暗希望，今天的課程可別因為阿憨的期待落空而遲滯不前。我讓學生們坐在跟昨天一樣的位置，也就是切德坐一邊，而晉責和阿憨比鄰坐在切德對面；而我也跟昨天一樣，站在晉責與阿憨身後，如果有必要的話，便隨時出手將他們兩人分開。晉責覺得我小題大作，就連切德也認為我有點多慮。但畢竟不管是切德或晉責，都沒有近乎被其他精技人抽乾力量的體驗。

晉責跟昨天一樣，將手搭在阿憨肩上，他們再度努力送個訊息給切德，但就是無法傳遞。晉責可以送訊息給我，阿憨也沒問題，然而即使像傳送訊息給我這種熟練小事，他們兩人都無法協調好同時發訊。我開始想道，也許我們是無法做到了。精技小組最基本的功能之一，就是將衆人的精技力量聯合起來，以備國王不時之需；但是我們連這一點都做不到。而且一再失敗，使我們彼此之間漸生嫌隙。

我們一再嘗試卻仍一無所獲之後，晉責不快地說道：「阿憨，你的音樂得停一停。你的音樂不斷在我腦海深處響著，這樣我怎麼能專心？」

王子的斥責使得阿憨瑟縮了一下；接著他的眼裡盈滿淚水，使我體會到如今他與晉責之間的連繫是多麼地深切。我想王子也察覺到自己失言，因爲他馬上對自己搖了搖頭。「那是因爲你的音樂很美，美得令我分心啊，阿憨。你的音樂這麼美，難怪你隨時都想跟大家分享。不過眼前我們要專心上課才行，你懂我的意思嗎？」

切德的眼裡突然冒出了綠色的光芒。「不！」切德叫道。「阿憨，你千萬別停。我從未聽過你的音樂，雖然我常聽晉責和湯姆說你的音樂有多美。讓我聽聽你的音樂吧，阿憨，就這麼一次也好；求你把手搭在晉責的肩膀上，將你的音樂傳給我。」

晉責與我目瞪口呆地望著切德，但是阿憨卻笑容滿面。他連一刻也不浪費，晉責還來不及把手搭在阿憨肩膀上，那小個子男子便牢牢地抓緊晉責的手。此時他眼睛直盯著切德，嘴巴因爲欣喜而張得開開；阿憨也不等著晉責對準目標，便將他的音樂傾洩而出，將我們通通沖倒。我模模糊糊地看到切德因爲阿憨音樂的動能之大而瑟縮了一下，他的眼睛睜得很大，臉上雖有成功的喜悅，卻也有一絲恐懼。

我從未低估阿憨的實力，而如今我也的確見識到前所未有的精技力爆發。在此刻之前，阿憨的音樂一直都是他思緒底下的伏流，就像呼吸或是心跳一樣，不知不覺地持續律動；但此時阿憨大鳴大放，讓全世界都聽到他母親的歌。

光是一條帶泥的河流，便足以將河口的整片海灣染成褐色；同樣地，阿憨的精技之歌，也讓龐大的精技洪流染上了不同的色彩。阿憨的歌進入精技洪流，也改變了精技洪流；我從未想過竟然會有這種事情。接著精技洪流一把攫起我，使我連自己的身體也控制不了。無與倫比、目不暇給的阿憨之歌，將我捲入音樂之中，以節奏和韻律包覆著我；我多少察覺到晉責和切德跟我在一起，但由於音樂太強，我已經分不出誰是誰了。而且除了我們之外，這股洪流還將別人捲了進去；精技天賦較少之人，只是一條拖曳在洪流中的精技絲線，這也許是哪裡的漁人突然聽到心底響起古怪的曲調，也可能是哪一個母親突然改而哼起這個調子，哄孩子入睡。但是除此之外，這精技洪流還捲了些天賦較強的人進來；我感應到有些人放下做到一半的事情，東張西望，想要找出這個怪異的樂聲到底來自何處。

天賦較強的人雖不多，但的確存在；他們時時刻刻都感知得到精技，而且他們早就訓練自己對那些若有似無的背景聲視若無睹、聽而不聞。不過這股音樂衝破了他們習慣性設下的障礙，使他們轉頭朝我們看來；這樣的人可能會突然驚聲高叫，也可能會被震倒在地；不過我聽到其中有一人應了聲，而且聲音清楚、不畏恐懼：怎麼回事？蕁麻問道。這白日夢是哪裡來的？

從公鹿堡來的。切德歡欣雀躍地答道。此訊息來自公鹿堡，精技人等聽此召喚，快快往公鹿堡來，以便磨練你們的能力，進而為王子殿下效力！

去公鹿堡？蕁麻應道。

然後，一個來自遠處，彷彿小喇叭一般的聲音說道：現在我認識你了，現在我看到你了。

要不是出了這種事情，也許我會一直沉浸在令人神迷的精技桎梏之中而不可自拔；但我突然將晉責與阿憨兩人分開，其力之猛，將我們三人都嚇了一大跳。音樂戛然而止；一時之間，由於精技流一下子消失，所以我視不能見、耳不能聽。我的內心熱切渴望精技，因為比起我個人微弱的感知而言，精技實在精純得多，而且能將我與廣大的世界牽繫在一起。不過我一下子就回過神來。我伸手去拉晉責，因爲方才我那一推，推得他跌倒在地；他一邊暈頭轉向地抓住我的手，站了起來，一邊問道：「剛剛有一個女孩子講話，你有沒有聽到？她是誰啊？」

「噢，不過就是那個從早哭到晚的女孩子嘛。」阿憨對蕁麻一點興趣也無，而我則十分感激他適時補上這麼一句，避免了我的尷尬。阿憨緊接著對切德問道：「你有沒有聽到我的音樂？喜不喜歡？」

切德並未立刻回應。我轉過頭去，發現他軟癱在椅子裡，臉上帶著一抹傻笑，但是他的眉頭皺得很緊。「噢，有啊，阿憨。」切德好不容易擠出話來。「我聽到了，而且我非常喜歡。」他將雙手手肘靠在桌上，頭一點，便掉落在手臂上。「我們成功了。」切德喘氣道。他睜開眼睛望著我。「如此旺盛蓬勃、完全與世界合而爲一的感覺！每一次都會像這樣嗎？」

「這種感覺一點也不能大意。」我立刻警告道。「你若是爲了那種牽繫感而投入精技洪流之中，那麼可能會立刻滅頂。精技人必須時時刻刻都將自己的目的置於感受之前，否則，你會馬上被洪流沖走，並失去——」

「好，好。」切德不耐煩地打斷了我的話。「我還沒忘記上次的意外，但是我真的認爲今天這個成就值得大肆慶祝。」

其他人似乎也有同感，但我則沉默不語；我敢說，他們一定認爲我既吝嗇、性情又差。不過我還是拿出了預先藏在桌底下，用布蓋住的籐籃，而且籐籃裡的東西，連阿憨都感到滿意。我們喝了一輪白蘭地；雖然我認爲切德可能是唯一需要用酒定神的人。那老人家拿起酒杯的時候，手還抖個不停，不過他仍露出笑容，而且喝酒之前，還說了一番祝詞：「但願能者快來，讓晉責王子早日組成精技小組！」切德並未狡猾地朝我擠個眼睛，所以雖然我暗自希望博瑞屈能牢牢地將蕁麻守在家裡，但我仍與大家舉杯同飲。

稍後，我小心翼翼地問道：「依你們看，另外那個聲音到底是誰？就是說『現在我認識你了』的那個聲音？」

阿憨繼續用門牙小口小口地啃葡萄乾，根本不理會我。晉責則不解地朝我瞥了一眼。「還有別的聲音？」

「你是說，那個技傳得十分清楚的女孩子？」切德訝異地問道；不用說，他很意外我竟會主動在眾人面前提起蕁麻的事情。我猜他已經推論出我所指的一定是蕁麻。

「不是。」我答道。「另外還有一個聲音，那個聲音非常怪異，而且……怎麼說呢，大不相同。」

眾人沉默不語。此時晉責說道：「我只聽到那個女孩子說：『去公鹿堡？』」

「我也是。」切德肯定地說道。「在那女孩之後，就沒有其他清晰可辨的思緒了。我還以為你是因我實在想不出要如何表達那個聲音所勾起的警戒感——彷彿像是個惡兆。

為那個女孩，所以才打斷了我們的牽繫。」

「他何必那麼做？」晉責質問道。

「不是。」我堅持道，故意不理睬王子的問題。「另外有個什麼東西在講話；我告訴你們，我聽到……但我不知道那是什麼。某種生物吧。但不是人。」

此事太不尋常，不尋常到晉責忘了要繼續追問蕁麻的身分。不過由於他們三人都未曾聽到，所以他們並不將我這番聲明當一回事；而且到了課程結束之時，我已經開始懷疑，那個聲音是不是我自己編造出來的了。

25

會談

……公主不要其他東西，就是非要將那頭會跳舞的熊據爲己有不可。這樣的要求前所未聞，但是最後國王給了養熊人滿滿一把金幣，換來那頭熊，讓公主如願以償。於是公主拉起連著大熊頸圈的鍊子，將那頭巨大且嚇人的野獸牽回自己的閨房。然而到了夜深，當堡裡所有人都入睡之時，那少年便脫去熊皮，化爲人形；當他以自己的面目和公主相見時，公主只覺得這少年比她見過的任何人都俊美，而且接下來，與其說是那少年遂心如意，還不如說是公主遂心如意，比較貞切。

——摘自《熊少年與公主》一書

一天下午，樺樹枝頭泛出紅芽，而大庭裡的積雪也融爲雪泥。今年春天來得眞快；太陽還沒下山，走動最多的路徑上便露出了幾塊泥地。當天晚上仍十分寒冷，而且冬夜將回春的一切痕跡都凍結起來；然而隔天一早，只聽得滴水聲此起彼落，並感到暖風吹過大地。

那天晚上我睡在營房裡，而儘管其他二、三十個男人一起打鼾、翻身，我還是睡得很好。我跟大家同時起床，在守衛室吃了一頓豐盛的早餐，然後回到營房，換上王后衛隊的紫白制服。我們繫上佩劍，牽了自己的馬，到大庭裡面集合。

我們免不了要等王子出現。王子終於現身，而且切德顧問和珂翠肯王后也陪著王子走出來；王子看來優雅卻又不自在。十多名貴族出來為王子送行，包括各大公國派來與王后商量原智者問題的代表；從他們的表情看來，他們從未想過自己必須與原智者面對面會談，而且恨不得自己能夠避開。儒雅・貝馨嘉大人也站在融雪中為王子送行；我站在衛隊後排，望著他那張面無表情的臉龐，並納悶他對於今天這件大事有什麼感想。由於王后下了明確的命令，所以除了王子與衛隊之外，誰都不能離開公鹿堡；原血者代表團已經百般提防，王后可不希望他們因為什麼風吹草動而嚇跑了。

接著王后跟禁衛隊隊長簡單地交代了事項。我聽不見王后跟池沼地隊長講了什麼話，但是隊長聽了之後，臉色就變了；他照樣恭敬地行了個禮，不過臉上的每個線條都顯出他並不贊同。接著一名騎著馬的女子突然牽著王后的坐騎，走到到衛隊領頭處站定，更使我震驚至極。我過了一會兒才認出，那人是月桂；她剪短了頭髮，並染成黑色。切德站出來不斷勸諫進言，但是王后似乎心意已決，只簡短地回應他一、兩句話；王后講了什麼話，我聽不見，但是我看得出她下巴堅毅的線條，以及切德的臉慢慢漲紅。最後王后對她的顧問輕輕點頭為禮，上了馬，對池沼地隊長示意；接著池沼地隊長喊了口令，於是我們一起上馬，跟在王子與隊長之後，出了城堡大門。我回頭一望，只見切德憂懼地凝視著我們遠走的背影。她為什麼跟我們一起出門？我瘋狂地對切德技傳，但切德就算收到我的思緒，也沒做任何反應。

我將這個問題，原封不動地拿去問王子。

我不知道。她只跟切德說，計畫臨時有變，所以她留下切德，以確定沒有人跟著我們出來。我看這樣似乎不太好。

我也有同感。

我看到王子對他母親說了一番話，但王后只是搖了搖頭，嘴唇緊閉。月桂騎馬直往前去；短短一瞥，使我看出她額頭上多了幾條線紋，而且臉頰瘦得凹了下去。這麼說來，幫王后在公鹿堡與原智者之間奔走的密使就是月桂了。而月桂對抗花斑幫的作法，就是爲比較溫和的原血者爭取到更多政治權力？這點言之成理，只是這個任務不但吃重，而且還很危險。我納悶著，不知道她多久沒有好好睡覺了。

馬蹄下的融雪軟硬不一。我們從西門出去。表面上看來，只有王子與池沼地知道我們的目的地；原血者送出來的信鴿是昨天才到的。不過事實上，我也知道我們的目的地何在。王后願意與原血者的特使團相見，引起衆人議論紛紛、擾攘不安，所以我們與原血者的會面地點還是盡量保密，以免哪個一心逞強的貴族衝出來壞了我們的大事。

空氣清新乾燥，看來既不會下雨，也不會下雪；葉子掉光的禿枝上開始冒出生機。到了岔路口，我們走的不是通往河邊的那條路，而是走另外那條山路，往公鹿堡背後覆著森林的起伏山丘而去。一隻孤獨的老鷹在天上巡行，也許是在找尋此處有無大膽冒險的老鼠；不過，也可能沒那麼單純。樹木漸漸近逼到路旁，所以池沼地隊長下令重新整隊，不讓王子與王后騎在最前面，而是騎在衛隊中間。我開始擔心起來。晉責的言行舉止都沒露出他知道我混在行伍之中，並騎在他後面，但是我很慶幸我們之間有段密實的精技意識緊緊相連。

我們騎了一整個早上，而且每逢岔路就走人跡罕至的那條。路開進樹林之中，越來越窄，逼得我們不得不走成長長的單行，使我很不放心。黑瑪對於必須一路跟著前面的馬，並保持穩定的步速感到很不耐煩；我要時時與牠的意志搏鬥，才能遏止牠超前前面那匹馬。我正努力開展自己的原智感應、測知周遭森林的狀況，但牠這番任性的行爲，不免使得我無法專心。由於我們隊伍裡人馬衆多，所以森林裡除了我們之外還有什麼動靜，極不容易察覺；這就好像在狗群汪汪大叫之際，你若想側耳傾聽老鼠的吱吱聲，恐怕是事倍功半。不過我還是察覺到我們兩側被人包圍，而且我一發現，就一邊咒罵自己，一邊緊急跟王子技傳。他們的行蹤隱密極了；我突然察覺到我們側面有兩個人，然後還來不及吸口氣，就發現樹林裡另有三人與我們同行。他們步行，臉上用布蒙住，以免被人認出，而且都帶著弓箭。

池沼地隊長突然下令叫我們停下時，王子憂心忡忡地對我技傳道：他們跟我們講的會面地點不是這裡啊。我們將王子團團圍住。我看出原智者的弓已經搭上弓弦，但是並未拔出弓箭。

然後，林子裡有人大聲喊道：「原血者對各位致意！」

「晉責．瞻遠也在此對各位致意。」晉責清楚地答道，而王后則保持沉默。晉責的語氣非常平靜，但是我幾乎感覺得到他的心正怦怦地跳著。

一名矮小的黑髮女子穿過弓箭手之間，走到我們面前；她既未攜帶武器，也未蒙面，顯得與別人大不相同。她先望向王子，然後轉而凝視王后；她的眼睛睜得很大，臉上露出一抹若有似無的笑容。然後她口齒清晰地說道：「蜚滋駿騎。」我整個人僵住，但王子卻因此而寬心。

王子對池沼地隊長點點頭，說道：「這是我們說好的口令；所以這些人就是我們承諾要在此會面，並護送回堡的密使團。」接著晉責轉過頭去，對那女人問道：「但是為什麼要在此地會合，而不是在原先講好的地點呢？」

她輕輕笑了兩聲，但是她的笑聲中不無挖苦之意。「由於過去與瞻遠人應對的經驗，所以我們學到一個教訓，那就是再怎麼小心也不為過，大人。如今我們仍處處提防，就請您多見諒了。這個原則救了我們不少人呢。」

「原血者並不是一直都受到公平的待遇，所以您的疑心不足為奇。如今應各位的要求，我人已在這裡，以保證諸位特使能夠安全抵達公鹿堡。」

那女人點點頭。「那麼，你是否應我們的要求，帶了個貴族出身之人，來給我們做人質？」

此時王后首次開口，她說道：「人質我們帶了。我的兒子就是人質。」

晉責的臉一下子變得刷白。池沼地衝口說道：「王后殿下，求求您，千萬別這樣！」接著池沼地轉向那個原血女子，乞求道：「夫人，請多見諒，但是之前無人跟我提起人質的事情。王子乃歸我保護，求您別拿王子做人質，您就拿我做人質吧！」

這你之前就知道了？我對晉責質問道。

不，我也不知道。但我看得出她用心良苦。晉責的反應倒很鎮定。接下來這幾句話，他講得很大聲，因爲這話不但是講給我聽，也是講給所有的侍衛隊員聽的。「池沼地隊長，您別急。這是我母親的決定，所以我必定奉行。沒有人會因爲您遵從我母親的意願而責怪您；因爲就此而言，我乃是全國子民的犧牲獻祭。」他轉過頭望著自己的母親，臉色仍然蒼白，但是口氣很堅定。我突然領悟到，此刻他感到很驕傲；他的驕傲在於他能以此爲子民盡心力，以及他母親已經認爲兒子成熟到可以面對這個考驗。「既是王后殿下的意願，那麼我就將生命交付給您；而若您的人受到任何傷害，那麼我甘願任君處置。」

王子說完話之後，衆人驚呆之餘再無一點聲響；但此時月桂輕柔的聲音劃過了沉寂。「而且我也會留下來，爲王后的話做擔保。」那原血女子聽了，嚴肅地點點頭；她顯然跟月桂很熟。

我心裡一邊分析現況，一邊閃過了千百個念頭。我早該想到，原血者勢必要求我們提供人質；此時有人安全護送，又遮面以掩飾身分；但是一旦進了公鹿堡，原血者所選定的代表人物便處處暴露於危險之中。雖然切德對原血者的提議嗤之以鼻，但是我早該想到總要有人做人質的。但何必一定要以王子做爲人質？還有，王后爲何擇定由月桂隨侍於王子身旁，而不是由我來陪著王子？我可要對王后另眼相看了；她的奇招嚇了我一跳，更別說她連切德也騙倒了。可想而知，這種計策切德一定會大加反對。那麼，珂翠肯是怎麼安排的？靠月桂穿針引線嗎？

池沼地隊長飛身下馬，單膝跪在泥濘的融雪中，乞求王后換他去做人質，不然，至少也讓他帶著五個士兵陪侍在王子身邊，但是王后絲毫不為所動。這時王子下了馬，扶起池沼地。「就算事情出了岔錯，也沒有人會怪您的。」王子對池沼地隊長勸慰道。「我母后在此親自將我送交出去做為人質；她就是為了這個緣故才跟我們一起來的。以後所有人都會知道，這是我母親的意願，而非您所願。我求您，上馬護送王后安全返家吧。」然後晉責提高了音量，說道：「所有侍衛，請聽我說，各位且與池沼地隊長一同返家，而且務必將同行的貴賓，當作是我一樣地好好保護，因為事實上，的確是唯有他們安全無虞，我才能夠保住性命。所以各位若能好好保護他們周全，就是為我盡力了。」

接著那原血女子也對池沼地說道：「我對您和王后保證，只要你們能善待我們的人，那麼我們一定會善待王子；這點您盡可放心。」但是池沼地隊長聽了還是放心不下。

我坐在馬上聽著他們的交談，心中備感為難。我對王子保證道：我稍後再繞回去保護你。

不，我母親已經承諾我們會公平地對待他們，所以這一點我們一定要做到。如果我需要你幫忙，我一定會馬上告訴你，這點你放心好了。不過眼前，就讓我將我母親託付給我的事情辦好吧。

王子與我溝通之際，原血密使們已經三三兩兩地從樹林間走出來了，有些人還帶著自己的牽繫動物。我聽到頭頂上有一隻老鷹的叫聲，這等於在確認我先前猜得一點也沒錯。有一名男子帶著斑點的花狗；狗兒在他的坐騎四周跑來跑去。另有一名女人走上前來，手邊牽著一頭懷了身孕、步履沉重的乳牛。不過整體而言，以布巾蒙臉，騎著各色坐騎朝我們而來的那十二名原血特使，大多都是隻身前來；我心裡想著，不知道他們到底是將牽繫動物留在家裡，還是他們目前無伴。

其中有個人立刻引起我的注意。這男子約莫五十歲，然而他看來是很活躍的人，所以他經歷的風霜歲月，讓人一看便知。他走路是水手的滑步，手邊牽著一匹他顯然並不信任的馬；他的頭髮與修得短短的鬍子都是鐵灰色，跟他的眼珠一樣，只是他的眼珠還帶著一點藍；除了第一個跟我們打招呼的那個女子以外，他是唯一沒有蒙面的原血者。不過，使我印象深刻的並不是他的長相，而是其他原血者對他的尊重；他一出來，眾人便讓他先行——看那情景，若非因爲他是聖者，就是因爲他是瘋子。最早跟我們打招呼的那個原血女子微微羞紅了臉，對我們解釋道：

「您已將晉責王子託付給我們。雖然先前傳來消息，說您要以晉責王子爲人質，但是我們並未料到您眞的會這樣做。不過我打定了主意，如果您給的人質，顯示出您眞正尊重我們，那麼我們也會以此禮回報。所以，我們也將羅網交到您手上。羅網出身於未與外人混血的家系，而他不但是家中最年長，也是僅存的唯一一人。我們原血者是沒有貴族階級的，也沒有國王或王后；但是偶爾我們原血者之中，會出現像羅網這樣的人。他並不統治我們，但是他會幫我們排解疑難，而我們也樂於有他仲裁。請您務必善待我們所有的代表，但更請您將羅網當作是王子一般地善加款待。」

我聽在耳裡，只覺得這段介紹詞非常奇特。那女子雖盡力介紹，但我依然對那男子一知半解，不過從其他原血者的舉止看來，彷彿是送了個非凡大禮給我們。我將此謹記在心，準備日後請教切德。

我本打算此時技傳給阿憨，請他將王后所作所爲告訴切德，但想想還是不妥。那小個子男子時常混淆訊息，我可不希望切德聽了之後做出什麼莽撞舉動。今天雖然才過了不到一半，但是我所見的已經太多。於是我們啓程離去，獨留下王子與月桂被武裝的原智者團團包圍；就在這時候，突然下起傾盆大雨。向我們介紹羅網的那個女子在我們身後叫道：「三天！三天之後，把我們的人好好地送回來！」

王后回過頭去，嚴肅地跟那女人點了個頭。提醒這個實在是多餘；別說是三天，我們將王子的安危託付在他們手上，雖然才片刻光景，卻已經嫌太久了。

池沼地隊長盡其所能地重新整隊，將原血密使們包圍在中間保護起來，但密使的人數比原先估計的多得多，所以侍衛們分得很散。我的位置殿後，跟在那個牽著母牛的女人後面。我本以為那個有鬍子之人會堅持走在我們行列中最尊榮的位置，例如與王后並騎；誰料他卻選擇殿後，安插在牛女與我之間。我回頭看了最後一眼，王子坐在馬上，淋著冰冷的雨水；等我回頭往前看時，發現羅網正在看我。

「這年輕人年紀輕輕，又貴為王子，但是他有著年輕人少有的勇氣，以及尋常王子難得的堅強。」羅網有感而發地對我說道。走在我右手邊的侍衛皺著眉頭瞪著那原血男子，不過我只是嚴肅地點點頭。羅網凝視著我好一會兒，然後才轉開頭。我覺得有點不自在，因為他竟然第一個就找上我談話。

還沒走到公鹿堡，我就被雨淋得溼透。雨水落到地上，變成溼溼軟軟的雪泥，路更加難走，速度也拖慢了。城堡門口的守衛沒有多問，也沒有耽擱，就讓我們進門，不過我們經過時，我看到其中一名守衛眼睛睜得很大，壓低了聲音跟隔壁的同僚講話；我看他的嘴型是在說：「王子不見了！」這麼說來，王子要送為人質的謠言，早在我們回堡之前就已經不脛而走了。

到了大庭上，池沼地扶著王后下馬。切德已在大庭等候；他發現王子沒有跟著我們回來，一下子變得有些恍惚，然後那一對銳利的綠眼睛馬上朝我射過來。我避開了切德的目光；一方面是因為我沒什麼別的消息好說，再者是因為我不想讓旁人發現我們彼此有何交情。此時要蒙混過眾人倒不困難，因為大庭已經變成一片踏得亂七八糟的融雪泥巴地，放眼望去盡是鬧烘烘的人和動物，而且嘈雜的言語聲之中，還夾雜著那頭乳牛難過不適的哞哞聲。馬廄的人早就站在一旁，等著把侍衛和貴賓的坐騎接手過去，但是見到此景，他們都看傻了眼，因為他們沒想到必須照料大腹便便的乳牛，更沒想到那個全身淋得溼答答的蒙面女子既不肯丟下她的乳牛，卻又怕得不敢單獨走進馬廄。

最後羅網與我主動上前陪著那女人走進馬廄。我找了個空馬欄，並盡量將那頭疲憊的乳牛安頓好。

那女人所有的心思都放在乳牛身上，所以跟羅網與我說不上幾句話；但是羅網既親切又健談，而且他不只對我講話，還對各馬欄裡的馬，以及被我派去提水拿新鮮乾草的馬廄幫手講話。我跟羅網自我介紹我是王后衛隊的湯姆．獾毛。

「啊。」他一邊應道，一邊點頭，彷彿我這話肯定了他原先猜測的並沒有錯。「那麼，你就是月桂的朋友了。月桂很誇獎你呢，還叫我一定要跟你認識認識。」

羅網講了這幾句令我心神不寧的話之後，便轉過身去，繼續探索馬廄。他這個人好像不管對什麼事情都很感興趣，所以他問的問題五花八門，從馬廄裡住了多少動物，這些馬是什麼品種，到我進衛隊多久了，以及我是不是跟他一樣，恨不得換上乾爽衣物、喝點熱飲。

我還不至於粗魯無禮，但是有些沉默寡言；不過等到一切安置妥當，開始護送他們兩位前往主樓東翼王后替原血貴賓們準備的房間時，我還是鬆了一口氣。這個房間讓原血密使們享有隱私，不必與堡裡的其他人碰面；房間裡有個大房間，可以讓他們在食物擺設好、僕人也退下之後，安心地解開蒙面布進餐。他們每個人都十分謹慎，說什麼也不能讓別人看到他們的眞面目；但羅網是唯一的例外。我護送他與牛女走上他們臥室所在的這一層樓；一名女僕上前來招呼他們，並請他們隨她前往私人臥室。牛女沒有回頭看我一眼，便跟著那女僕走了，但羅網熱忱地與我交握手腕，並說希望很快便有機會再與我聊聊。羅網走了不到三步，便開始問那女僕喜不喜歡自己的工作、她在堡裡住多久了，還有，大好春日，竟落得以傾盆大雨收場，眞可惜是不是？

盡了我的職責之後，我這個又溼又累的士兵拔腿便往守衛室而去。守衛室裡，衆人正拉高嗓子，爲了王后是不是過於衝動草率而吵得不可開交；裡面擠得人山人海，因爲除了剛剛回來的侍衛正在此進餐之外，還擠進了許多想要聽第一手消息的人。不過，第一手見聞早就消逝得無影無蹤；因爲在衛隊裡，故事滋生繁衍得比野兔還要快。我在狼吞虎嚥地吃下麵包與乳酪之際，聽到別人放言高論地說，我們是如何被三十多個帶著弓箭、長劍的原智高手包圍起來，此外至少還有一頭野豬，自始至終都露出獠牙、噴著鼻息地監視著我們。我實在佩服他們的想像力，尤其最後這個野豬的故事眞是神來一筆。至少吼得最大聲的那個傢伙不忘講述我們的王子有多麼冷靜勇敢。

然後我拖著冷冰冰、溼答答的身體離開了守衛室，走上經過廚房、通往碗櫥間的走廊，接著趁著四下無人時，閃身走進了阿憨的小房間，然後從他的房間走進城堡的密道裡。我匆匆地走回我的工作室，七手八腳地換上乾衣服，將溼衣服披在桌椅上滴水晾乾。切德留給我的那張小紙條只寫了幾個字：「王后的私人會議室」；從那潑灑的墨跡來看，我推測他寫這幾個字的時候一定怒氣未消。

所以我再度衝進曲折綿延的密道。我一邊咒罵這密道難走，一邊納悶蓋這密道的建築師莫非是個矮子，不然天花板怎麼會蓋得這麼低。雖說我也知道，其實這個迷宮般的密道系統並非一人從頭到尾策畫出來的，而是將牆壁之間的空隙、廢棄的僕人樓梯加以利用，再趁著整修古老的城堡時，刻意地增建走道。等我走到王后私人會議室的祕密入口時，早已上氣不接下氣；我沒有馬上敲門，而是先停下來喘口氣，然而就在這時候，我聽到密門裡傳來的激烈爭吵聲。

「而我是王后！」不曉得剛才切德說了什麼話，惹得珂翠肯口氣如此激動。「不但是王后，還是他的母親。這件事情當然是至關緊要，否則身爲王后的我怎麼會以王位繼承人做爲賭注，而身爲母親的我又怎麼會以獨子做爲賭注？」

切德答了什麼話，我沒聽見，但是珂翠肯的講話聲則清楚得近乎刺耳。「不，這跟我『差勁的群山式教養』無關。我之所以這樣做，爲的是要迫使衆貴族以彷彿自己親人安危全繫於此的態度善待原血者。過去不管我怎麼努力，貴族們都輕蔑藐視、嗤之以鼻；爲什麼？因爲事情丟著不管，他們也不會肉痛心疼；原血者受到不公的對待，那就罷了，反正他們沒有切膚之痛，畢竟又不是他們自己妻兒的性命岌岌可危。他們從未因爲深恐他人揭發妻兒有原智，並進而將他們殺害，而嚇得一夜睡不著覺。可是切德，你要知道，今天我的兒子送去給原智者做人質，並不會比昨天他待在堡裡更危險，因爲晉責有原智的事情，若是被堡裡的人拆穿了，那麼衆大公說不定會聯合起來對付他。」

我趁著接下來他們兩人皆沉默不語的空檔，大聲地在門上敲了敲。不一會兒便聽見：「進來。」於是我開門進去，發現他們兩人都氣得臉頰紅紅，但是還算鎮靜；我覺得我像是個不小心撞見父母親祕密吵架的小孩子，不過下一刻，切德便致力將我拉進漩渦中心。

「你怎麼可以讓事情發展到這個程度？」切德對我質問道。「你爲什麼沒有當下就告訴我？現在王子如何？沒有受傷吧？」

「他很好——」我才開口講了沒幾個字，珂翠肯就突然打斷了我的話：「他怎麼可以讓事情發展到這個程度？切德顧問，你太不知分寸了。多年來，我一直倚重你的意見，而你也一直給我寶貴的建議，但是如果你再度忘記在你之上還有我這個人，那麼我們就各自行事吧。你是來提供意見的，你無權下決定、更不該將我的意願當耳邊風！難道你以爲我沒有詳細考慮過每一個面向嗎？當初是你教我要謀定而後動的，所以你就聽聽我是怎麼打算的吧。蜚滋人在這裡，只要透過蜚滋，我就能知道我的兒子的現況，連他是不是受到屈辱，都一清二楚；我的兒子身邊有個熟悉原血者行事方式的女子，這女子對我忠心耿耿，在必要時也能擅使武器；他們有十二個人落在我手裡，若是王子出事，那麼這十二個人、加上那個似乎對他們而言非常重要的人，就全都安全堪虞。他們要求我們送出一個人質，你不予理會，並說，就算我們不給人質，他們還是會乖乖地派代表到公鹿堡來參加會談。月桂給我的建議恰恰相反；她深知原血者對瞻遠家之人極不信任，而且幾代以來的悲慘遭遇，更使得他們對瞻遠家人的猜忌無可動搖；所以她說，我們一定要給他們一個人質，而且這個人質還必須位高權重。既然如此，那麼我能送誰去當人質呢？我自己嗎？我第一個想到的就是我自己；但是我若去了，誰留在這裡與原血密使團應對？由我的兒子來主持會議？但在許多人眼中，他尚待磨練。不行，我必須待在這裡；於是我開始考慮其他的選擇。派個貴族去當人質？然而尋常貴族對原血者既害怕又不尊重，而且各大公必定會大力反對。那麼派你去嗎？這一來，我就無法聽取你的意見了。找蜚滋駿騎去？然而若要讓他的價值大到足以當作人質，就必須揭露他眞正的身分。所以我才選了我自己的兒子當人質。對雙方而言，我的兒子都是很有價值的人物，而且活著的時候最有價值。原血者在跟我協商往返之時，毫不掩飾他們知道晉責有原智的事實，因此晉責不但是我們自己的人，也可算是他們的人；晉責同情他們的處境，因為他自己也有同感；況且，我敢說晉責跟他們在一起所學到的東西，一定比跟在我身邊進行正式協議所學到的還要多，而且，總有一天，他的所學會使他成為更好的國王，使得所有子民一體受益。」王后停頓片刻，她有些喘，最後她補了一句：「好了，顧問，我哪一點想錯，請不吝指點。」

切德瞪著珂翠肯，嘴巴微開。我很欽佩她想得這麼周全，而且也不想掩飾自己的仰慕之意了；然後她望著我，咧嘴而笑，就在此時，我發現切德的眼裡閃著綠色的光芒。

切德一下子將嘴巴閉起來，忿忿地說道：「既然如此，妳早告訴我就好了嘛，我可不喜歡被人當成傻子。」

「既然不想被人當成傻子，那你就裝出只是有點小意外的模樣，就跟大家一樣。」珂翠肯辛辣地說道；然後她換了比較溫和的口吻，勸道：「老朋友，我知道我讓你擔憂我的兒子的安危，而且傷了你的心；不過，要是我早將此事告訴你，你一定會百般阻撓，不讓我放手去做，對不對？」

「也許吧。可是這還是——」

「我們和好了吧。」她安撫道。「如今事情都已經成爲定局了，切德，所以你就接受了吧；而且我求你，待會會談開始時，你可千萬別因此而無法發揮你公正客觀、足智多謀的長才。」珂翠肯三言兩語地打發了切德。她轉過頭來，對我說道：「至於你，我希望能待在牆後，仔細觀察；當然，除此之外，你的職責還包括監督我的兒子的安全。晉責說不定能傳一些對我們有利的消息給你。」接著她假裝平靜地問道：「你現在察覺得到他的現況嗎？」

「不是直接牽繫。」我坦承道。「我無法像往日惟眞藉著我聽聲視物那樣地察覺到晉責的感受，因爲在那方面，晉責的精技仍需多加磨練；不過……等一下。」我吸了口氣，朝晉責探尋而去。*晉責？我現在跟切德和王后在一起。你那邊一切好嗎？*

我們都很好。切德是不是很氣她？

那個你別擔心；她處理得很好。他們只是要確定一下我們能不能彼此溝通罷了。

當然可以。我正在跟他們的首領芙萊莉講話；我們先別談了，讓我好好注意聽她在講什麼，要不然她會認爲我不是原智，而是弱智哪。

我將注意力轉回現場，並發現那老人家皺著眉頭瞪我。「你在笑什麼？」切德敏感地質問道，彷彿我是在嘲笑他。

「剛才王子殿下跟我開了個玩笑。他那邊一切安好，而且王后推測得沒錯，因爲王子正在跟他們的首領講話。他們的首領名叫芙萊莉。」

王后得意洋洋地轉向切德。「看吧！他已經探聽到他們首領的名字了，長久以來，我們都對此一無所知。」

「其實應該是說，他們的首領請王子稱她爲『芙萊莉』，如此而已。」切德不耐煩地反駁。接著切德對我問道：「爲什麼我聽不出晉責跟你傳了什麼消息？我要如何下工夫才會進步？」

「問題可能不在你身上，而是因爲晉責終於掌握到技傳的技巧，懂得如何只針對我一人傳訊；就連阿憨可能也不知道晉責跟我傳了什麼消息——這是我的猜測。等你多跟王子配合之後，你們之間可能會變得很有默契；而如果你勤加練習，那麼你在傳訊方面的靈敏度應該會提高。不過在那之前——」

「在那之前，你們必須等到有空的時候再討論。現在就連動作最慢的貴賓，一定也已經烤暖了身子、換上乾衣服了。切德，走吧；我們必須到東翼的大廳去會客。至於蜚滋，你也快就定位吧；如果會談中講到任何會影響我兒子安危之事，我希望他可以馬上得知。」

換作是其他女子，應該會等切德起身，或是先找個鏡子梳妝；但是珂翠肯可不是普通女子。她敏捷地起身，如風地掃過房間朝門口走去，看來她有十足的自信，認定她的顧問一定會亦步亦趨地跟上去，而我也會慌張地奔向我的情報站。切德朝我看了一眼，他臉上交雜著驕傲與懊悔的情緒。「我大概是把她教得太好了。」他有感而發地悄悄對我說道。

我再度鑽入低矮狹窄的密道。我到工作室拿了一把蠟燭、一個坐墊；在繞到情報站的路上，我碰上了吉利。吉利發現我身上沒有葡萄乾，很是失望，不過牠仍以眼前的大冒險爲滿足。

我這一生所見的所有協商活動，一開頭都至少有一天會很枯燥，而這次也不例外。雖然蒙面的原血密使們看來很神祕，但是在表面上彬彬有禮、謹慎節制的氣氛之下，其實是彼此角力、互相猜疑的泥沼。原血密使們無一願意透露自己來自哪一個公國，更不願說出自己的姓名；而第一場會談終了時一事無成，只說定了原血密使們必須至少說出他們來自哪一個公國，而且他們若要抱怨某公國處置不公，便要說出蒙冤之人的姓名，以及日期和確實的情節。

但是在這方面，羅網的行事作風還是與其他人大不相同。總而言之，第一天的會談中唯一有點趣味的，就是羅網的發言。他說他出身於公鹿公國，靠近畢恩斯公國邊境的一個小漁村；他以打漁維生，而且儘管原本他家大人多，但如今那整個原血家族只剩下他一人。他家人大多在紅船之戰中喪命，而他年邁的祖母則在去年春天享盡天年而過世；他未婚且無子，不過他並不認爲自己孤單，因爲他跟一隻海鳥牽繫在一起，而此時那海鳥就在公鹿堡上空馭風而行；那隻鳥的名字叫做「風險」，而且如果王后有興趣跟風險見見面，他也樂於請牠飛下來，降落在城堡的高塔上。

原血者那種欲言又止、猜疑顧忌的態度，獨獨在羅網身上找不到，而且他口若懸河地說話，也讓會談中衆人緘默不語時的場面不至於太難堪。王后說她希望讓原血者冤死的事情就此告終，而羅網也認定王后的確有心於此；他不只長篇大論地感謝王后保護原血者的盛情，還感謝王后促成了這個會議。羅網說，這是原血者長久以來第一次如此團結，因爲自從幾代以前，原血者不得不將自己的天賦隱藏起來，並且散居各處之後，原血者的凝聚力就消散了；羅網由此說到原血孩童若無法公開承認自己的魔法，便無法習得完整的原血傳統，這是莫大的損失；而他說到這樣的原血孩童時，還舉晉責王子爲例，並對王后說，自己兒子的魔法必須加以遮掩，而且無處受教，身爲母親的想必憐憫不捨，這點他感同身受。

羅網說到這裡便停了下來；我不禁納悶他到底在期望什麼。難道他期望王后會當衆感謝他的同情與關心嗎？我看得出切德很緊張。雖然原血者不吝道出他們「知道實情」，但是切德勸王后最好別承認自己的兒子有原智。王后漂亮地迴避了這個問題；她對羅網說，羅網牽掛著那些必須遮掩自己魔法的孩子們，擔心他們的才智無法受到啓發，就此而言，她的心情跟羅網是一樣的。

整個下午就這樣過去。羅網是所有原血密使中，唯一不但大方，而且還積極地講述自己的意見經歷，以及種種原智知識的人。我開始體會到其他原血者之所以跟羅網保持距離，既是因爲敬畏，同時也是因爲困惑；人們碰到被形容爲有通天之能，或是被形容爲錯亂瘋狂之人時，往往不知道該怎麼辦才好，而羅網正是這種人物。羅網使他們很不自在；以致於他們不知道自己應該起而仿效他的模範，還是該將他驅逐出去。我立刻由此推論出，在場的衆原血者之中，只有羅網一人是自薦而來；他並非某一群人推選出來的代表，而是單純因爲王后貼出公告，所以他便應召前來。我們在森林裡碰見的那個女子似乎對他敬佩有加，不過我看在場的原血者，不見得每個人都像她那麼推崇羅網。不過羅網卻簡單幾句話，便使得王后特別注意他。

「一個退無可退、無可損失之人。」羅網在言談中不經意地說道。「往往最適合挺身爲衆人的利益而犧牲。」

此語一出，王后的目光立刻朝他投射而去；而且我敢說，此時切德必與我一樣，希望方才羅網選用了別的字眼，而非「犧牲」。

這會議一直延續到晚餐時刻。切德和王后離場，讓貴賓們私下用餐；但我則毫不猶豫地繼續待下去，望著他們將蒙面的布巾和兜帽解下來。這些臉孔，我一個也認不得；這裡面的人，沒有一個是我在黑洛夫那邊認識的原血朋友，或是我曾經追捕過的花斑子。他們吃得很愉快，自在地評論這些食物做得很不錯。此時有一隻之前我沒看到的原智小動物現身了；一隻小松鼠從一名女子的懷裡鑽出來，在餐桌上蹦蹦跳跳，隨意從賓客的私人餐盤中取食，衆人也不以爲意。其實王后與切德眞正希望我看的，就是他們進餐與輕鬆聊天的情景，所以不久之後，切德擠到我身邊來跟我一起觀察時，我一點也不驚訝。

我們沉默地聽著貴客們閒談時聊什麼話題，以及王后是否打動了他們的心。這裡面最健談的，是一名自稱爲「波姚」的男子，以及一個以「銀眼」爲名的女子；從這光景看來，這兩人不但相熟，而且還自認爲是這一群人的領袖；他們極力鼓吹衆人在面對王后的時候，立場要強硬一點。波姚背誦了一長串的要求，號召衆人一起以此要求王后，而銀眼則是積極熱切地連連點頭。波姚的建議不是不切實際，就是爭議太大。波姚聲稱他有貴族血統，只是他祖先在花斑點王子暴動之際，失去了頭銜與莊園；他要求昔日的一切都應復歸於他，並且承諾凡是此時肯幫他講話的，日後都歡迎到他的莊園中住下，並在他的領地上工作；波姚又說，當然所有人都一定能看出，原血者之中若出了個貴族，必定對他們的處境大有幫助——我自己看不出這兩者之間有什麼關聯，但是有好幾個人聽得連連點頭。

銀眼念茲在茲的，並非歸還祖業，而是血債血還；她提議凡是處決原智者的人，都應以其人之道還治其人之身，所以這些人應該通通吊死。而且波姚與銀眼兩人都堅持，王后若想討論原智者與非原智者如何和平地生活在一起，就必須先賠償舊日原智者所受到的不公待遇才行。

聽到這些話，我的心都涼了。在罩著布的幽暗燭光之下，切德的臉色也顯得疲憊。我知道王后想要採取的作法與此恰恰相反；珂翠肯認爲，我們不應回溯幾十年前的往事、設法還給當時的人們一個公道，而應當致力於解決當下的問題，以減少未來的問題。切德靠過來，在我耳邊輕聲說道：「如果他們緊抓住這些議題不放，那麼我們一切的努力就落空了；那些事情，三天也談不完，更何況我們若是將那種要求轉達給諸大公，那麼必會迫使諸大公照樣開出一堆嚴苛的條件。」

我點點頭，將手搭在他的手腕上。希望抱這種念頭的只有他們兩人而已，而且之後便能有冷靜沉穩之人，好比說那個叫做羅網的人，會出來說話。他看來不會一心想著要報仇。

我對切德技傳的時候，切德專心得連眉頭都皺了起來；我傳完之後，他慢慢地點頭。而他回傳的思緒，我只能抓到梗概：羅網……哪裡？

在那邊的角落裡；他在觀察他們，什麼話也沒說。

的確如此。表面上看來，羅網好像在打瞌睡，不過我懷疑他其實跟我們一樣，正在仔細觀察、傾聽。切德繼續跟我靠著好一會兒，然後他悄悄地跟我說道：「你去吃點東西吧，這邊有我看著就好。我們可是期望你在這個情報站待上一整晚哩。」

於是我便前去吃晚餐了。我回來時，又多帶了幾個墊子、一條毯子、一瓶葡萄酒，此外又抓了一把葡萄乾，送給那隻陪著我守望的小黃鼠狼。切德哼了一聲，明白地表示出他覺得我太過享受，之後便離去。原血者重新蒙了面，才讓僕人們進房來清走碗盤；接著來了幾個樂師、玩雜耍的藝人，然後王后、切德和諸大公的代表，都進來坐下，與原血者們一起欣賞表演。諸大公的代表都是年紀很輕的青年，不過他們的表現十分無禮：他們聚攏在一起，而且幾乎只找自己熟的人講話，顯然是因爲跟一群原智者共處一室而很不自在。然而這些人明天就要陪同王后與切德，與那些原血密使共商大計；我可以預見到明天的會議不會有什麼進展，而且想到這裡，就開始爲王子擔心起來。

我探尋晉責，一下子就接到他的回應。你在哪裡？你現在在做什麼？

我正在聽原血的吟遊歌者吟唱昔日時光；我們現在位於山谷高處，一處像是臨時搭建的營地裡。我猜他們之所以決定要搭蓋臨時營地，而不是去眞正的房子裡，是因爲他們唯恐日後會遭到報復。

你那裡一切都好吧？

有點冷，而且食物十分簡單；不過這其實跟連夜打獵的感覺差不多。他們待我們很好。麻煩你跟我母親說我很安全。

那是一定。

公鹿堡的情況如何？

進展很慢。現在那些密使正在觀賞雜耍表演，而我則坐在牆後觀看他們。晉責，據我看，這三天恐怕難有什麼實質的進展。

事情很可能會被你說中；不過我覺得，這裡有一位老人家的態度很值得我們做爲借鏡。這位老人家碰到人就說，這次會談只要能開得成並說得上話，而且沒有流血，就是天大的勝利了；他說，他這輩子，從未見過瞻遠家的哪個人給過原血者如此的禮遇。

嗯，老人家講的也有幾分道理。

來訪的原血密使們早早地便決定收場休息；他們老遠來到公鹿堡，又十分緊張，想必一定是很累了。我很慶幸自己可以上床睡覺，但仍決定在睡前到守衛室去一趟，看看能聽到什麼小道消息；我從很早以前就發現，守衛室乃是挖掘謠言與暗諷，以及評斷堡裡眾人反應的最佳地點。

我在走到守衛室的半路上，意外地碰上了在安靜的走廊裡漫遊的羅網；他親切地叫出了我的名字。「您迷路了嗎？」我客氣地問道。

「不，只是好奇而已；而且腦中思緒滿溢，根本睡不著。你要去哪裡？」

「去弄點消夜吃。」我說道，而他也突然嘴饞起來。我實在很不願意領個原血密使走進守衛室，但是我請他在大廳裡找個人少的壁爐邊稍等，讓我將食物備來，他又不肯。羅網與我並肩而行走向守衛室時，我很擔心等一下不曉得會生出什麼事端，心裡十分擔憂，但是羅網似乎對這種情緒完全免疫，一味地問我走廊兩旁掛的織錦、錦旗與畫像是什麼來歷事蹟等千奇百怪的問題。

我們走進守衛室的那一剎那，整個守衛室都安靜下來；我看到幾個人投來敵視的眼神，心裡暗叫不妙，等我看到布雷德·賀維薛克坐在長桌靠壁爐的那一端時，內心更是七上八下。我一邊避著布雷德的目光，一邊說道：「夥伴們，王后殿下的貴賓來到這裡，我們應該削片肉、倒杯啤酒招待。」我特別強調這是待客之道，希望藉此軟化房裡的氣氛；然而現場仍很凝重。

「我們寧可招待王子殿下。」有人毫不客氣地放話道。

「我也很想與王子一起吃吃東西。」羅網由衷地說道。「因為我才跟他問了聲好，別的話都來不及說，他就與我的同伴騎馬離去了。不過既然今天晚上王子與我的同伴一起進餐、聽他們講故事，所以我也要來這裡跟你們分著麵包吃，並聽聽公鹿堡的故事。」

「我們這裡才沒有招待原智傢伙的規矩呢。」又有個人惡毒地說道。

我吸了一口氣；我知道這句話非得回應不可，而且這下必定要大費周章，才能讓羅網完好地走出守衛室了。但是我還沒開口，布雷德就慢慢地說道：「我們當然招待過原智者，而且那個原智者不但是我們自己人，還廣受大家愛戴。要怪就怪我們太笨，竟然笨到讓帝尊把他帶走了。」

「哎喲，那個老掉牙的故事別再說了！」有個人感嘆道，另有個人針鋒相對地問道：「即使他殺了國王陛下，你還是愛他嗎，布雷德．賀維薛克？」

「蜚滋駿騎才沒殺死黠謀國王呢，你這個笨瓜。當時我人在現場，事實經過我都看在眼裡；至於那些胡說八道的吟遊歌者亂編的故事，根本就不值一文。蜚滋對國王敬愛有加，他才沒有殺死國王；不過蜚滋倒是殺死了那些精技人，而且我敢擔保，蜚滋說得一點也沒錯：黠謀國王是那些精技人殺的。」

「嗄，我聽到的故事，也都是這樣說的。」羅網熱切地應和道；接著我膽顫心驚地望著羅網走向前去，擠過一群故意不讓路給他的大男人，一路走到布雷德身邊，和藹地對他問道：「老戰士啊，你身邊可有位子讓我坐下嗎？因爲這個故事我本來就愛聽，更何況你是身歷其境，由你來說，更是不同。」

我不得不如坐針氈地待在守衛室裡，聽布雷德將那個後患無窮的事情重講一次。羅網非常好奇，爲了追問情節而幾乎打斷布雷德一百次，而坐在桌邊的人也迅速跟進，各自提出問題。帝尊宣稱自己乃是王位的正當繼承人的那一天晚上，火炬眞的燃出藍色火燄，麻臉人也曾現身？王后就是在那個血腥之夜就逃出公鹿堡的，對不對？然而王后回到堡裡之後，難道沒有把那天的事情交代清楚嗎？

在那麼多年之後，還聽到衆人爲此爭議不休，而且發現到如今人們對此仍有諸多揣測，感覺上眞有些奇怪。王后一直都說，蜚滋駿騎殺死了謀害黠謀國王的眞凶，而那些眞凶是罪有應得，不過倒沒有提出證據；但在場的男子仍一致認爲，王后既不是傻子，也沒有理由要撒謊；更何況王后是群山人教養長大的，那樣的人怎麼會說謊話呢！講到這裡之後，他們轉了個方向，改談另外一個陳舊的故事，也就是我如何爬出自己的墳墓，留下空空如也的棺材？那個空棺至少是個明證，但那到底意味著我的身體化爲神靈飄走，還是意味著我眞的變身爲狼，逃出了墳墓，就沒人能確定了。而羅網雖然聲稱，任哪個原智者都不可能化身爲動物，但是衆守衛都半信半疑。話鋒至此又轉到羅網的牽繫動物上，原來那是隻海鷗之類的鳥兒；羅網再度邀請大家明天來跟他的海鳥見見面；有幾個人因爲迷信恐懼而搖頭拒絕，但是其餘之人都覺得新鮮有趣，並且答應會前來看一看。

「怎麼，一隻小小鳥兒就嚇著你啦？」一名醉漢對一名不夠勇敢的同僚質問道。「怕什麼？你應該早就習慣了，瑞迪，畢竟你的女人一天到晚生事啊。」

此語一出，桌尾立刻有人推擠而打起架來；鬧事者被同僚們架到外頭沁涼的空地上之後，羅網便說他喝夠了啤酒，也聽夠了故事，如果守衛們不介意，他倒很樂於明日再來。令我失望的是，布雷德和其他幾個人竟熱忱地歡迎他明日再來，不管他有沒有原智都一樣，而且他的鳥兒也一樣歡迎光臨。

「這個嘛，風險是不會飛進房子裡面，也不會在黑暗中飛翔的；不過，明天我會讓大家有機會跟牠見見面，也歡迎大家都來瞧瞧！」

我們離開了守衛室，穿過城堡，朝東翼而去之時，我慢慢地體會到，羅網到守衛室裡一坐，可能比原智密使們談上一整天更有助於和解的氣氛。也許羅網對我們來說眞是一份禮物。

26

協商

舌粲蓮花，勝過大軍壓境。

——群山王國諺語

當然，我將羅網的事情稟報給切德知道，而緊接著切德就將此事稟報給王后知道；於是第二天的會談一開始，王后便當著六大公國代表的面，請羅網率先發言。我伏在牆縫之後仔細傾聽。王后在羅網發言之前先對大家介紹，羅網乃是最古老的原血家族之代表，所以希望對他特別尊重禮遇；然而王后落坐之後，羅網一開口便對眾人強調，他不過是個簡單的漁夫，只是碰巧生於父母先祖都比他更爲睿智的門戶之中罷了。接著他也不多說閒話，便針對原智者含冤遇害之事，提出他的解決方案，唐突得使我大吃一驚。羅網不但對王后提出呼籲，也對原智者提出呼籲；他說，要讓一般人與原智者融合爲一，最好的作法，就是王后在自己的府邸裡添幾個原智者。

羅網雖是原血者的代表，然而他說話的模樣，看來還更像是在頡昂佩幫人調整紛爭的智者。王后聽得眼睛亮了起來，而且我還發現，除了切德之外，至少有兩個六大公國的代表，一邊思索，一邊連連點頭。羅網一步步將此方案背後的思路推演出來：他認爲，原智者之所以會冤死，主要是因爲人們的恐懼，而人們的恐懼，主要是因爲無知；至於人們之所以無知，則是因爲原智者爲了自身的安全，不得不隱藏身分；而我們若要增加人們對原智者的認識，那還有比王宮更好的地方嗎？就讓對鳥類知之甚多的原血女子幫助王后養鷹；讓有原智的狗犬少年幫王后的女獵人照料獵犬；就請王后收個原智的侍童或女僕，原因無他，只因爲此舉最能讓人們發現，原來有原智的侍童或女僕，跟沒有原智者並無差異；就讓其他的貴族自己看出這些原智者並不會傷害到王后母子或別人，反而還有大用。當然了，王后必須允諾，在原智者贏得衆人堅定的信任之前，王后會保護他們，不讓他們遭到不白的處決；而安插在這些位置上的原智者也必須立誓好好營生，不得惹是生非。

然後，羅網以讓我驚訝得倒抽一口氣的流順言詞，自願獻身留在宮中爲王后效力；他這番話講得跟任何受過宮廷禮儀訓練的貴族之子一樣合乎禮節又恰到好處，優雅到使我不大自在地想著，他是否眞的出身於漁人家庭。羅網走到王后面前，單膝跪下，籲請王后在其他人離開之後，仍讓他繼續在公鹿堡待下來；就讓他住在堡裡，一方面可以學習，一方面可以教人。在來自六大公國的顧問面前，羅網謹愼地守住王子有原智的這個祕密，不過他仍說：「我雖只是個過得去的老師，但我仍樂於教導王子，讓王子知道我們如何生活、有何風俗等等，好讓王子得以對他這群子民有更透徹的了解。」

切德抗議道：「但是我們早就承諾要將各位貴賓安全地送回去；若是您沒回去，難道不會有人說是我們硬將您留下來當作人質？」據我猜測，我的老導師之所以口出此言，是因爲他不想讓原血者擔任王子的顧問。

聽到切德的顧慮，羅網咯咯笑了兩聲。「我的確是出於自願，這點在座衆人都能作證。如果他們走後，我被人砍爲肉醬，或是放火燒死，唔，那就讓大家說，這都是因爲羅網腦袋長繭，都是因爲羅網看走了眼吧。不過，我想情況是絕對不至於此的，您說是嗎，王后殿下？」

「當然不會了！」王后鄭重地宣布道。「而且無論這幾天會談的結果如何，我身邊能多添一位頭腦清楚之人，絕對算是我的收穫。」

光是羅網對現況的評估思索，並提出解決的辦法，就占去了一整個早上。到了中餐時，羅網表示他要去守衛室跟他的新朋友一起用餐，並將他的海鳥介紹給新朋友們認識；切德還來不及說這樣不妥，王后便宣布她與切德和六大公國的代表也要和羅網同行，因爲王后也想看看風險。

我恨不得跟去，因爲我不只想看熱鬧，也想看看我那些同僚們有幸與王后同桌用餐，臉上是什麼表情。不用說，羅網帶著這樣的人物同行，必定使大家對他另眼相待；而且我敢說，如果連王后本人都不怕見到羅網的原智動物，那麼跟去看那隻海鳥的人一定更多。

但是我只能待在這個情報站裡，哪兒都不能去，因爲切德不在房裡的時候，我就是他的耳目。餐點擺設好之後，原血密使們便解去蒙面布。波姚與銀眼仍與昨天一樣，高聲譴責他們所受的冤屈，並要求非讓凶手得到報應不可，不過今天拉高嗓門講話的，可不只他們兩人而已。不少人又驚又喜地談起羅網的作法；我至少聽到一名女子表示，見到珂翠肯本人之後，她倒不介意送她兒子到堡裡來爲王后擔任侍童，因爲她聽人說過，堡裡所有的孩童都有機會學習算數和寫字；另有一名聽那音色應是吟遊歌者的年輕男子則不禁揣想，若能在王后的火爐前吟唱原血的詩歌，那會是什麼情景，以及這到底是不是讓沒有原智的人了解到，原來原智者既不可怕，也不恐怖的最佳辦法。

事情開始有起色了；由於羅網的樂觀進取，所以明天說不定眞能談出什麼成果來；而我開始想著，這個逐漸凝聚的力量，到底會不會大到沖洗掉昨日錯誤的陰霾？

不過下午的會議令人失望，既冗長又枯燥。王后與她的衆顧問和羅網回來之後，波姚便站起來宣稱現在輪到他發言。由於切德與我事先已警告過王后波姚這人是何居心，所以王后鎭靜地聽著他首先細數瞻遠家人如何荼毒原血者，然後指出他自己的個案之種種不白冤情；聽到這裡，王后總算能插上話。她堅定但不失禮地告訴波姚，現在不是解決個人冤情的時機；如果他的家族土地和財產被人併吞，那麼這種事情應該要訂定審判日期，到時她自會主持裁決，但絕對不是現在；至於如何跟王后約定時間、應當準備什麼文件，切德會向波姚說明；重點是，波姚必須提供資料，證明從那位家產被吞併的祖先一直到波姚之間，確實有代代相傳的繼承關係，而且必須有一名吟遊歌者佐證波姚本人，以及一路上溯的祖先，確實都是那位家產被吞併的先人之嫡長子。

王后簡潔明白地讓眾人看出，波姚是在將個人利益置於與會眾人的利益之前，而事實也確是如此；她並非拒絕為波姚找回公道，而是將他的請求導引到任何六大公國的公民都必須遵行的正途上。王后提醒眾人，這次會談的目的，乃是為了集思廣益，以便找出辦法徹底終止原血者蒙冤遭人處死的事情。

銀眼挑起的問題，比波姚挑起的更難解決。銀眼講述她的家人如何遭人殘害謀殺；她的語氣高亢，盡是激憤、仇恨與痛苦，而桌邊許多人也感染了她的情緒。羅網顯得痛惡且悲傷，王后變得毫無表情，而切德的臉則像是被凝成石頭一般；然而憤怒往往招來更多憤怒，所以珂翠肯的六大公國代表們臉上充滿敵意。銀眼的復仇與懲罰計畫實在太過龐大，任誰都不可能考慮答應她的要求。

銀眼此舉，等於是設下了任何商談對象都跳不過去的障礙，而且她聲稱不可能接受比她所提更差的條件。銀眼宣稱，若要終止人們對原血者的屠殺，唯一的途徑，就是立定法律，將殘殺原血者當作滔天大罪來處置，使往後人們不敢再犯；除此之外，還必須追殺所有曾經殺害原血者，或是袖手旁觀之人。她以自己個人的傷痛為起點，將冤屈擴及百年來所有遭到處決的原智者，並以此要求懲罰與賠償，而且對於凶手的懲罰，必須與受害者所受的苦難相當。王后殿下明智地讓她繼續發言，直到她想不出還有什麼別的話要說為止。我敢說，在場絕對不只我一人聽出她的要求近乎瘋狂；然而如果她是因為悲憤而引發狂性，那麼這該怪誰呢？

銀眼講完之後，好幾人痛心地講出因爲不白地遭到處決而痛失原智親友的往事；衆人紛紛叫出應該受到報應之人的名字，而會議室裡則瀰漫著一股忿忿不平的氣氛，一時間，彷彿山雨欲來。此時王后舉起一手止住衆議，並平靜地問道：「如此重複循環報復，何時才會終止？」

「等到該懲罰的都懲罰盡了，就能終止！」銀眼激動地叫道。「就讓那些罪人的屍體羅列掛在絞刑台上讓民衆示警，就讓燒毀他們屍體的黑煙瀰漫整個夏日的天空；就讓我聽到他們家人的慘叫哀嚎，就像我們被迫隱藏身分，以免別人知道我們是原血者那樣地悲痛。那些罪人，非讓他們受到同等的折磨不可；所以若是死了個父親，就找個父親抵命，死了個母親，就找個母親抵命，死了個孩子，就找個孩子抵命。」

王后嘆了一口氣。「那麼，如果遭到原血者報復的人家，也來找我，要求我讓他們復仇呢？到時候我能拒絕他們嗎？您提議若有一人殺死了原血家族的孩童，那麼除了這人必須死之外，連他的孩子都要陪他一起死；但是孩子們的堂親表親、祖父母怎麼辦呢？難道這些人不會來到我面前，要求要以同樣的手法報復凶手？到時候，他們不是也可以宣稱，他們的親人無辜地遭人處決？不行，這是行不通的。您的要求我不可能應允，而且您心裡也很明白。」

我看到銀眼的眼裡冒出了仇恨與怒火。「這我早就料到了。」她刻薄地宣布道。「我早就知道妳只是想做空泛的承諾而已。」

「我能夠提供各位的是正義與公平，與六大公國的每一位公民所能要求的無分軒輊的正義與公平。」王后疲憊地說道。「在審判日那一天，帶著能夠證明府上有不白冤情的證人來找我。如果確定是謀殺，那麼凶手一定會遭受懲罰；但不可能連帶懲罰凶手的孩子。我恐怕您眼中只有復仇，沒有正義。」

「妳這等於是空話！」銀眼高聲叫道。「我們的人根本不敢來找妳主持正義，這點妳清楚得很，因爲我們不用走到公鹿堡，就會在半路上被人殺死滅口了。」銀眼頓了一下；面對她的暴怒，珂翠肯仍面無表情。接著銀眼犯了個錯：她以爲這情勢於她有利，於是咄咄逼人地說道：「還是說，妳從頭到尾，心裡就是這個打算，瞻遠王后？」銀眼以大義凜然的目光掃過在場眾人。「莫非她用一堆空話引我們現身，爲的就是要殺掉我們所有的人？」

銀眼話畢，現場一片沉默。過了一會兒，珂翠肯平靜地說道：「您所說的話，連您自己都不相信，用意只是爲了要傷人，如此而已。然而，如果您所說的話眞的有幾分是自己的心聲，那麼我不但不會被您所傷，反而會覺得，常人之所以憎恨原血者，乃是理所當然。」

「這麼說來，妳是承認妳痛恨原血者囉？」銀眼得意洋洋地質問道。

「我不是那個意思！」珂翠肯驚愕且憤怒地答道。

會議室裡的怒氣漸漲，而且不只原血者氣憤難消，就連珂翠肯的六大公國代表也感到備受侮辱。眼看著會談陷入僵局，若不是命運的安排，使得牛女在這時候打破僵局，那麼後果眞不知如何設想。此時她突然站了起來。「我得去馬廄。靈鼻要生了，而且牠希望我過去陪著牠。」

房間後頭有人無奈地大笑，還有個人對牛女罵道：「妳明知靈鼻快生了，還帶牠來做什麼？」

「換作是你，難道會將靈鼻留在家裡？還是我就乾脆不要來好了，布利根？我早就知道你認爲我腦袋不靈光，但是我可是跟你一樣有權來這裡開會。」

「好了。」羅網突然說道；他的聲音有點嗄啞。他清了清喉嚨才接口說道：「大家和好吧，正好可以趁此消消氣、定定神，況且如果靈鼻需要夥伴陪著，那麼她當然非去不可，這點是任誰都不會有異議的。而且如果她願意，我會陪她一起去。而且希望我們回來時，在座之人都會想起，我們坐在這裡，爲的是要針對眼前的問題找出解決之道，而不是想辦法改變過去的事情，縱使往事再怎麼悲憤痛苦都是一樣。」

我突然領悟到，原來羅網將會議掌握得如此之好，連王后都要自嘆弗如了；不過據我猜測，正在開會的人可能無人注意到這一點。切德常常說，旁觀者有旁觀者的長處，這就是了。接下來這場會議有如一齣戲，而戲裡的所有演員都備受折磨；王后與切德先走出去，接著六大公國的代表魚貫而出，然後羅網則伴著牛女前往馬廄。我堅守在自己的崗位上，因為據我評估，接下來分分秒秒的發展都很重要。

而事實也的確是如此。有些原血密使，包括那個吟遊歌者和那個早先說過想讓自己兒子去服侍王后的女人，質問銀眼是不是要以無從補救的過去，來破壞眾人的未來？就連波姚都認為，銀眼似乎把事情扯得太遠了。「只要這個瞻遠王后能信守諾言，那麼我們也許可以約期審判，請她幫我們排解冤情。我聽人家說，這個瞻遠王后的裁決很公正；所以我們不妨接受她的作法。」

銀眼冷冷地噴嗤了一聲。「懦夫，你們全是懦夫。不但沒種，還見風轉舵！她只不過是要保障你們一、兩個孩子的安全，然而她拿這麼一點東西賄賂你們，你們就打算將過去通通拋在腦後？難道你們忘了親人的哀嚎，也忘了拜訪朋友時，只見河邊有一塊焦土的慘痛經歷？你們怎麼對自己的至親友人如此冷漠？你們怎麼可以忘記過去？」

「何嘗能忘？何嘗能忘？這根本與忘不忘無關，問題在於妳會如何記憶。」講這話的是一名我先前未特別注意的原血男子；他是中年人，個子瘦弱，看來像是城裡人。這人並不善言，講話結結巴巴，表情很緊張，不過眾人都凝神傾聽。「我記得什麼，告訴你們吧。我記得，我父母親之所以被人從他們的小屋裡拖出去，是因為花斑幫之人告密；一點也沒錯，而且其中一個花斑子還跟著他們一起將我父母親吊死分屍。花斑幫挑起我們自己人之間的仇恨，所以我父母親不肯援助花斑子；然而路德威的黨羽竟然就此咬定我父母親是原血者的叛徒，還威脅要教訓他們。唔，你們評評理，那天眞正的叛徒是誰？是我父母，還是那個花斑幫的逆賊？我父母也不過是想要平靜生活、與世無爭，那個花斑子爲何就舉起火炬、焚燒我父母親的身體？瞻遠王后不足畏，我們還有比她更可怕的敵人啊。而且等王后回來之後，我要請她向恐嚇我們、背叛我們的人討回公道，我要請她向花斑幫討回公道。」

房裡的氣氛一下子變得非常凝重。那吟遊歌者走上前來，舉起一手，放在那瘦子的袖子上。「波斯克，這種事情她幫不了忙，只能靠我們自己處理。況且你這麼做，只會使你自己的處境更加危險，而且連你妻子、你那幾個女兒都會被你連累。」接著那吟遊歌者以近乎恐懼的目光四下瞥了一眼。我心裡變得很沉重，因爲我突然了解到那吟遊歌者是什麼意思。原來原血者怕的是他們自己人；說不定同座裡就有花斑幫的眼線。這個思緒默默散播出去，嚇得衆人個個噤聲不敢言。不久之後，人們開始找藉口回自己房間，於是沒多久，會議室裡就空蕩蕩了；銀眼沉默地坐在火爐前，那吟遊歌者漫無目的地在房裡走來走去，而留在房裡之人彼此幾乎都不交談。

我聽到身後的密道傳來腳步聲；過了一會兒，切德便走到我身邊來。「有什麼重要發展嗎？」他輕輕地問道。

我伸手按住他的手腕，將我看到的都告訴他。他開始沉思；過了一會兒，他低聲說道：「那麼，我看我的想法必須全盤調整一下才行；不過，這也不是我第一次將危機化爲轉機了。蜚滋，你好好待在這裡看著。」然後他轉身要走，又折回來補了一句：「你餓不餓？」

「有一點，不過還好。」

「那王子呢？」

「應該也不會差到哪裡去。」

「啊，話雖如此，你還是要搞清楚，如果密使團裡可能有花斑幫的眼線，那麼將王子押為人質的人裡，也許還混著花斑幫之人也說不定。年輕人，你必須警告他，然後繼續看好這裡。」

接著，切德便彎腰駝背地沿著低矮的密道而去。我望著他遠走的背影，心裡納悶切德在打什麼主意。接著我與晉責聯絡。他一切安好；有點冷，有點無聊，但是沒人對他無禮，更別說出手傷他；今天他那邊的人聊天的話題，都繞著公鹿堡的事情打轉；有一隻鳥在往返傳信，但看不出是風險還是那隻老鷹；到目前為止，消息看來似乎還不錯，不過晉責說，營地的氣氛是等待與焦慮。

那頭母牛的分娩頗為順利，使得牛女很欣慰；除此之外，牛女也很慶幸，這頭小公牛雖然在不合季節的時刻出生，幸而公鹿堡的馬廄蓋得好，不透風，又暖和。牛女和羅網回到東翼會議室的時候，差不多又是用餐時刻了。我看著原血密使們再度齊聚一堂，等僕人安置好餐點，才拉下蒙面布用餐。我仔細地研究每一張臉孔；但就算這裡面有路德威的黨羽，我也認不出來。

快要用餐完畢時，門上響起敲門聲。好幾名原血者以為來人是僕人，所以對門外叫道他們仍在用餐；然而門外有人輕輕應道：「讓我進去，原血者都是一家人。」

起身去開門的是羅網。羅網拉開門閂，讓儒雅．貝馨嘉與他的貓進來。桌上的小松鼠嚇得吱吱叫，立刻跑回去躲在同伴的頭髮裡。小豹的眼睛眨也不眨，便大方地走進會議室，四下梭巡，接著走到壁爐邊，安適地躺了下來；只要看到那貓進門的模樣，就知道牠與正迴身關門，然後轉頭面對眾人的那個少年，關係非比尋常。

眾密使們瞪著儒雅的眼神，銳利得使人膽寒。不過羅網巧妙地化解了：他伸出一手，友善地拍拍儒雅的肩膀，大聲地說道：「原血者都是一家人，來，來，大家別見外。不過你是——？」

儒雅吸了一口氣，挺起肩膀。「我是儒雅．貝馨嘉；如今是長風堡的儒雅．貝馨嘉大人了。我是珂翠肯王后的忠誠子民，也是晉責・瞻遠王子的同伴。而且我是原血者；這一點，王后和王子都是知道的。」他停頓片刻，讓大家打量瞻遠宮廷裡的原智貴族。「我之所以來到這裡，是應切德顧問的請求；顧問請我來告訴各位，王室待我如何、我跟花斑幫之間有什麼往來，以及我爲何差一點就死在花斑幫的手裡——要不是瞻遠王室出手救我的話。」

我看著儒雅，倒有些敬畏這孩子了。他顯然沒有預先演練，只是想到哪裡就講到哪裡，所以往往講到一半，又必須回頭去解釋早先發生了什麼事。他提到母親的遭遇時，哽咽得說不下去；羅網扶他坐下，爲他倒了杯葡萄酒，又輕拍他的背，彷彿他是個小孩。然後我眨眨眼睛，因爲霎時間，我似乎看到自己十五歲時，一頭栽入遠超過自己能力與理解之外的宮廷密謀之中的情景。於是我突然領悟到，儒雅的確比小孩子大不了多少。由於他有原智，所以時時刻刻都活在恐懼之中，而遭人威脅之後，爲了拯救母親、保存家產，他不得不乖乖聽命、打探消息。不過他還是失敗了。如今儒雅失去了母親，也失去了家，像浮萍一樣地隨處漂流：畢竟他只是個微不足道的貴族，而宮廷政治又十分險惡。然而說句實話，他之所以還能保住一條命，就因爲他是瞻遠王子的朋友，此外無他；而他甚至背叛過這個瞻遠王子，而且不是一次，而是兩次，然而兩次背叛，瞻遠王子都寬諒不記仇。

「他們收留了我。」儒雅在講完故事之後，做下了結論。「王后、王子和切德顧問都知道我是原血者；花斑幫是如何利用我去對付他們，他們知道得一清二楚，不過他們也知道，我因此而付出多大的代價。」他頓了一下，搖了搖頭。「我不太會講話。你們可以拿我這件事情做什麼借鏡，我也說不上來。我只能說……他們並未因爲我過去所作所爲，就認定我是個壞人；他們並未因爲花斑幫想要對王子下手，就認定原血者全是惡人；而且王后也沒有因爲她的兒子有原智，就疏離兒子。難道我們就不能以同樣的態度來回報他們？難道我們就不能跟眼前的瞻遠家族重新開始，不要一直沉緬於過去？」

銀眼不屑地嗤了一聲，不過波姚倒一邊沉思，一邊點頭，也許是因為他認為這個原血貴族與他相當，又有著他想要爭回的頭銜吧。儒雅突然朝著羅網望去；我感覺他彷彿想到了什麼主意，而且是出於他自己，而非他人的主意。切德像是聽到了我急切的叫喚，因為此時我再度聽到他的腳步聲；我大力揮手，叫他快到情報站前來看。那少年正在跟羅網講話，而他的聲音只是勉強可辨。

「我聽切德顧問提到，您提議如果原血者能夠公開地在公鹿堡住下來，與那些沒有天賦之人一起生活起居，那麼，那些沒有天賦之人也許就能了解到我們既不可怕，也無須害怕。切德顧問還告訴我，您曾提到：『一個退無可退、無可損失之人，往往最適合挺身為眾人的利益而犧牲。』我還不及多想，不過其實不用想就知道，我的確是退無可退、無可損失之人。我無依無靠，別人若要威脅，也只能威脅我一人了；不管我要做什麼，都不必擔心我的家人會因此而承擔什麼惡果。」他環顧一室眾人。「我知道在座許多人都害怕若是冒險抖露自己的身分，恐怕街坊鄰居會趁機殺了自己。長久以來，這一直是我們原血者真切的恐懼。這種恐懼，我自己親身體驗過。我母親也體驗過。」他的聲音突然消逝。然後他強迫自己以嗄啞的聲音說道：「所以我們才祕密掩藏自己的身分。然而就是因為我們這樣做，所以才不是別人，反倒是我們的『朋友』對我們下手。既然如此，掩藏身分又有什麼意義？」儒雅又頓了一下，但我看不出這到底是因為他太激動，還是他要停下來考慮接下來該怎麼說。他又朝羅網看了一眼，接著，彷彿要替自己打氣似的點點頭。

「如今堡裡所有人都知道有『原智者羅網』這一號人物；『原智者羅網』走在常人之間，既不害怕，也不嚇人。羅網在公鹿堡裡算是個陌生人，不過他卻坦然地揭露自己的身分；而我雖跟晉責王子很熟悉，卻一直躲在陰影之中，所以我感到很羞愧。但明天我要扭轉一切。我要驕傲地宣布我的原血血統，並且要讓大家知道，我雖是個原血者，卻仍能為王子效力，因為王子的確值得。

「我將我們的習俗教導給晉責王子，而他則樂於學習。王子已經說了，當春天來臨，他要前往外島屠龍娶妻之時，我可以與他同行。而我必以原智同伴的身分，伴隨王子啓程。公鹿堡裡沒有精技師傅，所以王子殿下就只能單獨前去，不像以前的瞻遠國王那樣，身邊總有精技小組的人隨侍待命。既然王子無法施展精技魔法，那麼我就要以我們的魔法來爲王子效力，並證明我們的魔法比起精技魔法而言毫不遜色，這點我可以向大家保證。我將會驕傲地對衆人展現我們的原血魔法。」

切德緊緊抓住我的手腕，可見儒雅打算揭露自己的身分，以及晉責王子說儒雅可以追隨前往外島之事，他也是前所未聞。切德的技傳游移不定，但畢竟還是傳了過來：我剛才是不是說，我要將危機化爲轉機？看來，我這個轉機轉得太成功了，成功到又轉了個方向，再度變成危機。我只不過是要那孩子去跟他們說，王后待他很好，也很公平，誰料他就將自己冊封爲宮裡的原血使臣了。

我將自己的心思傳給切德：我看他並未想到王子若公開承認自己結交了原血朋友，其實必須冒不小的風險；他大概只想到揭露身分對他自己有危險，然而他樂意爲了晉責而冒這個險。你看我們能勸退儒雅嗎？

勸退他是好或壞，我現在也不能確定了。切德技傳道。他的激昂精神激發了他們的想像力。你看。

倒不是說在座衆人一面倒地鼓掌叫好。這其中只有一個人咧嘴大笑，宣稱他以年輕的儒雅．貝馨嘉爲榮，而這個人就是羅網；其他人雖然認可，但卻含蓄得多，而且認可的程度各有不同——不過皺著眉頭怒視儒雅的銀眼是唯一的例外。那吟遊歌者與波姚兩人都露出頗爲贊同的表情；牛女則露出微笑，這多少是因爲她對於自己的牽繫動物所受到的禮遇感到滿意。其他人則討論起實際層面上的問題：王后不可能任由人們將儒雅置於死地，畢竟她已經收留儒雅，而且她又保證往後原智者絕不會純粹因爲自己有原智魔法而遭到處決；說起來，儒雅的處境已經是最安全不過的了；說不定這個貴族出身、人又英俊的年輕男子，會使許多少女同情原血者的處境；儒雅若要公開自己有此天賦，對於所有原血者而言，絕對是有益無害。

接著那個名叫波斯克的城裡人走到儒雅面前；他雙手絞扭在一起，彷彿想拔下自己的手指頭似的。波斯克猶豫地問道：「瞻遠家的人殺了花斑子，眞有這種事？」

「當然是眞的。」儒雅輕輕說道；他舉起一手，摸著自己的脖子。「這點我可以向你保證。」

「他們叫什麼名字。」波斯克以氣音問道。「你知不知道他們叫什麼名字？」

儒雅動也不動地站著，沉默了一會兒，最後他答道：「科普勒、沛杰，還有索司金，他們在我面前用的是這幾個名字。不過王子因爲跟花斑子相處過一段時間，所以他說科普勒另有其名，叫做『路德威』。」

波斯克搖了搖頭，失望之情溢於言表。不過房裡另有個人高聲問道：「你說路德威？」那人說著便衝到前面去，我這才認出那是銀眼。「這是不可能的！路德威是花斑幫的首領；要是他死了，我一定會得到消息。」

「哦？妳消息這麼靈通？」那吟遊歌者嘴上好奇地問道，但他臉上的表情很不客氣。

「那當然了。」銀眼乾脆地應道。「你愛怎麼想就怎麼想吧。我認識一些人，而他們認識路德威——呃，是啦，其中有幾個人是花斑子沒錯。不過我不是他們的人，只是之前跟他們聊過幾句，所以很能體會他們會走極端，如此而已。」銀眼轉過身去，背對著那吟遊歌者，急切地對儒雅追問道：「這事是什麼時候發生的？你可有什麼證據？」

那少年退了一步，避開銀眼，不過他還是答道：「一個多月前。至於證據……妳期望我給妳什麼證據？我講的都是我親眼所見，只是說來羞愧，我一找到機會就逃掉了。不過，公鹿堡城裡的街談巷議總不會造假吧？大家都說，那一天晚上，那個獨臂人連人帶馬都死了，另有一條小狗送了命；除此之外，那屋子裡還死了兩個大男人。」

「連他的馬都死了！」銀眼叫道；我看得出她將路德威的馬死亡之事視為雙重損失。

「如果是這樣的話，那對花斑幫可眞是個重大打擊呀。」波斯克大聲宣布道。「而且花斑幫很可能就此江河日下。」

「不，才不會呢！」銀眼堅決地說道。「花斑幫又不是單靠一個人撐起來的；除非他們還我們公道，否則花斑幫是絕對不會放棄的。我們要正義與復仇！」

波斯克站起來，掄起雙拳，慢慢地走向銀眼；要不是他那一副誠心誠意要揍人的樣子，否則他的威脅看來實在算不了什麼。「也許我該趁早為我父母親復仇。」波斯克上氣不接下氣地說道；他近乎嘎啞地接口道：「我要是在各地貼出告示，大肆張揚說妳有原智，讓妳被人吊死、放火燒掉，那麼妳那些花斑子朋友是不是會嚇得掉一層皮呢？也許我眞該聽妳的勸，好好地以其道還治其人之身。」

「你眞是笨哪！花斑幫是在為我們所有人而戰，理應得到我們的支持，你怎麼連這點都看不出來？我聽到謠傳，說路德威掌握到某種力量，足以推翻瞻遠家族；雖說也許他一死，那個祕密便失傳了，但說不定還有別人知道啊。」

「說別人笨，其實妳自己才笨哪！」儒雅堅決地打斷銀眼的話。「推翻瞻遠家族？這算是哪門子計畫！多年來只有當今的王后出力阻止吊刑與火刑，而我們卻要推翻她？這個王室若是倒了，枉死的原血者不會變少，只會更多，因為一般人再也不用擔心受到懲戒，也不用擔心侍衛好管閒事。況且就算沒成功，光是原血者蓄意叛國的作為，就會被我們的敵人認為我們這種人果然是既邪惡又不值得信任的明證。妳是不是瘋了？」

「她的確是瘋了。」羅網平靜地說道。「而且我們應該可憐她，而不是譴責她。」

「我才用不著你們可憐！」銀眼激動地叫道。「我才用不著別人可憐。況且我也用不著你們幫忙。儘管對這瞻遠王后卑躬屈膝吧；他們做了多少喪盡天良之事，而你們不但大方地原諒了瞻遠家族，還要去爲瞻遠家的人做牛做馬！我才不會原諒她，而且在我有生之年，我必會復仇。我一定會復仇。」

「我們成功了。」切德悄悄地在我耳邊說道。「說得確實一點，其實是這個叫做銀眼的女人幫我們促成的；瞧，她把任何不想殺人焚屍的人都推到我們這邊來了。而且據我看來，他們十之八九都不吃銀眼那一套。你留下來瞧瞧我說得對不對。」

說完，切德就像隻灰色的蜘蛛般從甬道出去了。這一天我直到夜深才離開我的崗位，找了些食物，然後上床去睡。不過後來的發展果然跟切德說的一樣。儒雅留了下來，跟原血密使待在一起；而當王后、切德與六大公國的代表走進來時，儒雅則以原智貴族的身分跟他們打招呼。儒雅肯定地表示，各大公國都有原智貴族，只是數代以來，皆因情勢所迫而不得不將自己的天賦密藏起來。各公國代表聽了之後，臉上都顯得不太自在。他們之中，有幾人如今已經與儒雅相熟了；他們曾經跟儒雅一起騎馬、一起飲酒作樂；代表們彼此交換目光，臉上明白地道出一個訊息：「如果連他都有原智，那麼還有誰可能有原智？」但是儒雅照樣大方地表白，看來他若不是沒看出他們對這個新發展頗爲保留，就是根本不以爲意。如今他立志要以原智爲晉責王子和瞻遠王室效力，而其中三名代表雖勉強，但的確露出欽慕的表情。也許這名原血少年，恰可化解衆人的偏見也說不定。

王后與原智者會談的最後一天，出現了具體的進展。那個吟遊歌者以眞面目出現，並請王后應允他留在宮裡。王后提出一份公告，交代給六大公國的代表執行；這公告上明白寫著，自即日起，若要處決人犯，必須有各國大公或女大公批准，方可執行，而且發生於各公國的冤屈案情，概由該公國大公或女大公負責；每一公國只准設立一座絞刑台，絞刑台應由當權的家族管理；各國大公或女大公不但必須防止地方官員私下處決，更必須一一審度每名死刑犯是否皆有確鑿的罪證；處決若不依上述方法執行，就一律視爲命案，且若有這類情事，王后會親自裁決。這個公告雖無法讓原智者安心放膽地提出告訴、不必怕遭人復仇，但至少正式明白指示，若是私下處決原智者，會遭到什麼後果。

切德肯定地對我說，別以爲這個進展微小，將來必定會開花結果。我隨著王后衛隊一起出動，將原血特使送回會合地，以換回王子殿下和月桂時，注意到這些人眞的改變了；他們一邊騎馬，一邊說笑，有些人甚至與衛隊之人聊了起來。牛女與儒雅．貝馨嘉大人同行，而她的母牛和小牛犢則跟在她身後；她似乎以能夠和這位彬彬有禮的年輕貴族交談而覺得備感光榮。波姚走在儒雅的另外一邊；他顯然是要盡力表現自己與儒雅高高在上、與衆人不同，但是儒雅破壞了他的企圖，因爲這年輕人無論是對待牛女，或是對待波姚都一樣客氣。除此之外，儒雅的貓則坐在他馬鞍後的墊子上。

森林裡的雪都化了，只剩下陰暗處的泥地上還留著幾條薄冰；綠芽競相冒出頭來迎接燦爛的陽光，而拂過我們身邊的微風，似乎眞的帶來了變化。儘管如此，銀眼仍獨自騎馬前進，不與人言。由於王后與切德都堅持羅網必須跟我們走一趟，好讓所有原血者都能親眼目睹他的確是出於自願要留在公鹿堡裡，所以此時羅網與我並騎而行，而且無所不談。

我們到達會合地點時，儒雅與小豹似乎都很高興見到王子；晉責見到這一人一貓，則公然表現出又驚又喜的模樣。晉責對於好友與好友之貓的誠摯歡迎，使得衆原血者，無論是去了公鹿堡或是留守之人，都感到印象深刻。當然，由於我已技傳通知，所以晉責早就知道儒雅會來接他了。

我們返回公鹿堡時，不但帶回王子與月桂，連羅網與那位名叫「扇貝」*的吟遊歌者也一起同行；這位叫做扇貝之人，一邊走路，一邊唱歌給我們聽，而我只能咬緊牙關，聽他唱完他那個版本的〈鹿角島之歌〉；這首歌的歌詞，講的是人們如何在鹿角島上抵禦紅船劫匪，而且還特別強調駿騎王子的私生子在這場戰役中扮演了要角。我承認我的確參加了鹿角島之役，但若要說有一半的戰果要歸功於我那把斧頭，那未免太過誇張。羅網看到我痛苦的表情不禁大笑。「你別皺著鼻子呀，湯姆·獾毛。那個原智小雜種畢竟是我們雙方的英雄；別忘了他既是公鹿堡的人，又有原血的血統。」接著羅網便跟著那吟遊歌者唱出下一段：「駿騎之子，驍勇果敢，縱不承父姓，仍血脈相傳。」

這首歌不是椋音做的嗎？晉責假裝關心椋音地對我技傳道。椋音把這首歌當作是她自己的財產哪；要是扇貝大方地在公鹿堡裡唱這首歌，恐怕椋音對他會不留情面。

討厭他唱這首歌的，還不只椋音一人。扇貝若是敢唱，我第一個就跳上去勒死他，這樣椋音也省了事。

然而唱到下一段的時候，不但儒雅與晉責放聲相和，連一半的侍衛也齊聲高唱起來。我告訴自己，這是因爲春天乍到、使人心歡愉之故。我只希望這一切趕快消退。

*譯注：Cockle指的是雙殼的貝殼，這是取雙殼貝可以開闔不斷，又響亮遠傳，彷彿善言者滔滔不絕之意。

27

春日啓航

在開天闢地之時，原野上有原血者與野獸，水裡有游魚，天上有飛鳥，大家即使稱不上和諧，至少也平衡地生活在一起。原血者只分爲兩族；其中一族爲「取血族」，其族人的牽繫動物均爲肉食動物；另一族爲「給血族」，其族人的牽繫動物都是草食動物。這兩族之間，就像狼與羊一樣互不干涉；也就是說，取血族跟給血族之人，只有到了死後才會相遇；雖然如此，雙方仍互相敬重，這就像我們生爲人，但既敬重樹，也敬重魚，是一樣的道理。

話說回來，規定取血族跟給血族之人必須彼此隔開的律令，雖然嚴苛，卻很公正；只是世上總有人不將律令看在眼裡，或是認爲自己的處境特殊，所以算是特例，無須受律令的拘束。所以就有個出身於取血人家裡，與狐狸牽繫在一起的女孩，跟一個出身於給血族人家裡，與一頭公牛牽繫在一起的男孩陷入情網；他們心想，我們彼此如此相愛，能出什麼差錯?他們絕不會彼此傷害：別說人與人之間不會如此，就連狐狸也不會傷害公牛。既然如此，這一對情深意濃的男女便拋開族人，在偏遠處住下，時間一久，也生下了孩子；不過他們生的這三個孩子，大兒子是取血者、大女兒是給血者，而小兒子竟沒有原智，無法與任何種類動物對談，注定一生都要孤獨地活在自己的血肉之中。後來這家的長子與狼牽繫在一起、長女與鹿牽繫在一起，使得家裡後患無窮，因為長子的狼殺死了長女的鹿，然後女兒又為了復仇而取了哥哥的性命。直到此時，這一對夫妻才發現，古人傳下來的規矩的確有其道理，因為肉食者與獵物實在是勢不兩立。不過更糟的還在後面：他們那個沒有原智的孩子，代代生下的兒女也都沒有原智，而無法與任何動物溝通的族群於焉誕生。

——湯姆・獾毛所著之《原血者傳奇》

春日來臨，震撼了大地。堡後山坡上的樹林染上了淡淡的綠意，再過兩天，青綠的新葉便長了出來，於是蓊鬱的森林重新蓋過了山坡；綠草擠開了舊年乾枯的草莖，從地上冒出來；低頭啃草的羊群間，夾雜著雪白的新生羔羊。人們開始大談春季慶的事情。說來令人驚訝，從我答應讓椋音帶著幸運離開我們那安祥的小屋到公鹿堡過春季慶至今，竟只過了一年；然而這一年的變化何其多！

公鹿堡裡洋溢著忙碌與興奮的氣氛；今年除了尋常春氣慶的準備之外，還有千百件事情要打理，因為王子要在春季慶這個大好日子啓程出海，前往外島，所以一切都必須準備就緒。處女希望號膺選為王子座船，船長及水手都很高興。侍衛之間為了爭取王子私人衛隊的名額，競爭得也很厲害；最後，因為志願前去的人——包括我在內——實在太多，所以王子只好讓侍衛們抽籤，以便決定到底是哪幾個幸運兒可以隨同出海。我對於自己能夠中籤入圍一點也不意外，畢竟切德在抽籤的前一天晚上，就把我要「抽中」的籤給我了。

儒雅．貝馨嘉的確會與我們同行。切德也會同行，而且阿憨也是——這點使得王子的宮廷人士大感意外。迅速成為王后寵臣的羅網，懇請王后讓他隨同王子前往外島，而王后也應允了；羅網保證他的海鷗飛得很遠，所以王子座船周遭的天氣海象，都可以打探得清清楚楚。

儒雅不是唯一與王子同行的貴族；形形色色的大人與夫人小姐們，都希望隨同王子成行，而其情其景，使我不禁想起多年之前，從公鹿堡前往群山王國迎娶珂翠肯的那個龐大車隊；然而現在的人跟那時候一樣，出門都要帶著寵物與成群的僕人，所以不久又另外僱了一艘船。至於無暇或無錢與王子同行的貴族，也送了禮物代表心意，所以公鹿堡裡的禮物堆積如山，除了送給貴主之外，還有送給貴主的母屋和貴主父親的禮物。

我們的精技課照樣在惟眞之塔進行，只是如今所有的學生都無心向學。阿憨清楚地感受到王子的焦慮與期待，所以他興奮到根本就無法專心。晉責王子來去匆匆，而且他好像隨時都趕著去量身製衣，或是趕著去上外島禮儀和外島語文課。

晉責如此忙碌，我覺得很可憐，不過我覺得自己更可憐，因為我每天晚上都必須研習如山的經卷。就連切德上課都顯得心不在焉；畢竟他的情報網綿密複雜，所以他可不是說要走就能走得了的。因此，儘管他對於精技魔法有很濃厚的興趣，但現在他有一半心思都用在選擇人選以代他處理出門這段時間的事務。迷迭香不會隨同我們出海，使我鬆了一口氣，但是一想到她一定是留下來管理切德的間諜網，我又覺得悶悶不樂。據我推測，切德大概仍舊常常熬夜研究他那種爆炸藥粉，不過那種事情，我想我知道得越少越好。

由於出門在即，事情本來就多如牛毛，然而生命總是這樣，在多事時必會發生更多事情。現在晉責和儒雅每天晚上都向羅網報到，以學習原血者的歷史與風俗；羅網的晚課設在大廳的其中一個火爐前，而且他說得很清楚：任憑是誰，只要是有興趣的，都歡迎來聽。王后本人就去聽過幾次。一開始時，去聽羅網講話的人零零落落，臉上還帶著不以爲然的表情；然而羅網講起故事來令人入迷，況且他所講的，多是公鹿堡人沒聽過的新鮮故事；所以羅網的觀衆迅速增加，而且有不少是小孩子；過了不久，連那些表面上在忙著理羊毛、製箭頭，或是縫補衣服的人，也都開始將手邊的工作帶到聽得見羅網講故事的地方去做。衆人是不是因此而深信他們無須對原血者大驚小怪，這點我不知道，但是至少人們可以藉此多聽聽原血者的生活情況與想法。

除了這些人之外，羅網的晚課裡，還多了一個令我大感意外的學生；我從沒想到我會在公鹿堡裡遇見迅風，也就是博瑞屈之子，然而他常常坐在圍著羅網的那一團人外圈聽課。

王后敞開大門歡迎原智者的消息傳得很廣；不過因應王后的呼籲而來之人少之又少。畢竟一個人若是將自己的兒子或女兒送到公鹿堡來擔任原智侍童，那不就等於讓世人得知自己家族裡混有原血的血統？王后也許能夠保護住在宮裡的原智孩童，然而這孩子留在家鄉的親族要怎麼辦？公鹿公國的小貴族黑雁爵爺，將他十歲的兒子，也是唯一的繼承人送到公鹿堡來；他在王后面前承認這孩子乃是原血者，但是他一口咬定這血統乃是來自於孩子的母親，而孩子的母親在六年前過世，而且親族稀少。王后未加深究便收容了這孩子。除此之外，我還懷疑那個最近到公鹿堡來落腳的女裁縫師也是原血者，不過如果她不想公開自己有原智之事，我就不會多問。

王后的新侍童只有迅風一人。迅風是一個人來的，而且是走路前來；來時穿著新靴子、新外套，並帶了博瑞屈的信。我躲在我的老地方，看著迅風謁見王后。博瑞屈在信上請瞻遠王室收留迅風；他承認自己已經盡其所能地把這孩子教好，可惜仍無法避免他走上這條路；既然他無法丟下野獸魔法，那麼，就讓他擁抱野獸魔法，而自此之後，做父親的跟這個兒子再也互不干涉了；博瑞屈還寫道，他無法讓這孩子留在家裡給弟弟們做壞榜樣，同時也不希望讓宮裡的人知道迅風是博瑞屈之子。珂翠肯王后溫柔地對博瑞屈家的迅風問道，他在公鹿堡裡要用何姓名，他抬起頭來，平靜但堅定地答道：「就叫我『原智者迅風』吧。我就是有原智。」

「那就叫做『原智者迅風』了。」王后笑著答道。「這個名字挺適合你的。那麼，我就把你交給切德了；他會幫你安排適當的職務，以及適當的課程。」

那孩子嘆了一口氣，深深地一鞠躬，顯然是很慶幸這位王室人物給他的嚴酷考驗已經過去。他非常僵硬、非常挺直地走出接待室。

博瑞屈竟會拋棄這個孩子，使我驚訝到了極點，不過同時也鬆了一口氣。迅風若是留在家裡，而原智又成爲他們父子爭執的焦點，那麼只怕早晚會鬧得不可開交。據我猜測，博瑞屈下這個決定，心裡一定既痛苦又難受，而我因爲心裡思索著莫莉不曉得如何看待這事，以及她是不是在兒子離家時痛哭失聲，而幾乎睜眼在床上躺了一夜。我實在很想以精技跟蕁麻聯絡。自從阿憨與晉責大施精技的那一天之後，我就不敢探尋蕁麻；一方面是因爲那天切德發出了精技召集令，而我不希望蕁麻推測出，其實她與我之間的牽繫管道，就是精技；另一方面是因爲，直到現在，我一想起那個怪異的聲音，心裡仍覺得毛骨悚然，所以我可不想冒險發出強勁的精技波，而使得那個異物注意到我，或注意到我女兒。

不過那天晚上，我大概是背叛了自己，因爲蕁麻的心靈竟與我相遇；感覺上，像是巧遇一般，彷彿我碰巧夢到她，而她也碰巧同時夢到我。我再度因爲蕁麻與我的心靈可以如此輕鬆地藉由精技牽繫在一起而感到驚訝，同也不由得想著，也許切德說得有理：說不定蕁麻之所以精技能力強大，是因爲我從她小時候起就爲她訓練了。此時我夢見她坐在一棵濃密大樹下的草地上，以哀傷的眼神，望著手裡捧著的那個神祕小東西。

妳怎麼啦？在我跟她講話，而她開始注意我之際，我能感覺到夢中的自己化成了狼形——蕁麻總是用這個形體來框住我。我坐了下來，將我的尾巴捲在前腿上，張著狼嘴對她笑道：其實我的長相跟這個不太一樣，妳知道吧。

我怎麼會知道你是什麼長相？她暴躁地問道。你從來不談自己的事情。她腳下突然長出了雛菊的花叢，一隻輕盈的藍鳥降落在她頭頂的枝頭上，拍動著小巧的翅膀。

妳手裡是什麼東西？我好奇地問道。

既是我的祕密，就屬於我所有。這就好像你的祕密，只屬於你，是一樣的道理。她雙手合起，蓋住那件寶物，然後將寶物貼在胸口，藏進心裡。這麼看來，莫非她是戀愛了？

看看我能不能猜得中。我頑皮地說道。想到女兒墜入情網，並且珍惜她的祕密初戀，我就樂不可支，這眞是毫無道理可言。希望那個年輕人配得上她。

蕁麻露出警覺的神色。不，你別多管。這其實不是我的東西，只是人家託給我保管而已。

是不是哪個年輕人對妳吐露心聲哪？我逗趣地碰碰運氣。

她失望地睜大了眼睛。你走開！別猜了。一陣風吹來，吹動了她頭上的樹枝。我們兩人都抬起頭來看，就在此時，那隻藍鳥突然化身爲一條豔藍色的蜥蜴；那蜥蜴的銀色眼睛亮閃閃的，一路沿著樹幹爬下來，來到很靠近蕁麻的頭髮之處。「告訴我嘛。」那蜥蜴尖聲尖氣地說道。「我最愛祕密了！」

蕁麻不屑地望著我。你這個障眼法騙不了我。然後她反手將那蜥蜴揮開。走開，你這討厭鬼。

然而那蜥蜴不但不走，反倒跳到她的頭上，將爪子埋在她的髮絲之間；接著蜥蜴突然越長越大，大到與貓不相上下，背上張起了翅膀。蕁麻尖叫起來，想把那東西甩開，但是那東西緊緊地攀著她的頭。接著那東西抬起頭來，而且瞬間有了長長的脖子，並以亮閃閃的銀色眼睛瞪著我；那動物雖小，但的確是一隻不折不扣的藍龍。那藍龍變回詭異且令人膽寒的聲音，對我的靈魂嘶吼道：夢狼，快把你的祕密告訴我！快告訴我黑龍與小島的事情！說，現在就說！要不然我就把她的脖子扭斷。

那聲音伸出鉤子，鉤住了我；它緊抓住我不放，想要弄清我的來歷。我跳起來、甩動身體，以意志力命令這身狼皮脫開，好讓我逃離這個夢境，但是這個形體卻緊貼在我身上。我感覺到那個生物凝視著我，感覺到它的心靈用力撬開我的心靈，並且無聲地命令我說出自己的眞名。

蕁麻突然站了起來，舉起雙手，把那隻嘶叫的生物揪下來。我目瞪口呆地望著她，而她則不屑地瞪著我。這不過是個夢；你別想靠這個把戲騙我說出任何祕密。這不過是個夢，所以我可以說停就停，立刻夢醒。結束了！

接下來，與其說是蕁麻改變了自己的夢境，不如說是她將那條龍困在她的夢境裡——但她是怎麼做到的，我毫無頭緒；瞬時之間，蕁麻手裡抓著的龍，變成一片藍玻璃，然後她隨手一甩，將藍玻璃丟在地上；藍玻璃落在我腳邊的地上，裂成千百個尖銳的碎片，接著碎片噴濺，刺入我身上，使我痛得醒了過來。我喘氣坐起，兩手緊緊扯住切德的舊毯子，然後我一躍而起，雙手拂過胸膛，心想這一拂必定會掃落許多玻璃碎片，而胸前流血的傷口必定會刺痛難受；然而我胸前沒有血，只有汗水。我突然發抖，打了個大大的寒顫。雖然才半夜，但接下來也不敢睡了。我裹著毯子坐在壁爐前，凝視著爐火。我想破了頭，也想不出剛才是怎麼回事。到底哪個部分是夢境，哪個部分是我以精技與蕁麻心靈交流呢？恐怕連我自己也分不清了。竟有個來自精技洪流的生物找上了我們，這已經十分恐怖；然而蕁麻無畏於那生物必死的凝視，輕鬆地救出了我們兩人時所展露出來的高度潛能，更使我擔憂害怕。

我緘口不對任何人提起這個夢境。切德聽到我內心的疑慮之後會做何反應，我清楚得很；他一定會說：「就把蕁麻帶到公鹿堡來，這樣我們才能保護她。而且還可以教她精技。」我絕不會這麼做。方才那一幕，只不過是夢境的奇怪結尾，而這結尾碰巧將我最害怕的事情收羅在一起；我以全身的力量相信事實便是如此，彷彿只要我徹底相信，這個說法就會成眞。

天亮之後就比較容易將這些可怕的事情擺到一邊。就算沒發生那個插曲，衆多事務也就夠我煩心，況且出門之前還有很多事情需要打點。我下山去晉達司那裡，預先支付了長期學費，好讓幸運得以安心在此學藝。晉達司跟我說，如今那孩子幾乎每天都有進步。「畢竟現在他將心思都放在木工上了。」晉達司特別補了這麼一句，而我聽得出老師傅在暗暗指責我之前管教孩子不夠盡心。不過如今幸運的進步，並不是因爲我插手，而是因爲他是自動自發地管好自己，所以我要將這一切都歸功於他。每隔三、四天，我就會騰個時間去看看他，就算只有一下子也好；我們不談絲凡佳，只談他的手藝進展、春季慶就要來到等之類的事情。我還沒跟幸運說我會隨同王子離開公鹿堡；我要是說了，他一定四處跟別的學徒宣揚，甚至還會告訴吉娜，畢竟幸運仍不時會到吉娜家作客。由於習慣使然，所以我想將出門的消息留到最後一刻再說，況且我不想讓別人聯想到我是不是跟王子有什麼關係；除此之外還有一個我怕得不願承認的理由：那就是此行一去，我必須與養子分別好一段時間，不僅如此，這趟遠行還可能會有危險。

我將弄臣的警告謹記在心，所以除了搜括切德收藏的武器，挑出一批既小且致命的項目之外，我還著手在衣服各處加上暗袋，以便攜帶武器。然而修改衣服是一件既繁複，又不容易的工程，所以我一邊做，一邊懷念弄臣的巧思，更懷念他的巧手。我偶爾會在走廊與大庭上瞥見黃金大人，但是他身邊隨時都圍著一圈金碧輝煌的貴族男女。這年頭，由於王子即將遠征外島，所以某種類型的年輕男子彷彿中了迷咒一般，蜂擁群集到公鹿堡來；這類年輕男子既急於證明自己的實力與地位，同時又不惜爲了取樂而揮霍家產，所以這種人一碰上黃金大人，便像飛蛾撲火一般深深著迷。然後我聽說了個消息：黃金大人爲了遠赴外島而特別訂做的那一批遮瑪里亞豪華斗篷，因爲恰斯國的艦隊橫阻航運而受到耽擱，使得他大發雷霆；根據流言，那些富麗的斗篷上，繡滿了烏黑、靛藍與亮銀的飛龍。

這件事情我非問問切德不可。那天晚上，切德到塔樓裡來幫我上外島語言課；外島語之中，有許多字詞是與六大公國通行的語言互通的，只是語音有所轉折、發音部位比較接近喉部，所以一練再練的結果，使我的喉嚨痛了起來。不過我還是趁此詢問切德：「依你看來，黃金大人仍打算陪我們前往外島嗎？」

「這個嘛，我並未明示或暗示說他去不成。你用腦袋想一想啊，蜚滋；他那個人足智多謀，不過只要他繼續想當然耳地認爲他可以與王子乘船出海，那麼他就用不著另作安排，而我們越是讓他來不及另作安排，他就越不可能違逆我們。」

「你之前不是說，你自有辦法不讓他搭船離開公鹿堡嗎？」

「我的確說過。我是有那個辦法沒錯，但是，蜚滋，他那個人像是有用不完的金山銀山，而這麼豪奢的手筆，是可以打通許多關節的。我們何必給他額外的時間預作準備呢？」切德不看我，改而望向他處。「等到登船的時候，自然有人會跟他說，由於估計錯誤，所以船上沒有他的地方，如果他非去不可，就請隨後再搭船去吧；但是我可以向你保證，隨後就算有船，也沒有一艘擠得下他這個人。」

我沉默了一會兒；我試著去想像那時的情景，但是想著想著，就不禁打了個寒顫。我輕輕地對切德說道：「這樣對待朋友好像不太好。」

「我們之所以如此待他，就是因爲他是你的朋友；別忘了，當初是你來找我商量，看看有沒有辦法能阻擋他。他告訴你，他預見自己會死在艾斯雷弗嘉島上，而且你必須防止王子殺死那條黑龍；然後我告訴你說，他說的這兩件事情，其實都不必發生，畢竟黃金大人若是不跟我們去外島，那麼他就不可能死在艾斯雷弗嘉島上，也不可能挑起你去干涉王子的屠龍任務。反正，依我看來，此行恐怕是少有探險的樂趣了，所以黃金大人就算沒去，頂多也只是錯過了一件冰冷且費苦力的任務；畢竟所謂的『屠龍』，可能只是拿著冰鑿，將遠古時代就埋在冰裡的某種生物的頭撬砍下來，如此而已。你們兩個近來處得如何？」

切德順勢且巧妙地把最後那個問題問出來，使我也沒考慮便答道：「不好不壞。主要是因爲我很少碰到他。」我低頭望著自己的手指，開始摳指甲裡的髒東西。「感覺上，他好像變了個人似的，而且他現在這個身分，我只感到非常陌生。況且以我們現在的處境，我也沒有對目前的他多加認識的理由。」

「我也有同感。我的感覺是，他近來非常忙碌，不過我卻看不出他到底在忙什麼。我跟別人閒聊起的時候，只聽說他最近留連賭桌，而且賭得很大；他花錢闊綽，又是舉辦豪宴，又將珍寶美酒和精美華服送給朋友，不過他跟朋友賭博的金錢出入更是驚人。再怎麼大的財產，也禁不起他這樣長期揮霍下去。」

我皺起眉頭。「可是他不是那種人。我認識他這麼久了，他做事總是有長期的考慮；但話說回來，他這行徑背後到底有什麼理由，我也看不出來。」

切德冷冷地大笑道：「唔，許多人發現自己的朋友墮落的時候，都是用這個理由幫他開脫。這種因爲沉溺於賭博之中而不可自拔的聰明人，我以前看多了。這事情有一部分必須怪你。自從晉責開始玩石子棋之後，石子棋便瘋狂大流行起來；年輕人將這種遊戲稱爲『王子棋』，而且有了這麼一個響亮的名號之後，這個原本淳樸的遊戲便一下子貴得高不可攀；如今不但下棋的人彼此對賭，連旁觀者也紛紛押注，而且每一場棋局的賭金都是一筆頗爲可觀的財富。就連棋盤與棋子的身價也水漲船高；弗索大人不是用畫了格子的棋布來下棋，而是做了一張以象牙爲線的核桃木棋盤桌，而棋子若不是翡翠、象牙，就是琥珀。城裡有家一流的酒館重新裝潢了樓上的房間，專門做為玩石子棋之用；不過那家店，光是要進門，就所費不貲了，遑論下棋；而且他們的棋室用的都是最精緻的酒菜，連伺候的僕人都特別挑選俊美之人。」

我驚訝地說道：「我原先教晉責下棋，只不過是要教他靜心定神，以便學好精技而已；然而我這個單純的想法，竟然衍生出這麼多事來？」

切德大笑起來。「有的事情，你原本初衷如此，誰知道後來會引出什麼事端呢。」

切德這一提，倒使我想起一件事情。「說到這個無心插柳，我們在晉責和阿憨施展精技的時候驚起了許多人，那麼，有沒有人因此而到公鹿堡來呢？」

「還沒。」切德回答時，盡量掩飾他內心的失望。「我本希望他們會趕快衝到公鹿堡來，但是現在看來，那個召集令可能奇怪又突然吧。等我們有空閒時，應該找個時間，一起坐下來，刻意地對外召喚才是；上次我只是突然想到，我們可以趁此將覺醒過來的人召來公鹿堡，所以我的思緒既匆忙又模糊，而如今我們啓程在即，忙得不可開交，所以就算有人應召集前來也無暇招呼了。但是，等我們回來之後，這絕對是我們的首要之務。我多麼希望王子能有一個傳統的六人精技小組，隨時做為他的支援後盾；然而我們卻只有五個人，而且這還是算進了王子，才湊得到五個。」

「四個才對，因為我們不帶黃金大人同行。」

「四個。」切德不太友善地應和道；他雖未提起蕁麻的名字，但是這兩個字卻懸浮在我們兩人之間，揮之不去。接著切德彷彿自言自語地說道：「反正也沒時間訓練新人了。說實在的，這點時間，連要把我們訓練好都很勉強呀。」

我趕在切德對自己發牢騷之前打斷他的話。「切德，這需要時間。你真的不該強迫自己，這就好像劍客不可能光靠意志力讓自己劍術精進，是一樣的道理；除了意志之外，還要一而再、再而三地練習，就算這些練習看似瑣碎，沒什麼大用，也要不斷地練下去。切德，你要有耐心；不但要對你自己有耐心，也要對我們大家有耐心。」

直到現在，無論是誰跟切德技傳，除非技傳時有身體碰觸，否則他就是聽不見；他感受得到阿憨對他技傳，但是就他而言，阿憨的技傳彷彿蚊子的嗡嗡聲一般，什麼內容也沒有。我不知道爲何我們無法打進切德的心房，也不知道他爲何無法與我們聯絡；他的確有精技天賦，從他既替我做精技治療，又以精技幫我重塑疤痕，就可證明他在這方面有極大的潛能；不過他這個人野心勃勃，所以除非能夠全盤掌握自己的精技天賦，否則他絕不休止。

不過我勸切德慢慢來，反而使他的思緒轉到他處。「你是不是使斧頭比較順手？」他突然問道。

我睜大了眼睛，瞪著他看了好一會兒，最後終於趕上了他的思緒。「我好多年沒用斧頭打鬥了。」我答道。「不過，我應該可以在啓航之前找個時間練習一下。可是你剛才不是說，這個任務大概用不著打打殺殺，反倒可能要多使蠻力？畢竟，我們練這些武藝要去打誰？」

「即使如此，還是要練，因爲用斧頭來砍冰挖龍，絕對比用刀劍戳冰來得快。你明天就去向兵器師傳要把斧頭吧，然後找人練練，溫習一下用斧的技巧。」接著切德歪著頭，對我微笑——他那個笑容，我一看就知道他要做什麼，所以當他接口說話時，我已經將自己武裝好了。「往後迅風的武器訓練就交給你了，此外，讀書算數的課也包在你身上。迅風雖跟別的孩子在大廳的壁爐邊上課，但是效果不太好，因爲博瑞屈已經先教過他，所以他的程度比同年齡的孩子來得高，可是叫他跟年紀大的孩子上課，他又不自在。珂翠肯已經決定，這孩子最好是找個老師做個別指導比較好，所以她就選了你。」

「爲什麼選我？」我質問道。我曾在羅網的晚課上看過那孩子，而我看到的情景，足以使我心怯而不敢收他作學生。那孩子暮氣沉沉、陰鬱不開，別的孩子笑得打滾的故事，他卻正襟危坐地聽完；他沉默寡言，那一雙黑眼睛看來像是博瑞屈的翻版；他走起路來，像是剛剛吃了一頓鞭子的士兵一樣僵硬，連表情都一樣愁苦。「我不適合幫人做個別指導。再說，對你我而言，我越少跟那孩子扯上關係越好；萬一博瑞屈來堡裡探望迅風，而迅風又想介紹他父親跟老師見面，那怎麼辦？到時候場面可能會很尷尬啊。」

切德悠悠地搖了搖頭。「事情如果會走到那個地步就好了。問題是，這孩子到堡裡來十天了，他父親都不曾捎來隻字片語，說他後悔將這孩子送走；博瑞屈恐怕是真的要將這個兒子趕出家門了。這是珂翠肯之所以認為這孩子必須要有人接過去照顧的原因之一；除此之外，那孩子也需要父兄的榜樣。你要讓他有一點歸屬感啊，蜚滋。」

「為什麼選我？」我忿忿地問道。

切德笑得更燦爛了。「大概是因為這事彷彿舊事重演，所以珂翠肯才樂得如此安排吧；此外我必須承認，我也覺得這件事自有還人公道之處呢。」他吸了一口氣，用比較嚴肅的口吻說道：「不然你要我們將迅風安置在哪裡？把他派給別人，那麼若是那人厭惡原智怎麼辦？要是那人將迅風當作是額外的負擔，根本就對這孩子不聞不問怎麼辦？那可不行。所以，這孩子就交給你了，蜚滋；好好造就他吧。還有，你順便教他使斧頭吧，那孩子長大之後，應該會像博瑞屈那麼高大；不過目前他簡直就是皮包骨。你呢，就每天帶他去練武場伸展肢體，看看能不能讓他多長點肉。」

「那必須要我有空才行。」我悶悶地答應下來。我不禁納悶，如今的我，一想到要將博瑞屈的兒子接過來照顧就怕，然而當年的博瑞屈，是不是也一想到要照顧我就怕呢？依我看來，這是很有可能的。但是再怎麼害怕也都無所謂了，切德那一番話，使我非得硬著頭皮，把這件事接下來不可，因為切德一問道：「不然你要我們將迅風安置在哪裡？」我就開始擔心，要是迅風派給別人，不知道會是何下場。倒不是說我想要多攬一點事情來做，尤其現在如此忙碌，我更不可能替自己找麻煩；但我光是想到，若是別人接過這孩子，卻又對他很殘忍，或是對他不聞不問，我就覺得受不了。這大概就是當了父母親之人的自負吧；總覺得沒人比自己更能夠勝任帶好孩子的責任。

重拾斧頭，也使我心裡害怕；畢竟練斧頭是很痛的。不過切德說得沒錯，斧頭一直都是我最擅長的武器；若拿上好的寶劍讓我使用，那是浪費兵器。我遺憾地想起弄臣送我的那把漂亮長劍；我轉到王后衛隊時，將那把劍跟那一櫃子華美亮麗的衣服，都留給他了。老實說，裝作他的僕人，我並不自在，但如今我卻懷舊起來；畢竟當他的僕人，至少還有機會跟他待在一起。上次與弄臣一談，雖然多少彌補了我們之間的裂痕，但卻也使我們之間更加遙遠。我以為我認識弄臣，然而弄臣只是他眾多身分的其中一個而已；這一點，我已經能接受了。不過，我雖想與他重修舊好，但是我既然知道弄臣這個身分，只不過是他本人的偽裝，那麼我怎能與他重拾舊日的友誼？我悶悶不樂地想道，那不就像是努力要跟傀儡師傅手中的傀儡交朋友，而且還故意不去理會傀儡的一舉一動、一顰一笑，都是操縱在傀儡師傅手裡？

然而，同一天晚上，我卻走到他的房間門口，並輕輕在門上敲了敲。門縫下透出微微的光線，但是我在走廊上站了好久，裡面才有個聲音不耐煩地應道：「誰呀？」

「黃金大人，我是湯姆・獾毛。我可以進來嗎？」

過了一會兒，我聽到門閂開了。我走進他的房間，卻發現我幾乎已不認識這環境。原本含蓄高雅的氛圍不見了，取而代之的是唯恐人不知的暴富；地上的厚重地毯，墊了一層又一層，桌上點的蠟燭是金色的，從蠟燭散發的濃郁香味看來，恐怕點這些蠟燭，跟燒金幣一樣地昂貴；我眼前的這個男子，穿的是豪華的絲綢袍子，袍子上還點綴著珠寶；原本那幾幅織錦畫，是以公鹿堡織錦畫常見的打獵風光做為主題，如今舊畫不見，牆上的新畫，描繪的都是繁華富麗的遮瑪里亞花園與寺院的景象。

「你到底是要進來，然後關上門，還是只想瞠目結舌地站在門口看個夠？」他暴躁地質問道。「時間已經很晚了，湯姆．獾毛；晚得不適合接見尋常訪客了。」

我將門關起來。「我知道。抱歉這麼晚還來打擾你，但是我幾次在平常時候來找你，你都不在。」

「是不是因爲你不做我的保鏢，搬出舊房間之際，忘了什麼東西沒帶走？該不會是那幅其醜無比的織錦畫吧？」

「不是。」我嘆了一口氣，並立定決心，不讓他將我拖回舊日的角色之中。「我很想念你；而且我很後悔自己笨得因爲潔珂的話而跟你大吵一場。你警告過我，而一切果然如你所言：如今我注定每天會想起自己講過的蠢話，而且每天都不由得想到，當時自己要是沒說那些話就好了。」我走到他的壁爐邊，在即將熄滅的爐火旁找了張椅子坐下。椅邊的小桌上有個精緻的玻璃瓶，裡面裝著白蘭地，旁邊有個玻璃杯，杯裡的酒已喝得見底。

「我眞不知道你在說什麼。而且我正打算上床睡覺。好了，你來這裡到底有什麼事，湯姆．獾毛？」

「你要氣我就氣我吧，說起來也是我活該；你想怎麼發洩，就怎麼發洩吧，不過請你別拿那個僞裝來搪塞我；你我以本色相見就好，我只求你這一點。」

他以高傲且不以爲然的姿態看著我，一語不發地站了一會兒，之後走到壁爐邊，也找了張椅子坐下。他也不問我要不要喝，就又爲自己倒了杯白蘭地；我聞到那個酒味，就知道那是我們曾經在我的小屋裡共飲的杏桃白蘭地，回想起來，當時距離現在，還不到一年哪。他啜了一口，有感而發地說道：「以本色相見。那我是什麼本色？」他放下玻璃杯，往後靠在椅背上，交叉雙臂抱胸。

「我不知道。若你仍是當年的弄臣就好了。」我輕輕地說道。「可是我們兩人大概已經走得太遠，回不到那個假象之中了。不過，如果我們回得去，那麼我還眞的樂於回去。」我轉頭望向他處，將壁爐裡的其中一根柴火踢進去一點，讓那柴整個落在火裡，於是火苗躍起、越燒越旺。「如今我想起你時，眞不知道該叫你什麼名字。對我而言，你不是黃金大人；反正你本來就不是眞正的黃金大人。可是你也已經不是弄臣了。」這些話源源不絕地從我嘴裡吐了出來，這並不是我預先想好的說詞，不過這番話卻很實在；我一邊講，一邊努力穩住自己的心情。爲什麼眞相這麼難以說出口呢？

一時之間，我很怕弄臣誤會我的意思。然後我突然想到，他一定是懂得的；畢竟多年以來，他都很了解我的心情，即使他不說出口也一樣貼心。我必須在我們各奔東西之前，想個辦法修補我們之間的裂痕；而我唯一的工具，就是言語。言語之中，潛藏著古老的魔法，而這魔法的眞諦就是，你若知道對方的眞名，就會具有強大的力量。我下定決心要施展這個魔法；但儘管如此，話說出口的時候，還是覺得奇怪。

「你曾經說，如果我不想叫你『弄臣』的話，那麼我可以叫你『小親親』。」我吸了口氣。「小親親，我很想念與你相伴的日子。」

他舉起一手，遮住了嘴；然後他裝作若有所思地摩著下巴，以化解那個動作。由於他的手遮住了，所以我看不出他是何表情。最後他手放下來，慧黠地笑著說道：「這樣的話，不會引起堡裡人的閒言閒語嗎？」

我沒回答，因爲我沒有答案。他是以弄臣的挖苦語氣跟我講話；這雖然紓解了我的心情，但我卻又不禁納悶道，這會不會是他給我看的僞裝；這到底是他要讓我看到的那一面，或眞的是他的本色？

「唔。」他嘆了一口氣。「依我看來，如果你眞的要爲我找個合適的名字，那還是叫我弄臣吧。所以，我們就這樣講定了，小蜚滋；對你而言，我就是弄臣。」他望著爐火，輕輕地笑了起來。「這樣就平衡過來了，我想：無論將來如何變化，如今我永遠都有這幾句話可資回憶了。」他轉過頭來望著我，正經地點了點頭，彷彿在感謝我回報他這麼珍貴的禮物。

剎那間，我有好多事情想跟他聊。我想跟他談王子去外島的任務，告訴他羅網的事情，並問他爲什麼現在賭得這麼凶，以及這些豪奢的布置到底是什麼意思。但是轉念一想，我又不想在今晚的交談之外，再多添上任何一言一語；就如弄臣所說的，現在已經平衡了。橫懸於我倆之間的天平非常微妙，所以我還是別冒險多言，以免意外讓天平傾倒。我對他點點頭，慢慢地站起來；走到門邊時，我輕輕地說道：「那麼，晚安了，弄臣。」接著我開了門，進入走廊中。

「晚安，小親親。」坐在爐火邊的他如此應道。我輕輕將身後的門關緊。

後記

曾經鑄過劍與斧的手，如今渴望與鵝毛筆相處一晚。在我將鵝毛筆擦淨之際，我常常會想道，我這輩子到底用了幾桶墨水。我曾經在紙上寫下多少字，並自認爲我可以藉著這些字網住眞相？而寫下了這麼多字，卻又有多少字因爲錯誤且無價值，所以被我投入火舌之中？我常常這樣：寫好長篇大論，細心地用細沙吸乾溼墨，好好思索自己寫下的文字，然後，丟到火裡燒掉。也許，隨著文稿付之一炬，眞相亦如輕煙般從煙囪飄出；那麼，眞相到底是因此而散佚失傳，還是因此而解脫自由呢？這我就不知道了。

以前弄臣告訴我，時間是個巨大的循環，而過去的事蹟，注定要重演；當時我半信半疑，但是我年紀越大，就越看出這的確說得很貼切。於是我想道，他的意思大概是說，我們所有人都陷於一個龐大的循環之中；不過我倒認爲，他的話可以解釋爲，我們每個人的一生，其實都是不斷重複的循環。人就像是環形跑馬場上的小馬，走的是不斷重複而且早就注定好的路線；我們或快跑，或慢步，或依照指定而停下，然後又重新開始——而且每次重新開始時，我們都以爲面前展開的是全新的循環。

我的父親，他並不是祖父親自管教，而是託給祖父的同父異母弟弟帶大；而等我出生時，他則將我託給他最得力的助手。我成了父親之後，也將女兒託付給那個把我帶大的男人，相信他會給我女兒安全的庇護，而我自己則收留了別的男人的兒子，把他當作親兒一般地養大；既是我兒子，又不是我兒子的晉責王子，成爲我的學生，而過了不久，博瑞屈自己的兒子也找了上來，跟我學習他父親不肯親自教他的功課。

每個圓，都會激盪出新的圓；每個新圓看來都是新東西，但其實不然。其實每一個新圓，不過是我們爲了糾正舊時的錯誤、化解古老的傷痛，並且彌補自己的不足所做的最新嘗試，如此而已。我們也許在新的循環之中，糾正了舊時的錯誤，但據我看來，我們可能每糾正一個舊錯，就等量地生出一個新錯。話說回來，除此之外，我們又有什麼選擇？難道要重新犯下舊時的錯誤嗎？或許，能不能找到一條更好的路徑，端看你有沒有敢於冒險犯些新錯的膽識。

（下冊完）

中英名詞對照表

A

Advantage 優典
Advice To Merchant Mariners 商船海員必讀
Althea 奧爾瑟雅
Amber 琥珀*
（譯注：此名暗指弄臣髮色、膚色與眼珠都爲黃色。）
Antler Island 鹿角島
applewood 蘋果木
Arkon Bloodblade 阿肯・血刃
Ashlake 艾胥雷城
August 威儀

B

Banrop 班羅普
bard 吟遊詩人
Barley 大麥
Baylor 貝勒
Bear-Boy and the Princess, the 熊少年與公主
Bearns 畢恩斯
Beast Magic 野獸魔法
Bidwell 畢德威村
Bingtown 繽城
Bingtown Bay 繽城灣
Bingtown Council of Traders 繽城商會
Bingtown Traders 繽城商人
bit 馬銜
Black Rolf 黑洛夫
Blade Havershawk 布雷德・賀維薛克
Bluntner 布朗特納
bond 牽繫
bootjack 脫靴器
Bosk 波斯克
Boyo 波姚
Brant 黑雁
Brashen 貝笙
Brawndy 普隆第
Bresinga 貝馨嘉
Briggan 布利根
Bright 銘亮
Buck River 公鹿河
Buckkeep 公鹿堡
Buckkeep Town 公鹿堡城
Burrich 博瑞屈

C

Calendula 金盞花
Carolsin 凱洛辛
carryme 帶我走

catalyst 催化劑
Cateren 柯德仁
Celeffa 瑟娜法
Chade Fallstar 切德·秋星
Chalced States 恰斯國
Changer, the 改變者
Char 阿俠
Charl 查爾
Charm 護符
Chivalry 駿騎
City Guard 城市衛隊
Civil Bresinga 儒雅·貝馨嘉
Clarine 克萊伶
Clover 酢漿草
Cockle 扇貝
Companion 隨侍大臣
Convergence 會合
Councilor 私人顧問
covaria 柯法利叢
Cresswell 魁斯維
Cron Hevcoldwell 克倫·海寇維爾
Crossfire Coterie 火網小組
Crowsneck 鴉頸鎮
Cults and Heresies of the Southlands 南方各國的宗教教派與異教信仰
Cursed Shores, the 天譴海岸
Customs of Buck Duchy 公鹿公國之風土人情

D

Deerkin 鹿親
Delleree 黛樂莉
Delnar 戴爾納
Dignity 莊重
Dog and Whistle 狗與哨子
Doublet 無袖外套
Duties of A Skill Instructor 精技教學者之職責
Dutiful 晉責（王子）

E

Echet Hairbed 愛歇特·髮床
Eda 艾達
El 埃爾
Elderling 古靈
elfbark 精靈樹皮
Elliania 艾莉安娜
Erikska 艾芮絲卡
Esomal 艾娑茉
Eyod 伊尤（國王）

F

Faith 圻念
Falldown Street 掉落街
Farrow 法洛公國
Farseer 瞻遠
Fedois 費度依島
Fedwren 費德倫

Fennel 茴香
First Ford 第一渡口
Firwood 樅林莊園
Fisher 魚貂大人
FitzChivalry 蜚滋駿騎
Fleria 芙萊莉
Fletch 弗萊屈
Flourish 盛繁
Fool 弄臣
Four Masters 四大名師

G
Galen 蓋倫
Galeton 長風鎮
Garetha 嘉蕾莎
Gedrena 潔蓮娜
Geln 潔恩
Gilly 吉利
Gindast 晉達司
Girl on Dragon 乘龍之女
God's Runes 神符群島
Golden 黃金大人
Goldendown 金色黃昏
Grace 賢雅
Grayling 灰鱒家族
Great Sail fleet 大帆商隊
Grim Lendnord 葛林・連洪

H
Hammer 鎚子
Hands 阿手
Hap 幸運
Hartshorn 賀瓊恩
Harvest Feast 秋收宴
Hasty 急驚風
Hearthstone 爐前石
Hebben 海本草
Hedge Magics 鄉野術法
Hedge witch 鄉野女巫
Heffam 賀凡
Heliotrope 向日葵
Henja 漢佳
hetgurd 首領團
Hilda 希爾妲
Hjolikej 喬利凱吉島
Holly 荷莉
Hope 琋望
Hoquin 何昆
horseman 馬人

I
Icefyre 冰華
Icefyre's Lair 冰華之穴
Island Aslevjal 艾斯雷弗嘉島

J
Jamallia 遮瑪里亞
Jamallian 遮瑪里亞人
Jek 潔珂
Jhaampe 頡昂佩

jidzin 濟德鈴
Jimu 琴摩
Jinna 吉娜
Jorban 喬班
Jorepin Monastery 喬若平神廟
Jower 裘耳公爵
Justin 擇固

K

Kebal Rawbread 科伯・羅貝
Keep 城堡
Kelvar 克爾伐
Kennit 柯尼提
Keppler 科普勒
Kespin 柯士斌
Kettle 水壺孀
Kettricken 珂翠肯（王后）
Khuprus 庫普魯斯
King's Man 吾王子民
King's Circle 吾王廣場

L

Lacey 蕾細
Lalwick 拉威克
Lane 私家小路
Laudwine 路德威
Laurel 月桂
Leggings 緊身褲
Leon 力昂
Linsfall 林法家族
liveship 活船
Lowk 洛克

M

Maiden's Chance 處女希望號
Maisie 梅喜
Malta 麥爾妲
Man's Flesh 人體
Marshcroft 池沼地
Meditation 靜坐
Merry 快活
Modesty 芊遜
Molly 莫莉
Moonseye 月眼城
Motherhouse 母屋
Mountain Kingdom 群山王國
Mountain Queen 群山王后
Mountains 群山山脈
My Adventure As A World Traveler 世界行旅見聞錄
Myblack 黑瑪

N

Narcheska 貴主（奈琪絲卡）
Narwhal 獨角鯨
Nat of the Fens 住在沼澤地的奈特
Neatbay 潔宜灣
Nettle 蕁麻
Newford 新渡河口
Nighteyes 夜眼

Nim 小敏
Nimble 敏捷
Nolus 諾勒斯

O

Oaks 橡林大人
Observation 心得
Oklef 歐克萊
Old Blood 原血者
Old Blood Tales 原血者傳奇
Otter 水獺
Out Islands 外島
Outilander delegation 外島特使團
Owan 歐萬

P

Padget 沛杰
Pale Woman 蒼白之女
Paragon 典範號
Paragon Raven Ludluck
典範・渡鴉・大運
Pard 小豹
Patience 耐辛（王后）
Peladine 佩娜汀
Pelious Island 沛利爾斯島
Peottre Blackwater 皮奧崔・黑水
Perceptive 明鑒
Piebald Conspiracy, The 花斑幫之陰謀
Piebald, Prince 花斑點王子
Piebald, the 花斑幫
Pirate Isles 海盜群島
Pocked Man 麻臉人
Preparing the Students 學員初階
Prokie 普羅基

Q

Queen's Garden 王后花園

R

Rain River 雨河
Rain Wild Traders concourse
雨野原商人大堂
Rain Wilds 雨野原
Rain Wilds River 雨野河
Raven 渡鴉
Reddy 瑞迪
Red Ship War 紅船之戰
Red Ships；Red-Ship Raiders
紅船劫匪
redspice 紅香
Regal 帝尊
Relditha Cane 蕾莉狄莎・坎恩
Rellie Cane 蕾莉・坎恩
Rippon 瑞本
Risk 風險
robe 袍子
Rogeon 洛吉翁島
Rory Hartshorn 羅力・賀瓊恩
Rosemary 迷迭香
Rowdy 擾弟

Rowell 羅威爾
Rufous 盧夫司
runes 符文
Rurisk 盧睿史

S

Sa 莎神
Sacrifice 犧牲獻祭
Sara 莎拉
Satrap 沙崔甫王
Scrandon 史寬頓
Scroll 卷軸
Scyther 釤鐮大人
seacrepe 海皺紗
Sealbay 海豹灣
Seawatch Tower 望海塔
sedgum 薩根
Selden Vestrits 瑟丹・維司奇
Sendalfijord 沙達峽灣
Senna 先納
Serene 端寧
Serilla 瑟莉拉
Shadow Wolf 影狼
Shemshy 歇姆西
Shield 強盾
Shoaks 修克斯
Shrewd 黠謀（國王）
Sidder 席達
Silvereye 銀眼
Sindre 辛德蕾
Six Duchies 六大公國
Six Duchies Governance 六大公國治國經
Sixfinger 六指
Skill 精技（n.）；技傳（v.）
Skill one 精技人
Skillmaster 精技師傅
Skill-pillar 精技石柱
Skill-Road 精技之路
Slek 史列克
Slyke 史賴克
smoke 燻煙
Solem 莊重
Solicity 殷懇
Solo 精技獨行者
Spice Island 香料群島
Springfest 春季慶
Stablemaster 馬廄總管
Starling Birdsong 椋音・鳥囀
Stone game 石子棋
Stuck Pig 籬笆卡豬
Svanja 絲凡佳
Swift 迅風
Swoskin 索司金
Sydel 惜黛兒
sylvleaf 西薇草
synxove 欣曉薇花

T

The Brief Reign of Verity Farseer
惟真・瞻遠的短暫統治
The Circle of Magic 魔法體系
The Cult of the Bastard
皇家私生子宗派
The Making of Guides 繪圖指南
The Others 異類
Thick 阿憨
Three Sails Tavern 三帆酒館
Thrift 節儉
Thyme 百里香
Tilth 提爾司
Timbery 廷貝利城
Tinnitgliat 婷妮格莉亞
Tintaglia 婷黛莉雅
Tom Badgerlock 湯姆・獾毛
Tradeford 商業灘
Trader Bay 商人灣
Travels In the North Lands 北國之行
Treenee 樹膝
Truna 提烏那鎮

V

Valsop 弗索
Vance 小優
Verdad the Flayer 開膛手弗達德
Verity 惟真
Verity's Reckoning 惟真之願
vision 幻象

W

water maiden 水妖
weasel 黃鼠狼
Web 羅網
Wertin 瓦廷
Wess 魏斯
West Port 西港
White 白者
White Prophet 白色先知
Whitecap 白帽
Wiflen 魏弗倫
Wild-eye 狂眼
Wim 老溫
Winfroda 溫弗達
Winterheart 冬之心
Wisdom 睿智（國王）
Wisenose 靈鼻
Wit Magic 原智魔法
witch's butter 巫婆油
Withywoods 細柳林
Witness Stones 見證石
wizardwood 巫木
Women's Garden 女人花園
Wrecked Red Ship 紅船劫後

奇幻基地書籍目錄

http://www.ffoundation.com.tw/

BEST 嚴選

書號	書名	作者	定價
1HB004X	諸神之城：伊嵐翠	布蘭登．山德森	520
1HB009	最後理論	馬克．艾伯特	320
1HB013	刺客正傳 1：刺客學徒（經典紀念版）	羅蘋．荷布	299
1HB014	刺客正傳 2：皇家刺客（上）（經典紀念版）	羅蘋．荷布	320
1HB015	刺客正傳 2：皇家刺客（下）（經典紀念版）	羅蘋．荷布	320
1HB016	刺客正傳 3：刺客任務（上）（經典紀念版）	羅蘋．荷布	360
1HB017	刺客正傳 3：刺客任務（下）（經典紀念版）	羅蘋．荷布	360
1HB018	2012：失落的預言	麥利歐．瑞汀	320
1HB019	迷霧之子首部曲：最後帝國	布蘭登．山德森	380
1HB020	迷霧之子二部曲：昇華之井	布蘭登．山德森	399
1HB021	迷霧之子終部曲：永世英雄	布蘭登．山德森	399
1HB025	方舟浩劫	伯伊德．莫理森	320
1HB027	血色塔羅	尼克．史東	380
1HB028	最後理論 2：科學之子	馬克．艾伯特	320
1HB029	星期一，我不殺人	尚—巴提斯特．德斯特摩	320
1HB030	懸案密碼：籠裡的女人	猶希．阿德勒．歐爾森	320
1HB031	迷霧之子番外篇：執法鎔金	布蘭登．山德森	320
1HB032	2012：降世的預言	麥利歐．瑞汀	320
1HB033	彌達斯寶藏	伯伊德．莫理森	320
1HB034	颶光典籍首部曲：王者之路（上）	布蘭登．山德森	499
1HB035	颶光典籍首部曲：王者之路（下）	布蘭登．山德森	499
1HB036	懸案密碼 2：雉雞殺手	猶希．阿德勒．歐爾森	320
1HB037	末日之旅．上冊	加斯汀．柯羅寧	399
1HB038	末日之旅．下冊	加斯汀．柯羅寧	399
1HB039	懸案密碼 3：瓶中信	猶希．阿德勒．歐爾森	380
1HB040	刀光錢影：戰龍之途	丹尼爾．艾伯罕	380
1HB041	懸案密碼 4：第 64 號病歷	猶希．阿德勒．歐爾森	380
1HB042	皇帝魂：布蘭登．山德森精選集	布蘭登．山德森	320
1HB043	第一法則首部曲：劍刃自身	喬．艾伯康比	380
1HB044	第一法則二部曲：絞刑之前	喬．艾伯康比	380
1HB045	第一法則終部曲：最後手段	喬．艾伯康比	450
1HB046	刀光錢影 2：國王之血	丹尼爾．艾伯罕	380
1HB047	末日之旅 2：十二魔．上冊	加斯汀．柯羅寧	380
1HB048	末日之旅 2：十二魔．下冊	加斯汀．柯羅寧	380

書號	書名	作者	定價
1HB049	陣學師：亞米帝斯學院	布蘭登．山德森	320
1HB050	太和計畫	馬克．艾伯特	360
1HB051	刀光錢影 3：暴君諭令	丹尼爾．艾伯罕	380
1HB052	血戰英雄	喬．艾伯康比	420
1HB053	審判者傳奇：鋼鐵心	布蘭登．山德森	320
1HB054	懸案密碼 5：尋人啟事	猶希．阿德勒．歐爾森	380
1HB055	北方大道．上冊	彼德．漢彌頓	420
1HB056	北方大道．下冊	彼德．漢彌頓	420
1HB057	刺客後傳 1：弄臣任務（上）（經典紀念版）	羅蘋．荷布	360
1HB058	刺客後傳 1：弄臣任務（下）（經典紀念版）	羅蘋．荷布	360
1HB059	刺客後傳 2：黃金弄臣（上）（經典紀念版）	羅蘋．荷布	360
1HB060	刺客後傳 2：黃金弄臣（下）（經典紀念版）	羅蘋．荷布	360
1HB061	刺客後傳 1：弄臣命運（上）（經典紀念版）	羅蘋．荷布	450
1HB062	刺客後傳 1：弄臣命運（下）（經典紀念版）	羅蘋．荷布	450

謎幻之城

書號	書名	作者	定價
1HS005Y	基地（紀念書衣版）	以撒．艾西莫夫	280
1HS007Y	基地與帝國（紀念書衣版）	以撒．艾西莫夫	280
1HS010Y	第二基地（紀念書衣版）	以撒．艾西莫夫	280
1HS010Z	基地三部曲（紀念書衣版）	以撒．艾西莫夫	840
1HS000U	基地三部曲（經典書盒版）	以撒．艾西莫夫	840
1HS011Y	基地前奏（紀念書衣版）	以撒．艾西莫夫	420
1HS012Y	基地締造者（紀念書衣版）	以撒．艾西莫夫	420
1HS012Z	基地前傳（紀念書衣版）	以撒．艾西莫夫	840
1HS000V	基地前傳（經典書盒版）	以撒．艾西莫夫	840
1HS013Y	基地邊緣（紀念書衣版）	以撒．艾西莫夫	420
1HS014Y	基地與地球（紀念書衣版）	以撒．艾西莫夫	450
1HS014Z	基地後傳（紀念書衣版）	以撒．艾西莫夫	870
1HS000W	基地後傳（經典書盒版）	以撒．艾西莫夫	870
1HS000Z	基地全系列套書 7 本（紀念書衣版）	以撒．艾西莫夫	2550

日本名家

書號	書名	作者	定價
1HA026	艾比斯之夢	山本弘	380

幻想藏書閣

書號	書名	作者	定價
1HI001C	靈魂之戰 1：落日之巨龍	瑪格麗特．魏絲等	480
1HI002C	靈魂之戰 2：隕星之巨龍	瑪格麗特．魏絲等	480
1HI003X	靈魂之戰 3：逝月之巨龍（新版）	瑪格麗特．魏絲等	480
1HI004	黑暗精靈 1：故土	R．A．薩爾瓦多	380
1HI005	黑暗精靈 2：流亡	R．A．薩爾瓦多	380
1HI006	黑暗精靈 3：旅居	R．A．薩爾瓦多	380
1HI007	南方吸血鬼 1：夜訪良辰鎮	莎蓮．哈里斯	280
1HI010	南方吸血鬼 2：達拉斯夜未眠	莎蓮．哈里斯	280
1HI012	南方吸血鬼 3：亡者俱樂部	莎蓮．哈里斯	280
1HI029	南方吸血鬼 4：意外的訪客	莎蓮．哈里斯	280
1HI032	南方吸血鬼 5：與狼人共舞	莎蓮．哈里斯	280
1HI033	南方吸血鬼 6：惡夜追琪令	莎蓮．哈里斯	280
1HI034	南方吸血鬼 7：找死高峰會	莎蓮．哈里斯	280
1HI035	南方吸血鬼 8：攻琪不備	莎蓮．哈里斯	280
1HI036	黑暗之途 1：無聲之刃	R．A．薩爾瓦多	380
1HI037	南方吸血鬼 9：全面琪動	莎蓮．哈里斯	280
1HI038	邪馬台國戰記 II：炎天的邪馬台國(完結篇)	桝田省治	399
1HI039	南方吸血鬼 10：噬血王子的背叛	莎蓮．哈里斯	280
1HI040	黑暗之途 2：世界之脊	R．A．薩爾瓦多	380
1HI041	黑暗之途 3：劍刃之海	R．A．薩爾瓦多	380
1HI042	南方吸血鬼番外篇：我的德古拉之夜	莎蓮．哈里斯	299
1HI043	獵人之刃 1：千獸人	R．A．薩爾瓦多	399
1HI044	南方吸血鬼 11：精靈的聖物	莎蓮．哈里斯	280
1HI045	獵人之刃 2：獨行者	R．A．薩爾瓦多	399
1HI046	獵人之刃 3：雙劍	R．A．薩爾瓦多	399
1HI047	地底王國 1：光明戰士	蘇珊．柯林斯	250
1HI048	地底王國 2：災難預言	蘇珊．柯林斯	250
1HI049	地底王國 3：熱血之禍	蘇珊．柯林斯	250
1HI050	地底王國 4：神祕印記	蘇珊．柯林斯	250
1HI051C	龍槍編年史 I：秋暮之巨龍	崔西．西克曼&瑪格麗特．魏絲	480
1HI052C	龍槍編年史 II：冬夜之巨龍	崔西．西克曼&瑪格麗特．魏絲	480
1HI053C	龍槍編年史 III：春曉之巨龍	崔西．西克曼&瑪格麗特．魏絲	480
1HI054C	龍槍傳奇 I：時空之卷	崔西．西克曼&瑪格麗特．魏絲	480
1HI055C	龍槍傳奇 II：烽火之卷	崔西．西克曼&瑪格麗特．魏絲	480
1HI056C	龍槍傳奇 III:試煉之卷	崔西．西克曼&瑪格麗特．魏絲	480
1HI057	靈視者哈珀康納莉 I：觸墓驚心	莎蓮．哈里斯	280
1HI058	靈視者哈珀康納莉 II：移花接墓	莎蓮．哈里斯	280
1HI059	靈視者哈珀康納莉 III：草墓皆冰	莎蓮．哈里斯	280
1HI060	靈視者哈珀康納莉 IV：不堪入墓	莎蓮．哈里斯	280
1HI061	地底王國 5：最終戰役	蘇珊．柯林斯	250
1HI062	死亡之門 1：龍之翼（全新封面）	崔西．西克曼&瑪格麗特．魏絲	360

書　號	書　　　名	作　　　者	定價
1HI063	死亡之門 2：精靈之星（全新封面）	崔西．西克曼&瑪格麗特．魏絲	360
1HI064	死亡之門 3：火之海（全新封面）	崔西．西克曼&瑪格麗特．魏絲	360
1HI065	死亡之門 4：魔蛟法師（全新封面）	崔西．西克曼&瑪格麗特．魏絲	360
1HI066	死亡之門 5：混沌之手（全新封面）	崔西．西克曼&瑪格麗特．魏絲	420
1HI067	死亡之門 6：迷宮歷險（全新封面）	崔西．西克曼&瑪格麗特．魏絲	420
1HI068	死亡之門 7：第七之門（完）（全新封面）	崔西．西克曼&瑪格麗特．魏絲	360
1HI069	南方吸血鬼 12：神祕的魔法鎖	莎蓮．哈里斯	280
1HI070	滅世天使	蘇珊．易	280
1HI071	天使禁區	麗諾．艾普漢絲	250
1HI072	南方吸血鬼噬血真愛全方位導覽特典	莎蓮．哈里斯	650
1HI073	御劍士傳奇 1：鍍金鎖鍊（全新封面）	大衛．鄧肯	360
1HI074	御劍士傳奇 2：火地之王（全新封面）	大衛．鄧肯	420
1HI075	御劍士傳奇 3：劍空(完)（全新封面）	大衛．鄧肯	420
1HI076	幸運賊	史考特．G．布朗	320
1HI077	歷史檔案館	薇多莉亞．舒瓦	320
1HI078	歷史檔案館 2：惡夢	薇多莉亞．舒瓦	320
1HI079	流浪者系列：傷痕者	賽爾基&瑪麗娜．狄亞錢科	380
1HI080	南方吸血鬼完結篇：吸血鬼童話	莎蓮．哈里斯	280
1HI081	尼爾女巫	薇多莉亞．舒瓦	300
1HI082	流浪者系列．前傳：守門者	賽爾基&瑪麗娜．狄亞錢科	360

魔幻之城

書　號	書　　　名	作　　　者	定價
1HF012	時光之輪 2：大狩獵（上）	羅伯特・喬丹	300
1HF013	時光之輪 2：大狩獵（下）	羅伯特・喬丹	320
1HF025	時光之輪 3：真龍轉生（上）	羅伯特・喬丹	320
1HF026	時光之輪 3：真龍轉生（下）	羅伯特・喬丹	320
1HF030	時光之輪 4：闇影漸起（上）	羅伯特・喬丹	320
1HF031	時光之輪 4：闇影漸起（中）	羅伯特・喬丹	320
1HF038	時光之輪 4：闇影漸起（下）	羅伯特・喬丹	320
1HF044	時光之輪 5：天空之火（上）	羅伯特・喬丹	320
1HF045	時光之輪 5：天空之火（中）	羅伯特・喬丹	320
1HF046	時光之輪 5：天空之火（下）	羅伯特・喬丹	320
1HF050	時光之輪 6：混沌之王（上）	羅伯特・喬丹	320
1HF051	時光之輪 6：混沌之王（中）	羅伯特・喬丹	320
1HF052	時光之輪 6：混沌之王（下）	羅伯特・喬丹	320
1HF068	時光之輪 7：劍之王冠（上）	羅伯特・喬丹	320
1HF069	時光之輪 7：劍之王冠（下）	羅伯特・喬丹	320
1HF080	時光之輪 1：世界之眼（上）	羅伯特・喬丹	360
1HF081	時光之輪 1：世界之眼（下）	羅伯特・喬丹	360
1HF085	時光之輪 8：匕之道　（上）	羅伯特・喬丹	380
1HF086	時光之輪 8：匕之道　（下）	羅伯特・喬丹	380
1HF087	時光之輪 9：寒冬之心（上）	羅伯特・喬丹	380
1HF088	時光之輪 9：寒冬之心（上）	羅伯特・喬丹	380
1HF089	時光之輪 10：光影歧路（上）	羅伯特・喬丹	400
1HF090	時光之輪 10：光影歧路（下）	羅伯特・喬丹	400
1HF091	時光之輪 11：迷夢之刃（上）	羅伯特・喬丹	480
1HF092	時光之輪 11：迷夢之刃（下）	羅伯特・喬丹	480
1HF093	時光之輪 12：末日風暴（上）	羅伯特・喬丹&布蘭登・山德森	499
1HF094	時光之輪 12：末日風暴（下）	羅伯特・喬丹&布蘭登・山德森	499
1HF095	時光之輪 13：闇夜之塔（上）	羅伯特・喬丹&布蘭登・山德森	520
1HF096	時光之輪 13：闇夜之塔（下）	羅伯特・喬丹&布蘭登・山德森	520
1HF097	時光之輪 14 最終部：光明回憶（上）	羅伯特・喬丹&布蘭登・山德森	560
1HF098	時光之輪 14 最終部：光明回憶（下）	羅伯特・喬丹&布蘭登・山德森	560

少年魔法城

書號	書名	作者	定價
1HY006	奇幻小百科：勇者鬥怪物教戰手冊	周錫	180
1HY007	奇幻小百科：奇幻冒險夢幻隊伍	黃美文	180
1HY008	奇幻小百科：中世紀城主你來當	米爾汀	180
1HY025	Slayers! 秀逗魔導士	神坂一	99
1HY026	Slayers! 秀逗魔導士 2：亞特拉斯的魔導士	神坂一	200
1HY029	Slayers! 秀逗魔導士 3：賽拉格的妖魔	神坂一	200
1HY030	Slayers! 秀逗魔導士 4：聖王都動亂	神坂一	200
1HY032	Slayers! 秀逗魔導士 5：白銀的魔獸	神坂一	200
1HY033	Slayers! 秀逗魔導士 6：威森地的黑暗	神坂一	200
1HY035	Slayers! 秀逗魔導士 7：魔龍王的挑戰	神坂一	220
1HY037	Slayers! 秀逗魔導士 8：死靈都市之王	神坂一	220
1HY039	Slayers! 秀逗魔導士 9：貝賽爾德的妖劍	神坂一	220
1HY040X	Slayers! 秀逗魔導士 10：索拉利亞的謀略	神坂一	220
1HY041	Slayers! 秀逗魔導士 11：克里姆佐的執迷	神坂一	220
1HY042	Slayers! 秀逗魔導士 12：霸軍的策動	神坂一	220
1HY043	Slayers! 秀逗魔導士 13：降魔征途的路標	神坂一	220
1HY046	Slayers! 秀逗魔導士 14：瑟倫狄亞的憎惡	神坂一	220
1HY049X	Slayers! 秀逗魔導士 15：屠魔者（完結篇）	神坂一	220

境外之城

書號	書名	作者	定價
1HO003	天觀雙俠・卷一	鄭丰（陳宇慧）	250
1HO004	天觀雙俠・卷二	鄭丰（陳宇慧）	250
1HO005	天觀雙俠・卷三	鄭丰（陳宇慧）	250
1HO006	天觀雙俠・卷四（完）	鄭丰（陳宇慧）	250
1HO018	筆靈 1：生事如轉蓬	馬伯庸	199
1HO019	筆靈 2：萬事皆波瀾	馬伯庸	240
1HO020	靈劍・卷一	鄭丰（陳宇慧）	250
1HO021	靈劍・卷二	鄭丰（陳宇慧）	250
1HO022	靈劍・卷三（完）	鄭丰（陳宇慧）	250
1HO023	筆靈 3：沉憂亂縱橫	馬伯庸	240
1HO024	筆靈 4：蒼穹浩茫茫	馬伯庸	240
1HO025	神偷天下・卷一	鄭丰（陳宇慧）	250
1HO026	神偷天下・卷二	鄭丰（陳宇慧）	250
1HO027	神偷天下・卷三（完）	鄭丰（陳宇慧）	250
1HO028	五大賊王 1：落馬青雲	張海帆（老夜）	280
1HO029	五大賊王 2：火門三關	張海帆（老夜）	280
1HO030	五大賊王 3：淨火修練	張海帆（老夜）	280
1HO031	五大賊王 4：地宮盜鼎	張海帆（老夜）	280
1HO032	五大賊王 5：身世謎圖	張海帆（老夜）	280
1HO033	五大賊王 6：逆血羅剎	張海帆（老夜）	280
1HO034	五大賊王 7（上）：五行合縱	張海帆（老夜）	280
1HO035	五大賊王 7（下）（終）：五行合縱	張海帆（老夜）	280
1HO036	三國機密（上）：龍難日	馬伯庸	320
1HO037	三國機密（下）：潛龍在淵	馬伯庸	320
1HO038	奇峰異石傳・卷一	鄭丰（陳宇慧）	250
1HO039	奇峰異石傳・卷二	鄭丰（陳宇慧）	250
1HO040	奇峰異石傳・卷三（完）	鄭丰（陳宇慧）	250
1HO041	風起隴西（第一部）：漢中十一天	馬伯庸	280
1HO042	風起隴西（第二部）（終）：秦嶺的忠誠	馬伯庸	240
1HO043	西遊祕史 1：大唐泥犁獄	陳漸	300
1HO044	西遊祕史 2：西域列王紀	陳漸	320

F-Maps

書號	書名	作者	定價
1HP001	圖解鍊金術	草野巧	300
1HP002	圖解近身武器	大波篤司	280
1HP004	圖解魔法知識	羽仁礼	300
1HP005	圖解克蘇魯神話	森瀨繚	320
1HP007	圖解陰陽師	高平鳴海	320
1HP008	圖解北歐神話	池上良太	330
1HP009	圖解天國與地獄	草野巧	330
1HP010	圖解火神與火精靈	山北篤	330
1HP011	圖解魔導書	草野巧	330
1HP012	圖解惡魔學	草野巧	330
1HP013	圖解水神與水精靈	山北篤	330
1HP014	圖解日本神話	山北篤	330

聖典

書號	書名	作者	定價
1HR009X	武器屋（全新封面）	Truth in Fantasy 編輯部	420
1HR014X	武器事典（全新封面）	市川定春	420
1HR026C	惡魔事典（精裝典藏版）	山北篤等	480
1HR028C	怪物大全（精裝）	健部伸明	特價 999
1HR031	幻獸事典（精裝）	草野巧	特價 499
1HR032	圖解稱霸世界的戰術——歷史上的 17 個天才戰術分析	中里融司	320
1HR033C	地獄事典（精裝）	草野巧	420
1HR034C	幻想地名事典（精裝）	山北篤	750
1HR035C	城堡事典（精裝）	池上正太	399
1HR036C	三國志戰役事典（精裝）	藤井勝彥	420
1HR037C	歐洲中世紀武術大全（精裝）	長田龍太	750

城邦文化奇幻基地出版社

Fantasy Foundation Publications

http://www.ffoundation.com.tw

TEL：02-25007008 FAX：02-25027676

BEST嚴選 060

刺客後傳2
黃金弄臣・下冊（經典紀念版）

國家圖書館出版品預行編目資料

刺客後傳2黃金弄臣・下冊／羅蘋・荷布（Robin Bobb）著; 麥全譯 - 初版 - 臺北市：奇幻基地：家庭傳媒城邦分公司發行；民103. 09
面：公分. -（BEST嚴選：060）
譯自：The Tawny Man Trilogy 2: Golden Fool
ISBN 978-986-7576-71-3
874.57　　103004840

ISBN　978-986-7576-71-3
EAN　471-770-208-743-2

Printed in Taiwan.

原 著 書 名／The Tawny Man Trilogy 2: Golden Fool
作　　　者／羅蘋・荷布（Robin Hobb）
譯　　　者／麥全
企劃選書人／楊秀眞
責 任 編 輯／楊秀眞、王雪莉

行 銷 企 劃／周丹蘋
業 務 企 劃／虞子嫺
行銷業務經理／李振東
總　編　輯／楊秀眞
發　行　人／何飛鵬
法 律 顧 問／台英國際商務法律事務所　羅明通律師
出版／奇幻基地出版
城邦文化事業股份有限公司
台北市 104 民生東路二段 141 號 8 樓
電話：(02)25007008　傳眞：(02)25027676
網址：www.ffoundation.com.tw
e-mail：ffoundation@cite.com.tw
發行／英屬蓋曼群島商家庭傳媒股份有限公司城邦分公司
台北市 104 民生東路二段 141 號 11 樓
書虫客服服務專線：(02)25007718・(02)25007719
24 小時傳眞服務：(02)25170999・(02)25001991
服務時間：週一至週五09:30-12:00・13:30-17:00
郵撥帳號：19863813　戶名：書虫股份有限公司
讀者服務信箱 e-mail：service@readingclub.com.tw
歡迎光臨城邦讀書花園　網址：www.cite.com.tw
香港發行所／城邦（香港）出版集團有限公司
香港灣仔駱克道 193 號東超商業中心 1 樓
電話／(852) 2508-6231　傳眞／(852) 2578-9337
e-mail：hkcite@biznetvigator.com
馬新發行所／城邦（馬新）出版集團　Cité (M) Sdn Bhd
41, Jalan Radin Anum, Bandar Baru Sri Petaling, Lumpur,
57000 Kuala Lumpur, Malaysia.
Tel: (603) 90578822　Fax:(603) 90576622
e-mail：cite@cite.com.my

封 面 設 計／黃聖文
插 畫 繪 製／郭慶芸（Camille Kuo）
書 衣 設 計／楊秀眞
文 字 校 對／金文蕙
排　　　版／浩瀚電腦排版股份有限公司
印　　　刷／高典印刷有限公司
■2005年（民94）4月29日初版五刷
■2023年（民112）8月16日二版2.6刷

售價／360元

廣　告　回　函
北區郵政管理登記證
台北廣字第000791號
郵資已付，免貼郵票

104台北市民生東路二段141號11樓

英屬蓋曼群島商家庭傳媒股份有限公司城邦分公司 收

請沿虛線對摺，謝謝

奇幻基地

每個人都有一本奇幻文學的啓蒙書

奇幻基地官網：http://www.ffoundation.com.tw
奇幻基地粉絲團：http://www.facebook.com/ffoundation

書號：1HB060　　書名：刺客後傳 2 黃金弄臣．下冊（經典紀念版）

奇幻戰隊好讀有禮集點贈獎活動

活動期間，購買奇幻基地作品，剪下封底折口的點數券，集到一定數量，寄回本公司，即可依點數多寡兌換獎品。

點數兌換獎品說明：

- **5點** 奇幻戰隊好書袋一個
- **10點** 2012年布蘭登·山德森來台紀念T恤一件
  有S&M兩種尺寸，偏大，由奇幻基地自行判斷出貨
- **15點** 【蕭青陽獨家設計】典藏限量精繡帆布書袋
  紅線或銀灰線繡於書袋上，顏色隨機出貨

兌換辦法：

2014年2月～2015年1月奇幻基地出版之作品中，剪下回函卡頁上之點數，集滿規定之點數，貼在右邊集點處，即可寄回兌換贈品。

【活動日期】：即日起至2015年1月31日

【兌換日期】：即日起至2015年3月31日（郵戳為憑）

其他說明：

＊請以正楷寫明收件人真實姓名、地址、電話與email，以便聯繫。若因字跡潦草，導致無法聯繫，視同棄權

＊兌換之贈品數量有限，若贈送完畢，將不另行通知，直接以其他等值商品代之

＊本活動限臺澎金馬地區讀者

【集點處】

1	6	11
2	7	12
3	8	13
4	9	14
5	10	15

（點數與回函卡皆影印無效）

個人資料：

姓名：________________________ 性別：□男 □女

地址：____

電話：____________________ email：____________________

想對奇幻基地說的話：________________________________

____

請剪下右側點數，貼於背面的集點處，集滿5點以上，即可寄回兌換抽獎